韩成武文集

卷一 杜诗内容论丛

韩成武 著

河北出版传媒集团
河北教育出版社

图书在版编目（CIP）数据

韩成武文集 / 韩成武著. -- 石家庄：河北教育出版社，2023.12
ISBN 978-7-5545-8214-5

Ⅰ.①韩… Ⅱ.①韩… Ⅲ.①诗歌研究-中国-文集 ②诗集-中国-当代 Ⅳ.① I207.22-53 ② I227

中国国家版本馆 CIP 数据核字（2023）第 231454 号

书　　名	韩成武文集 HANCHENGWU WENJI	
作　　者	韩成武	
书名题字	韩成武	
策　　划	董素山　刘金柱	
责任编辑	任晓霞　赵莉薇　吴文轩　白馨宇　刘亚飞	
装帧设计	郝　旭	
出　　版	河北出版传媒集团 河北教育出版社　http://www.hbep.com （石家庄市联盟路705号，050061）	
印　　制	河北新华第一印刷有限责任公司	
开　　本	787毫米×1092毫米　1/16	
印　　张	120.75	
字　　数	1950千字	
版　　次	2023年12月第1版	
印　　次	2023年12月第1次印刷	
书　　号	ISBN 978-7-5545-8214-5	
定　　价	618.00元	

版权所有，侵权必究

文集前言

执教于河北大学中文系（后改称文学院）四十余年，授课之余，从事唐诗研究，重点研究杜甫。出版杜甫研究系列著作《杜甫诗全译》《诗圣：忧患世界中的杜甫》《杜诗艺谭》《杜甫新论》《少陵体诗选》，涉及杜甫思想精神研究、杜诗诗体及艺术研究、杜甫评传、杜诗主体风格诗选等几个方面；此外，还有散见于学术刊物的论杜文章若干篇；主持了三种唐诗选本点校项目，《唐诗鼓吹评注》《杜律启蒙》《杜工部诗集辑注》；出版随笔短文集《便引诗情到碧霄》，个人旧体诗词选《守拙斋诗稿》；等等。

承蒙文学院领导关注，给我整理个人文集的机会，经过一番选留裁汰，编成文集六卷：卷一《杜诗内容论丛》，卷二《杜诗艺术研究》，卷三《杜甫评传》（原书名《诗圣：忧患世界中的杜甫》，韩国梨花女子大学金宜贞教授将此书译成韩文出版，书名为《杜甫评传》，今从之），卷四《少陵体诗选注》，卷五《杂论》（唐诗之外的论丛），卷六《诗文创作》（个人习作）。《杜甫诗全译》一书因是我与邯郸张志民合著，不予辑入。三种点校本因卷帙浩繁，弟子多人合作，也不予辑入。

搜寻旧作，还要随时纠正文中谬误，颇耗时间和精力，故文集经历一年始成。其间，弟子吴淑玲、孙微、赵林涛、李世前诸君，为此付出了大量劳动，在此表示谢意。

文学院院长刘金柱教授，十分关心文集的编辑和出版事宜，提供了有力的支持。在此表示衷心的感谢和敬意。

驽马十驾，功其有乎？心微志弱之作，且付后人评说。

韩成武

2023年10月于河北大学紫园

目 录

思想精神篇

弘扬杜甫精神,回应人类危机 ························· 3
论杜甫构建和谐社会的思想 ························· 18
杜甫对儒、道两家思想的亲和
　——杜甫退居山野之后的思想变化 ················· 29
试论杜甫成为伟大的现实主义诗人的主体因素 ············· 36
杜甫与侠文化 ··································· 50
论杜甫的众生平等意识 ··························· 63
杜甫的胡服之厌 ································· 73
杜甫"忠君"是为了"兴国" ······················· 78
修竹:杜甫的林中密友和精神化身 ···················· 86
杜诗"诗史"精神的第三重内涵 ······················ 94
稼穑分诗兴,柴荆学土宜
　——漫谈杜甫的耕耘生活 ························ 106
两《唐书》本传中的严武与杜甫笔下的严武 ············· 113
杜甫献赋出身而未能立即得官之原因考 ················ 121
解说"罢官亦由人"之"罢官"
　——杜甫离开华州任原因之辩论 ··················· 126
此时无声胜有声
　——杜甫无即时哭悼严武之作新解 ················· 132
从杜甫的病历看他的笃行精神 ······················ 139

论杜甫的乡土情结 ··· 147
杜甫的乡人情结述论 ··· 154
泰山·华山·衡山——杜甫的心态里程碑 ························· 160
骏马·瘦马·病马——杜甫的连环自画像 ························· 166
杜诗蕴含的河洛地区民俗述论 ······································ 171
杜诗的自然科学资料价值举隅 ······································ 180
《杜律启蒙》点校本前言 ·· 187
《杜工部诗集辑注》点校本前言 ····································· 192

编年注释篇

《从人觅小胡孙许寄》写作时间与地点考 ·························· 199
《送韩十四江东省觐》写作时间、地点考 ·························· 203
"拔树""卷茅"之风并非同一场 ····································· 207
物候关情
　——对杜甫陇右诗的补注（二则） ····························· 209
安史叛军确曾焚烧了唐室宗庙 ······································ 214
破解杜甫心中的"古意"
　——读杜甫《登兖州城楼》 ····································· 217
杜诗"承露金茎"是指"天枢"铜柱 ······························· 220
"西戎甥舅礼，未敢背恩私"为刺代宗说 ··························· 225
《病柏》为大唐由盛转衰塑形 ······································ 228
《槐叶冷淘》与"一饭未尝忘君" ··································· 233
"诗圣"一词首出于杨慎《词品·序》 ······························ 237
七律连章体组诗的首创者不是杜甫 ································· 240

鉴赏与随笔

三板一眼的"情圣"歌哭
　——杜甫《奉济驿重送严公四韵》赏析 ······················· 245

老杜小杜赋重阳
　　——杜甫《九日》与杜牧《九日齐山登高》对读…………250
一个性格鲜明的农民形象
　　——杜甫《遭田父泥饮美严中丞》赏析………………257
杜甫对两个儿子因材施教…………………………………264
杜甫的桃树情结……………………………………………266
杜甫是个倔老头……………………………………………268
杜甫为何喜在夜间起程……………………………………270
杜甫的侠肝义胆……………………………………………272
杜甫乐于为他人张扬诗名…………………………………274
杜甫的幽默性格……………………………………………278
杜甫拒受贿赂………………………………………………280
杜甫消愁有新招……………………………………………282
杜甫在七夕…………………………………………………285
贾岛学杜……………………………………………………287
边连宝的杜甫情结…………………………………………294
杜诗对毛泽东诗词的影响…………………………………307

序文与书评

《清代杜诗学文献考》序……………………………………313
《〈杜诗详注〉研究》序………………………………………316
《杜甫夔州诗选读》序………………………………………320
《杜甫诗歌选读》（详注本）序………………………………324
《杜甫与地域文化》序………………………………………328
《杜甫与杜诗学研究》序……………………………………331
一部杜诗学研究的力作
　　——评孙微《清代杜诗学史》………………………334

思想精神篇

弘扬杜甫精神，回应人类危机

随着迈入21世纪，人类业已存在的五大危机——生态危机、文明危机、道德危机、精神危机、价值危机，将会变得更加严重。一切有良知的社会科学工作者，都在忧心忡忡并想方设法为回应与化解这些危机而做着努力。方法当然可以有多种。我以为，弘扬杜甫精神，面向国人和世界人民宣传杜甫，让全人类认识并喜爱杜甫，从而用他的精神养育心灵，陶冶情操，规范行为，或许能收到较好的效果。

首先是杜甫精神经受了历史的考验和民族的认同。自中唐以后，杜甫精神的宝贵价值逐渐为人们所认识，阐释杜甫精神成为历久不衰的热门学科。在中国文学史上，还找不出第二个人能像杜甫这样拥有如此众多的研究者、追随者和崇拜者。远的不说，且看近现代的著名人物对杜甫的推崇。康有为和陈独秀能一字不漏地背诵全部杜诗[1]。梁启超尊杜甫为"情圣"[2]。胡适称"杜甫是我们的诗人，而李白则终于是'天上谪仙人'而已"[3]。鲁迅认为陶潜、李白、杜甫皆为第一流诗人，继而又说："我总觉得陶潜站得稍稍远一点，李白站得稍稍高一点，这也是时代使然。杜甫似乎不是古人，就好像今天还活在我们堆里似的。"[4] 闻一多认为，杜甫是"中国有史以来第一个大诗人"，是"四千年文化中最庄严、最瑰丽、最永久

---

[1] 廖仲安《杜诗学》，见《杜甫研究论集》，中州古籍出版社，1996年，第319页。
[2] 《梁启超文选》，中国广播电视出版社，1992年，第42页。
[3] 胡适《白话文学史》，东方出版社，1996年，第210页。
[4] 刘大杰《鲁迅谈古典文学》，《文艺报》1956年第20号。

的一道光彩"。[1]陈寅恪也说"少陵为中国第一诗人"[2]。钱锺书说"中唐以后,众望所归的最大诗人一直是杜甫"[3]。这些民族精英,如此推崇杜甫,亲近杜甫,我想,主要是由于杜甫精神中所拥有的深沉的爱国血诚、伟大的人格力量、高尚的道德情操和醇厚的伦理风范。这些,正是我们民族的精神、性格之所在。

杜甫精神虽带有地域的、民族的特征,但它同时也是全人类的共同财富,其中有许多方面与西方及世界文化相沟通,为世界所有善良的人们所景仰。从13世纪起,朝鲜、日本、越南等国家就已广泛传播杜诗。进入19世纪以后,杜诗开始在欧美国家流行,计有英文译本、德文译本、俄文译本、意大利文译本、匈牙利文译本及专著二十余种。世界人民喜爱杜诗,主要是被杜甫那深沉的忧国忧民情怀和人格与道德精神所感动。例如,当代朝鲜著名学者李丙畴说:"他思念祖国、忧国忧民的诗句历经千年而不衰,成为永恒的警句,拨动着千万人的心弦。"[4]美国现代著名诗人雷克斯罗斯认为,杜甫所关心的是人的坚信、爱、宽宏大量、沉着和同情,唯有这些品格才能拯救世界,所以养育杜甫的文化比荷马接受的文化更古老、更明智。他说:"我三十年来沉浸在他的诗中,我深信,他使我成了一个较为高尚的人。"[5]1961年12月15日,在斯德哥尔摩举行的世界和平理事会主席团会议上,决定将杜甫列为次年纪念的世界文化名人。1962年,世界各国举行了纪念活动。这些都说明,杜甫精神可以成为全人类的共有精神。

所谓杜甫精神,主要是指杜甫所奉行的以孔孟之道为核心的早期儒学的人文精神,也就是雷克斯罗斯所说的那种"更古老、更明智"的"养育杜甫的文化"精神。那么,为何不直接提出"用早期儒学的人文精神来回

---

[1] 闻一多《唐诗杂论》,上海古籍出版社,1998年,第135页。
[2] 陈寅恪《金明馆丛稿二编》,上海古籍出版社,1980年,第57页。
[3] 钱锺书《钱锺书论学文选》第六卷,中华书局,1993年,第20页。
[4]《杜诗研究三十载》,国外社会科学,1988年(5)。转引自莫砺锋《杜甫评传》,南京大学出版社,1993年,第419页。
[5] 屈夫、张子清《论中美诗歌的交叉影响》,《外国文学评论》1991年第3期。转引自莫砺锋《杜甫评传》,南京大学出版社,1993年,第419页。

应人类危机"的命题?笔者的理由有二,其一,以孔孟之道为核心的早期儒家学说,是偏于理性的,而理性的东西是枯燥的,枯燥的东西是不容易被人们所认识和接受的。而杜诗的人文精神,是杜甫在其生命运行之中,将早期的儒学人文精神化作生动的生活体验和感知,通过个人与自然、社会及家庭的交往实践,将早期的儒学人文精神有血有肉地、富于强烈情感色彩和鲜明个性特征地凸现出来,一部杜诗就是一部早期儒学的活教材,它具有感性的、形象的特征,因而易于被人们所认识、所接受。其二,杜甫精神,又是不能与儒学的人文精神完全等同的,它继承了儒学积极进步的思想精神,而摒弃了儒学消极落后的成分。前者如儒学的"忧患精神""人本精神""乐道精神""和合精神""笃行精神",这些杜甫都给予继承和发扬。后者如儒学的"等级尊卑意识""民族自高意识",杜甫则能在一定程度上给予突破。可以说,杜甫精神是对早期儒学人文精神的积极发展,这是它之所以能够赢得后人景仰,并能走向世界的重要原因。

本文所要探讨的,就是针对当前人类危机之"病状",从杜甫精神中提取若干对症的"良药",以期使世人警醒,产生出回应和化解诸种"病状"的信心,从而在更大的地域范围里,在更深的研究层次上,本着实际应用的价值取向,研究杜甫精神,宣传杜甫精神,弘扬杜甫精神。

一、以杜甫的"物与"精神回应生态危机

20世纪的人类,对自然资源采取残酷掠夺的态势,或是在"改造自然"的口号下肆意改变山川结构,严重地破坏了生态平衡和生态环境;虽不断遭到大自然的严厉惩处,却依然故我,而且变本加厉。有资料统计,目前我国水土流失面积达367万平方公里,占国土面积的38.2%,每年流失沃土100多亿吨。[1]21世纪的人类面临着严重的生态危机。联合国无力制止,国际绿色和平组织的干预犹如杯水车薪。在这种形势下,能够挽狂澜于既倒、解人危于倒悬者,莫过于让人类懂得人与自然的相生相克、同

---

[1] 郭玮《维护国家生态安全》,《光明日报》2000年3月10日。

存同亡的血肉相连关系。中国儒学"天人合一"的宇宙精神,正好成为训导人类的绝好教材,而杜甫则是宣讲这部教材的优秀教员。

一部杜诗贯彻着"民胞物与"的伟大精神。视民众如同胞,视动物如同类,杜甫把人的生命与万物的生命等同看待。他说:"一重一掩吾肺腑,山鸟山花吾友于。"(《岳麓山道林二寺行》)把重叠的山峦看作自己的肺腑,把山鸟山花看作自己的朋友。在他的心目中,天人一体,物我同构,大者高山巨川,小者花草虫鱼,都具有性灵,不可冷漠视之。所谓"物微意不浅,感动一沉吟"(《病马》),正是道出了这种物我情通的关系。尤其是对于弱势的花草虫鱼,他始终以细致的富于亲情的笔墨描绘其可爱的身姿,"细雨鱼儿出,微风燕子斜"(《水槛遣心二首》其一),"圆荷浮小叶,细麦落轻花"(《为农》),"仰蜂黏落絮,行蚁上枯梨"(《独酌》),"自去自来梁上燕,相亲相近水中鸥"(《江村》),"市桥官柳细,江路野梅香"(《西郊》),"啅雀争枝坠,飞虫满院游"(《落日》),"芹泥随燕觜,花蕊上蜂须"(《徐步》),"白花檐外朵,青柳槛前梢"(《题新津北桥楼》),"绿垂风折笋,红绽雨肥梅"(《陪郑广文游何将军山林十首》其五),"犬迎曾宿客,鸦护落巢儿"(《重过何氏五首》其二),等等,正是缘于一颗"物与"之心,方才有此细致入微的笔墨,方才能够以我之心度万物之情。

杜甫主张保护幼小生灵。成都草堂落成,杜甫有了安身之所,由于栽种了许多树木,引来了禽鸟筑巢,"暂止飞乌将数子,频来语燕定新巢"(《堂成》),可谓物我相得,同栖一处,他嘱咐孩子们要善待禽鸟:"帘户每宜通乳燕,儿童莫信打慈鸦。"(《题桃树》)在夔州东屯管理水稻期间,打稻修场,为了让蚂蚁免受灭顶之灾,他在选择场地时尽量避开蚁穴,"筑场怜穴蚁"(《暂往白帝复还东屯》)。他还为"白小"(二寸长的小白鱼)广遭杀戮而伤怀:"白小群分命,天然二寸鱼。细微沾水族,风俗当园蔬。入肆银花乱,倾箱雪片虚。生成犹拾卵,尽取义何如?"(《白小》)仇兆鳌《杜诗详注》曰:"咏白小,叹细微之不免也。"又引《杜臆》注:"此诗起结,蔼然有万物一体之念。物虽细微,同沾水族,乃俗当园蔬,用之贱矣。乱肆倾筐,取之多也。但此群分之命,亦属造物生成,今犹拾卵而尽取之，有伤于义矣。"又引卢注："叹民俗之不仁也。"[1]在夔州西阁居住期间，他养了一群乌鸡，据说鸡蛋可以治疗风湿病，当他看到乌鸡在院里啄食虫蚁，于心不忍，便让家人把乌鸡捆绑，打算卖掉它们，可是转念一想，一旦把它们卖掉，它们就会被买主杀掉，于是陷入两难的苦闷之中："鸡虫得失无了时，注目寒江倚山阁。"（《缚鸡行》）仇兆鳌《杜诗详注》曰："末以设难作结，爱物而几于齐物矣。"又引《杜臆》曰："鸡虫不能两全，故云'得失无了时'，计无所出，惟有望江倚阁而已，写出一时情事如画。"[2]古人深知杜甫此时的困惑是出于仁爱之心无所安放，后人却以"鸡虫得失"比喻为"微小的得失，无关紧要"，仁心之沦落，可见一斑。

或许有人会说：鸡虫蝼蚁，何足挂齿？须知天造万物，各有其能，生物链条，不容破坏。保护有效生灵，与其说是仁义之举，不如说是智慧之心，这对于保存物种，维持生态平衡，具有积极意义。

杜甫尊奉的不是佛教戒律上的不杀生，他也并非拒食腥膻，他反对的是竭泽而渔、肆意猎杀。他看到涪江渔民"截江"拉网，连小鱼都被浑水呛得难以存活时，深感痛心，认为这是"暴殄天物"，定要受到神明的惩罚："潜龙无声老蛟怒，回风飒飒吹沙尘。"（《观打鱼歌》）杜甫这里说的蛟龙震怒，实际上就是说的自然法则对人类的惩处，只是当时还没有这个词语罢了。杜甫在川北流浪期间，看到梓州刺史章彝举兵围猎山中禽兽，对根本不能食用的小鸟都不放过，愤怒地写了《冬狩行》，揭露章彝荼毒生灵的罪行，并指责他在长安沦陷、天子蒙尘的危急时刻仍去打猎，是有悖于为臣之道："草中狐兔尽何益？天子不在咸阳宫。朝廷虽无幽王祸，得不哀痛尘再蒙？呜呼，得不哀痛尘再蒙！"其后，严武再次镇蜀，将章彝杖杀，是其罪有应得。关于严武杖杀章彝，两《唐书》皆指责严武残暴（见本书《两〈唐书〉本传中的严武与杜甫笔下的严武》），实为史家的误判。想来，这个章彝滥杀禽兽，是违背天道，天子蒙尘仍然打猎，是违背臣道，两罪并罚，死得其所。

杜甫反对毁林，提倡种树。夔州民俗，久旱不雨，就要放火烧山，想

---

[1] 仇兆鳌《杜诗详注》，中华书局，1979年，第1536页。
[2] 仇兆鳌《杜诗详注》，中华书局，1979年，第1566页。

把沉睡在山林中的龙烧醒,让它兴云作雨。杜甫认为这是陋俗,是愚昧无知,他认为把山林烧毁,云气便无处存身,只能加重旱情,"青林一灰烬,云气无处所"(《火》)。应该说,在那个时代,杜甫对生态环境与气候关系有如此科学的认识,是难能可贵的。也正是基于这种认识,杜甫喜欢与树为邻,特别喜欢种树。他说"平生憩息地,必种数竿竹"(《客堂》),除了种竹,还种植多种树木,从他的诗中我们可以看到,有松树、桃树、桤树、梨树、李树、柳树、杨树、楠树、枸杞等。他写信给友人,寻求树苗,四处奔走,栽树于房前屋后,美化生活环境,称得上是一位造林高手。杜甫不是研究林业对于生态环境意义的专家,也没有长篇专业论文,但是,通过他的植树行为,尤其是通过他那些描写林木的优美诗篇,可以使人得到感性的教育、心灵的陶冶。

保护物种,以维持生态平衡;广植林木,以优化生存环境;节制欲求,与自然界万物共存共荣。这是杜甫留给后人的智慧,发扬杜甫的"物与"精神,或可能够解救生态危机。

二、以杜甫的伦理精神回应道德危机

道德观念淡薄会引发一系列道德和社会危机,如:家庭关系松脆,个人享乐至上,纵欲主义泛滥;群体意识淡漠,同类相视如仇,拜金主义横行;助人者被视为傻瓜,救人者反遭诬陷;坐观溺水,全无恻隐之心,笑看失火,颇存打劫之意;攫万金入私囊而无耻,拔一毛利天下而不为;等等。上述行为,虽因国家、民族、地区的不同而表现程度有异,也并非人人都被沾染,但若对其危害认识不足,后果是可怕的。拯救人类灵魂,建构道德精神大厦,势在必行。而中国早期儒学的伦理规范,可以作为构厦的施工蓝图。

早期儒学把人与人之间的关系概括为五种,而且规范了它们的内涵。《孟子》云:"父子有亲,君臣有义,夫妇有别,长幼有序,朋友有信。"《礼记》把五伦中的十种角色所应遵循的基本道德准则,作出明确的阐释,即"父慈子孝,兄良弟悌,夫义妇听,长惠幼顺,君仁臣忠。"这五大人伦基本上概括了人与家庭、社会的关系。就每一对角色各自所应遵循的道德准则来看，比董仲舒的"三纲"提法显得开明、进步。这些道德准则，有许多可以拿过来作为当今人类道德行为的规范。而杜甫则是人所公认的遵从早期儒学伦理道德的典范人物。杜甫有妻子，有儿女，有弟妹，有朋友，有国君。他身兼"五职"——父亲、丈夫、兄长、友人、臣子，属于五伦均占的人。他是个慈祥的父亲，是个讲道义的丈夫，是个宽厚的兄长，是个珍重友情的人，是个忠于职守的臣子。他是一个对家庭、对社会、对国家民族充满亲情并具有高度责任感的人。在他的身上，集中了华夏民族厚人伦、重信义的美德。

　　他作为父亲，十分疼爱儿女，关心他们的生存和成长。在困居长安十年之后，他去奉先县探望家属，"入门闻号咷，幼子饿已卒"。痛洒苦泪之后，他作出深刻的检讨："所愧为人父，无食致夭折。"(《自京赴奉先县咏怀五百字》) 为自己能生而不能养感到惭愧。安史之乱发生后，他带着家属逃难，一路上抱着幼小的女儿。在被叛军俘获、身禁长安的日子里，他日夜挂念远在羌村的孩子们的安危，听到黄莺的歌唱，也能联想起幼子的牙牙学语声。其后，他逃出长安，在唐肃宗的流亡政府驻地凤翔任职，一面积极地投入抗敌斗争，一面提心吊胆地打听家中的消息，当得知妻儿无恙，高兴地赋诗道："今日知消息，他乡且旧居。熊儿幸无恙，骥子最怜渠。"(《得家书》，熊儿、骥子，是大小两儿的乳名) 由于思家心切，他向肃宗告了假，翻山涉水来到千里之外的羌村，与妻儿们团聚。看到儿女们破衣烂衫、面黄肌瘦，不禁相抱痛哭；在孩子们的喧闹声中，感到了身心的舒适。(见《北征》) 在他辞掉官职，天南地北流浪漂泊的后半生里，总是把孩子带在身边。他为儿女们的衣食求亲告友，四处奔波，"饥藉家家米"(《秋日荆南述怀三十韵》)。

　　杜甫年近三十才结婚，夫人姓杨，小他十岁左右，他们是一对相依为命的患难夫妻。杜诗中正面提到夫人的地方，有二十八处之多（为此，曾招致后世某些道学家的微词）。分析这些诗句，可以看出杜甫对夫人的感情十分诚笃，主要表现在两个方面。一是敬重。杜甫成家以后直到离世，生活之路越走越难，他深深感到妻子在抚养儿女、支撑家庭上的重大作用。"家贫仰母慈"(《遣兴》)，是他对儿女们说的掏心话，在拉扯儿女长大这个事上，他把妻子的地位放在了自己的前面。《北征》诗中细致地描写了儿女们穿的补丁叠补丁的衣裳："床前两小女，补缀才过膝。海图拆波涛，旧绣移曲折。天吴及紫凤，颠倒在短褐。"透过这些描写，我们不难看到艰辛岁月中的伟大的母爱，也不难看到杜甫对妻子的深挚敬意。在许多诗中，杜甫描写了妻子消瘦的形体和惨淡的神情，如"妻子衣百结，恸哭松声回"（《北征》），"入门依旧四壁空，老妻睹我颜色同"（《百忧集行》）。杜甫对妻子的另一种感情是愧疚，他总是觉得对不起老伴，总在责备自己没有尽到做丈夫的责任，叹息"妻孥未相保"（《奉赠射洪李四丈》），"偶携老妻去，惨澹凌风烟"（《寄题江外草堂》），"何日干戈尽？飘飘愧老妻"（《自阆州领妻子却赴蜀山行三首》其二）。这些诚挚的内心独白，令人感到爱情的珍贵。杜甫一生没纳过妾，与杨氏夫人相守而终，夫妻关系和睦亲融。这在男权社会里，在较为开放的唐代，是难能可贵的。这对于早期儒学表现出的轻贱女性的意识，无疑是一种否定，是一种可贵的超越。

在与弟妹的关系上，杜甫始终是一个宽厚的兄长形象。他有四个弟弟（名颖、观、丰、占）和一个妹妹。妹妹嫁给钟离韦氏，丈夫早逝，带着几个年幼无知的孩子艰难度日。杜甫在逃难中，也时时关怀她的处境，渴望能见到她："扁舟欲往箭满眼，杳杳南国多旌旗。"（《乾元中寓居同谷县作歌七首》其四）苦于战乱不止，道路堵塞，不能如愿。四个弟弟中，只有杜占一直跟随着他，另外三个都在战乱中失散了。这成了杜甫一生念念不忘的话题。在华州为官的日子里，他曾前往陆浑庄，探看杜颖是否从山东归来。客居秦州时，他由边地孤雁的哀鸣，由中天的月亮，产生了思乡忆弟的愁怀，感叹"有弟皆分散，无家问死生"（《月夜忆舍弟》）。客居同谷县时，他的生活陷入了绝境，更加思念弟弟们："有弟有弟在远方，三人各瘦何人强？生别展转不相见，胡尘暗天道路长。"（《乾元中寓居同谷县作歌七首》其三）其后客居蜀地，也写了大量的忆弟之作，如"思家步月清宵立，忆弟看云白日眠"（《恨别》），昼眠夜立，行为颠倒，见出心绪的紊乱。"海内风尘诸弟隔，天涯涕泪一身遥"（《野望》），感慨兄弟之间被战尘阻隔，不得相见。又于重阳佳节，思念远方的弟妹，感叹"弟妹悲歌里，乾坤醉眼中"（《九日登梓州城》）。儒家十分强调兄弟亲情，《诗经·小雅·常棣》用盛开的常棣之花比喻兄弟，说："凡今之人，莫如兄弟。"又说："脊令在原，兄弟急难。"认为只有兄弟才能在患难中相互援救。《论语·子路》记孔子之言："朋友切切偲偲，兄弟怡怡如也。"认为朋友之间是相互批评，兄弟之间是和睦相处。《左传》也强调"兄爱弟敬"。自幼接受儒学教育的杜甫，对此心领神会，身体力行，堪称做兄长的表率。

凡是接触杜诗较多的人，都会深切地感觉到，杜甫还是个执着于友情的人。作为从开元盛世过来的人，处在人情淡薄的天宝末世，他感到悲哀。他曾深情地回顾"天下朋友皆胶漆"的盛世人情，而对天宝末世的浇薄之风不能容忍，他说："翻手作云覆手雨，纷纷轻薄何须数！君不见管鲍贫时交，此道今人弃如土。"（《贫交行》）他轻蔑那种势利之交，呼唤那种贫贱不移的真诚交往。他说"文章有神交有道"（《苏端薛复筵简薛华醉歌》），他所信奉的交友之道，就是讲信义，重诚笃。他一生中结交的友人很多，大体上可分为三类：一类是政治上的同道，如房琯、严武、贾至、张镐等；一类是诗友，如李白、高适、岑参、王维、裴迪、苏源明、郑虔、孔巢父、孟云卿等；一类是一般的朋友，这类的朋友很多，记有名姓的如王倚、孙宰、薛复、薛华、苏端、杨绾、吴郁等。

对于政治上的挚友，他敢于和朝廷唱反调，为他们遭受打击鸣不平。例如，房琯被肃宗罢相，完全是由于肃宗打击玄宗旧臣所致。杜甫敢于逆鳞抗争，虽遭三司推问而不改立场。几年后，房琯病死在阆州僧舍，杜甫闻讯，前往吊唁，在《祭故相国清河房公文》中，仍然称美房琯的匡救国家之功，将其与名相魏徵、杜如晦并论，还为自己的援救无成而感到"终身愧耻"。其后，又到房琯的坟前大放悲声，表现了对同志的深情厚谊。贾至、严武亦同时遭到外放。杜甫客居秦州时，在衣食无着、诸病缠身的情况下，仍不忘寄长诗给他们，表彰他们"开辟乾坤正"的巨大功勋，对肃宗的"荣枯雨露偏"表示愤慨。这种纯正无私的友情，足以使人类中那班结党营私之徒、见利忘义之辈感到羞愧，产生汗颜，受到教育。

对于诗友，杜甫大体上保持两种态度：一是对他们的诗艺竭力赞扬，二是对他们的过失坦率批评。例如，他高度评价李白的诗歌："李侯有佳句，往往似阴铿。余亦东蒙客，怜君如弟兄。"（《与李十二白同寻范十隐居》）又说："白也诗无敌，飘然思不群。"（《春日忆李白》）但是，对于李白的不务实际的人生态度，则给予规劝、指正，他说："秋来相顾尚飘蓬，未就丹砂愧葛洪。痛饮狂歌空度日，飞扬跋扈为谁雄？"(《赠李白》)李杜之间曾有一段亲密交游，但自从山东分手之后，李白仅有一首怀念杜甫的诗作，而杜甫怀念李白的诗竟多达十四首，两相对比，颇能见出二人对旧情的不同态度，正如清代学者仇兆鳌所说："可见两公交情，李疏旷而杜剀切矣。"(《杜诗详注》)杜甫漫游梁宋时，曾与高适有过交往，以后聚散离合，杜甫总有诗作表述对友情的珍视。对高适的诗才，也是褒扬有加："叹息高生老，新诗日又多。美名人不及，佳句法如何？"(《寄高三十五书记》)但是，对于高适的疏于友情，杜甫曾写诗提出批评："相看过半百，不寄一行书。"劝告他"岁晚莫情疏"(《寄高三十五詹事》)。对于高适当年做剑南节度使抵御吐蕃不力之事，杜甫也作过委婉的批评，说他"总戎楚蜀应全未"(《奉寄高常侍》)，未能充分施展武略，其实就是说他未能建立御敌之功。而且，杜甫还曾代替王梓州向朝廷上书，请求朝廷派遣德高望重的大臣前来镇蜀。

对于社会上曾给过自己一饭之赐的人，杜甫也常挂在心上，"常拟报一饭"(《奉赠韦左丞丈二十二韵》)的忠厚许愿，虽因穷困到死而遗憾未果，但他留下的一首首谢赠之作，亦足以让人感到人情的淳朴。

儒家十分重视交友之道，认为交友应该以乐以诚。《论语·学而》开篇即述孔子之言："有朋自远方来，不亦乐乎？"接着又引曾子之言："与朋友交而不信乎？"孟子也提倡"朋友有信"。杜甫一生遵循儒家的交友之道，其生动感人的行为，足可作为世人社交的道德表率。在人情浇薄的当今世界，尤其值得推扬。

杜甫一生为官时间不长（玄宗朝任右卫率府兵曹参军六个月；肃宗朝任左拾遗一年，任华州司功参军一年；代宗朝任剑南节度使严武幕府参谋六个月，任检校工部员外郎约六年，该官职实为虚衔，杜甫也未临朝），官阶也较低。虽说身居下僚，政治抱负却很远大，"致君尧舜上，再使风俗淳"(《奉赠韦左丞丈二十二韵》)，是他平生的奋斗目标。可见，他当官不是为了个人私利，而是为了"致君"；而"致君"的目的，又是为了兴复大唐盛世，用他的话说就是"再光中兴业，一洗苍生忧"(《凤凰台》)。在君臣关系的认识和处理上，他不取董仲舒的"君为臣纲"的愚忠说教，他所处的时代是国家"纪纲已失"(《祭故相国清河房公文》)的时代，他取用的是早期儒学"君仁臣忠"的伦理观念,同时又特别注意把孟子提出的"君有过则谏",作为"忠"的实践取向,通过直言进谏,使君主归"仁"。在君主制社会,尤其是在当时民族矛盾空前尖锐的情况下,也只有使君主归"仁",国家中兴才有可能。有人曾指责杜甫为何不主张造反[1],我们认为,造反可以制造一个新王朝,却未必能使国家兴盛。考察杜甫的表现,与其说他是个"忠臣",不如说他是个"直臣"更为确切。

杜甫是以"直言"见"忠"的。别人不敢说的话,他敢说,而且能坚持立场;别人达不到的勤政程度,他能达到。他忠于职守,敢犯龙颜。居官时以奏章勇谏,为民时以诗文深讽,对玄宗、肃宗、代宗三朝批判之严厉,是同时代其他诗人不能做到的,更是后来各封建王朝的诗人望尘莫及的。宋人洪迈就曾感慨地说:"唐人歌诗,其于先世及当时事,直辞咏寄,略无避隐……杜子美尤多,如《兵车行》《前后出塞》《新安吏》《潼关吏》《石壕吏》……今之诗人不敢尔也。"[2]这说明杜甫具有可为千秋效法的直臣风范。

南宋张戒说道:"子美诗,读之使人凛然兴起,肃然生敬,《诗序》所谓'经夫妇,成孝敬,厚人伦,美教化,移风俗'者也。"[3]这是把杜诗的伦理精神及其教化作用,放在与儒家经典《诗经》同高的地位上了。客观地说,杜诗所表现的伦理风范,既源于《诗经》又高于《诗经》。至于它的教化作用,因为是血肉之躯的现身说法,具有强大的感染力,自是《诗经》所不可比及的。推而广之,也是一切儒家经典所不可比及的。在人类出现道德危机的今天,阐释杜甫的道德情操,学习他的伦理精神,无疑具有可观的补救作用。

---

[1] 郭沫若《李白与杜甫》,人民文学出版社,1971年,第130页。
[2] 洪迈《容斋随笔》,中国世界语出版社,1995年,第152页。
[3] 丁福保《历代诗话续编》,中华书局,1983年,第465页。

三、以杜甫的乐道精神回应精神危机

20世纪80年代初期,邓小平同志就已经告诫全党,要注意人的精神家园的建设,他引用毛主席"人是要有一点精神的"论点,要求人们发扬革命战争年代的五大精神。一个国家大厦,是须由物质与精神两大支柱共同支撑的,缺少任何一根,后果都不堪想象。在物质文明水平还比较落后的情况下,提倡艰苦奋斗的精神是必要的。国人有了以艰苦奋斗为美的精神,就可以在物质条件尚不完善的情况下,以慷慨激昂的心态发挥自己的才智,追求事业的成功;有了这种精神,就可以用平和的心态面对暴发的富豪,免于自暴自弃,或铤而走险。树立这种精神,我们有不少教材,早期儒学就是其中的一种。早期儒学提倡乐道精神,这个"道",可以是理论、学说,如修身之道、齐家之道、治国之道、平天下之道,也包括高超的技艺,如武道、茶道、文章之道,等等。儒家所提倡的乐道精神,其内容就是以愉悦的心情坚持求道不已,摆脱物欲的困扰,以终身求道为荣,而不以无富无贵为辱。孔子说:"朝闻道,夕死可矣。"又说:"士志于道,而耻恶衣恶食者,未足与议也。"(《论语·里仁》)他高度赞扬学生颜回的求道精神,说道:"贤哉,回也!一箪食,一瓢饮,在陋巷,人不堪其忧,回也不改其乐。"(《论语·雍也》)但是,如果和杜甫相比,颜回的乐道精神似又略差一筹。

杜甫一生都在苦苦求道,特别是后半生,在衣食不保的艰难处境中,求道之心更加诚笃。他所追求的道,主要有两个,一个是兴国之道,一个是作诗之道。

杜甫的后半生,处在唐王朝由盛而衰的时代巨变之中。他感时而溅泪,忧国而难眠,无论居官和在野,总是在为国家的中兴而筹划良策。他总结安史之乱的原因,在于玄宗的开边和腐化,开边消耗了人力物力,腐化失去了臣心民心。他认为兴国之道,于君主来说,一是不得"好武",二是厉行"俭德",三是勇于"受谏",四是改变"诛求",五是远离"佞嬖";于臣子来说,一是要以"邦国活"作为人生"至理",并为此而"思捐躯",二是树立"民为邦本"的观念,力戒"削刻"苍生,三是实行廉政,"洁白"自身。应该说,这些为政措施都很得体,后人称杜甫具有

"瑚琏器识",并非夸饰之辞。需要特别指出的是,上述这些政治见解,并非在一首诗中和盘托出,笔者是从他后半生所作的诗中摘取出来的,这些见解曾反复出现在诗中,这说明他时时刻刻都在寻思兴国之道。又需特别指出的是,这些见解多数是他无官在身的时候思索出来的。他因直言进谏,被皇上疏远,终于被迫辞职;在皇上的眼里,他是个不配立朝的"野老",用不着他考虑国家政事了。但是,他的求道之心并不因皇上的冷遇而灰灭,不在其位,亦谋其政,甘愿做个不拿俸禄的政治家,可见他的乐道精神何等执着。还需特别指出的是,这些政治见解是他饿着肚皮思索出来的。他一生漂泊不定,正如高适所说,他是个"东西南北人"(《人日寄杜二拾遗》),所到之处,不过乞食求助而已。他曾三次戏称自己为摇尾求食的丧家狗[1],足以说明生活的困窘。一般人在这种情况下,早就忘怀国事、独善其身去了。杜甫不然,他有自己的生命价值观,那就是不因其腹饥饿而弃求为政之道,不因其肩瘦弱而废承兴国之命,"盖棺事则已,此志常觊豁"(《自京赴奉先县咏怀五百字》),只要一息尚存,兴国之念就不能停止,他认为这是人生的意义所在。

与此同时,他还热衷于求索诗歌艺术之道。他说"文章千古事"(《偶题》),把文学看作不朽的事业;又说"诗是吾家事"(《宗武生日》),把诗歌看作家学传统。怀着对文学的这种神圣感与使命感,以超脱物欲的心态,投身于诗歌创作之中。"丹青不知老将至,富贵于我如浮云"(《丹青引》),这虽是称赞画家曹霸,却分明也是在自书其志。他写诗很投入,很专注,常常忘记吃饭、睡觉,却拙于考虑如何谋生,"计拙无衣食,途穷仗友生"(《客夜》)。然而,他并不因衣食之困而废弃追求诗道,他说:"但觉高歌有鬼神,焉知饿死填沟壑!"(《醉时歌》)有时参加别人举办的酒宴,曲终人散,方知无处可归,"此身饮罢无归处,独立苍茫自咏诗"(《乐游园歌》),虽说没有安身之处,却仍要慷慨高歌一番,这就是杜甫的求道精神。即便是生活陷入绝境,几乎要被饿死,他仍在研炼诗句,还表示

---

[1] 广德元年(763),在川北作《将适吴楚留别章使君留后兼幕府诸公得柳字》,诗中说:"昔如纵壑鱼,今如丧家狗。"大历三年(768)秋,在江陵作《秋日荆南述怀三十韵》,诗中说:"苦摇求食尾,常曝报恩腮。"大历四年(769)秋,在湖南作《奉赠李八丈曛判官》,诗中说:"真成穷辙鲋,或似丧家狗。"

甘愿做这种世俗眼中的"狂夫":"欲填沟壑惟疏放,自笑狂夫老更狂!"(《狂夫》)

在艰难的岁月里,他刻苦追求诗的警策之句。"为人性僻耽佳句,语不惊人死不休"(《江上值水如海势聊短述》),在"死不休"的精神指导下,他锤炼出许多警句、佳句。由于今人编辑的古诗选本偏重于思想性,仅选"三吏""三别"之类,人们对杜诗的惊人之句缺乏认识。依我看来,杜诗的警句是最能显示中国古代诗歌的语言凝练美的,且随手抄来几例,如"造化钟神秀,阴阳割昏晓"(《望岳》)之状写泰山雄姿,"山河扶绣户,日月近雕梁"(《冬日洛城北谒玄元皇帝庙》)之渲染老君庙的气象,"竹批双耳峻,风入四蹄轻"(《房兵曹胡马》)之描写骏马英气,"两行秦树直,万点蜀山尖"(《送张十二参军赴蜀州因呈杨五侍御》)之状写地域风光特色,"野花留宝靥,蔓草见罗裙"(《琴台》)之忆念文君风采,"吴楚东南坼,乾坤日夜浮"(《登岳阳楼》)之摹写洞庭气象和抒发感受,"无边落木萧萧下,不尽长江滚滚来"(《登高》)之描写秋景的衰飒,"高江急峡雷霆斗,古木苍藤日月昏"(《白帝》)之写瞿塘峡的险峻面貌,等等。这些佳句皆能耸人耳目,荡人心魄,是杜甫"耽"于诗道的结果。这与其说他天资聪颖,不如说他能刻苦研炼。他的"耽"于诗道表现有三:其一,他博览群书,底蕴丰厚,"读书破万卷"(《奉赠韦左丞丈二十二韵》),"熟精《文选》理"(《宗武生日》),立志为诗歌创作奠定坚实的基础。其二,他能虚心向前朝诗人学习。李白说"自从建安来,绮丽不足珍"(《古风五十九首》其一),虽说意在批判六朝形式主义诗风,却总有些一笔抹杀前贤的味道;杜甫则说"不薄今人爱古人,清词丽句必为邻"(《戏为六绝句》其五),这使他有可能成为"集大成"的诗人。其三,他精心修改诗句,决不苟且,竭力做到"毫发无遗憾"(《敬赠郑谏议十韵》),他说"新诗改罢自长吟",又说"颇学阴何苦用心"(《解闷十二首》其七),如此殚精竭虑,不惜捐出个人的生命。

须知,杜甫的后半生不但衣食困窘,而且身体多病。他在长安困居期间,就已得了肺病,发过疟疾。流落秦州时,疟疾复发。在走向成都的路上,得了头风病。客居成都的岁月里,常在诗中说及肺病和头风,又新添了坐痹之疾。离开成都,沿江东下,走到云安,就不能继续赶路了,因为又得了严重的糖尿病。他被这场病折磨得骨瘦如柴，十分虚弱："儿扶犹杖策，卧病一秋强。白发少新洗，寒衣宽总长。"（《别常征君》）这是在永泰元年（765）。此后，这些病一直纠缠着他。杜甫是顽强的，他没有被病魔吓倒，支撑着衰弱的身体，坚持写作，以更加认真的态度探索诗艺，他说"晚节渐于诗律细"（《遣闷戏呈路十九曹长》），的确如此，他晚年所作的律诗如《登高》《秋兴八首》等，代表了他的七律的最高成就。

还须知道，杜甫是在自己的诗歌遭到冷遇的情况下，以坚忍不拔的精神求索诗艺的，这一点就更为难得。在杜甫生存的五十九年里，社会上编有四部诗歌选本，竟连一首杜诗都未选入。之所以如此，盖因编选者的眼光局限。杜诗的精华在于那些以强烈的主观感情反映战乱时代面貌的作品。而安史之乱来得如此突然，不但使一般唱惯了理想之歌的盛唐诗人嗓音为之喑哑，也使得编选诗集的人一时难以改变审美情趣。同代人郭受就曾为杜诗的境遇发过感慨，说"新诗海内流传困"（《杜员外兄垂示诗因作此寄上》）。杜甫在去世的前一年，回顾一生所作诗歌的境遇，叹道："百年歌自苦，未见有知音！"（《南征》）可贵的是，他能坚持乐道精神，在冷遇面前不动摇，以平和的心态，默默耕耘在诗园里。他说"自吟诗送老"（《宴王使君宅题二首》其二），又说"数篇吟可老"（《寄张十二山人彪三十韵》），可见他是以诗作为终身伴侣的，虽知写诗不能给自己带来任何功名利禄，却能以探索和弘扬诗道为己任，通过个人的努力，为后人开辟出诗国的新天地。

杜甫在四十八岁时写的怀念李白的诗中，曾用"千秋万岁名，寂寞身后事"（《梦李白二首》其二）这样的警句来概括李白的生平和死后，认为李白活着的时候不得其志，是"寂寞身"，但他的"后事"却能赢得"千秋万岁名"。这话其实也是杜甫对自己的回顾与展望。自己活着的时候，为了求道，可以忍受寂寞，忍受贫穷，忍受病痛，且能乐在其中；死后，则能凭借对诗道的贡献而万古流芳。既能流芳万古，又何恨枯槁当时！既能沾丐后人，又何惜困乏一己！这就是杜甫乐道精神的闪光之源，这就是杜甫精神的伟大之处。

前进中的中华民族需要继承杜甫精神。

回应人类危机同样需要弘扬杜甫精神。

论杜甫构建和谐社会的思想

杜甫出生的第二年，就是开元元年（713），他的幼年、少年、青年时期是在"开元盛世"度过的。"开元盛世"可以说是中国封建社会中一个比较和谐的社会。唐玄宗励精图治，选贤任能，姚崇、宋璟等贤明宰相推行开明政治，社会财富充实，生活秩序安定，唐人郑綮记录当时情况是"米一斗三四文……路不拾遗，行者不囊粮"[1]。正如杜甫诗中所说："忆昔开元全盛日，小邑犹藏万家室。稻米流脂粟米白，公私仓廪俱丰实。九州道路无豺虎，远行不劳吉日出。齐纨鲁缟车班班，男耕女桑不相失。"（《忆昔二首》其二）但是，被盛世景象冲昏了头脑的玄宗，到开元后期和天宝时代，大事开边战争，政治昏庸，生活腐化，导致了安史之乱，民族矛盾、阶级矛盾日益激烈，和谐的社会局面遭到严重破坏。杜甫面对这种现实，开始认真思考如何"再光中兴业，一洗苍生忧"（《凤凰台》），即如何重新建构和谐社会的大问题。安史之乱爆发以后，杜甫在所作的诗篇中，谋划社会和谐是经常性的主题。杜甫建构和谐社会的设想，主要包括建构社会阶层的和谐、国家之间的和谐、人与自然的和谐三个方面。围绕如何建构和谐社会问题，在社会利益的分配、君臣行为的规范、人格尊严的保障以及家庭、兄弟、友朋关系的维系等方面，在如何与邻国相处，在人与自然的关系方面，提出了个人的见解。今日看来，这些见解仍然有许多可取之处。这些见解散见于他的诗篇中，笔者将其钩稽、归纳，对其中的主要部分加以整理，试述如下。

---

[1] 王云五《丛书集成初编·开天传信记》，商务印书馆发行，中华民国二十九年（1940）。

一、建构社会阶层之间的和谐关系

从杜诗所揭示的问题来看,杜甫认为建构社会阶层之间的和谐关系,应该从物质层面和精神层面着手。物质层面,也就是在社会利益的分配上要做到相对公正,要避免出现贫富两极分化;反之,社会利益分配严重失调,贫富两极分化,是导致社会不和谐甚至社会动乱的总根源。精神层面,就是要树立平等观念,关注个体生命的人格尊严;反之,则会导致被轻贱者的愤懑情绪,不利于构建和谐社会。

玄宗天宝时期,社会利益分配已经出现严重的问题,玄宗君臣生活奢侈腐化,而广大劳动人民饥寒交迫。对于这种社会利益分配严重不公的现实,杜甫在诗中予以深刻的揭露:"朱门酒肉臭,路有冻死骨。荣枯咫尺异,惆怅难再述"(《自京赴奉先县咏怀五百字》),"富家厨肉臭""黎民糠籺窄"(《驱竖子摘苍耳》),"北里富熏天,高楼夜吹笛。焉知南邻客,九月犹絺绤"(《遣兴五首》其一),"高马达官厌酒肉,此辈杼柚茅茨空"(《岁晏行》)。这些诗句,均从贫富两个极端着眼,揭露社会财富占有之不公。

究竟是什么原因造成贫富两极分化呢?对于这个问题,杜甫也作出了剖析,那就是统治者对百姓的残酷掠夺,他说:"彤庭所分帛,本自寒女出。鞭挞其夫家,聚敛贡城阙。"(《自京赴奉先县咏怀五百字》)又说:"伤时苦军乏,一物官尽取。"(《枯棕》)又说:"闻见事略同,刻剥及锥刀。"(《遣遇》)总之是统治者残暴地搜刮百姓的财物,手段之极,连一把锥子、一把刀子都统统拿走,一物不留,杜甫说这种现象,所见所闻比比皆是。

那么,如何才能解决社会利益分配不公的问题?杜甫提出一个思路,就是要求上层统治者力戒奢华,在生活上厉行节俭。他说:"君臣节俭足,朝野欢呼同。"(《往在》)认为君主和臣子在物质生活上厉行节俭,百姓才会与君臣同声欢呼;反之,则只会有君臣的欢呼,而无百姓的欢呼。只有朝野上下同声欢呼,社会才是和谐的,这个"同"字显示着杜甫对和谐社会的追求,"足"字则是杜甫对实现和谐社会的条件认识。杜甫要求君臣厉行节俭,以解决社会利益分配不公的问题,这种思路是正确的。统治者如能做到生活节俭,则对于社会财富之占有欲望就会有所收敛,随之而来的就是百姓能够获得维持生活和从事生产的必要物资,百姓取得了这些物资,才会安心生产,国家才会安定,社会才会和谐。这无疑是对百姓在社会财富分配差距之容忍程度上的清醒判断。杜甫说"邦以民为本"(《送顾八分文学适洪吉州》),百姓是国家存在的根基,一旦根基动摇了,国家将会颠覆。为此,杜甫大骂那些不行俭德的"王臣"是颠覆国家的"盗贼",他说:"不过行俭德,盗贼本王臣。"(《有感五首》其三)痛斥那些大吃大喝的达官贵人是"衣冠""盗贼":"衣冠兼盗贼,饕餮用斯须。"(《麂》)

在精神层面,杜甫提出社会众生人格尊严平等的主张,强调关注弱势群体的人格尊严。显然,这对于建构和谐社会也是十分重要的。在等级社会里,人格尊严与社会地位、财富占有情况紧密联系。皇帝享有至高无上的尊严,达官贵人则依其爵位、品级而决定尊严之高下,处于生活底层的贫苦百姓则往往无尊严可谈。在统治者的眼里,贫苦百姓是下贱的奴隶,他们并没有人格尊严的要求,可以任意欺凌、侮辱之。杜甫认为人无论贵贱,都有受人尊重的心理欲求,他说"无贵贱不悲"(《写怀二首》其一),这是说贱者亦有悲,悲从何来呢?就是来自尊卑的差异,正是由于贱者的人格受到屈辱才有悲情的产生。杜甫是明了人性的,在这方面,他比先秦儒学高明得多。先秦儒学虽也强调人格尊严,但认为尊严意识主要集中在"儒""士"这些"贤者"身上。《礼记·儒行》说:"儒有可亲而不可劫也,可近而不可迫也,可杀而不可辱也。"[1]《孟子·告子上》说:"所欲有甚于生者,所恶有甚于死者,非独贤者有是心也,人皆有之,贤者能勿丧耳。"[2]说到最后,还是把尊严意识从百姓身上排除掉了。杜甫则坚定地认为,在普通百姓心里亦存在着强烈的人格尊严的欲求。他在许多诗篇中,都替弱势群体表达着享受人格尊严的愿望。在此仅举几例。

《前出塞九首》这组诗,叙述一位农民被征调当兵的事。在开赴前线的途中,他敢于同欺负他的顽劣子进行斗争:"出门日已远,不受徒旅欺。"(其二)他敢于向带队的官长提出抗辞:"送徒既有长,远戍亦有身。生死向前去,不劳吏怒嗔!"(其四)他说:"押送征夫的是你们这些官长,

---

[1] 李学勤《十三经注疏》(第六册),北京大学出版社,1999年,第1582页。
[2] 李学勤《十三经注疏》(第十一册),北京大学出版社,1999年,第308页。

而远戍边疆的我们也都是人啊。不管是生是死我们向前去就是了,用不着你们如此吹胡子瞪眼睛!"——请看,在杜甫的笔下,这位普通士兵有着多么强烈的尊严意识!在战争中,他立了功,"虏其名王归,系颈授辕门",按制度他应报功请赏,但是,当他看到一些人在虚报战功,他便不声不响了,"潜身备行列","欲语羞雷同"(其八、其九),宁可不要奖赏,也不愿与这些人为伍!——请看,在杜甫的笔下,这位普通农民具有多么可敬的人格精神!《垂老别》写一位老年农民在"子孙阵亡尽"的情况下,不愿苟生,要去战场寻求一死,他扔掉拐杖,穿上铠甲,告别官长时也不跪拜,仅行作揖之礼,他说:"男儿既介胄,长揖别上官。"不仅轻视生死,而且平视上官。杜甫塑造这些人物形象,无疑是向社会说明,在普通的百姓身上,同样具有尊严意识,达官贵人们随意践踏百姓的尊严,污辱他们的人格,是荒谬无理的。

建构和谐社会,不仅要给百姓以生存权(当然这是根本),还要给百姓以被尊重权,这是杜甫为建构和谐社会而在社会阶层之间的和谐关系的建设上所开出的两大良方。此外,他在家庭关系上强调丈夫尊重妻子,在兄弟关系上强调兄长爱护弟弟,在友朋关系上强调亲善、诚信。总之,他的整体思路是站在维护弱者权益的立场上,对强者提出要求,把社会矛盾的主要方面认定给社会阶层中的强势群体,把建构和谐社会的主要责任认定给社会阶层中的强势群体。这种思路具有科学性。

值得注意的是,杜甫还强调官员要为民请命:"谁能扣君门,下令减征赋?"(《宿花石戍》)这实际是提出一个重要的利益表达机制的问题。百姓的疾苦如何才能上达朝廷?建立相应的社会利益表达机制是重要的步骤。如果社会利益表达不畅通,民情民愿被堵塞,朝廷对民情民愿不清楚,要实现和谐社会是困难的。对于这个问题,杜甫提出两个办法:一是地方官要经常下乡"问俗","问俗"就是了解民情,准确掌握民生状况。例如,他表扬剑南节度使严武的"问俗"之举:"问俗终相并"(《八哀诗·赠左仆射郑国公严公武》),他表扬夔州都督兼御史中丞柏茂琳经常乘船去了解民情:"中丞问俗画熊频"(《奉送蜀州柏二别驾将中丞命赴江陵起居卫尚书太夫人因示从弟行军司马位》),等等。二是及时向皇帝派遣的使臣反映民情,由使臣向皇帝汇报。例如,他在《送顾八分文学适洪吉州》诗中就说:"请哀疮痍深,告诉皇华使。"皇华使,就是指皇帝派遣巡视地方的使臣,语出《诗经·皇皇者华》,《毛诗正义》曰:"作《皇皇者华》诗者,言君遣使臣也。"唐人每每用"皇华使"来指称皇帝派遣的使臣。王维、韦应物诗中亦有此种称呼。杜甫在这里是嘱咐顾八分文学(顾戒奢)到达洪州、吉州以后,要把百姓的"疮痍"苦情告诉给皇帝派遣的使臣,从而让皇帝对这里的民生有所了解。杜甫所在的时代,没有诸如今日人民代表大会之类的机构,应该说,他构想的这两种社会利益表达方式,还是有一定的可行性的。

二、建构与周边国家的睦邻关系

在人类历史上,国与国之间的战争无一不是上层统治者蓄意挑起来的,虽然他们为发动战争找出各种各样的借口,但根本原因只有两个:或是由于国力强大,财大气粗,遂萌生扩张领土的野心;或是由于经济萧条,国内政治和阶级矛盾尖锐,为转移视线而发动对他国的侵略。历次战争无不是以牺牲众多百姓的生命和财富为代价,无不是以增强民族之间的仇恨为代价。因此,侵略战争是反人类的行为。孟子曾经痛斥过这类反人类的罪魁,说他们是"率土地而食人肉,罪不容于死"[1]。杜甫的思想直承孟子,他是反对非义战争的。开元后期和天宝时代,好大喜功的唐玄宗基于国力的强大,不断进行开边战争,给百姓生命和农业生产造成了严重的灾难。对此,杜甫在许多诗篇中给予严厉的批判,他说:"边庭流血成海水,武皇开边意未已。"(《兵车行》)又说:"君已富土境,开边一何多!"(《前出塞九首》其一)为了控诉开边战争的罪行,杜甫用浓重的笔墨描绘了古战场的惨烈景象:"君不见,青海头,古来白骨无人收。新鬼烦冤旧鬼哭,天阴雨湿声啾啾。"(《兵车行》)"下马古战场,四顾但茫然。风悲浮云去,黄叶坠我前。朽骨穴蝼蚁,又为蔓草缠。"(《遣兴三首》其一)还有一些诗篇描写了前线士兵的苦难:"驱马天雨雪,军行入高山。径危抱

---

[1]李学勤《十三经注疏》(第十一册),北京大学出版社,1999年,第202页。

寒石，指落层冰间。"（《前出塞九首》其七）这是写士兵筑城，抱着寒冷的石头行走在危险的山路上，手指头都被冻掉了，落在冰雪里。又在《遣怀》诗中写道："百万攻一城，献捷不云输。组练去如泥，尺土负百夫。"这是写边将为了拓境邀功，不惜以上百个士兵的生命去争夺一尺之地。边塞战场是如此的残酷，中原农村也是一片荒芜，由于男子都被征丁上了前线，后方从事农业劳动的只有妇女，杜甫写道："君不闻，汉家山东二百州，千村万落生荆杞。纵有健妇把锄犁，禾生陇亩无东西。"（《兵车行》）连年的开边战争造成了人力物力的极大损伤，杜甫说："拓境功未已，元和辞大炉。"（《遣怀》）拓境的战功未能如愿，而大唐王朝的太平之气已然消失。这些开边战争是否扩大了唐王朝的疆土呢？杜甫说不："汉虏互胜负，封疆不常全。"（《遣兴三首》其一）连年的征战，也只是敌我双方互有胜负而已。今天我们打过去，明天人家又打过来，暂时得到的疆土根本无法保全。

综上所述，杜甫认为，用武力攻伐来对待邻国是完全错了。那么，正确的做法应该是怎样的呢？杜甫的策略是：屯重兵以守国境，修仁德以结睦邻。这种策略集中体现在他的《前出塞九首》其六中，诗云：

挽弓当挽强，用箭当用长。
射人先射马，擒贼先擒王。
杀人亦有限，立国自有疆。
苟能制侵陵，岂在多杀伤！

这首诗充满了人性与理性的光辉。从人性角度来看，杜甫认为仁心善行可以感化众生，即便是对于入侵之敌，也是可以感化的。他说"射人先射马，擒贼先擒王"，马被射死了，人也就被俘了，用不着杀他，王被擒拿了，贼兵也就投降了。这样就可以减少杀戮，做到既"杀人有限"又能击败入侵者，从而避免众生遭殃。这对于此后与他们修好睦邻关系来说，无疑是奠定了思想和情感的基础。从理性角度来看，杜甫并非是个不务实际的天真书生，他在主张以仁慈对待邻国的时候，强调了"制侵陵"这个前提条件——"苟能制侵陵，岂在多杀伤！""制侵陵"就是抑制邻国的入侵，就是需要有重兵威慑，使邻国的上层分子不敢轻举妄动。在强调重兵威慑的时候，杜甫又严格地指出重兵不得越过国境，就是诗中所说的"立国有疆"，要严格地把重兵屯于国门。总之，杜甫这里说的是文德武威并用，文德以感化其心，武威以震慑其胆，最终实现与邻国和平共处的局面。

屯重兵于国门，依靠兵威震慑对方，引而不发，这种边防策略在杜诗中每有申述。例如，在《奉送郭中丞兼太仆卿充陇右节度使三十韵》就说："和虏犹怀惠，边防讵敢惊？古来于异域，镇静示专征。"郭中丞，即郭英乂。唐肃宗至德二载（757），郭英乂充陇右节度使，西御吐蕃。杜甫写此诗为之送行，对其边防策略加以忠告。对于上面所引这四句诗意的解释，仇兆鳌《杜诗详注》引朱鹤龄语云："吐蕃和好，久怀旧恩，故防边之法，不在惊扰。自古御戎，惟于镇静之中，默寓专征之意。"[1] 专征，义为受命自主征伐，这里指节度使。唐玄宗天宝初年开始，在沿边设立九个节度使，节度使受命主掌军政，有自主征伐之权。杜甫说："你此去西部边陲，应与吐蕃和好，让他们感怀恩德；边防之事宜须慎重，不可轻易出兵惊吓了他们。自古以来，汉人对于异族，都是以镇静来显示主将的意志。"镇静，就是以静制动，不战而屈人之兵。

再举一例。杜甫在七绝组诗《喜闻盗贼总退口号五首》其二写道："赞普多教使入秦，数通和好止烟尘。朝廷忽用哥舒将，杀伐虚悲公主亲。"这四句诗概括了唐朝与吐蕃的关系转变史。唐朝开国以后，对吐蕃本来是采取怀柔政策，通过和亲的方式与其保持密切的关系，太宗于贞观十五年（641）嫁文成公主给吐蕃赞普，中宗于景龙四年（710）嫁金城公主给吐蕃赞普，两次和亲都将唐朝的百工技术传到吐蕃，对吐蕃经济、文化的发展起到巨大的推动作用，吐蕃也一直对唐朝皇帝行甥舅之礼。但是，到了开元后期，玄宗力主开边，穷兵黩武，从开元二十五年（737）二月河西节度使崔希逸袭击吐蕃开始，吐蕃对唐王朝失去了信任。开元二十八年（740），金城公主逝世，吐蕃遣使来长安告哀，请求和好，玄宗不许。[2] 天宝六载（747），玄宗"欲使王忠嗣攻吐蕃石堡城"，王忠嗣上

---

[1] 仇兆鳌《杜诗详注》，中华书局，1979年，第370页。
[2] 司马光《资治通鉴》，中华书局，1997年，第6843页。

言:"石堡险固,吐蕃举国守之,今顿兵其下,非杀数万人不能克,臣恐所得不如所亡。"王忠嗣的拒命惹得"上意不快"。[1]天宝八载(749),玄宗又命哥舒翰攻击吐蕃石堡城,哥舒翰领命,攻下石堡城,"唐士卒死者数万"。[2]由此,唐、蕃关系愈加恶化,终于导致吐蕃攻陷长安之惨局。杜甫这首诗是在唐军驱散吐蕃之后写的,从诗中可以看出,杜甫对唐朝前代帝王奉行与吐蕃睦邻修好的政策非常赞扬,对玄宗及哥舒翰破坏睦邻关系则加以鞭挞。他是在进行历史的反思,为唐王朝总结外交政策的经验和教训,也是在为建立国家之间的和谐关系进行深刻的思索,这种思索无疑是排除了狭隘民族主义的。

三、建构人与自然的共荣关系

杜甫坚持中国儒学中"天人合一"的宇宙精神,深刻认识到人与自然的相生相克、同存同亡的血肉相连的关系。他在诗中围绕人与自然的关系问题所表述的若干见解,对于我们建构人与自然的和谐关系具有一定意义。

首先,他能摆正人与自然的依存关系。他把人类的生命放置在同宇宙众生平等的地位。他不将人类看成宇宙众生的主宰,不以奴役的心态对待天地万物,而是将自己的血肉之躯、心灵情感,与大自然作亲密的融合。他说:"一重一掩吾肺腑,山鸟山花吾友于。"(《岳麓山道林二寺行》)把相互掩叠的山峦看作自己的肺腑,把山鸟山花看作自己的朋友。这种天人一体、物我同构、生灵同亲的思想感受,表现的是一种博大的宇宙精神。在杜甫的眼中,大者山川,小者花草,都是有性灵的,都是对人有感情的。"物微意不浅,感动一沉吟!"(《病马》)他多次赞美矫鹰、骏马、劲鹘、白鹤、花鸭,又为病马、病鹘、病柏、病橘、枯棕、枯楠伤叹不已,对白鸥、小鹅的命运表示忧虑,还请求鸂鶒不要对自己生疑。他客居成都草堂

---

[1] 司马光《资治通鉴》,中华书局,1997年,第6878页。
[2] 司马光《资治通鉴》,中华书局,2002年,第6896页。

时，曾两次游历新津县修觉寺，均有诗作，《后游》诗中写道："寺忆曾游处，桥怜再渡时。江山如有待，花柳更无私。"真是物我亲融，交密无间。在草堂落成之后，他为自己有了安身之所而感到欣慰，与此同时，他还为乌鸦们有处栖身、燕子们有处做窝而欢欣："暂止飞乌将数子，频来语燕定新巢。"（《堂成》）他乐与鸟儿们和睦相处："自去自来梁上燕，相亲相近水中鸥。"（《江村》）为了让燕子顺利通行，他把门帘高高卷起，又嘱咐孩子们，不得随意轰打树上的乌鸦："帘户每宜通乳燕，儿童莫信打慈鸦。"（《题桃树》）

杜甫特别喜爱树木，尤其喜欢与高大古老的树木为邻。客居秦州时，他曾翻山越岭踏寻建造房屋的基地，每逢遇到生有"老大藤"或是"屈蟠树"的地方，总是恋恋不舍。在成都西郊选择地方建草堂，最终还是确定在一棵活了200年的老楠树旁，不惜花费巨大的"诛茅"之力。杜甫还是个植树造林的能手，十分钟情于这些绿色的生命。他一生南北东西漂泊不定，所居之处，定要种些树木，"平生憩息地，必种数竿竹"（《客堂》）。其实，他所种植的不仅仅是竹子，也远远不止数竿。在定居成都草堂的日子里，他到处求亲告友，索要了大量的树苗，在房前屋后栽上成片的笼竹、桤林，"桤林碍日吟风叶，笼竹和烟滴露梢"（《堂成》），又在院子里种植四棵小松、五棵桃树，精心呵护。桃枝长长了，截断了甬道，他宁可绕路，也不忍心把枝条剪断（《题桃树》）。

特别令人感动的是，他经常把树木当成人来看待，或视如儿女，或视如朋友，或视如英雄义士，进行感情交流。比如，他用"十五女儿腰"这种慈爱的心肠，赞美窗前垂柳的枝条，诅咒那吹折柳条的狂风（《绝句漫兴九首》其九）。他用朋友之间推心置腹的声口，向小松树交心："我生无根蒂，配尔亦茫茫。有情且赋诗，事迹可两忘。勿矜千载后，惨淡蟠穹苍。"（《四松》）说自己漂泊无定，配不上和你这有根的松树交朋友，但是自己能作诗，这又略胜于你们，那么双方的短长就可以"两忘"了，请求小松长大之后不要看不起老朋友。如此对松痴语，可见此老爱树之心何等诚挚。对于那些参天大树，杜甫每以英雄视之。例如，他歌颂孔明庙前的老柏树："霜皮溜雨四十围，黛色参天二千尺。云来气接巫峡长，月出寒通雪山白。君臣已与时际会，树木犹为人爱惜。"（《古柏行》）草堂前的那棵老楠树被狂风暴雨拔倒,杜甫则以壮烈牺牲的义士视之,心情沉痛地写诗追悼:"虎倒龙颠委榛棘,泪痕血点垂胸臆。我有新诗何处吟?草堂自此无颜色。"(《楠树为风雨所拔叹》)这些都说明,杜甫确实具有超卓的慈爱之心,他作为千古"情圣",不仅酷爱人生,也酷爱自然。

其二,杜甫主张有节制地从自然界中猎取食物,反对滥捕滥杀的罪恶行径。对于那些荼毒生灵、毁坏山林的行为,杜甫给予严厉的斥责和警告。他在客居川北的日子里,曾到涪江边观看渔民捕鱼。当看到渔民"截江"拉网,大肆捕捉,连小鱼都被浑水呛得难以存活时,感到非常震惊,认为这是"暴殄天物",要受神的惩罚的:"潜龙无声老蛟怒,回风飒飒吹沙尘。"(《观打鱼歌》)杜甫不是拒食腥膻者,这里也不是佛家戒杀生的说教,他所反对的是竭泽而渔、毫无节制的捕杀,他所说的蛟龙震怒,实际上说的是自然规律要对人类实行惩处。梓州刺史章彝,曾给予杜甫生活上的有力援助,算是杜甫的大恩人了,但是他的疯狂围猎的行为,仍使杜甫无法缄默,作《冬狩行》一诗,讽刺他的滥杀滥捕:"夜发猛士三千人,清晨合围步骤同。禽兽已毙十七八,杀声落日回苍穹。""东西南北百里间,仿佛蹴踏寒山空。"他摆出方圆百里的包围圈,是决心要把寒山中的禽兽洗劫一空了。诗中列举所获的猎物,其中竟有小鸟"鹡鸰":"有鸟名鹡鸰,力不能高飞逐走蓬,肉味不足登鼎俎,胡为见羁虞罗中?"连根本不能食用的小鸟都不放过,你刺史大人真是要捕尽杀绝呀!这个章彝没过多久就被剑南节度使严武"杖杀"了,这也是人道报应。想来,杜甫对这样一个荼毒生灵的罪人,是不会有什么同情心的。杜甫客居夔州时,适逢大旱之年。当地习俗,久旱不雨则放火烧山,说这种做法能让沉卧的蛟龙惊起,从而兴云作雨。杜甫认为这是十分愚昧的行为,旱涝是上天的安排,即便在尧舜时期也不能幸免。(见《雷》)在题为《火》的这首诗中,以焦灼的笔墨记录了山林被焚烧的惨象,为这些"根源皆太古"的参天大树毁于一旦而痛心疾首,他说:"青林一灰烬,云气无处所。"森林一毁,云气无处存身,则旱情只能更加酷烈。应该说,杜甫对生态环境与气候关系的看法是正确的。

其三,杜甫提出了保护弱小生灵的主张。大自然生成了万物,物种之间相互排斥,又相互依存。在大自然设计的这条由万物密切连接而构成的环型生命链条上,无论哪一个物种环节发生断裂,都会导致生态系统的紊乱,都会危及人类的生存。杜甫显然对此有所认识,他尤其珍惜弱小动物的生命,对于鸟雀以下的微小生灵,至如蝼蚁之类,杜甫亦能予以关爱。杜甫客居夔州期间,受夔州都督柏茂琳之托,管理公田的水稻,在修筑打稻场的时候,他想到有可能会毁坏蚂蚁窝,就格外经心地对场地的位置进行了选择(《暂往白帝复还东屯》:"筑场怜穴蚁")。他虽粮食紧缺,但看到溪水中的小鱼无食,也能分一些饭粒去喂鱼。(《秋野五首》其一:"盘飧老夫食,分减及溪鱼")。这不仅是仁义之举,更是智慧之心,对于保存物种,维持生态平衡,具有积极意义。

人类作为有理智的物种,应该自觉地维护生态平衡,应该具有杜甫那样的智慧,具有杜甫那样的"物与"精神,以山川为脏腑,为血脉,以林木花鸟为朋友,有节制地取食于自然,顺应自然规律,达到人和而天和、人乐而天乐的天人和乐的境界。

杜甫的后半生遭逢乱世,玄宗、肃宗、代宗忙于平息安史之乱和其后的吐蕃进犯、军阀战乱,而且他们的政治器识较差,杜甫建构和谐社会的构想,在现实中未能得到实施和验证。虽说如此,亦不可断然否定其理性的光辉。当今,我们正在谋求社会的和谐,先哲的思想智慧应该成为我们的借鉴。

杜甫对儒、道两家思想的亲和
——杜甫退居山野之后的思想变化

中国历史上的知识分子,一般说来,进则以儒家思想为旗帜,退则以释、道两家思想为依托。杜甫与此相类而又有明显的不同,这主要表现在他罢掉官职退居山野之后对儒、道两家思想的亲和。唐肃宗乾元二年(759),是杜甫一生的重要转折时期。这年七月,他果决地辞掉了华州司功参军的官职,带领家属来到秦州谋生。从一个政府官员变成一介草民,身份的变化,带来了思想的变化。此前,无论是漫游时期还是为官时期,他是坚定地抱守儒家思想观念的,其间虽说他也游历过佛寺、道观,接触过僧人、道士,但均停留在广开文化视野的目的层面,并未产生过思想的亲和。但是,来到秦州之后,情况发生了变化,他一方面仍然信守着儒家思想,同时对道家思想也产生了一定的认同感。本文试以他的秦州诗作为依据,对他这一时期的思想特征作出论述。

一、以儒、道两家思想诠释其归隐行为

杜甫在《秦州杂诗二十首》中,对自己的归隐原因作了说明:"满目悲生事,因人作远游","唐尧真自圣,野老复何知"。这些诗句,很明显是斥责肃宗的昏庸导致了邺城战役的惨败,很明显是斥责肃宗的刚愎自用。在杜甫的眼里,此时的肃宗已是扶不起来的天子,此时的朝廷已是政治昏暗的朝廷,作为一个正直的、立志有所作为的士人,已经没有必要参与其中。杜甫这样解释他的归隐行为,是遵照儒家思想对人的进退行为所

作的规定。先秦儒家虽然在整体上是鼓励人们积极投身于社会,激励人们有所作为,但对于仕进来说却是有条件的,那就是在政治清明时应该出去做官,在政治昏暗时应该隐居山野。据笔者统计,在《论语》中至少有六处表达了这种意思。《论语·公冶长》:"子曰:'宁武子,邦有道则知,邦无道则愚。其知可及也,其愚不可及也。'"[1]孔子以宁武子为典范,说他这个人在国家政治清明时,显得很聪明;在国家政治黑暗时,则装得像个傻子,意思是说他不愿意为黑暗的政局效力。《论语·述而》:"子谓颜渊曰:'用之则行,舍之则藏。'"[2]《论语·泰伯》:"天下有道则见,无道则隐。"[3]《论语·先进》:"以道事君,不可则止。"[4]止,终止做官。《论语·宪问》:"邦有道,谷;邦无道,谷,耻也。"[5]谷,意谓领取俸禄,即做官。《论语·卫灵公》:"邦有道,则仕;邦无道,则可卷而怀之。"[6]卷而怀之,意谓把自己的本领收藏起来。很明显,从上面所引杜甫的诗句,可以看出他在解释自己退隐的行为上,心中是怀着先秦儒家的行藏准则的。这说明,杜甫在秦州时,他仍在信守儒家的思想观念。

这只是一个方面。另一个方面,杜甫还用道家思想解释了自己的归隐行为。老子主张"道法自然"[7],强调顺应自然,人的行为不得违背人与物的天性。杜甫在秦州期间,开始对个人的天性集中省视,在所作诗中有四次提到自己的天性是"疏懒""懒拙":"东柯遂疏懒"(《秦州杂诗二十首》其十五),"旧谙疏懒叔"(《佐还山后寄三首》其一),"疏懒为名误,驰驱丧我真"(《寄张十二山人彪三十韵》),"我衰更懒拙,生事不自谋"(《发秦州》)。"疏懒""懒拙",意思是说天性粗疏,懒于应酬,拙于心计。他在《发秦州》中还说过"应接非本性"的话,"应接"就是指官场应酬、逢迎拍马、投机取巧那一套,说自己的天性中并无这种东西。显然,这样的天

---

[1] 李学勤《十三经注疏·论语注疏》,北京大学出版社,1999年,第66页。
[2] 李学勤《十三经注疏·论语注疏》,北京大学出版社,1999年,第87页。
[3] 李学勤《十三经注疏·论语注疏》,北京大学出版社,1999年,第104页。
[4] 李学勤《十三经注疏·论语注疏》,北京大学出版社,1999年,第152页。
[5] 李学勤《十三经注疏·论语注疏》,北京大学出版社,1999年,第182页。
[6] 李学勤《十三经注疏·论语注疏》,北京大学出版社,1999年,第209页。
[7] 《诸子集成·老子道德经》,上海书店,1986年,第14页。

性是不适合于立身官场的。杜甫在秦州仅仅居住三个月,在如此短暂的时间里,反复在诗中提及自己的天性,这实际是在申说自己不适于做官,说明他是在遵循道家的思想观念来诠释自己的归隐行为,即顺应自己的天性,离开官场,走向山野,才是正道。杜甫还强调保持个人天性的必要性,强调人的行为不得违背天性,他在给赞公的诗中说:"放逐宁违性?"(《宿赞公房》)这位赞公原是长安大云寺的住持,因得罪于朝廷,被放逐到了秦州,他虽遭到放逐,却能在偏远之处虔诚佛事。杜甫此诗固然是在表彰赞公的坚守佛性,同时也是在表明自己对天性的固守意识。所有这些,可以看出他是接受了道家的这种思想的。

二、以道家思想评论时人和古人

杜甫在客居秦州期间,作诗八十八首(据仇兆鳌《杜诗详注》,截止到《发秦州》),却无一首诗涉及与官吏往来,所接触的人物多是道士、僧人。张彪是个道士,杜甫给他写了一首长达三十韵的五言排律,对这位道士的思想、品格和诗歌、书法造诣给予由衷的赞评:"静者心多妙,先生艺绝伦。草书何太古,诗兴不无神。"(《寄张十二山人彪三十韵》)道家主张"致虚极,守静笃"[1],"静为躁君"[2],"清静以为天下正"[3],认为静是动之主,君子应当主静。"静者"自然是得道之人,说"静者心多妙",这无疑是对道家精神的肯定和礼赞。杜甫称张彪为"静者",唯其能"静",故多妙心,草书、诗歌,方能出神入化。这也可以看作是以张彪这一"实证"来说明道家的"守静"精神对于文学艺术的巨大影响。阮昉是秦州隐士,虽说家境清贫,却能安然自守。对于这位高人,杜甫也从道家的精神角度赞扬他的美德和诗才:"贫知静者性","清诗近道要"(《贻阮隐居》)。

杜甫在此期间还写了许多评论古人的诗作。汉代庞德公是他多次提到

---

[1]《诸子集成·老子道德经》,上海书店,1986年,第9页。
[2]《诸子集成·老子道德经》,上海书店,1986年,第15页。
[3]《诸子集成·老子道德经》,上海书店,1986年,第28页。

的人物，他赞美庞德公的高蹈出世："昔者庞德公，未曾入州府。襄阳耆旧间，处士节独苦。岂无济时策？终竟畏罗罝。林茂鸟有归，水深鱼知聚。举家隐鹿门，刘表焉得取！"（《遣兴五首》其二）庞德公虽有济时良策，却不接受刘表的招聘，宁可采药为生，杜甫认为他的行为就如同鸟入茂林，鱼入深水，躲避纷争的乱世，以无为的表象成全其大有为的心志，"无为而大有为"是道家的重要思想范畴。杜甫还表示，自己也将像庞德公那样采药以终老："采药吾将老。"（《秦州杂诗二十首》其十六）并且说自己的老伴会予以协助："晒药能无妇？"（《秦州杂诗二十首》其二十）反问的语气，表达了乐观的心情。秦州附近，有个太平寺，寺里有清泉一眼，水塘一方，水中有黑、白两条小蛇，颇有灵异之象，杜甫想引取这里的泉水，来灌溉自家药圃里的黄精："何当宅下流？余润通药圃。三春湿黄精，一食生毛羽。"（《太平寺泉眼》）黄精是多年生草本植物，根状茎可入药，有补气、润肺之效。晋人葛洪《抱朴子》说："有道之士，登之不衰，采服黄精，以致天飞。"[1]这就是杜甫想服食黄精以"生毛羽"的依据。这就不仅是认可道家，甚至已经进入道教一途了。

　　陶潜是后人心目中的高士，是"古今隐逸诗人之宗"，但杜甫对他的是否"达道"是颇置疑词的，在《遣兴五首》其三写道："陶潜避俗翁，未必能达道。观其著诗集，颇亦恨枯槁。达生岂是足？默识盖不早。有子贤与愚，何其挂怀抱！"杜甫说陶潜未能"达道"，理由有两个：一是陶潜在诗作中每每叹恨生涯枯槁，一是他伤心自己的儿子们不长进。前者，如陶潜《饮酒》诗中所说："颜生称为仁……长饥至于老。虽留身后名，一生亦枯槁。"后者，陶潜有一首题为《责子》的诗，对他的五个儿子进行了责备："虽有五男儿，总不好纸笔。"老大十六岁，"懒惰"得无人能比；老二即将十五岁，"而不爱文术"；老三十三岁，"不识六与七"；老四将近九岁，只知道到处找水果吃。想到自己已经满头白发，身体也已衰弱，不禁忧从中来，"天运苟如此，且进杯中物"，这样的饮酒显然并不畅快。杜甫认为这不是"达生"的表现："达生岂是足？默识盖不早。""达生"是道家主张的生活态度，《庄子·达生》云："达生之情者，不务生之所无以

---

[1] 葛洪《抱朴子内外篇》（卷六），扫叶山房发行，民国九年石印，第28页。

为。"[1]意思是说,通达生命实情的人,不去追求性分中所没有的东西,应该顺其自然,不被世事所牵累。杜甫用道家的这种生活态度去评价陶潜,看出他对孩子们"不好纸笔""不爱文术"的斥责是错误的,孩子的性分中既然没有这种东西,又何必强其所难呢?不能因为当父亲的是个诗人,就要求孩子们也去写诗啊!应该说,道家的这种观念是正确的,杜甫认为陶潜没有早早地"默识"此道,这种批评也是正确的。事实上,杜甫在培养孩子的问题上,也是按照道家的这种观念去做的。杜甫有两个儿子,宗文和宗武。宗文性分愚钝,念书不灵,杜甫没有强制他念书,而是让他干些体力活,例如教他如何盖鸡窝什么的(见《催宗文树鸡栅》)。宗武天赋聪颖,是个读书的料,杜甫就教他读《文选》,作诗篇(见《宗武生日》)。总之,是根据孩子的性分来施教,绝不凭自己的所好,硬赶鸭子上架。这是他对道家"达生"观念的奉行。

三、对儒家思想的继续奉行和局部超越

杜甫客居秦州期间,虽是一介草民,却仍然保持儒家的忧患意识,忧国忧民之心未曾松懈。首先是对国家时局的关注,继续对肃宗朝政的弊端予以批判。例如,他批判肃宗以和亲来换取回纥援兵的做法,乾元元年(758)七月,肃宗把幼女宁国公主嫁给回纥可汗,第二年可汗死后,公主被要求殉葬,她据理力争,结果以毁容的办法获得生还。公主还朝,路经秦州,杜甫作《即事》诗云:"闻道花门破,和亲事却非。人怜汉公主,生得渡河归。秋思抛云髻,腰支剩宝衣。群凶犹索战,回首意多违。"杜甫在诗中以宁国公主的惨淡仪容,以群凶索战的现实,批判了肃宗的和亲政策。在《留花门》诗中,他对肃宗一味依赖回纥兵马来平息安史叛军的做法进行了批判,指出这些回纥兵马肆意横行,践踏庄稼,严重地摧残了农事和百姓的生活:"花门既须留,原野转萧瑟。"此外,杜甫还用诗歌记录了秦州边事的警急(如"警急烽常报,传闻檄屡飞","蓟门谁自北,汉

---

[1]《诸子集成·庄子集释》,上海书店,1986年,第277页。

将独征西"等),描绘了山川的险恶(如"莽莽万重山,孤城石谷间。无风云出塞,不夜月临关"等),反映了民风的剽悍(如"羌女轻烽燧,胡儿掣骆驼","羌妇语还笑,胡儿行且歌"等),对此地的安危局势给予密切的关注。

其次,关心民瘼,揭露战争带给人民的苦痛,继续发出反战的呼声。杜甫继承先秦儒学的仁爱精神,接受孟子所表述的"争地以战,杀人盈野;争城以战,杀人盈城:此所谓率土地而食人肉,罪不容于死"[1]的深刻思想,以诗歌为反战的号角。秦州地处边塞,向为征战之地,杜甫初到此处,目击荒凉的古战场,作诗言道:"下马古战场,四顾但茫然。风悲浮云去,黄叶坠我前。朽骨穴蝼蚁,又为蔓草缠。故老行叹息,今人尚开边。汉虏互胜负,封疆不常全。安得廉颇将,三军同晏眠?"(《遣兴三首》其一)风烟惨淡,黄叶飘零,朽骨遍野,一幅令人观之色变的古战场图景。诗中还揭示了这幅惨景的创作者,正是那些崇尚开边战争的人物。那些包括玄宗和边将在内的人物,他们对开边战争是自有说辞的,但是杜甫说:这些战争并没有把对方打垮,国家的疆土也并没有扩大,战争的唯一结果只是牺牲了无数士兵的生命而已!这是对玄宗以来的开边战争的深刻批判。杜甫还对当时正在进行的战争作了反映,重点放在同情百姓遭受的兵役之苦上面。如《捣衣》所写:"亦知戍不返,秋至拭清砧。已近苦寒月,况经长别心!宁辞捣衣倦?一寄塞垣深。用尽闺中力,君听空外音。"诗写一个妇女,在苦寒季节为征夫捣制寒衣,她的丈夫一去多年,她也知道他不可能回来了,却还是用尽柔弱之力把寒衣做好,寄往遥远的关塞。这是人间惨痛的一幕,杜甫用诗句把思妇那沉重的捣衣声扬播于天宇之下,沉重地敲击着社会良知。此外,杜甫还每每关注士兵的往来调动,反映他们的苦情,如"士苦形骸黑,林疏鸟兽稀。那堪往来戍?恨解邺城围"(《秦州杂诗二十首》其六),"东征健儿尽,羌笛暮吹哀"(《秦州杂诗二十首》其八),等等。

由上可知,已经退隐的杜甫,却未曾忘怀国事民情。这是杜甫对儒家思想的突破之处。

---

[1]《诸子集成·孟子正义》,上海书店,1986年,第303页。

儒家主张"不在其位，不谋其政"，"邦无道，则可卷而怀之"，古代知识分子一旦退居山野，便打起不问世事的旗帜，即如王维所说的那样"万事不关心"了。杜甫的独特之处，就在于他身隐而心未隐，他在衣食不保、诸病缠身的情况下，仍然忧国忧民，他对儒家思想的这种超越，是他的社会良知高度纯化的结果。他对国家民族的这份苦恋之情，真可感天地而泣鬼神，这也是中国知识分子把自己与国家民族高密度结合的典范思想和行为。

清代刘熙载说："少陵一生却只在儒家界内。"[1] 此说在学界影响颇大，但它显然不够严谨。诚然，杜甫在继承和发扬儒学精神方面堪称典范，他一生都没有放弃过对儒学的信仰。但是，随着生活、身份的变化，单一的儒家思想已经不能成为他心灵的唯一归所，不能成为他行为的唯一支柱，他需要在儒家之外的道家甚至佛家的某些思想层面寄托其灵魂。杜甫在秦州期间表现出的对儒、道两家的思想亲和，对于此前的他来说，是一种思想新变。也正是由于出现这种新变，使他能够在艰难困苦之中维持了生命，并且保持了旺盛的创作力，须知在他一生的创作生涯中，秦州时期几乎是每天一首，产量是最高的，而且在这个时期，他的五律艺术已经达到了极致。

---

[1] 刘熙载《艺概》，上海古籍出版社，1978年，第59页。

试论杜甫成为伟大的现实主义诗人的主体因素

杜甫能够成为伟大的现实主义诗人,是因为他经历了一条艰难困苦的生活道路。生活折磨了杜甫,也成全了杜甫,使他逐渐走向人民,深入痛苦的社会底层,从而了解了人民的喜怒哀乐,看清了统治者的罪恶,又从而创作出一代伟大的现实主义诗篇。——这个观点已被文学史家反复地、详尽地论述过了。的确如此,没有这条道路,他不会达到如此辉煌的现实主义诗歌顶峰。但是,杜甫何以会走上这条艰难困苦的道路?有了这条道路,就能确保一个诗人的成就吗?安史之乱给众多的诗人带来苦难,为什么只有杜甫取得这样高的成就?这个问题,就不是上述观点所能解答的了,但这显然又是应该说清的。说清这个问题,可以使我们对杜甫成为伟大的现实主义诗人的原因,有个全面的认识。笔者认为,艰苦的生活道路是玉成杜甫的一大因素,而杜甫的思想、品性、气质,乃是促成杜甫走上这条道路,写出一代"诗史"的另一原因,是他可贵的主体因素。

一、他的真诚率直的品性,使他不可能跻身官场,而只能走向人民

封建社会的官场是龌龊的、虚伪的,阿谀逢迎者得升,耿介刚直者遭斥,要想在政治斗争的风雨中维持局面,起码也得学会明哲保身,一部中国官场史,大体重复着上述的事实。其间虽有较为清洁的时期,如"文景之治""贞观之治"和"开元之治",但都为时不久。杜甫虽在青年时代赶上了唐玄宗"开元之治",但当他走入社会的时候,唐玄宗已由励精图治

的天子变成了昏庸无道的君王了，他任用李林甫和杨国忠把持朝政，把官场搞得一片昏黑，李林甫公开对群臣讲："今明主在上，群臣将顺之不暇，乌用多言！诸君不见立仗马乎？食三品料，一鸣辄斥去，悔之何及？"这是公然的钳制人口，堵塞言路，目的是要把官场变成阴森死寂的坟场，让群臣成为有口无声、不辨善恶的活死人。摆在杜甫面前的只有两条路：或是投机取巧、随波逐流而得荣华，或是秉诚持正、唾弃逢迎而受艰辛。何去何从，无疑是要由他思想品格来裁决的。

  杜甫不想仕进吗？不是。他素怀"致君尧舜上，再使风俗淳"（《奉赠韦左丞丈二十二韵》）的政治抱负，要实现这样大的政治抱负，不在仕途上求进取当然是不行的，他曾经说："自谓颇挺出，立登要路津。"（《奉赠韦左丞丈二十二韵》）他是想立刻身居要职的。当他结束了漫游生活之后，便立即来长安要求仕进。他参加过科举、制举考试，均无成效，又向唐玄宗多次献赋，以求天子明识。凭着他"七龄思即壮，开口咏凤凰"（《壮游》）的才能，凭着他"读书破万卷，下笔如有神"（《奉赠韦左丞丈二十二韵》）的学识，在开明治世一飞冲天原是不成问题的，但是他赶上了奸相当道的时代，这个奸相要求做官的人必须具备混迹官场的伪劣品质，而这恰恰是杜甫所欠缺的，所鄙弃的。他在青少年时代就已形成了真诚做人的品性，下面的这些诗句，就是他来长安求仕之前和在长安求仕之中，对伪劣的官场发出的心灵震怒。他是三十五岁来长安求仕的，来长安之前，他曾对好友李白说："二年客东都，所历厌机巧。"（《赠李白》）东都指洛阳，是权贵们会聚之处，杜甫在与他们打交道时，就已经深深感到他们投机取巧、潜心钻营的可憎了。来长安之后，他更加深刻地认识到官场的伪劣风气，面对投机成风的世俗，他也越来越感到自己的心"拙"，他说"杜陵有布衣，老大意转拙"（《自京赴奉先县咏怀五百字》），"见知真自幼，谋拙愧诸昆"（《赠比部萧郎中十兄》），这个"拙"，其实就是"诚"，就是赤诚相见，不存机心。杜甫认识到，自己不能被重用就是由于这个"拙"，就是由于不善伪饰，不事拍马，因此便不能被当时的官场所接纳，他给咸阳县和华原县的朋友们赠诗中说得很清楚："自然弃掷与时异，况乃疏顽临事拙！"（《投简咸华两县诸子》）这种与官场的时调不相合拍的做法，怎么能使自己跻身其中呢？自己被朝廷抛弃了，正是自然而然，理所当然的事! 可见，杜甫厌弃机巧，热衷真诚，这种品格，在他早期尚未走向人民之时，就已经具备了。他自己坚守这种品格，也往往用这种品格作为誉词去赞美别人，比如他赞美左丞相韦济时就说过："甚愧丈人厚，甚知丈人真。"(《奉赠韦左丞丈二十二韵》)认为韦济的可敬可佩，正在于他的朴厚、真诚。由于他坚守真诚做人之道，所以虽经主观努力进取，却长时期未能步入仕途，在长安困居达十年之久，过着"朝叩富儿门，暮随肥马尘"(《奉赠韦左丞丈二十二韵》)的凄凉生活。可贵的是，艰难的生活并没能改变他的品德，他的早年同学，差不多都在势利场上飞黄腾达了，反过来嘲笑杜甫的迂拙，杜甫表示守诚不移，"取笑同学翁，浩歌弥激烈"(《自京赴奉先县咏怀五百字》)。他的堂弟杜位，是李林甫的女婿，可以说是个很硬的"后门"，假如杜甫追随奸相，他完全可以凭这个门路而取得官职，改变困境，但他羞于此种贵干，反而对拘束于权相的杜位进行了讽刺。在天宝十载(751)的除夕之夜，他在杜位家中守岁，作《杜位宅守岁》，其中写道："谁能更拘束？烂醉是生涯。"后来，他又写诗大骂李林甫，说他"阴谋独秉钧"(《奉赠鲜于京兆二十韵》)。

天宝十四载(755)，杜甫因向玄宗献赋，而得到河西县尉的官职，县尉实际是鞭挞百姓的工具，杜甫不受，改任右卫率府兵曹参军，这是个管理武器仓库的八品小官。他起初以为这个官职只是和兵甲器杖打交道，没想到同样需要在虚伪的王侯中间周旋，他感慨万分地说："焉能作堂上燕，衔泥附炎热？野人旷荡无靦颜，岂可久在王侯间？"(《去矣行》)安史之乱爆发之后，肃宗继位，杜甫从沦陷的长安冒死投奔肃宗，被任命为左拾遗，这是个谏官，职责是给皇帝提意见。也是由于他真诚守职，冒犯了肃宗，险些遭到不测。此后便被外放，做了一段华州文教工作，不久，便辞职离去，带着全家流浪漂泊，在艰难苦恨中结束一生。

纵观杜甫的仕途生涯，真诚的性格是他仕途上的一大障碍。正是由于他崇真厌伪，所以长期得不到官职；也正是由于崇真厌伪，他难得在官场上存身。这种真诚，促使他摆脱禄位而走上一条艰苦的生活道路，使他有可能接触广大劳苦人民，从而了解人民的生活和感情，获得丰富的现实主义的创作素材。

杜甫走上艰苦的生活道路，一直到生命的最后一息，始终守着自己早年形成的真诚的品性，并加以发扬光大。他说："不爱入州府，畏人嫌我真。"(《暇日小园散病将种秋菜督勒耕牛兼书触目》)"此邦（指秦州）俯要冲，实恐人事稠。应接非本性，登临未销忧。"(《发秦州》)他总是担心丧失真性，而不愿为了生活四处奔走求援。他忧心忡忡地说："疏懒为名误，驱驰丧我真。"(《寄张十二山人彪三十韵》)"常恐性坦率，失身为杯酒。"(《将适吴楚留别章使君留后兼幕府诸公》)

正是由于品性中有这个闪闪发光的"真"字，他才在纯真的劳动民众之中找到了寄身之处。他在奉先，在羌村，在同谷，在成都西郊，在夔州草堂，总是与劳苦群众为邻，其原因，他说得很直率："不爱入州府，畏人嫌我真。及乎归茅宇，旁舍未曾嗔。"(《暇日小园散病将种秋菜督勒耕牛兼书触目》)他出乎意料地在农家茅舍里找到了他寻觅许久的赤诚之心，在不通文墨的农民身上读到了自己的生活信条。于是他在农民身边住下来了，并与他们建立了良好的关系。他遭到不幸，邻里为他垂泪："吾宁舍一哀，里巷亦呜咽。"(《自京赴奉先县咏怀五百字》)他没酒待客，便去邻居索要："隔屋唤西家，借问有酒不？"(《夏日李公见访》)他在战乱中逃生归来，邻居来看他："邻人满墙头，感叹亦歔欷。"(《羌村三首》其一）他饥饿悲歌，邻居为他伤心："呜呼二歌兮歌始放，邻里为我色惆怅。"(《乾元中寓居同谷县作歌七首》其二）他没菜吃，邻居给他援助："故人供禄米，邻舍与园蔬。"(《酬高使君相赠》)他因病不能饮酒陪客，便呼来邻居相陪："肯与邻翁相对饮，隔篱呼取尽余杯。"(《客至》)他在浣西草堂时，邻居一个寡妇老婆经常过来打他的枣，他任凭她打："堂前扑枣任西邻，无食无儿一妇人。"(《又呈吴郎》)他被邻居缠住喝酒，虽身体有病，也坚持喝下去："久客惜人情，如何拒邻叟？""指挥过无礼，未觉村野丑。"(《遭田父泥饮美严中丞》)他与纯真的农民邻居和谐相处，感情融洽，他喜悦地描绘这种境况："邻家问不违"，"鸡犬亦忘归"(《寒食》)，"邻鸡还过短墙来"(《王十七侍御抡许携酒至草堂奉寄此诗便请邀高三十五使君同到》)。农民的真诚朴厚与他的品性相投，只有在农家草舍里他才发现了生活的美。从某种意义上说，这纯真的民情乃是维系他生命的精神支柱。一个品性纯真而又倔强不悔的诗人，在当时官场伪风盛炽的情况下，走向村野，走向人民，乃是必然的归宿。刘昫在《旧唐书·杜甫传》中说杜甫

"与田夫野老相狎荡,无拘检"[1],其实,这种可贵的崇真品性,也正是他赖以创作出真实反映现实生活之诗篇的内在条件。伟大的现实主义诗篇《自京赴奉先县咏怀五百字》《北征》《羌村三首》"三吏""三别"等,如此真切细致地展现了那个时代的社会生活画面,没有作者的求真品格,简直是不可想象的。只有天下第一等真人,才有天下第一等真诗。

二、他的疾恶如仇的刚烈之肠,使他见弃于统治者,并能在艰苦的道路上吟诵出伟大的现实主义诗篇

杜甫晚年回顾自己青少年时代的性情,说道:"往昔十四五,出游翰墨场。""性豪业嗜酒,嫉恶怀刚肠。"(《壮游》)可见他在十四五岁时,就已性情刚烈、疾恶如仇了。这种刚烈之性的形成,与他幼年和少年时期接受的家族传统教育直接相关。杜甫父系中多有慷慨不平、为父兄报仇雪恨的人物,其祖父杜审言之曾祖杜叔毗,因其兄杜君锡被曹策所害,便白昼执刀杀死曹策,然后从容自首。杜审言的次子杜并,也是刚烈不平之士。审言曾因与僚属不和,被司马周季童诬陷下狱。当时杜并年仅十六,饮食俱废,心思报仇,后乘周季童宴客之际,挺刃猛刺,虽明知身遭杀戮而在所不顾。杜甫在《唐故万年县君京兆杜氏墓志》中赞许杜并说:"缙绅之士,谁为孝童。"杜甫的母系家族也是冤狱重重。他从父系母系家族传统中,接受的就是这种惨绝人伦的冤狱气氛和血族报仇的刚烈之性,这对于激发杜甫仇视人间的邪恶和不平,对于他以后深入社会从而创作出挞伐邪恶之诗篇,无疑起着巨大的积极作用。从杜甫在青少年时期所写的三十来首诗歌中,我们可以窥见他的刚烈之性。开元二十九年(741)秋,黄河泛滥,河南河北二十四郡遭受水害,年轻的杜甫忧愤交加,便想站在天涯上,把发动洪水的恶鳌钓上来(古人认为鳌能兴水致害)。他慷慨言志:"却倚天涯钓,犹能掣巨鳌!"(《临邑舍弟书至苦雨黄河泛溢堤防之患簿领所忧因寄此诗用宽其意》)"检书烧烛短,看剑引杯长"(《夜宴左氏庄》)的

---

[1]《二十五史·旧唐书》,上海古籍出版社,1986年,第607页。

整肃生活,正是他青春岁月的缩影。这个时期他还写了两首咏物诗,一是咏马,一是咏鹰。在咏马诗中,他描绘出一匹瘦硬刚勇的烈马:"胡马大宛名,锋棱瘦骨成。竹批双耳峻,风入四蹄轻。所向无空阔,真堪托死生。骁腾有如此,万里可横行!"(《房兵曹胡马》)名为写马,实为写人;名为咏叹烈马之刚毅,实为宣泄自己之性情。在咏鹰诗中写道:"素练风霜起","㧐身思狡兔","何当击凡鸟,毛血洒平芜"(《画鹰》)。写雄鹰翅卷风霜,思擒狡兔,心怀击杀凡鸟的刚毅之志,这也正是作者心性的表白。这时,他还没有进入苦难的社会人生,因而作品还未能挞伐到世间的丑恶之物;但当他带着这种刚烈之性走入社会,便不可避免地要与邪恶势力发生冲突;当邪恶势力把持权柄的时候,他便不能不被赐予一条艰苦的人生旅途。

杜甫三十五岁入长安求仕,十年间,他对腐败的朝廷、昏暗的官场有了清晰的认识,凭着他的刚烈气性,他以不可遏制的心情揭露了这些丑恶的东西。

他痛斥统治者埋没人才的行径。他在长安时的好友郑虔,是个德才兼备的文人,诗、书、画兼长,有"郑虔三绝"之誉,但仅仅做了个广文馆博士,是个微乎其微的小官职。后来广文馆因雨倒塌,也没人来复修,弄得郑虔无处存身。杜甫对此十分气怒,他写诗言道:"诸公衮衮登台省,广文先生官独冷。甲第纷纷厌粱肉,广文先生饭不足。先生有道出羲皇,先生有才过屈宋。德尊一代常坎坷,名垂万古知何用!"(《醉时歌》)那些无德无才的"诸公",靠着机巧之术一个个登上了重要机关,而"德尊一代""才过屈宋"的人连饭都管不饱,更谈不上使用他的才能。李白也是被埋没的一个,他来长安供奉翰林,被玄宗看成"非廊庙器"——不是一块正经材料,总共只有一年多时间便被赶出朝廷,"赐金还山"了。杜甫用同情的笔墨描绘他离京时的形象:"出门搔白首,若负平生志。冠盖满京华,斯人独憔悴!"(《梦李白二首》其二)愤激之情,溢于言表。

基于刚烈之性,他还痛骂了大大小小的官僚,鞭挞了他们作威作福的丑行。他说:"乡里儿童项领成,朝廷故旧礼数绝。"(《投简咸华两县诸子》)可贵的是,正是在长安求仕期间,杜甫还每每把他的笔锋指向上层统治者,这与其他现实主义诗人有明显的不同。他骂丞相,骂贵戚,甚至连皇帝也捎上。他揭露丞相杨国忠与从妹虢国夫人通奸的丑行。天宝十三载（754）三月三日，适逢春暖花开，虢国夫人等在长安郊外曲江畔春游，杨国忠骑马赶到，喝退众人，直入虢国夫人的行帐，与之鬼混。杜甫毫不客气地把这幕丑剧写入诗中："后来鞍马何逡巡，当轩下马入锦茵。杨花雪落覆白蘋，青鸟飞去衔红巾。炙手可热势绝伦，慎莫近前丞相嗔！"（《丽人行》）天宝十载四月，鲜于仲通带八万兵马征讨南诏，大败，杨国忠掩藏败绩，派人到处抓丁，以再击南沼，"于是行者愁怨，父母妻子送之，所在哭声振野"[1]。杜甫目击了这种惨象，写《兵车行》，对杨国忠的扰民罪行给予揭露："爷娘妻子走相送，尘埃不见咸阳桥。牵衣顿足拦道哭，哭声直上干云霄！"天宝十三载，秋雨连绵六十余日，庄稼严重受灾，玄宗派杨国忠去视察灾情，杨国忠选了一把没有受灾的禾穗，向玄宗报告说："雨虽多，但不害庄稼。"当时扶风太守房琯，向朝廷报告灾情，杨国忠以丞相大权把房琯拘留审查，于是"天下无敢言灾者"[2]。杜甫以愤切的心情作《秋雨叹》，描述灾情之严重，对杨国忠的罪恶行为给以揭露："阑风伏雨秋纷纷，四海八荒同一云。去马来牛不复辨，浊泾清渭何当分？禾头生耳黍穗黑，农夫田父无消息。城中斗米换衾裯，相许宁论两相值？"奸相当道，天下没人敢言灾情，唯杜甫不惧。那么如何解释这些诗歌的创作冲动？是杜甫求官不成而对权相的恼怒吗？不能这样解释，因为杨国忠刚刚上任做丞相。是杜甫已经走向了人民而为人民歌哭吗？也不能这样说，这些诗是杜甫困居长安时写的，当时虽然他的生活较苦，但还没有走向人民，杜甫走向人民是在安史之乱爆发以后。真正的创作冲动，来自他的刚烈正义之性，来自他的疾恶如仇之肠，这种心性使他不能缄默，必须鞭挞而后快，正像眼里容不得沙子。此时正是杜甫想跻身仕途以实现其政治抱负之际，如果他像一般文人那样对权相维恭维敬，歌之颂之，他未尝不可飞黄腾达，但他不能那样做，实为他的心性使然。正是因为被这种心性所驱使，我们也就不难理解，为什么他在得到官职以后仍然对官僚以至皇帝每作挞伐之词。杜甫被任为右卫率府兵曹参军之后，回奉先县探望家小，

---

[1] 司马光《资治通鉴》，中华书局，1956年，第6907页。
[2] 司马光《资治通鉴》，中华书局，1956年，第6928页。

一路上的所闻所见，所思所想，凝为著名的长诗《自京赴奉先县咏怀五百字》。在这篇巨作中，他揭露了统治者的荒淫无耻，描写了唐玄宗、杨贵妃以及达官贵人在骊山行宫里的腐化生活："君臣留欢娱，乐动殷胶葛。赐浴皆长缨，与宴非短褐。"写他们在骊山上听音乐，洗温泉，吃喝玩乐，而全然不顾"路有冻死骨"的惨痛民生！杨贵妃善跳霓裳羽衣舞，以淫声浪态取悦于玄宗，诗中也没有放过她："中堂舞神仙，烟雾蒙玉质。"诗中还揭露了统治者抢夺民财的分赃勾当："彤庭所分帛，本自寒女出。鞭挞其夫家，聚敛贡城阙！"他此时已是玄宗的臣子，是统治阶层的一员，为什么还不为统治者评功摆好，甚至连缄口讳言都做不到？正是因为这种"荣枯咫尺异"的现实，触动了他的刚烈难忍之性，使他"惆怅难再述"，悲愤到了极点的缘故。固然，杜甫是忠君的，但他的忠君并非愚忠，并非凡事皆依从，凡事必叫好，"致君舜尧上"的话语中已然清楚地说明了他对当今君主的德行持有有待提高的看法，所以他才在一生中始终不放弃对君主的公然指摘。他指责玄宗的开边政策："君已富土境，开边一何多！"（《前出塞九首》其一）"边庭流血成海水，武皇开边意未已。"（《兵车行》）他指责皇帝的骄奢生活逼使民反："不过行俭德，盗贼本王臣！"（《有感五首》其三）他批评肃宗不纳谏言，自以为是："唐尧真自圣，野老复何知？"（《秦州杂诗二十首》其二十）

在封建社会里，怀刚烈之性直言陈弊者，若非遇上开明君主，难得下场美妙。杜甫对此早有料知，他说："世人共卤莽，吾道属艰难。"（《空囊》）知道自己必然会走上艰辛的道路。这条艰辛的道路是统治者赐给他的，也是他刚烈之性的必然归宿。杜甫的这种心性，在艰难困苦的道路上，不但没有减弱，反而愈加坚定，他说："留滞才难尽，艰危气益增！"（《泊岳阳城下》）面对朝廷的放逐，他果决地表示"放逐宁违性"（《宿赞公房》），放逐又怎能使我改变耿介刚直的心性！他继续用锐利的笔锋揭露昏庸腐化的君臣。安史之乱中，肃宗、代宗信用鱼朝恩和李辅国等宦官，让他们掌握兵权，致使军事失利，杜甫痛骂道："关中小儿坏纪纲。"（《忆昔二首》其一）"必若救疮痍，先应去蝥贼！"（《送韦讽上阆州录事参军》）他怒斥达官贵人是"衣冠兼盗贼"（《麂》），揭露"高马达官厌酒肉，此辈杼柚茅茨空"，"况闻处处鬻男女，割慈忍爱还租庸"（《岁晏行》），"已诉征求贫到骨，正思戎马泪沾巾"（《又呈吴郎》）的黑暗现实。他毫无帮闲文人的气味，决不给统治者的暴政涂脂抹粉。这个时期，他还每每借物言志，歌颂那些刚毅、仗义之物，痛斥那些猥劣、害人之物。在《义鹘行》诗中，描绘了一只仗义骁勇的大鹘，写它听到鹰雏被毒蛇吃掉以后，便怒火中烧，不可遏制，前来除恶："斗上捩孤影，噭哮来九天。修鳞脱远枝，巨颡坼老拳。"这种疾恶如仇的心性其实正是诗人心性的自白。《除草》这首诗，也表现了杜甫与恶物不共戴天的刚烈心性。当时他住在成都西郊草堂，草堂附近生长一种毛刺有毒的蓐草，人们常受其害。杜甫看在眼里，恨在心中："芒刺在我眼，焉能待高秋！"当即拿起大镐去铲除，除掉陆地上的，又划着小船到水中小岛去除，直到完全除清，天色已晚，他乘兴挥毫，即事言志，道出了他平生信守的血性誓言："芟夷不可阙，疾恶信如仇！"的确，杜甫一生疾恶如仇。无论生活怎样捉弄他，无论他遭到怎样的不幸，血性之气，始终未泯，直到去世的前一年，他拖着多病的身子，坐在一条破船漂流在湘江上，仍然咬紧牙关说道："齿落未是无心人，舌存耻作穷途哭！"（《暮秋枉裴道州手札率尔遣兴寄递呈苏涣侍御》）表示决不向命运低头，决不向那些衣冠禽兽们落下一颗辛酸之泪。刘昫在《旧唐书·杜甫传》中说"甫性褊躁"[1]，认为他气度小，性情急躁。其实，这正好道出了杜甫的刚烈心性。

杜甫的遭遇是很不幸的，除了仕途寂寞、生活惨淡之外，作为一个诗人，他的作品在当时也是遭到冷遇的。他临死前曾经感慨地说："百年歌自苦，未见有知音。"（《南征》）在杜甫生活的年代（712—770），社会上先后有四部诗选问世，先是芮挺章编的《国秀集》，选入当时八十五位诗人的作品，杜甫被排斥在外。其后，殷璠编《河岳英灵集》，选入了二十四位诗人的作品，也没有选杜甫的诗。杜甫的友人元结编《箧中集》，选入了七位友人的诗歌，也没选杜甫的诗。安史之乱以后，高仲武编《中兴间气集》，选入了二十四位诗人的作品，也没选杜甫的诗。原因何在？笔者以为，除了时代审美思潮与杜诗不合，还由于杜甫诗歌强烈的现实主义精神，使得一班怯弱文人不敢正视。对比之下，越发显出杜甫的伟大，杜甫

---

[1]《二十五史·旧唐书》，上海古籍出版社，1986年，第607页。

人格的伟大。

一个封建时代的诗人,能够在如此沉重的打击下,守性不移,这真是难以想象的。当时,确有不少诗人,或由于政治上遭到挫折,或由于生活遇到不幸,而改变了原来的操守。纵观杜甫的一生,其刚毅之性、疾恶之怀,对于导致他成为伟大的现实主义诗人,无疑起了巨大作用。这种心性不但造成了统治者对他的放逐,从而使他毫无选择地走上一条艰辛的道路,而且使他能够倔强地在这条路上走下去,从而能够创作出一批揭露黑暗、痛斥奸邪、具有强烈现实主义精神的光辉作品。

三、他的执着的儒家思想,使他终生未能脱离社会人生,始终与国家和人民保持密切的联系

杜甫出身于奉儒守官的家庭,从小接受了系统的儒家思想教育,是个典型的儒学信徒。他每当提到自己,总以"儒"字代名,比如"儒冠多误身"(《奉赠韦左丞丈二十二韵》),"乾坤一腐儒"(《江汉》),"有儒愁饿死"(《奉赠鲜于京兆二十韵》),等等,总是以儒者自居。儒家是主张积极入世的,认为一个人来到世上,就应该积极进取,有所作为,对社会人生有所补益。儒家的这种扶世济民的思想,在杜甫头脑中始终占据主导地位,他一生都在为此而执着地努力着。早年,他希望在仕途上得到进取,忍受饥寒困守长安达十年之久,就是为了实现"致君尧舜上,再使风俗淳"的儒家政治理想。当时的社会,思想界十分活跃,儒、道、佛各种思想相并发展。杜甫在长安困守时期,在遭到冷遇之后,也曾产生过遁迹山林的念头,但只是一时之念,儒家的入世思想终归是他的主导思想,他说:"终愧巢与由,未能易其节。"(《自京赴奉先县咏怀五百字》)对上古时代的隐士巢父和许由,表示愧不能学,不忍心改变自己的儒家思想信仰。封建时代的知识分子,在仕途不利的情况下,归隐山林,不问世事,是一条通常的道路,如王维、孟浩然便是。王维说:"晚年唯好静,万事不关心。"这话概括了这批知识分子的共同心境,他们逃避复杂的社会生活,娱情山水,寄趣田园,国家的危难,人民的痛苦,一概丢之脑后,老庄的清静无

为成为他们的出世哲学。杜甫仕途遭遇坎坷，又处在隐居成风的时代，他完全可以仿效王、孟，也来个万事不关心。幸运的是，他坚信儒家的入世哲学，而且至死不移。回头看，正是这种坚定的信仰，使他虽屡遭打击却能永远保持对社会人生的莫大关心。他说："当今廊庙具，构厦岂云缺？葵藿倾太阳，物性固莫夺。"（《自京赴奉先县咏怀五百字》）认为当今朝廷文武之材济济满堂，并不缺少自己这块材料，自己之所以不忍心隐居，完全是由于信仰所致，正像葵藿之叶朝向太阳那样不可改变。这些话说出了他对于儒家入世思想的坚定信仰，也可以看作是诗人对自己一生思想的预先总结。

儒家主张"祖述尧舜，宪章文武"[1]，杜甫便把自己的政治抱负确定为"致君尧舜上"，甚至给孩子取名也寄托着儒家思想，大儿取名"宗文"，小儿取名"宗武"，就是希望后代能够效法周文王和周武王，继承儒家的思想道德。

从儒家的思想道德出发，他始终未能忘怀国事。安史之乱以前，唐朝经济发展到了顶峰，唐玄宗被经济的繁荣冲昏了头脑，政治思想开始崩溃，听任一群奸佞小人把持朝政，社会危机与日俱增，杜甫对此忧心忡忡。天宝十一载（752，此时杜甫尚在长安困居），杜甫与诗友高适、岑参、储光羲、薛据登长安慈恩寺塔，每人写得一首即兴诗，其他几人均把笔墨用在描写塔的雄伟，抒发挂冠归隐的情怀，唯独杜甫不然，他说："自非旷士怀，登兹翻百忧。"他忧什么？忧的正是国家将要动乱，山河将要破碎。他用象征的手法，通过描写一系列昏暗、破裂、哀愁的景物，曲折地表现出他的忧国心情："秦山忽破碎，泾渭不可求。""回首叫虞舜，苍梧云正愁。"天宝十四载，安禄山果然起兵范阳，正如杜甫所忧虑的那样，长安陷落，山河破碎，宇宙生烟了。战乱之中，杜甫被俘，押入沦陷的长安，七八个月的时间里，他无时无刻不为国家的动乱而哀伤："国破山河在，城春草木深。感时花溅泪，恨别鸟惊心。"（《春望》）这是他用血泪写成的诗句。他还为唐王朝的军事行动用过心思。唐肃宗即位之后，曾几次派兵攻打叛军，急于收复长安，均遭惨败。杜甫在长安听到战败的消息，

---

[1] 朱元弼《礼记通注》，中华书局，1985年，第23页。

万分焦急,他认为当下叛军气焰正盛,官军应该积蓄力量,不能仓促出击。由于身被监管,他无法把自己的意见反映给朝廷,这使他坐卧不安,说道:"焉得附书与我军,忍待明年莫仓卒!"(《悲青坂》)后来,他冒死逃出长安,直奔唐肃宗的驻地凤翔,"麻鞋见天子,衣袖露两肘"(《述怀》),到达行在,已是狼狈不堪了。他被任命为左拾遗,这是个专给皇帝提意见的官职,从八品的级别,很低微,但杜甫很忠于职守,时常为第二天的上朝谏奏而彻夜不眠:"不寝听金钥,因风想玉珂。明朝有封事,数问夜如何。"(《春宿左省》)生怕迟到耽误进谏。正是由于他凡事必以国家利益为重,不怕忠言逆耳,终于遭到外放。在告别京都将赴华州司功参军任的时候,他徘徊良久,心忧国事,不忍离去:"无才日衰老,驻马望千门。"(《至德二载甫自京金光门出间道归凤翔乾元初从左拾遗移华州掾与亲故别因出此门有悲往事》)

宋人周紫芝说"少陵有句皆忧国"[1],此言中肯。通观全部杜诗,忧国伤时之泪,漫布纸帧。为官时如此,为民时亦如此。当他走入草野之后,仍然倾听着战争的脚步,仍然关心着国家的命运。

乾元二年(759)秋,他带着家属离开关中走上逃难之路,到达甘肃巩昌县龙门镇时,看到镇上旗剑森严,便想到叛军正在洛阳烧杀抢掠,而此地与洛阳相距千里,如此密防又有何益?感叹之余,作《龙门镇》诗,其中写道:"胡马屯成皋,防虞此何及?"批评唐政府军事部署不当。自己身无官职,仍不忘对国家时局发表政见,他的许多诗歌,都可以当作"奏疏"来看。在西南漂泊时,仍时时想念着收复失地的事:"王师未报收东郡,城阙秋生画角哀"(《野老》),"自经丧乱少睡眠,长夜沾湿何由彻"(《茅屋为秋风所破歌》),"世乱郁郁久为客,路难悠悠常傍人"(《九日》),"西京安稳未?不见一人来"(《早花》),"天地日流血,朝廷谁请缨"(《岁暮》),"四海十年不解兵,犬戎也复临咸京"(《释闷》),"陇右河源不种田,胡骑羌兵入巴蜀"(《天边行》)。他去成都郊外瞻仰武侯祠,对诸葛亮忠心报国、死而后已的精神推崇备至:"三顾频烦天下计,两朝开济老臣心。"(《蜀相》)这实际上是要从诸葛亮身上汲取忠于国家的精神营养。这

---

[1]《全宋诗》,北京大学出版社,1998年,第17166页。

个时期，不管是登楼眺望，还是骑马郊游，一山一水，一草一木，无不牵动他忧国的情肠："花近高楼伤客心，万方多难此登临。"他告诫西山的吐蕃说："北极朝廷终不改，西山寇盗莫相侵！"（《登楼》）他对自己不能为国家出力深感惭愧："惟将迟暮供多病，未有涓埃答圣朝。"（《野望》）"莽莽天涯雨，江边独立时。不愁巴道路，恐湿汉旌旗。"（《对雨》）上元元年（760）三月，司徒李先弼在怀州破叛军一部，消息传到成都，杜甫很兴奋，立即写诗言道："闻道河阳近乘胜，司徒急为破幽燕！"（《恨别》）当安史叛军被彻底打垮，他高兴得手舞足蹈，欣喜若狂，写出平生第一首欢快之诗："剑外忽传收蓟北，初闻涕泪满衣裳。"他痛饮，他狂歌："白日放歌须纵酒，青春作伴好还乡。"（《闻官军收河南河北》）叛乱虽被平息了，但唐王朝也已精疲力尽，邻小国家乘机侵犯，各地节度使也互相攻伐，国家仍然处于动乱之中。年迈多病的杜甫，已经知道自己不行了，他无限感慨地说："不眠忧战伐，无力正乾坤！"（《宿江边阁》）他只好把自己的未遂之志托付给朋友："致君尧舜付公等，早据要路思捐躯。"（《暮秋枉裴道州手札率尔遣兴寄递呈苏涣侍御》）仍然殷切地盼望国有宁日，君有明时。直到他生命的最后一刻，他依然在为国家的动荡而垂泪："战血流依旧，军声动至今。"（《风疾舟中伏枕书怀三十六韵奉呈湖南亲友》）坚定不移地奉守儒家的入世之道，虽百折而不失依恋祖国之心，决定了杜甫诗歌思想内容的凝重与沉厚。

　　儒家主张"德治"和"仁政"，也就是要求治国的人以高尚的品德治理天下，以仁慈的政治统治人民。其实，这种说教虽被历代统治者所标举，却很少有谁去真心实行，尤其是所谓"德治"，对统治者来说更是难于上青天。杜甫则真诚信奉这些教义，他严格地按照这些教义来权衡统治者，对他们的背义行为进行严肃批判，从而大大加强了作品的深度。

　　首先，他认为君臣必须生活俭约，应有"俭德"，他说："君臣节俭足，朝野欢呼同。"（《往在》）而当时统治集团却穷奢极欲，逼得百姓走投无路，只好造反。杜甫指责说："不过行俭德，盗贼本王臣！"（《有感五首》其三）"天子多恩泽，苍生转寂寥！"（《奉赠卢五丈参谋琚》）皇帝对臣子恩赐越多，老百姓的生活就越苦。他一语道破了安史之乱的根源："朝野欢娱后，乾坤震荡中。"（《寄贺兰铦》）正是由于朝廷君臣生活腐化，才招致了战乱。他的许多揭露统治集团荒淫生活的诗篇,其思想根基和创作冲动,都与他对儒家"德治"的信奉相联系。

其次,他从儒家的"仁政"教义出发,以大量的笔墨揭露了统治者的暴政。他信奉儒家关于"民为贵""民为本"的学说,反对王朝对人民的"诛求","诛求"即横征暴敛,残酷搜刮。他在许多诗歌中,对这种做法进行了揭露和指责,他说:"但恐诛求不改辙"(《释闷》),"哀哀寡妇诛求尽,恸哭秋原何处村"(《白帝》),"已诉征求贫到骨,正思戎马泪盈巾"(《又呈吴郎》),"庶官务割剥""诛求何多门"(《送韦讽上阆州录事参军》),指责统治者用五花八门的苛捐杂税剥削百姓,"八荒十年防盗贼,征戍诛求寡妻哭"(《虎牙行》),"闻见事略同,刻剥及锥刀"(《遭遇》),这些残酷剥削的社会现实,与杜甫所信奉的儒家"仁政"学说,构成尖锐的矛盾。正是由于他坚持儒家的思想,才对这些社会现实给予揭露和挞伐,才形成了杜诗"穷年忧黎元,叹息肠内热"(《自京赴奉先县咏怀五百字》)的主调。至于封建御用文人耻笑他"好论天下大事,高而不切"[1],那完全是站在统治者剥削人民的立场上看待杜甫的。

杜甫成为伟大的现实主义诗人,其主体因素是多方面的,但我认为最重要的是以上所论的三条。他的真诚率真的品性,他的疾恶如仇的刚肠,他的专一而执着的儒家思想,这些不仅决定了他的生活道路和创作道路,而且保证了他的诗歌的现实主义精神。当然,艰苦的生活道路,对苦难民生的深切了解,这对于他的现实主义诗歌创作起着源泉的保证作用。没有这个源泉,虽有良好的主体条件,也不可能写出如此宏深的作品;反之,如果没有这些思想、品性、气质上的因素,即便是遭遇艰难生涯,也同样不可能创作出一代诗史。文学史上凡属伟大的作家,都具有各自鲜明的主体因素,忽略了这一点,便不可能真正认识其人其作,正如鲁迅所说,"倘要论文",便应该"顾及作者的全人"[2]。

---

[1] 欧阳修《新唐书》,中华书局,1975年,第5738页。
[2]《鲁迅全集》第6卷,人民文学出版社,1981年,第430页。

杜甫与侠文化

侠文化是中国历史和中国社会的一种特殊的文化现象。历史上的侠脱胎于士阶层。春秋战国之际,礼崩乐坏,诸侯争霸,养士之风随之勃兴。食客中文有游士,武有游侠,非文非武的则为鸡鸣狗盗之徒,形成了《韩非子·五蠹》中所说的"养游侠私剑之属"[1]的现象。现代学者顾颉刚在《武士与文士之蜕化》中认为,古代文武兼修的士在社会解体时一分为二:"惮用力者归'儒',好用力者为'侠'。"[2]一方面,士为知己者死。若恩主为知己,就抱定必死的信念为其效命,"其言必信,其行必果,已诺必诚,不爱其躯,赴士之厄困,既已存亡死生矣,而不矜其能,羞伐其德,盖亦有足多者焉"(《史记·游侠列传》)。[3]另一方面,诸士又有很大的自由空间,他们可以朝秦暮楚,游荡四方,任意择主。《广雅·释诂》中解释说:"游,侠也。"为了求得自身的发展而背井离乡四处游荡,正是士之游而分化产生了侠。而这种不安居容易引发不安分,不守法,其中的"好用力"者动辄使气而"以武犯禁"(《韩非子·五蠹》),[4]更是有碍王朝的稳定。可见,侠一产生便表现出正负两面的素质。在秦汉以后的发展过程中,侠文化的这种两面性一直存在。讨论杜甫与侠文化的关系,离不开这一前提。

---

[1]《诸子集成》第 5 册,上海书店,1986 年,第 345 页。
[2] 顾颉刚《史林杂识初编》,中华书局,1963 年,第 89 页。
[3]《二十五史·史记》,上海古籍出版社,1986 年,第 347 页。
[4]《诸子集成》第 5 册,上海书店,1986 年,第 344 页。

一、杜甫对侠文化的接受

唐代侠文化的内涵是十分丰富的，社会对游侠的认定呈现出广泛性和多样性。因为特殊的时代氛围，唐代文人面对全社会五彩缤纷的侠风，几乎不加选择地接受了一切，表现出对侠文化的兼收并蓄。既包括游侠少年慷慨赴边的壮烈，又有传统侠风熏陶下的侠义精神，连贵游侠少斗鸡走马冶游宿娼的轻薄行径也被称作侠行，而为诗人们广为歌咏与效仿。杜甫对侠文化的接受是有别于时代潮流的，从其一生的为人为诗来看，他所接受的是侠文化中积极正面的因子，这些因子与儒家文化融合，从而建构起他丰富复杂的儒侠人格。

杜甫主要接受了侠文化的重义和牺牲观念。侠文化的核心就是"义"字，李德裕《豪侠论》曰："夫侠者，盖非常之人也，虽以然诺许人，必以节气为本。义非侠不立，侠非义不成。难兼之矣。"[1]杜甫有着不同寻常的价值观念，具有特殊的人格追求，他轻视富贵利禄，把"义"作为重要的人生价值取向。检索全唐诗，"义"字共出现517次，杜诗中出现42次，而素以仙侠人格著称的李白诗中才出现14次。这充分说明"义"在杜甫人生观价值观中的位置。对国家民族要讲忠义，"窦侍御，骥之子，凤之雏。年未三十忠义俱，骨鲠绝代无"（《入奏行赠西山检察使窦侍御》），"孟冬十郡良家子，血作陈陶泽中水。野旷天清无战声，四万义军同日死"（《悲陈陶》），对朋友要讲情义、信义，"十载得鲍叔，末契有所及。意钟老柏青，义动修蛇蛰"（《送率府程录事还乡》），"故人有孙宰，高义薄曾云"（《彭衙行》），"故人情义晚谁似，令我手脚轻欲旋"（《病后遇王倚饮赠歌》），"于公负明义，惆怅头更白"（《两当县吴十侍御江上宅》）。"义"是杜甫为人处世的原则和论人论事的标准。

从他的行事方面来看，也是如此。例如，他冒着"生还今日事，间道暂时人"（《自京窜至凤翔喜达行在所》）的生命危险，从叛军控制的长安投奔凤翔，因为旧帝西狩，新皇继位，急需辅弼之才。肃宗为其忠义所感，授予左拾遗的官职。上任伊始，就遇到了肃宗出于私心而罢免房琯相职的

---

[1] 董诰《全唐文》第3册，上海古籍出版社，1990年，第3224页。

大事。房琯罢相时,"人实切齿",但作为谏官和朋友的杜甫,"见时危急,敢爱生死"(《祭故相国清河房公文》),于是冒死上书,触怒肃宗,诏令三司推问,幸得宰相张镐和御史大夫韦陟出面营救,才免于治罪。然而,面对皇权,他并未屈服,在《奉谢口敕放三司推问状》中,强调自己上疏的主观动机是好的,至于论事措辞激烈,是由于身陷贼中,愤惋成疾所致,对房琯的为人仍旧称美,重申自己上疏目的是"望陛下弃细录大",也就是仍然坚持自己的观点,为此举的正义而辩护。疏救房琯是杜甫一生出处行藏之大节,集中体现了他作为直臣的耿耿忠心,作为朋友的侠肝义胆及威武不屈的大丈夫气概。虽然这一事件断送了他的政治前程,可他从不后悔,令他不安的倒是"伏奏无成,终生愧耻"(《祭故相国清河房公文》)。因疏救失败而觉得愧对知己,完全超越了世俗所谓的生死荣辱,真可谓义薄云天。卢世㴶评曰:"子美千古大侠,司马迁之后一人。子长为救李陵,而下腐刑;子美为救房琯,几陷不测,赖张相镐申救获免,坐是蹉跌,卒老剑外,可谓为侠所累。"[1]就在杜甫疏救房琯忤旨,遭到三司推问时,与他同在凤翔行在任侍御之职的吴郁,因为民申冤,得罪上司而遭贬谪,杜甫因自身受审,无法为其辩护,深感愧疚。后来,当他辗转陇右,途经两当县吴郁故居时,仍然写诗责备自己"于公负明义,惆怅头更白"(《两当县吴十侍御江上宅》,留下了终生遗憾。在杜甫的心目中,"国家重于生命,朋友重于生命,职守重于生命,然诺重于生命,恩仇重于生命,名誉重于生命,道义重于生命"[2]。与此相类的还有,他曾写诗为获罪的李邕、李白、郑虔等人辩护,激于正义,与朝廷大唱反调。

"一饭之恩必偿,睚眦之仇必报",与"义"紧密相连的恩报观念是侠文化的一个重要内核。杜甫的恩报意识很重,上至君主上司(如严武)的提携之恩,下至普通人(如王倚)的一饭之恩,他都念念不忘。"束缚酬知己,蹉跎效小忠"(《遣闷奉呈严公二十韵》),"暂酬知己分,还入故林栖"(《到村》)。他束缚身心是为了报答知己,任凭岁月蹉跎是为了效忠知己,为酬严武的知遇之恩而甘愿牺牲栖居园林的自由。受恩不忘报,而施

---

[1]卢世㴶《杜诗胥钞·大凡》,崇祯四年刻印。
[2]梁启超《中国之武士道·自序》(饮冰室专集之二十四),中华书局,1989年,第20页。

恩决不求报，侠义价值观表现在对"恩"的态度上，讲究不受恩报，即仗义行侠的自觉而非功利性。大历三年（768）正月，杜甫因收到弟弟杜观的书信，决定出峡。临行前，把瀼西四十亩果园仗义地送给一位称为"南卿兄"的友人，仇兆鳌《杜诗详注·杜诗凡例》评曰："初寓长安，得钱沽酒，时招郑虔，后去夔州，举四十亩果园赠与知交，毫无顾恋。此与谪仙之千金散尽者，同一磊落襟怀。"[1]急人之难，振人不赡，代表了中国古代社会民众对平等和正义的朴素向往。杜甫还将自己对恩报观念的理解诉诸诗文，如《义鹘行》和《雕赋》。《义鹘行》写义鹘除暴安良，为苍鹰报仇的故事：苍鹰的幼子被白蛇吞食，健鹘得知后，义愤填膺，以凌厉的翅膀打死白蛇，替天行道，代地执法，仗义行侠，快意恩仇，事后不求回报，翩然而去，寄托了诗人对侠义精神的理解与讴歌。杨伦说："记异之作，愤世之篇，便是聂政荆轲诸传一样笔墨，故足与太史公争雄千古。得之韵言，尤为空前绝后。"[2]《雕赋》中的雕有"英雄之姿"（《进雕赋表》），"以雄材为己任，横杀气而独往"，一旦受人惠养，便称报知己，别无他求，"随意气而电落，引尘沙而昼昏，豁堵墙之荣观，弃功效而不论"（《雕赋》）。两篇作品借咏物以抒侠情，皆有诗人自己的影子在。王嗣奭评前者曰："借端发议，时露作者品格性情。"[3]

杜甫一生萦怀国事，系心苍生，略无衰谢，死而后已，"拾遗苦被苍生累，赢得乾坤不尽愁"（明·陈献章《吊杜公墓》）。他为人间不平、大众苦难而叹息，"穷年忧黎元，叹息肠内热"（《自京赴奉先县咏怀五百字》）。他为国家中兴、黎民幸福而甘愿剖心沥血以养凤雏（《凤凰台》），甚至"宁令吾庐独破受冻死，不忍四海赤子寒飕飕"（王安石《子美画像》），苦身利人，当仁不让。"天地日流血，朝廷谁请缨？济时敢爱死，寂寞壮心惊。"（《岁暮》）把生命看得和自己身上任何物品一样，只要用在得当的地方，随时都可以送人，只要有利于国家，有利于人民，表现了杜甫大勇不惧、视死如归的侠义精神。应该看到，杜甫舍生取义的牺牲精神已经超越

---

[1] 仇兆鳌《杜诗详注》，中华书局，1979年，第25页。
[2] 杨伦《杜诗镜铨》，上海古籍出版社，1962年，第193页。
[3] 仇兆鳌《杜诗详注》，中华书局，1979年，第477页。

了传统侠文化中"士为知己者死"的层面,而将侠义人格提升到为了国家、为了普通民众的高度;与此同时,也与儒家和道家区分开来,他的"舍生""敢死"的精神,是与儒家所谓"大丈夫能屈能伸"和"有道则见,无道则隐"的圆滑截然不同的,更与道家"轻物重生""退避乱世"的隐逸心态大相径庭。

司马迁认为侠义人格最为闪光的一面就是重然诺,讲信义。杜甫是一个把信义置于其他一切之上的人。杜甫贬官华州,离京时曾答应为杨绾挖掘茯苓,但因山中寒冷茯苓稀少,未能办到,便趁杨少府回京时写《路逢襄阳杨少府入城戏呈杨四员外绾》,以诗代简,解释原因,并表示一定实践诺言。他以此观照自身,也以此要求友人,"将期一诺重,欻使寸心倾"(《敬赠郑谏议十韵》),"精理通谈笑,忘形向友朋。寸长堪缱绻,一诺岂骄矜"(《赠特进汝阳王二十二韵》)。与此相应,杜甫将"意气相投"作为交友的基本原则。"人生意气豁,不在相逢早"(《奉赠射洪李四丈》),"使君意气凌青霄,忆昨欢娱常见招"(《春日戏题恼郝使君兄》),"由来意气合,直取性情真。浪迹同生死,无心耻贱贫"(《赠王二十四侍御契四十韵》)。杜甫所说的"意气",并不完全等同于侠客爱逞血勇的个性、江湖义气,而是性情相投、人品相高。由此可见,杜甫对侠文化的接受是谨慎的、有选择的。

杜甫还接受了侠文化中崇尚自由的意识。"君不见韝上鹰,一饱即飞掣。焉能作堂上燕,衔泥附炎热?野人旷荡无靦颜,岂可久在王侯间!"(《去矣行》)"不爱入州府,畏人嫌我真。"(《暇日小园散病将种秋菜督勒耕牛兼书触目》)他不做河西尉,不肯为五斗米折腰;弃官华州,选择漂泊。从中我们能够感受得到他坚强不屈的自由人格特征。当然,他的自由人格不是简单地在生活方式层面与官方划清界限,而是在精神层面上保持独立的品性。儒家说:"穷则独善其身,达则兼济天下。"杜甫却不管穷达都要兼济天下。儒家说:"不在其位,不谋其政。"杜甫却是不管在不在其位,都要谋其政。杜甫独立自由的生命理念,突破了传统儒学的规范,而更多表现出侠文化的色彩。

二、杜甫对为侠之弊的批判

侠一诞生，就带着正负两面的素质，良莠并存。最早昭示为侠之弊的，是《韩非子》。《韩非子》从法家观念出发，对侠采取基本否定的态度。《五蠹》篇说："儒以文乱法，侠以武犯禁，而人主兼礼之，此所以乱也。夫离法者罪，而诸先生以文学取；犯禁者诛，而群侠以私剑养。"[1]又说："其带剑者，聚徒属，立节操，以显其名而犯五官之禁。"[2]《八说》篇说："人臣肆意陈欲曰侠。"[3]从韩非的论述中，大体可以认为，游侠使用武力欺人违犯禁令，本该处罚，却靠着充当刺客得到豢养。侠动粗欺人，聚众闹事，所以法律很难执行和维护。后来司马迁对侠进行了甄别，肯定布衣之侠、乡曲之侠、闾巷之侠、匹夫之侠讲求信义、打抱不平的精神，认为他们是真正意义上的侠。同时也指出其"不轨于正义"的负面作用，具有很大的社会危害性，并批评徒有游侠之名实无侠行义举的非侠之侠："至如朋党宗强比周，设财役贫，豪暴侵凌孤弱，恣欲自快，游侠亦丑之。"(《史记·游侠列传》)[4]班固在《汉书·游侠传》里则对侠采取了完全否定的态度："扼腕而游谈者，以四豪为称首。于是背公死党之议成，守职奉上之义废矣。"侠被班固视为"罪已不容于诛"。[5]

杜甫与司马迁相似，他对侠文化进行了净化和过滤，主要接受了其中积极的正面的因子。他在诗文创作中很少直接使用"侠"字来抒写侠情、讴歌侠义精神，而是代之以与儒家文化血肉融合的"义"字，并且对非侠之侠有着清醒的认识。《少年行》诗题本是由乐府古题《结客少年场行》衍化而成的变题，是专门咏侠的。据汪涌豪先生《中国游侠史》称，游侠的日常活动方式大抵有斗鸡飞鹰、走马纵犬、击剑骑射、赌博宴饮和冶游宿娼数事。[6]这种放纵洒脱的生活，血气方刚的情性，较多地符合青少年的

---

[1]《诸子集成》第 5 册，上海书店，1986 年，第 344 页。
[2]《诸子集成》第 350 册，上海书店，1986 年，第 344 页。
[3]《诸子集成》第 5 册，上海书店，1986 年，第 330 页。
[4]《二十五史·史记》，上海古籍出版社，1986 年，第 347 页。
[5]《二十五史·前汉书》，上海古籍出版社，1986 年，第 343 页。
[6] 汪涌豪《中国游侠史》，复旦大学出版社，2001 年，第 231 页。

心理和行为特征，是少年豪气的一种标志，常被称为"少年侠气"。唐代尤其是初盛唐的乐府诗题《少年行》多写游侠少年狂放不羁、通脱跳跃的生命情调，不受礼法和伦理规范束缚的叛逆个性，从而展现出大唐社会自由浪漫、追求个性解放的时代精神，如王维《少年行四首》、李白《少年行三首》等。而杜甫的《少年行》却不同于此，诗云："马上谁家白面郎，临阶下马坐人床。不通姓氏粗豪甚，指点银瓶索酒尝。"诗中少年视个人主义的任性、无理行为为侠气的表现，鲁莽不知礼数，粗俗毫无教养，是有悖于真正的侠义精神的。杜甫用冷静客观的笔触为其画像，对非侠之侠进行嘲讽和批判。此外，杜甫还有《少年行二首》，以劝勉的语气对追求世俗享乐、游荡无度的侠少进行旁敲侧击。第一首云："莫笑田家老瓦盆，自从盛酒长儿孙。倾银注玉惊人眼，共醉终同卧竹根。"谓幸福欢乐不在贫富，农家的老瓦盆与富贵之家的银壶玉盏一样可给人带来欢乐，何必贪恋富贵。第二首云："巢燕引雏浑去尽，江花结子已无多。黄衫年少来宜数，不见堂前东逝波。"谓燕有来则有去，花有开则有谢，荣华易枯，岁月如流，人生苦短，何不珍惜青春。

杜甫对游侠的不良习气进行讽咏，借游侠题材表达对生命和人生的关怀。这充分说明杜甫对侠文化并非毫无选择地接受，而是进行了扬弃，吸收其合于正义的一面。在这一点上，他与李白是截然不同的。罗大经《鹤林玉露》云："李太白当王室多难、海宇横溃之日，作为歌诗，不过豪侠使气、狂醉于花月之间耳。社稷苍生，曾不系其心胸。其视杜少陵之忧国忧民，岂可同年语哉？"[1]苏辙《诗病五事》云："李白诗类其为人，骏发豪放，华而不实，好事喜名，而不知义理之所在也。语用兵，则先登陷阵，不以为难；语游侠，则白昼杀人，不以为非。此岂其诚能也哉？白始以诗酒奉事明皇，遇谗而去，所至不改其旧。永王将窃据江淮，白起而从之不疑，遂以放死。今观其诗固然。唐诗人李杜称首，今其诗皆在，杜甫有好义之心，白所不及也。"[2]罗大经、苏辙认为李白不及杜甫的一个重要依据，是二者对侠文化的态度和接受角度的不同。李白看重和接受的是侠文

---

[1] 吴文治《宋诗话全编》，江苏古籍出版社，1998年，第7628页。
[2] 苏辙《苏栾城集》，三集，卷八，四部丛刊本。

化中快意恣肆、任意挥洒生命激情的人生态度,那种时而酒酣气盛、仗剑杀人,时而绮罗装束、兰蕙相随、盘桓于都市和名园之间的游侠少年,是李白认同、效仿和集中歌咏的对象。而这正是为杜甫所批评和嘲讽的。苏辙说杜甫"有好义之心",由本文前面的论述可知,立论是公允的。总之,以李杜的人格特征和诗文创作来看,两人对侠文化的接受明显不同,同时也展现了他们文化素养和生命形态的不同。

除了对非侠少年进行讽喻之外,杜甫还对所谓的豪侠之侠表示不满和担忧。天宝十四载(755)冬,安禄山反唐之初,杜甫写有《后出塞五首》,其四云:"献凯日继踵,两蕃静无虞。渔阳豪侠地,击鼓吹笙竽。云帆转辽海,粳稻来东吴。越罗与楚练,照耀舆台躯。主将位益崇,气骄凌上都。边人不敢议,议者死路衢。"诗中的"渔阳",指今天津蓟州区一带,古时属幽州。《隋书·地理志》云:"悲歌慷慨","俗重气侠","自古言勇侠者,皆推幽并",而太原的风俗就是"人性劲悍,习于戎马"。[1] 杜甫诗中将游侠称为豪侠,应该是有深意的。豪侠,是秦汉以来随着游侠的豪强化、群体化、城市化、政治化而出现的一个称谓,他们多为豪强地主,地方大姓,兼而为游侠,并聚结一批大小不同的侠客死士、亡命无赖,从事经济或政治活动,多为非法,对大一统的中央政权足以构成相当的威胁。[2] 每当社会发生动乱时,他们就出来冲击旧秩序,成为新政权的开创者和支持者,如东汉末年的袁绍、曹操、刘备、孙权等可为公族豪侠、贵族豪侠的代表。隋末唐初的侠客,多是出身卑微的武人,如开国勋臣公孙武达、段志玄、杜伏威等,都是驰名于世的豪侠俊杰。以此为背景,有助于我们对杜诗的理解。诗中描写渔阳节度使安禄山凭借靖蕃之功,坐镇一方,拥兵自重,骄奢淫逸,气焰嚣张,成为朝廷的一大隐患,正与历史上的豪侠相似。再联系唐朝的节度使多为武人,有的本身就是豪侠,如田璟、田守义、田承嗣三代,"以豪侠闻于辽碣"[3](《旧唐书·田承嗣传》)。如此看来,"渔阳豪侠地"的"豪侠"二字并非作者的泛泛之词,

---

[1]《二十五史·隋书》,上海古籍出版社,1986年,第111页。
[2] 汪涌豪《中国游侠史》,复旦大学出版社,2001年,第184页。
[3]《二十五史·旧唐书》,上海古籍出版社,1986年,第463页。

而是具有影射意义的。如果仅此一诗还不足以说明杜甫对豪侠之侠的态度，我们可以再看一看他大历元年（766）在夔州所作的《赠苏四徯》一诗，苏徯将有荆扬之游，杜甫遂作此诗以相送。诗中写道："君今下荆扬，独帆如飞鸿。二州豪侠场，人马皆自雄。一请甘饥寒，再请甘养蒙。"诗人告诫朋友：荆扬二州本是豪侠聚集之地，那里的人一个个顾盼自雄。一请你甘于忍受饥寒之苦，再请你韬光养晦，修身守正。这与韩愈在《送董邵南序》中对藩镇豪侠的态度很相似。只是一显豁，一委婉。杜甫从国家民族的利益出发，对豪侠之侠的危害看得十分清楚，而颇存戒惧之心。

三、杜甫与侠文化的因缘

丹纳认为，艺术家总是要受到某种精神气候的影响，所谓精神气候就是指风俗习惯与时代精神。[1]杜甫与侠文化的结缘自然离不开他所生活的时代氛围。除此之外，也与他的家庭背景、所受的教育以及个人因素有关。下面分别进行讨论。

第一，时代精神的影响。李唐王朝的建立者原属西北胡化程度很深的关陇贵族，统一中原的时候，北方少数民族尚武、豪爽的特点也随之流入中原。李渊长子建成，少时就"畋猎无度，所从皆博徒大侠"[2]；次子世民，随父起兵时，"每折节下士，推财养客，群盗大侠，莫不愿效死力"[3]；李渊本人也精于弓马骑射，喜结交勇武任侠的朋友，如丘和、唐宪等（《新唐书·丘和传》《新唐书·唐宪传》）。武则天虽为女皇，也精于骑射，并创立"武举"。唐代帝王对任侠之事一直持较为宽容的态度。《新唐书·郭元振传》载："（元振）任侠使气，拨去小节，尝盗铸及掠卖部中口千余，以饷遗宾客，百姓厌苦。武后知所为，召欲诘，既与语，奇之，索所为文章，上《宝剑篇》。后览嘉叹，诏示学士李峤等，即授右武卫铠曹参军，

---

[1]丹纳《艺术哲学》，安徽出版社，1998年，第72页。

[2]《二十五史·新唐书》，上海古籍出版社，1986年，第355页。

[3]《二十五史·旧唐书》，上海古籍出版社，1986年，第11页。

进奉宸监丞。"[1] 这个私铸钱币、掠卖人口的郭元振，武后不但不惩罚，反而升了他的官。高宗、睿宗和玄宗都曾对那些重名节的忠义之士予以追崇褒奖。

唐代帝王对侠、义的态度以及这种别具一格的用人制度，无疑对整个社会起着昭示作用。有唐一代，上自皇室，著名将相，下至文人，一般贵族青年，不少人都有过任侠的经历。知识阶层普遍弥漫着一股劲健任侠之气，以侠自任，以侠客相标榜，成为文人才士的一大风尚。陈子昂"以富家子，任侠尚气弋博"，"轻财好施，笃朋友之义"[2]；张说"敦气节，重然诺"[3]；王之涣"少有侠气，所从游皆五陵少年，击剑悲歌，从禽纵酒"[4]；孟浩然"少好节义，喜振人患难"[5]；李白"喜纵横术，击剑，为任侠，轻财重施"[6]；王翰被辛文房目为"布衣之侠"[7]。与诗人行侠相应，咏侠也成为诗坛的一时风尚。知识分子身上表现出来的这种猛气英风，构成了唐代文苑的奇特景观。

杜甫就生活在这样的时代。

第二，杜氏家风的熏染。对杜甫而言，家族风气的耳濡目染比时代精神的影响也许更为直接。襄阳杜氏家风与一般传统士族的家风不同，公元4世纪至9世纪的大约500年间，襄阳杜氏家族一直处在不断的迁徙中，漂泊不定的生活，起伏跌宕的命运，影响了家族成员的心理层面，"以致形成了诸如豪爽侠义、狂放不羁等等心理和行为特征"。[8] 从杜叔毗至杜并四代人中，杜氏一门侠义之士辈出。如杜审言的曾祖杜叔毗出使北周时，其兄锡及侄映、晰并为曹策等害。后曹策亦至长安，叔毗"志在复雠"，"遂白日手刃策于京城，断首刳腹，解其支体，然后面缚请就戮焉。周文

---

[1]《二十五史·新唐书》，上海古籍出版社，1986年，第450页。
[2] 傅璇琮《唐才子传校笺》，中华书局，1987年，第105—109页。
[3] 傅璇琮《唐才子传校笺》，中华书局，1987年，第137页。
[4] 傅璇琮《唐才子传校笺》，中华书局，1987年，第446页。
[5]《二十五史·新唐书》，上海古籍出版社，1986年，第617页。
[6]《二十五史·新唐书》，上海古籍出版社，1986年，第615页。
[7] 傅璇琮《唐才子传校笺》，中华书局，1987年，第147页。
[8] 王力平《四至九世纪襄阳杜氏家族述论》，载《中国社会历史评论·第三卷》，中华书局，2001年，第65页。

嘉其志气，特命舍之"。[1] 叔毗后为陈朝人所擒，亦辞色不挠，慷慨就义，成为一时的美谈。杜鱼石女、王珪妻也以侠义闻名，杜甫《送重表侄王砅评事使南海》云："我之曾老姑，尔之高祖母。尔祖未显时，归为尚书妇。隋朝大业末，房杜俱交友。长者来在门，荒年自糊口。家贫无供给，客位但箕帚。俄顷羞颇珍，寂寥人散后。入怪鬓发空，吁嗟为之久。自陈剪髻鬟，市鬻充杯酒。"诗中对杜鱼石女的侠行义举作了生动的记载。

杜氏家族中有两个侠义人物对杜甫影响最大。一个是杜闲的妹妹杜甫的姑母，京兆杜氏。杜甫幼年丧母，寄养于洛阳仁风里的姑母家，姑母为人贤德，对杜甫关怀备至，胜过亲子。病疫之年，她为了保住侄子的性命，竟忍痛割爱，舍弃了亲子。这件事对杜甫触动很深。天宝元年（742），杜甫三十一岁时，姑母去世，他以无限悲痛和崇敬的心情为这位给予他无私之爱的姑母写了墓志铭《唐故万年县君京兆杜氏墓志》。文中称姑母为"有唐义姑"，将她比作《列女传》中"弃子行义"的鲁国妇人。当时正值杜甫人生价值观的形成时期，姑母的舍亲取义的牺牲精神对他价值观的形成无疑具有深刻的意义。另一位是杜甫的叔叔杜并。武后时，杜审言被周季童构陷，投入监狱。其子杜并时年十六，决心为父报仇，趁一日宴会之际，怀利刃猛刺周季童，杜并被左右所杀，周季童身受重伤，临终悔悟。杜审言因此而得救。时人闻此都很感动，苏颋为他作墓志，刘允济作祭文。杜甫在《唐故万年县君京兆杜氏墓志》中称自己为"孝童之犹子"，为有这位孝义侠烈的叔叔而倍感自豪。应该说，家族中的这些侠义人物直接影响了杜甫的人生观、价值观，成为他侠义性格形成的重要因子。

第三，孟子思想的启示。杜甫出身于"奉儒守官"的家庭，接受的是儒家传统文化教育。儒家文化与侠文化表面上看来有许多相悖之处，而实际上儒家基本精神的最高妙精深之处，是与侠的精神一致的。侠文化的基础在于"义"，即"行侠仗义"。孔子讲"杀身成仁"，孟子讲"舍生取义"，这个"义"字，提供了儒与侠之间最大的契合点。侠士锄强扶弱，急人之难，儒家有"恻隐之心"（《孟子·告子上》）；侠士讲信义，重然

---

[1]《二十五史·北史》，上海古籍出版社，1986年，第305页。

诺,孟子说"君臣有义""朋友有信"(《孟子·滕文公上》);侠士追求独立自由的人格精神,孟子标榜富贵不淫、贫贱不移、威武不屈的大丈夫气概(《孟子·滕文公下》);侠士讲"众人遇我,我故众人报之;国士遇我,我故国士报之"[1],孟子说"君之视臣如手足,则臣视君如腹心;君之视臣如犬马,则臣视君如国人;君之视臣如土芥,则臣视君如寇仇"(《孟子·离娄下》)。可见,侠与儒在重情尚义、视人如己的思想观念及人格精神上是一致的。章太炎就认为儒家中有侠,其《检论》云:"世有大儒,固举侠士而并包之。"[2]将儒侠相兼作为中国传统文化的一种至高境界。杜甫继承了先秦儒家文化的精华,尤其是孟子思想的精华。宋人黄彻说:"老杜似孟子。"[3]杜甫以儒家文化对侠文化进行规范,又反过来以侠文化对儒家文化进行突破和超越,从而形成了有别于李白仙侠人格的儒侠人格特征。

此外,杜甫还是"读书破万卷"的诗人,所学非止儒家经典。正如邓绎《藻川堂谈艺·三代篇》所说:"唐人之学博而杂,豪侠有气之士,多出于其间。磊落奇伟,犹有西汉之遗风。而见诸文辞者,有陈子昂、李白、杜甫、韩愈、柳宗元之属,堪与谊、迁、相如、扬雄辈相驰骋以下上。"

第四,个性、经历的关系。上述而外,杜甫与侠文化的因缘还与他的个性和生活经历有关。仇兆鳌说:"太白狂而肆,少陵狂而简。"[4]杜甫也多次自称"狂"和"狂夫",杜甫性格中的确有豪放不羁的一面,这样的性格与游侠精神一拍即合。他爱马,爱鹰,爱剑,嗜酒,喜欢结交磊落奇侠之士,李邕、苏源明、郑虔、李白、高适、岑参、房琯、严武,还有晚年结交的苏涣,都是有肝胆、有生气的人物。一方面,固然是由于同声相应,同气相求;另一方面,这些知交好友都或多或少影响了杜甫,尤其是好任侠的李白。杜甫与高、李二人同游梁宋,荡舟蓬池,流连汴水,寻访夷门,凭吊信陵,登临吹台,慷慨怀古,饮酒赋诗,一起过着狂歌度日、裘马轻狂的生活,这与游侠的生活方式几无二致。高、李二人的侠气豪情

---

[1]《二十五史·史记》,上海古籍出版社,1986年,第283页。
[2] 章太炎《章太炎卷·检论儒侠》,河北教育出版社,1996年,第223页。
[3] 黄彻《䂬溪诗话》,人民文学出版社,1986年,第6页。
[4] 仇兆鳌《杜诗详注》,中华书局,1979年,第25页。

给杜甫留下了终生难忘的印象:"昔我游宋中,惟梁孝王都。名今陈留亚,剧则贝魏俱。邑中九万家,高栋照通衢。舟车半天下,主客多欢娱。白刃雠不义,黄金倾有无。杀人红尘里,报答在斯须。"(《遣怀》)壮游岁月里,他不但增长了见识,而且受到强悍的地域民风的濡染,涵养了雄豪之气。

　　明末卢世㴶早就说过:"子美生来浩气独完……强而名之,约有数种:有儒□气,有仙佛气,有将相气,有游侠气……"[1]但响应者寥寥。实际上,从杜甫生活的时代背景、家庭环境、所受的文化教育和个性经历来看,他与侠文化有着很深的渊源。他丰富复杂的思想情感世界中,有着鲜明的侠文化的成分。他与李白不同,面对历史和现实社会中形形色色的侠风,杜甫只接受了其合于正义的一面,而对为侠之弊有所批判。他以儒兼侠,以侠补儒,显示出杜甫对中国传统文化的创造性承传。侠文化对杜甫来说,既孕育建构了他豪情满怀的情感世界,也影响了他的诗文创作和诗文风格。

(本文与冯淑然博士合著)

---

[1] 卢世㴶《杜诗胥钞余论·论摘录》,崇祯四年刻印。

论杜甫的众生平等意识

生活在封建等级制度中的杜甫，思想中却能含有与当时的社会形态不相融合的平等意识。这在他若干进步的思想意识中，无疑是十分重要的一个层面，值得我们认真地加以研讨。从人类社会发展史的角度来说，"平等"（与"自由""博爱"）曾是新兴的资产阶级反对封建等级制度而提出的战斗口号，从杜甫的整体思想来看，固然不能纳入资产阶级的范畴，但是这"平等"意识确实反映在他的作品中。针对当时社会严重的两极分化的现实，他通过作品指出，人世间所有的生命个体，都应享有平等的生存权；所有的生命个体都有其人格尊严，应该得到承认，受到保护。杜甫对众生的生存权和被尊重权的执着呼唤，不仅在当时具有现实意义，而且在中华民族的发展史上具有长远意义。

一、杜甫视个人的生存权与统治者、平民同重

从现存的杜甫青年时期作品来看，尚无呼唤"平等"的声音。这种呼声始发于困居长安时期。当饥饿和屈辱降临到他的头上，他眼中的云翳方被刮除，看到了人间的许多不平，从而发出众生平等的呼声。首先来看，他向社会要求自己的生存权利，认为个人的生存权是与包括皇帝在内的统治阶层的生存权同等重要的，同时又与平民百姓的生存权同重。

其一，他把自己同富贵人家子弟的境遇进行对比。在困居长安的日子里，他曾向尚书左丞韦济呼喊不平："纨袴不饿死，儒冠多误身！"（《奉赠韦左丞丈二十二韵》）客居秦州时，他缺衣少食，而当地的富豪却花天酒

地，他深感不平，言道："北里富熏天，高楼夜吹笛。焉知南邻客，九月犹絺绤！"(《遣兴五首》其一）这些对比，来自他心中的不平；而不平的产生，是因为心中的平衡遭到破坏。其平衡的依托，就是人生平等，皆有生存和进取的权利。假如他自认低人一等，就不可能作此对比，发此不平之声。

其二，他还把自己同达官贵人的境遇进行对比。"赤县官曹拥材杰，软裘快马当冰雪。长安苦寒谁独悲？杜陵野老骨欲折。"(《投简咸华两县诸子》）此时杜甫住在长安南郊的下杜城，于冰天雪地之中寒骨欲断，而京城里的达官贵人却能轻裘快马在雪中取乐。"诸公衮衮登台省，广文先生官独冷。甲第纷纷厌粱肉，广文先生饭不足。"(《醉时歌》）这既是为穷朋友郑虔打抱不平，也是在倾泻自己心中的郁愤。在他看来，诸公们"登台省""厌粱肉"，而德才兼备者却"官独冷""饭不足"，这也是不平等、不公正的。寓居同谷县时，他陷入了生活的绝境，悲歌唱道："男儿生不成名身已老，三年饥走荒山道。长安卿相多少年，富贵应须致身早。"(《乾元中寓居同谷县作歌七首》其七）长安卿相，少年富贵，而自己年老无凭，饥走荒山。这些通过对比而发出的不平之声，反映出杜甫对生存权的呼唤和平权同重的意识。

其三，他甚至把自己同最高统治者的境遇进行对比。天宝十四载（755）冬季的一个夜晚，他离开长安，前往奉先县探望家属，作《自京赴奉先县咏怀五百字》，诗写经过骊山时有这样几句："凌晨过骊山，御榻在嵽嵲。蚩尤塞寒空，蹴踏崖谷滑。瑶池气郁律，羽林相摩戛。"这六句诗在安排上似乎混乱，第二句既然已经说到了玄宗皇帝御前，为什么不接着写"瑶池""羽林"呢？为什么要在这中间插入自己在浓雾迷漫的山路上艰危行走的情事呢？这种错综笔法，用意正在于加强个人同皇帝的境遇对比度：一方是高卧离宫，一方是夜行山路；一方是被蒸腾的暖气所护裹，一方是被漫天的寒雾所围困；一方是被密密层层的羽林军所保卫，毫无生命之忧，一方是一步三滑，随时都有跌入深谷之险。透过这层层对比，我们分明听到杜甫的慨叹："同样是人，何以有如此不同的处境？"如果我们忽视了此处的对比之法，那算是埋没了老杜于描写皇上安逸生活中安插"蚩尤塞寒空，蹴踏崖谷滑"的深层用意。同是这首诗中，还有两句饶有意味的感叹:"赐浴皆长缨,与宴非短褐。"皇上"赐浴""与宴"的对象都是达官贵人,却没有一个是平民百姓。这在等级社会里不是很正常的吗?一个等级思想严重的人是根本不会对此提出疑问的。但是杜甫提出了质疑,发出了慨叹,这说明了什么呢?只能说明杜甫的思想意识里,无论大官、小官还是平民,都应该在皇上那里取得同等的待遇。杜甫的深刻之处,就在于他能从一般人眼中的"正常"之事看到其不公正、不平等来。这种众生平等的愿望,在阶级社会里固然是一种空想,但它比承认和坚持封建等级制度要进步得多,开明得多。

其四,上述三点均为杜甫同高于自己者进行对比,除此以外,他还常常同低于自己者,特别是那些贫苦百姓进行比较。这种比较的本身,更能反映他的平等意识。例如,天宝十四载,他做了右卫率府兵曹参军,品级虽说不高,却也是个官了,这时候的他有没有高出百姓一头、视黎民为非类的意识呢?我们来听听他的声音:"入门闻号咷,幼子饿已卒。吾宁舍一哀,里巷犹呜咽。""生常免租税,名不隶征伐。抚迹犹酸辛,平人固骚屑。默思失业徒,因念远戍卒。忧端齐终南,澒洞不可掇。"由个人的大不幸而想到"平人"的大不幸,并因"失业徒""远戍卒"而产生山高海阔的忧思。这固然表现了杜甫怜悯天下苍生的博大胸襟,同时也在说明,他是把自己与天下苍生同等看待的;很难想象一个视百姓如草芥死了活该的人,会把个人的不幸同这些人的苦难联及在一起。至德二载(757)的秋天,身为左拾遗的杜甫回到羌村探亲,作《羌村二首》,诗中两次把心、眼投向百姓:"邻人满墙头,感叹亦歔欷。""父老四五人,问我久远行。"在这里,一切可能与"皇帝侍臣"相伴随的官气、傲气、神气都无法看到,人们所看到的是他那感激邻人的目光,所听到的是他那深情的谢歌。除了身上的官服(假定他是穿着官服回村的),我们看不出他与羌村百姓有什么不同。这是心存等级戒律的人无法做到的。至于他辞去华州司功参军的官职,走向山野之后,更是与百姓保持平等的亲密的关系。他毫无客套地接受父老们的邀请和馈赠:"田父要皆去,邻家问不违。"(《寒食》)他喜爱老农的纯朴与憨厚:"指挥过无理,未觉村野丑。"(《遭田父泥饮美严中丞》)他与农民互通有无,把自己的财物回赠给邻里:"药许邻人劚"(《正月三日归溪上有作简院内诸公》),"堂前扑枣任西邻"(《又呈吴郎》),

"西成聚必散,不独陵我仓。岂要仁里誉?感此乱世忙"(《秋行官张望督促东渚耗稻向毕清晨遣女奴阿稽竖子阿段往问》)。把这些缺衣少食的农民称为"仁里",其中蕴含着何等深厚的交谊?几乎生死相顾!我们在阅读这些诗句的时候,不要忘记杜甫曾是侍奉过皇帝的人,也不要忘记他出身于"奉儒守官"的家庭,又不能忘记他是"诗成觉有神"(《独酌成诗》)的天才诗人,他能以平等的意识与农民交往,这实在是一种了不起的思想突破,是一般封建文人难以完成的。《旧唐书》的编者刘昫在杜甫本传中,认为杜甫"与田夫野老相狎荡,无拘检"。这从反面说明,在等级森严的封建社会里,持有众生平等的思想意识是何等难能可贵!

二、杜甫视平民的生存权与统治者同重

现在从杜甫诗中所反映的他人与他人之关系看其平等意识。杜甫认为,众生在地位和财富上保持大体的均衡,则人生才有兴味,社会才可称道:"无贵贱不悲,无富贫亦足。"(《写怀二首》其一)他认为地位的巨差、贫富的悬殊,是人生悲剧的根源。出于这种理念,他向社会各个阶层发出追求平等的呼声。首先是君臣与百姓之间的物质生活距离应予缩小,做法是君臣厉行节约,不得铺张浪费:"君臣节俭足,朝野欢呼同"(《往在》),"天王日俭德,俊乂始盈庭"(《奉酬薛十二丈判官见赠》),"不过行俭德,盗贼本王臣"(《有感五首》其三)。只要君臣能行俭德,则不唯盗贼不起,英杰归附,且博百姓欢呼,这是他以平等求治世的政治蓝图。须知,他的这个蓝图并非主观臆画,是有着先朝的蓝本的。为杜甫所念念不忘的"煌煌太宗业"(《北征》),即"贞观之治"的实现,原因虽有许多,最重要的一点还是太宗牢牢记取隋炀帝因奢亡国的历史教训。《贞观政要》多处记载太宗这方面的谈话,如:"贞观初,太宗谓侍臣曰:'为君之道,必须先存百姓,若损百姓以奉其身,犹割股以啖腹,腹饱而身毙。'"[1]"贞观八年,太宗谓侍臣曰:'隋时百姓纵有财物,岂得保此?自朕有天下以来,存心

---

[1] 吴兢《贞观政要》,上海古籍出版社,1978年,第1页。

抚养，无有所科差，人人皆得营生，守其资财。'"[1] "贞观九年，太宗谓侍臣曰：'往昔初平京师，宫中美女珍玩，无院不满。炀帝意犹不足，征求无已，兼东西征讨，穷兵黩武，百姓不堪，遂致亡灭。此皆朕所目见。故夙夜孜孜，惟欲清净，使天下无事。遂得徭役不兴，年谷丰稔，百姓安乐。'"[2] 吴兢所写的《贞观政要》大约成书于开元八年（720），此时杜甫九岁，可以推断，杜甫年轻时期定能读到它。杜甫晚年在《别张十三建封》诗中说："尝读唐实录，国家草昧初。"所谓"唐实录"，即指诸如《高祖实录》《太宗实录》《贞观政要》之类的书。又说："俭约前王体，风流后代希。"（《送卢十四弟侍御护韦尚书灵榇归上都二十四韵》）可见，书中所记太宗关于君主"惟欲清净"，使百姓"守其资财"的治国方略，乃是杜甫以平等求治世的思想依据。当然，所谓平等，只是就生存权而言，并非要求统治者与百姓地位和财富完全等同。绝对的平等，不但在杜甫的时代不能实现，任何一个时代都是不能实现的。杜甫生活在盛唐转衰的急剧变化时代。晚年的唐玄宗因骄奢和开边，造成了严重的社会危机，剥夺了人民的生存权。杜甫从众生平等的理念出发，对此进行了严厉的批判。"煖客貂鼠裘，悲管逐清瑟。劝客驼蹄羹，霜橙压香橘。朱门酒肉臭，路有冻死骨。荣枯咫尺异，惆怅难再述。"（《自京赴奉先县咏怀五百字》）"荣"者君臣，花天酒地；"枯"者百姓，弃尸路旁。对"荣枯"的关注和惆怅，极鲜明地表现了杜甫的众生平等意识。

　　杜甫对百姓生存权的被剥夺极为痛心，在许多诗中揭露这一不平等的世态。"十室几人在？千山空自多！"（《征夫》）"戎马不如归马逸，千家今有百家存。"（《白帝》）"空村唯见鸟，落日未逢人。"（《东屯北崦》）"二十一家同入蜀，惟残一人出骆谷。"（《三绝句》其二）"罢人不在村，野圃泉自注。柴扉虽芜没，农器尚牢固。"（《宿花石戍》）"丧乱死多门，呜呼泪如霰！"（《白马》）这些诗句，触目惊心地记录了百姓的大批死亡或逃亡，甚至出现村落无人的可怕景象。对于造成如此惨象的原因，杜甫也进行了深刻的揭露，那就是兵役和租税的双重摧残："伤时苦军乏，一物官尽取。

---

[1] 吴兢《贞观政要》，上海古籍出版社，1978年，第21页。
[2] 吴兢《贞观政要》，上海古籍出版社，1978年，第22页。

嗟尔江汉人,生成复何有?"(《枯棕》)"乱世诛求急,黎民糠籺窄。""富家厨肉臭,战地骸骨白。"(《驱竖子摘苍耳》)"高马达官厌酒肉,此辈杼柚茅茨空。""况闻处处鬻男女,割慈忍爱还租庸。"(《岁晏行》)"石间采蕨女,鬻市输官曹。丈夫死百役,暮返空村号。闻见事略同,刻剥及锥刀。贵人岂不仁,视汝如莠蒿。索钱多门户,丧乱纷嗷嗷。"(《遭遇》)上述这些诗句,始终没有丢下贫苦百姓的对立面——一物尽取的"官"、厨肉变味的"富家"、饱足酒肉的"达官"、视百姓如莠蒿的"贵人"。在杜甫的心目中,他们是剥夺百姓生存权的恶魔,是不平等世态的制造者。这些愤怒的揭露和鞭挞,表现了诗人对平等人权的大声疾呼。

三、杜甫要求重视众生之尊严

在呼吁众生享有平等生存权利的同时,杜甫还在精神领域提出众生人格尊严同重的主张。这种思想观念同样具有现实意义。在等级社会里,人格尊严是与地位、财富紧密联系着的。皇帝享有至高无上的尊严,达官贵人则依其爵位、品级而决定尊严之高下,处于生活底层的贫苦百姓则往往无尊严可谈。杜甫认为这是不公平的。他一生都在为捍卫个人的尊严而斗争,也为争求百姓的人格尊严作出不懈的努力。

杜甫在困居长安的岁月里,精神十分苦闷。这是由于他的追求仕进同人格尊严发生了尖锐的冲突。天宝六载(747),杜甫参加了制举考试,却因奸臣李林甫捣鬼而落榜。李林甫自开元二十四年(736)主持朝政以来,杀害忠良,钳制人口,将有唐以来的开明政治拖入黑暗。正直的知识分子难以通过例行的方式进入仕途。杜甫是怀着"致君尧舜"的远大抱负来长安求仕的,从他当时的思想来看,仕进是唯一的人生道路,却不料遇到了艰阻。何去何从呢?屈身投靠李林甫吗,也不是没有引见人,他的堂弟杜位是李林甫的女婿,这个"门子"不能说不硬。可他是讲骨气、要尊严的人,不肯屈膝于这个"阴谋独秉钧"(《奉赠鲜于京兆二十韵》)的奸相跟前。对于堂弟在奸相檐下所过的拘谨生活,他曾表示自己难能接受:"谁能更拘束?烂醉是生涯。"(《杜位宅守岁》)考试的路子走不通,杜甫确也写过一些诗，投赠给几个要员。这种做法是当时的文人习俗，包括李白在内的许多知识分子都曾这样做过。审读杜甫的这些投赠诗，其中除了对个别官员的颂扬有溢美之嫌，多数情况是公允的。重要的是，在这些诗中没有屈己而求宠的内容；相反，却处处在宣扬个人的德才，如云："老骥思千里，饥鹰待一呼。"(《赠韦左丞丈济》)"读书破万卷，下笔如有神。赋料扬雄敌，诗看子建亲。李邕求识面，王翰愿为邻。自谓颇挺出，立登要路津。"(《奉赠韦左丞丈二十二韵》)"使者求颜阖，诸公厌祢衡。"(《敬赠郑谏议十韵》)"气冲星象表，词感帝王尊。"(《奉留赠集贤院崔于二学士》)"学诗犹孺子，乡赋忝嘉宾。不得同晁错，吁嗟后郤诜。"(《奉赠鲜于京兆二十韵》)"未为珠履客，已是白头翁。壮节初题柱，生涯独转蓬。"(《投赠哥舒开府翰二十韵》)这些诗句都在重复着一句话：如此之才，何以不用？这些诗句都在于张扬个人的才干，于个人的尊严有加无损。但是杜甫仍然对其干谒行为感到羞愧，"以兹悟生理，独耻事干谒"(《自京赴奉先县咏怀五百字》)，又说"已悲素质随时染"(《白丝行》)，把自己比为遭受污染的白丝。这些都说明他对人格尊严的高度重视和同重意识。他不接受河西县尉的官职，是因为"凄凉为折腰"(《官定后戏赠》)。他上任右卫府没几天，就感到了人格的危机："焉能作堂上燕，衔泥附炎热？野人旷荡无骴颜，岂可久在王侯间！"(《去矣行》) 宁可不要微官，也要保住老脸。不肯向上司折腰，执意向王侯要脸面，这更清楚地表现了他在人格尊严上的平等意识。他的左拾遗官也做得不窝囊，敢于逆犯龙鳞坚持房琯无罪的立场，表现出一种凛然慷慨的立朝之节。虽然知道这样做对个人仕途不利，也无所顾忌。尤其是当他被肃宗放逐之后，为了向昏君示以颜色，为了捍卫个人尊严，他毅然决然地辞掉华州司功参军的官职，表示了与肃宗庸政决裂的立场。当时战乱未休，饥民遍野。守一官职，可保身家性命；一旦失官，则只能加入饥民的行列。杜甫对此并非糊涂，但是他说："罢官亦由人，何事拘形役？"(《立秋后题》)这个"人"，就是肃宗。——由于皇帝老儿的作践，我也只好罢官，以示抗争；人格尊严最为重要，怎能为了身体的衣食之需而使内心受到委屈呢？你有你的尊严，我也有我的尊严，二者同等重要！老杜的精神需求不是一般追求利禄者所能持有的。从此，他走上了饥寒交迫的人生之路，虽说衣食不保，却也不肯轻易求人："有求常百虑,斯文亦吾病。""艰危作远客,干请伤直性。"(《早发》)这是他晚年在湘江漂泊时吐露的心声,从中不难发现他对人格尊严的固守。直到死前,他仍然高唱:"齿落未是无心人,舌存耻作穷途哭!"(《暮秋枉裴道州手札率尔遣兴寄递呈苏涣侍御》)

在杜甫一些叙事性作品中,所写的人物形象也多具有人格尊严。特别是在那些平民士兵身上,其鲜明的人格尊严意识,表现着杜甫对众生要求尊严平等的深刻理解,或者说是杜甫通过文学作品在为平民百姓争取人格尊严。《前出塞九首》这组诗,叙述一位农民被征调当兵的情事。在开赴前线的途中,他敢于同欺负他的顽劣子进行斗争:"出门日已远,不受徒旅欺。"(其二)他敢于向带队的官长提出抗辞:"送徒既有长,远戍亦有身。生死向前去,不劳吏怒嗔!"(其四)他说:押送征夫的是你们这些官长,而远戍边疆的我们也都是人啊。不管是生是死我们向前去就是了,用不着你们如此吹胡子瞪眼睛!——这位普通士兵有着多么强烈的尊严意识!在战争中,他立了功,"虏其名王归,系颈授辕门"。但是,当看到一些人在虚报战功,他便不声不响了,"潜身备行列","欲语羞雷同"(其八、其九),宁可不要奖赏,也不愿与这些人为伍,其人格精神实可敬佩。《垂老别》写一位老年农民在"子孙阵亡尽"的情况下,不愿苟生,要去战场寻求一死,他扔掉拐杖,穿上甲衣,告别官长时也不跪拜,仅行作揖之礼,他说:"男儿既介胄,长揖别上官。"不仅轻视生死,而且平视官长。杜甫塑造这些人物形象,无疑是向社会说明,在极普通的百姓身上,同样具有尊严意识,达官贵人们随意践踏百姓的尊严,污辱他们的人格,是荒谬无理的。儒家虽也强调人格尊严,但认为尊严意识主要集中在"儒""士"这些"贤者"身上。《礼记·儒行篇》云:"儒有可亲而不可劫也,可近而不可迫也,可杀而不可辱也。"[1]显然是没有把百姓列入其中的。

杜甫的众生平等意识,应该说是来源于孟子的思想。孟子的思想中包含着超越等级观念的"人与人同"的意识。在《孟子·告子上》中,他说道:"故凡同类者,举相似也。何独至于人而疑之?圣人与我同类者。"孟子先拿大麦作比喻,他说,把大麦播了种,耪了地,如果土地一样,种植

---

[1] 李学勤《十三经注疏·礼记正义》,北京大学出版社,1999年,第1582页。

的季节也相同,大麦就都会蓬勃地生长,迟到夏至,都会成熟,这是因为同类之物有相似性。由此,他推及人类,认为人与人也有相似性。他说,即便没有看清楚脚的样子,也不会把草鞋编成筐子,这是因为人的脚的形状大体相同;又说,天下的人都追随易牙的口味,说明了天下人的味觉美感大体相同;天下的人都期望做到师旷那样,说明了天下人的听觉美感大体相同;天下的人都知道子都的美丽,说明了天下人的视觉美感大体相同;人心的相同之处则是理,是义。[1] 孟子这段话由物类推及人类,由人类的形体相同进而讲到感觉的相同、心灵的相同,有力地论述了"人与人同"的命题。在《孟子·告子下》中,他又提出"人皆可以为尧舜"[2]的论断,这是他"人与人同"意识的进一步阐释。在《孟子·滕文公上》中,他说:"彼,丈夫也;我,丈夫也;吾何畏彼哉?"[3] 这些言论,都闪烁着众生平等的思想光辉。

孟子这种超越等级观念的众生平等意识,是他所处的时代社会发生剧烈变革而带来的思想成果。春秋战国时期,诸侯国之间的长期攻伐兼并,导致了宗法等级制度的彻底破坏。西周时期原有1800个诸侯国,到春秋时期只剩下几十个,战国时期就更为减少,那情况正所谓"亡国相及,囚主相望"。昨天你灭了此国,今天你又被彼国所灭,得胜的笑容还没来得及收敛,亡国的苦泪便潸然而下。那些垮了台的诸侯国君,一夜之间变成了阶下囚,当他们被无情地剥下了尊严的外衣,露出了普通人的面目时,人们突然发现,他们与普通人并没有什么不同。呵呵,原来他们也要磕头乞命啊,原来他们也能咽下猪狗之食啊。这是一个让权势者朝尊夕卑的时代,是一个践踏等级制度的时代,是一个破除迷信的时代,也是产生伟大思想家的时代。动荡的时代容易显露人的本性。在这个时代里,思想家发现了"人",发现了"人"的本身,发现了作为"同类"的"人"的共同属性。这是一个了不起的发现,这个发现为孟子的众生平等意识的形成提供了坚实的依据。

---

[1] 杨伯峻《孟子译注》,中华书局,1960年,第261页。
[2] 杨伯峻《孟子译注》,中华书局,1960年,第277页。
[3] 杨伯峻《孟子译注》,中华书局,1960年,第112页。

宋人黄彻说:"《孟子》七篇,论君与民者居半,其余欲得君,盖以安民也。观杜陵'穷年忧黎元,叹息肠内热'………真得孟子所存矣!东坡问:'老杜何如人?'或言似司马迁,但能名其诗耳。愚谓老杜似孟子,盖原其心也。"[1] 这段话有两个要点:其一,黄彻认为孟子之所以执意提高国君的仁德水平,目的在于安民;其二,杜甫在"致君"是为了"安民"上与孟子思想相同。黄彻的观点非常恰切。的确,杜甫的思想来源于先秦儒家,更多的是来源于孟子。但是,显然,杜甫的众生平等意识比孟子来得更为鲜明、清晰、具体。

---

[1] 黄彻《䂬溪诗话》,人民文学出版社,1986年,第6页。

杜甫的胡服之厌

唐朝实行文化开放政策,异族文化的进入是很普遍的现象。来自域外的音乐、舞蹈、各种技术也确曾推动了唐王朝经济文化的发展。唐代人对来自北方突厥族的服装也持有浓厚的兴趣,不止在京都如此,浸淫所及,几乎遍布全国,甚至在安史之乱发生之后,仍然如此。

唐人对胡服的好尚,起于何时?据现有文献可以得知,这种好尚早在高宗武后时期就已经出现了。《新唐书》宋务光传记载:中宗神龙元年(705),宋务光上书言政,对当时社会上出现的胡服好尚提出了批评:"比见坊邑,相率为浑脱队,骏马胡服,名曰'苏莫遮'。"[1]玄宗即位之后,于开元二年(714)十二月七日颁发《禁断腊月乞寒敕》,对这种"胡服"风气痛加申斥,力图断绝之。全文如下:

"敕:腊月乞寒,外蕃所出,渐渍成俗,因循已久。至使乘肥衣轻,竞矜胡服,阗城溢陌,深玷华风。朕思革颓弊,返于淳朴。《书》不云乎:'不作无益害有益,功乃成;不贵异物贱用物,人乃足。'况妨于政要,取紊礼经,习而行之,将何以训?自今已后,即宜禁断。"[2](《四库全书·唐大诏令集》)

乞寒,又称"乞寒胡",是胡人的一种杂戏,传入唐朝,由胡人在腊月演出,内容是相互往身上泼水为戏。胡人的服装,由此而被"乘肥衣轻"的贵族们所青睐,他们争先恐后地身穿胡服,在城乡招摇。玄宗认为这是"妨于政要,取紊礼经"的行为,于是敕令断绝之。但是,这道敕令

---

[1]《二十五史·新唐书》,上海古籍出版社,1986年,第440页。
[2]《四库全书电子版》,上海人民出版社,1999年。

显然没有产生效果，此后胡服之风竟由京都弥漫到乡野。在安史之乱爆发之前，胡服向唐王朝士民的渗透已经非常广泛，以致被后来的人们认为这是安史之乱的前兆。《旧唐书·舆服志》写道：

"开元初，从驾宫人骑马者皆着胡帽，靓妆露面，无复障蔽，士庶之家，又相仿效。……太常乐尚胡曲，贵人御馔尽供胡食，士女皆竟衣胡服，故有范阳羯胡之乱，兆于好尚远矣。"[1]

可知，对胡服的喜好首先起于宫中，而后弥漫于朝野士民。史家所谓"范阳羯胡之乱，兆于好尚远矣"，就是认为这种胡服的好尚是数十年之后发生的安史之乱的前兆。《新唐书·车服志》也有类似的记载和认知：

"开元中，初有线鞋，侍儿则着履，奴婢服襕衫，而士女衣胡服，其后安禄山反，当时以为服妖之应。"将胡服视为"服妖"，将"士女衣胡服"看作是安史之乱的"服妖之应"。[2]

上述这些史料说明，唐代人所好尚的胡服是突厥族的服装，其泛滥之广远，势头之强大，连朝廷禁令都未能阻止得了。即便在安史之乱发生之后，也没有断绝，有杜甫诗歌为证。杜甫晚年漂泊到长沙，作《清明二首》，诗中写到长沙一带的少年们仍然是"胡童结束"，也就是说还穿着胡人的服装。这使饱受战乱之苦的杜甫深恶痛绝。杜甫《清明二首》作于唐代宗大历四年（769）清明节，距平息安史之乱（763）已有六年。诗中反映的长沙少年的胡服装束，充分说明了胡服对唐人服饰文化的影响之深远。

> 朝来新火起新烟，湖色春光净客船。
> 绣羽衔花他自得，红颜骑竹我无缘。
> 胡童结束还难有，楚女腰肢亦可怜。
> 不见定王城旧处，长怀贾傅井依然。
> 虚沾周举为寒食，实藉君平卖卜钱。
> 钟鼎山林各天性，浊醪粗饭任吾年。

---

[1]《二十五史·新唐书》，上海古籍出版社，1986年，第236页。
[2]《二十五史·新唐书》，上海古籍出版社，1986年，第64页。

这是一首七言排律，写清明时节的所见所感。其中两句"胡童结束还难有，楚女腰肢亦可怜"，是在写长沙的民俗，前句"胡童结束"就是反映长沙一带的少年仍然身着胡服，"结束"是指衣装，"还难有"意思是"难愿其有"，就是"讨厌其有"，就是厌恶看到这种胡装打扮。"难"作"厌恶""忌恨"解，不乏其例。《战国策·中山策》云："司马憙三相中山，阴简难之。"姚宏注："难，恶也。"（宋·姚宏续注《战国策》）[1] 鲍彪注："难，谓忌之。"（宋·鲍彪《鲍氏战国策注》）[2]《中山策》中的这两句话意思是说：司马憙这个人三次做中山国的相，遭到阴简的厌恶、忌恨。又如宋人陶谷《清异录·释族·梵嫂》："相国寺星辰院比丘澄晖，以艳倡为妻……忽一少年踵门谒晖，愿置酒参会梵嫂，晖难之。"（《四库全书·子部·小说家类》）[3] 少年要求与和尚澄晖的妻子相对饮酒，遭到澄晖的厌恶、忌恨。杜甫此诗的"难有"之"难"字，其义就是厌恶、忌恨。那么，杜甫为什么会厌恶长沙少年这种胡装打扮？这与安史之乱有直接的关系。安史之乱造成了民族的巨大灾难，为杜甫所深恶痛绝。今见长沙少年仍然着此胡服，自然会感到有如芒刺在眼。

关于"胡童结束还难有"这句的意思，古代注家未能得其肯綮，如仇兆鳌《杜诗详注》注云："楚杂苗蛮，故有胡童之服。"[4] 杨伦《杜诗镜铨》引用仇注，其他各本均未见有注。

仇注失误，他说楚地杂居"苗蛮"少数民族，所以那里的儿童穿着胡童的衣装。这种说法很成问题。"苗蛮"有其自己的民族服装，怎么会穿胡服呢？仇氏之误，在于把"苗蛮"与"胡"两个概念混为一谈。在唐代，唐王朝的周边有多种少数民族，汉人对他们的称呼是不同的；而杜甫向以写实著称，翻阅杜诗，我们发现杜甫在称呼少数民族的用词上，是十分严谨的。

在杜诗中，"胡"是称呼北方异族的，如，对突厥族安禄山、史思明及其部队即称为"胡""羯胡"。安史叛军攻打长安，君臣西逃，杜诗记道：

---

[1]《四库全书电子版》，上海人民出版社，1999年。
[2]《四库全书电子版》，上海人民出版社，1999年。
[3]《四库全书电子版》，上海人民出版社，1999年。
[4] 仇兆鳌《杜诗详注》，中华书局，1979年，第1969页。

"屋底达官走避胡。"(《哀王孙》)房琯与叛军对战，遭到惨败，杜诗记道："群胡归来血洗箭。"(《悲陈陶》)其他诸如"羯胡腥四海"(《送灵州李判官》)，"黄昏胡骑尘满城"(《哀江头》)，"祸转亡胡岁，势成擒胡月"(《北征》)，"西郊胡正繁"(《至德二载甫自京金光门出间道归凤翔乾元初从左拾遗移华州掾与亲故别因出此门有悲往事》)，"修关还备胡"(《潼关吏》)，"胡尘逾太行"(《留花门》)，等等，均用"胡"来称呼安史叛军。杜甫这样称呼他们，是取用历史正规的用词。《旧唐书》卷二百安禄山传云："安禄山，营州柳城杂种胡人也。"[1]《旧唐书》卷二百史思明传云："史思明，本名窣干，营州宁夷州突厥杂种胡人也。"[2]陈寅恪先生《唐代政治史述论稿》说："考安禄山之种族在其同时人之著述及专纪其事之书中，均称为柘羯或羯胡。"[3]

杜甫称呼西北异族也用"胡"(或"羌")。如，杜甫在凤翔时，送人前往大西北武威去平息异族叛乱，作诗言道："去秋群胡反，不得无电扫。"(《送长孙九侍御赴武威判官》)所谓"群胡反"，朱鹤龄《杜工部诗辑注》解释说："赵次公、黄希诸注，皆指吐蕃，非也。《唐书》：'至德元载，吐蕃陷威戎等诸军，入屯石堡。'此在陇右河鄯等州，而河西凉州未尝陷。《通鉴》：'至德二载，河西兵马使盖庭伦，与武威九姓商胡安门物等，杀节度使周泌，聚众六万。武威大城之中，小城有七，贼据其五，二城坚守，度支判官崔称与中使刘日新，以二城兵攻之，旬有七日，平之。'此云'群胡反'，正指其事。曰'去秋'者，讨平在正月，而发难则在去秋，是时武威虽复，而余乱尚有未戢者，故欲早到凉州，安黎甿而按城堡也。"(见仇兆鳌《杜诗详注》引)[4]经核查《旧唐书》《资治通鉴》二书，知朱鹤龄引文无误。朱氏引证史书解决了"群胡反"的所指，注释精当。同时，作为这个注释的副产品，也解决了杜诗所称的"群胡"是指"武威九姓商胡"，而不是指"吐蕃"。杜甫称吐蕃不用"胡"，而是用"戎"，这在下文中将论及。其后，杜甫客居陇右秦州，写当地异族风俗，诗云"羌女轻烽

---

[1]《二十五史·旧唐书》，上海古籍出版社，1986年，第646页。
[2]《二十五史·旧唐书》，上海古籍出版社，1986年，第647页。
[3]陈寅恪《唐代政治史述论稿》，上海古籍出版社，1997年，第28页。
[4]仇兆鳌《杜诗详注》，中华书局，1979年，第364页。

燧,胡儿掣骆驼"(《寓目》),"羌妇语还笑,胡儿行且歌"(《日暮》),盖因秦州是多种族杂居之地。总之,"胡"字在杜诗中是用以称呼北部(包括西北)少数民族的。

在杜诗中,"西戎""犬戎"是用来称呼吐蕃的(直接称呼"吐蕃"在杜诗中仅有一次)。吐蕃人趁唐王朝在平定安史战争中国力衰退之际,于广德元年(763)十月,进犯奉天、武功,向长安逼近,此时杜甫在蜀地,作诗记道:"青海今谁得?西戎实饱飞。"(《警急》)听到郭子仪把吐蕃赶出京都,作诗记道:"复道收京邑,兼闻杀犬戎。"(《收京》)其后寓居夔州,回顾十年间京都两次陷落,痛切言道:"前者厌羯胡,后来遭犬戎。"(《往在》)可见,杜甫是严谨区分对突厥和吐蕃的称呼的。

对于巴蜀荆湘地区的少数民族,杜甫则称之为"蛮""夷",如他的夔州诗写道:"夷音迷咫尺,鬼物倚朝昏"(《奉汉中王手札》),"夷歌几处起渔樵"(《阁夜》),"儿童解蛮语"(《秋野五首》其五),"瘴疠浮三蜀,风云暗百蛮"(《闷》),"蛮夷长老畏苦寒"(《后苦寒行二首》其一),等等。由上所述,可以看出老杜对少数民族的称名词语用得十分严格,他是不会把居住在湖南的"苗蛮"乱称为北地"胡"的。

既然杜甫不可能把此地的儿童称为"胡童",那么诗中的"胡童结束"说的是什么呢?说的是长沙少年用胡童的服饰来着装。从语法上讲,"胡童结束"是偏正结构,不是主谓结构,与下句的"楚女腰肢"(偏正结构)构成工整的对仗。对于这种衣装打扮,杜甫的态度是"还难有"——厌恶其有,与杜甫反对安史之乱的一贯立场相吻合。

杜甫"忠君"是为了"兴国"

"忠君"与"爱国"是杜甫思想的两个主要内容,这已为学界所公认。但是,这二者是什么关系,却一直争论不休。一种观点认为,"忠君"与"爱国"不可分开;一种观点认为,应该区分哪些是"忠君"思想,哪些是"爱国"思想;一种观点认为,杜甫一生"爱国"思想重于"忠君"思想;一种观点认为,杜甫前期"忠君"思想较重,后期较轻,而"爱国"始终如一。笔者以为,上述观点虽异,却有一点是相同的,那就是都把"忠君"与"爱国"视为相互并列的两种思想;而把这两种思想放在同一个逻辑层面上来思考、研究,是不能探清杜甫的思想世界的。事实上,杜甫一生所为,或者说他一生奋斗的终极目标,是恢复大唐盛世,而"忠君"不过是他选择的一条到达终极目标的途径。

认为杜甫"爱国"就是"忠君"或"忠君"就是"爱国"的人,其思想依据就是"君主即国家"。因此,很有必要把"君主"与"国家"的关系做一番讨论。

杜甫继承的是孔孟儒学。欲知他心目中的君与国的关系,首先应从儒学经典中去寻找有关论述。我们在儒学经典中没有发现"君主即国家"的论断,却找到了相反的说法。《孟子·尽心下》说:"民为贵,社稷次之,君为轻。"[1]在孟子心目中,国家是重于君主的。对于危害国家的君主,可以批评他,撤换他:"君有大过则谏,反覆之而不听,则易位。"[2]而对于

---

[1] 李学勤《十三经注疏·孟子译注》,北京大学出版社,1999年,第387页。
[2] 李学勤《十三经注疏·孟子译注》,北京大学出版社,1999年,第291页。

像夏桀、殷纣那样的残暴君主，完全可以杀掉他们。[1]《礼记·礼运》说："大道之行也，天下为公。选贤与能，讲信修睦。"[2]孙希旦集解："天下为公者，天子之位传贤而不传子也。"这是说，君位并不为一家私有，国家也不是君主私人的产业。可见，先秦的儒家思想，君主并不完全等同于国家。从杜甫的思想体系来看，他所遵从的正是原始的儒家思想，在君主与国家的关系上，国家居于首位，君主与其领导的群臣百姓，都必须服从国家的利益。

　　有人根据马克思主义关于"国家是阶级统治的工具"这一论断，进行如下的推论：由于国家是阶级统治的工具，而君主又是统治阶级的最高代表，所以君主就等于国家，杜甫的爱国实际上就是忠君。必须指出，这条推论的大前提和结论都是有缺陷的。马克思主义的国家学说，固然认为国家是阶级统治的工具，但同时还认为国家具有保护社会共同利益、缓和阶级冲突的职能，为了使冲突的双方"不致在无谓的斗争中把自己和社会消灭，就需要有一种表面上驾于社会之上的力量，这种力量应当缓和冲突，把冲突保持在'秩序'的范围以内；这种从社会中产生但又自居于社会之上并且日益同社会脱离的力量，就是国家"（恩格斯《家庭、私有制和国家的起源》）。[3]为了缓和阶级冲突，使社会呈现有序状态，国家制定法律，令国人共同遵守，即便是君主也不能随意践踏，在政治相对开明的时代尤其如此。例如，唐太宗贞观时期曾一度废除死刑，当时科举考试每有"诈伪资荫"事发生，太宗一怒之下言道：再有诈伪者处死！其后，又有人作弊，负责审案的大理寺少卿戴胄，却没有把犯人处死，判为流放。太宗责问，戴胄答道："不敢亏法。"太宗沉思，而后称善。[4]这件事说明，皇权小于国法，也说明君主与国家不能完全画等号。

　　无论说国家是阶级统治的工具也罢，说国家是缓和阶级冲突的工具也罢，都是从政治的角度来解释"国家"这个概念的，而仅从这一角度进行解释，显然是不全面、不科学的。"国家"除了具有上述的政治方面的意

---

[1] 李学勤《十三经注疏·孟子译注》，北京大学出版社，1999年，第53页。
[2] 李学勤《十三经注疏·孟子译注》，北京大学出版社，1999年，第658页。
[3]《马克思恩格斯选集》（第4册），人民出版社，1972年，第166页。
[4]《二十五史·旧唐书》，上海古籍出版社，1986年，第340页。

义,还具有地域的、历史的、人文方面的意义:悠久的思想文化传统,相对稳定的风俗习惯,乃至特征性的山川、物产等,结构成人们的"国家"意识。我们平常所说的"爱国",很大层面上指的是这种意义,从来也没有把它仅仅局限在对"国家机器"(军队、警察、法庭、监狱)的热爱上。由此说来,把杜甫的"爱国"与"忠君"(忠于掌握"国家机器"的人)完全等同起来,是没有道理的。

  杜甫是国家至上主义者,国家的命运在他心目中占有绝对的地位。他认为,无论君主还是臣民,其职责都应是为了振兴国家。他说:"圣人筐篚恩,实欲邦国活。臣如忽至理,君岂弃此物?"(《自京赴奉先县咏怀五百字》)君赐臣受,终极目的只有一个,那就是"邦国活";国家兴盛,他认为这是"至理",这个"至理"应是君臣所共同遵奉的。君主和臣子都只对国家的命运负责,一切言行都必须检束或扬厉于这个神圣的目标之下。虽贵为天子,亦不能凌驾于国家大业之上。

  正因为杜甫以"邦国活"为人生的最高理想和行为的最高准则,所以他才义无反顾地对误国的庸主、乱政的奸臣、无耻的败将、作乱的军阀、害民的地方官吏以及不顾国家危亡的乱民痛加挞伐。我们必须注意到,他所作的这些挞伐,着眼点总是因为被挞伐者的行为危害了国家的生存。"朝野欢娱后,乾坤震荡中"(《寄贺兰铦》),这是批判玄宗君臣因骄奢淫逸而导致山河破碎。"拓境功未已,元和辞大炉"(《遣怀》),这是批判玄宗频动开边战争使国家丧失元气。他批判肃宗嫁幼女以求回纥援军,也是站在民族尊严和国家利益的高点上进行的:"闻道花门破,和亲事却非。人怜汉公主,生得渡河归。"(《即事》)"汉公主"的"汉"字,饱含着民族的羞耻和义愤。"花门既须留,原野转萧瑟"(《留花门》),指出留回纥兵于身侧,会给国土田园带来不测之危害。他批判代宗不纳郭子仪关于防备吐蕃的谏言,导致国土沦丧,京都再次陷落,愤慨言道:"受谏无今日!"(《遣忧》)他批判代宗不改乃祖的"诛求"弊政,"诛求不改辙"(《释闷》),继续削刻百姓,致使国家失掉本根,"凋弊惜邦本"(《入衡州》)。上述对三代君主的批判表明,在杜甫的心目中,国家与君主并不在同一的位置上,国家高于一切,君主必须服从国家的利益。

  他对君主之下的诸多丑类的批判,也是站在国家存亡的高点上进行的。两京刚刚收复,宦官李辅国便以为天下已定,勾结皇后张良娣,一同唆使肃宗打击玄宗旧臣,先后贬斥了贾至、房琯、严武、刘秩等人,严重涣散了人心,削弱了抗敌力量。杜甫写诗斥道:"关中小儿坏纪纲,张后不乐上为忙。"(《忆昔二首》其一)声讨"关中小儿"李辅国,是因为他毁坏了国家的纲纪。神笔二句,画出三丑:李辅国的阴毒,张良娣的作态,李亨的昏庸,栩栩然活出纸面,直把这群丑一窝端!谁敢说老杜对最高统治集团留有半点情面?苏轼所谓"一饭未尝忘君"之说,实在滑稽!老杜敢于如此下笔,正是因为他心存"至理",他心里有一把度事量人的金尺子,那就是国家的存活。由此,他还辛辣地讽刺了弃城出逃的朝臣:"犬戎直来坐御床,百官跣足随天王。"(《忆昔二首》其二)质问不以国命为忧的常败将军:"独使至尊忧社稷,诸君何以答升平?"(《诸将五首》其二)对那些只知道压榨百姓、动摇国家本根的地方官吏,则斥之为"蟊贼",主张率先除去:"必若救疮痍,先应去蟊贼。"(《送韦讽上阆州录事参军》)对于在民族矛盾空前尖锐时刻发生的浙右农民暴动,则旗帜鲜明地予以反对:"安得鞭雷公,滂沱洗吴越!"(《喜雨》)

杜甫褒扬人物,也每每从其与国家的关系上着眼。例如,他赞美陈玄礼的诛杨之功:"桓桓陈将军,仗钺奋忠烈。微尔人尽非,于今国犹活。"(《北征》)他表彰李嗣业的平乱救国之功:"国之社稷今若是,武定祸乱非公谁?"(《徒步归行》)他赞许成都尹裴冕的才干:"冀公柱石姿,论道邦国活。"(《鹿头山》)他颂扬严武的忧国之心,"岂无成都酒?忧国只细倾。"(《八哀诗·赠左仆射郑国公严公武》)在《八哀诗》中,他深情悼念王思礼、李光弼、严武、张九龄,为国家丧失良将、贤相而大放悲声。

综上所述,可以确凿地得出结论:在杜甫的心目中,振兴国家,恢复开元盛世,是包括君主在内的所有国人的立身行事之大节。持此大节者,无论其地位如何低下,都是护国精英;丢此大节者,虽贵为天子,亦属耻辱之列。杜甫确乎为国家至上主义者。

杜甫说:"兴衰看帝王。"(《入衡州》)又说:"周宣中兴望我皇。"(《忆昔二首》其二)他把国家的命运放到皇帝肩上,把中兴的希望寄托于帝王,这是不是有点"英雄创造历史"的味道?是不是犯了历史唯心主义的错误?答案是否定的。固然,田地是百姓们耕的,敌垒是士兵们攻的,从这层意义上说,历史是人民创造的。但是,历史唯物主义并不否认领袖人物在历史进程中的重大作用,我们不要苛求杜甫,不让他把兴国的希望寄托在皇帝身上。何况,杜甫生活在封建时代,在君主制度下,皇帝的权力在臣民之上,处在"一言可以兴邦,一言可以丧邦"的关键位置。一个希望国家兴盛的人,岂能避开君主而别有出路?造反吗?就当时的民生情况来看,虽因玄宗发动开边战争使生产力遭到破坏,但阶级矛盾并未达到激烈化的程度;退一步讲,即便达到了武力冲突的地步,就当时的生产关系来说,通过造反取得了胜利,也只能造出一个新的皇帝,且不说造反所带来的人力物力的巨大破坏。杜甫不想制造一个新皇帝,想的是通过匡佐的方式培养出一个好皇帝,试问,这在当时的历史条件下又有什么不对呢?杜甫的"忠君"内容就是要培养出一个好皇帝来,即"致君尧舜上",通过这个途径,实现其重现大唐盛世的理想,这本是无可指摘的。

在安史之乱以前,杜甫在《自京赴奉先县咏怀五百字》中,全面展示了他的"忠君"思想和"忠君"内容,我们看不到其中有什么不妥。他的确有"忠君"思想,而且很坚定:"非无江海志,潇洒送日月。生逢尧舜君,不忍便永诀。当今廊庙具,构厦岂云缺?葵藿倾太阳,物性固难夺。"有人认为,把玄宗说成是"尧舜君",比作"太阳",足以看出杜甫是"愚忠",必须予以否定。在我看来,这需要认真分析。晚年的玄宗是已昏聩,但是辉煌的"开元盛世"却是经他一手缔造的。杜甫出生的第二年就是开元元年(713),可以说他是与开元盛世同步成长的,许多美好的往事留存心间,难以泯灭,甚至成为他此后在战乱的年代,面对残破的时局而不沮丧,坚信大唐盛世仍能恢复的精神支柱:"忆昔开元全盛日,小邑犹藏万家室。稻米流脂粟米白,公私仓廪俱丰实。九州道路无豺虎,远行不劳吉日出。齐纨鲁缟车班班,男耕女桑不相失。"(《忆昔二首》其二)他对"开元盛世"的印象实在太深刻了,感受实在太强烈了。因此,他对这个盛世的缔造者十分崇拜和信赖,以至于对晚年的昏庸天子仍然抱有希望,认为他在贤臣的匡佐之下,能够迷途知返,重新回到早年励精图治的思想境界中。所以,我认为杜甫称玄宗为"尧舜君",比之为"太阳",是有其经历上和思想上的缘由的,并非无原则的吹捧或庸俗的献媚,并非"愚忠"。接下来,我们再审视一番杜甫的"忠君"内容,就可以搞清其"忠君"实为"致君",乃是在于匡正玄宗的行为。《自京赴奉先县咏怀五百字》的第二段,集中笔墨批评了玄宗的腐化生活:"君臣留欢娱,乐动殷胶葛。赐浴皆长缨,与宴非短褐。""煖客貂鼠裘,悲管逐清瑟。劝客驼蹄羹,霜橙压香橘。朱门酒肉臭,路有冻死骨。荣枯咫尺异,惆怅难再述。"杜甫对玄宗作出这种深刻的指责,是在对君主的行为进行匡正。而匡正的目的又是什么呢?这是一个十分关键的问题。假如他是出于为李氏家族的私利作想,替君主的龙位生忧,那他的这番警诫之辞,这片匡正的苦心,自然是不足挂齿的了。但是,我们在诗中找不到这种意思,而是另有发现。就在诗人作出上述指责之后,出现了如下的诗句:"群冰从西下,极目高崒兀。疑是崆峒来,恐触天柱折。"一派险恶的形势!一种惊天的后果!王嗣奭《杜臆》解释以上四句说:"皆是隐语,是年十一月,禄山果反范阳。"[1]一语道破了诗人的心事。至此,事情已然十分清楚:杜甫由玄宗君臣的腐化,预感到国家将有覆灭之灾(杜甫始终把君臣腐化看作是国家动乱的根源,如他所说"朝野欢娱后,乾坤震荡中"),他是为了挽救国家的厄运,才向玄宗提出指责,对其行为作出匡正的。可见,杜甫的"忠君"是为了兴国,他是采取匡佐君主——即"忠君"这一途径,来达到兴国的目的。虽说《咏怀五百字》来不及产生预期的效果——战乱转眼就爆发了,但不能否定他的动机。

  安史之乱爆发以后,国内阶级关系发生了变化,阶级矛盾降到次要地位,君主成为救亡战车的轴心,则杜甫以"忠君"求兴国的思路和行为,就更令人不容置疑。面对着国家民族存亡的大局,杜甫怀着火热的心志,加入抗敌的行列。肃宗在灵武即位,朝臣不过数十(一部分被安禄山俘往洛阳,一部分因感到时局不妙而解职回乡)。杜甫把家属安置在羌村,想到国家此刻正需人力,自己不能躲在僻静的山沟里,随即奔向灵武,半路被叛军捉获,押入沦陷的长安;几个月后,他听到肃宗把政府迁到凤翔,就冒着生命之危逃离长安,投奔肃宗;在肃宗朝任左拾遗,他敢于逆鳞直谏,不畏杀身。所有这一切,目的都在于拯救岌岌可危的国家。"济时敢爱死"(《岁暮》),"济时肯杀身"(《敬寄族弟唐十八使君》),这是他心存的爱

---

[1]王嗣奭《杜臆》,上海古籍出版社,1983年,第36页。

国誓言,也是他对自己"忠君"行为的解释,"济时",就是拯救国家的时难。在贬居华州的日子里,他的爱国之心并未消沉,写出《为华州郭使君进灭残寇形势图状》,向肃宗陈述消灭叛军的战略战术。作《洗兵马》诗,开导肃宗遵奉孝道,与玄宗亲善,以广泛地团结抗敌力量,希望朝廷复用房琯、张镐等贤臣,提醒肃宗勿为初胜冲昏头脑。又作"三吏""三别",向朝廷反映兵役制度的黑暗和民生的苦痛。在解除官职、流寓西北西南的日子里,他虽一步步远离了朝廷,却一直关注着国家的时局,以"忠君"求兴国的思路没有改变。其"忠君"仍然表现为"致君",他说:"致君唐虞际,淳朴忆大庭。"(《同元使君舂陵行》)又曾借题慨叹君主刚愎自用:"谁重斩邪剑?致君君未听。"(《奉酬薛十二丈判官见赠》)虽君不听,而我不气馁:"死为星辰终不灭,致君尧舜焉肯朽?"(《可叹》)大历四年(769),他漂泊在长沙,已是诸病缠身,自感回天无力,却仍不放弃"致君"的念头,叮嘱友人道:"致君尧舜付公等,早据要路思捐躯。"(《暮秋枉裴道州手札率尔遣兴寄递呈苏涣侍御》)流寓期间,他曾写出《为阆州王使君进论巴蜀安危表》,向代宗反映剑南已遭吐蕃威胁,朝廷应派遣有威望的大臣,前来镇蜀。这个奏表发挥了作用,代宗很快即命严武重来做剑南节度使。严武到任以后,操练兵马,西击吐蕃,收复失地,使蜀地转危为安。又在多首诗篇中,反复申述"诛求"之害,强调固国之本,对代宗信任宦官、放任地方军阀提出批评,表现了对朝政弊端的深思熟虑和改革政治的良苦用心。

批评杜甫"愚忠"的人,每每抓住杜甫在战乱中写的一些哀伤君主、王室、王孙、皇妃的诗,以为杜甫一心所念,不过是李氏一族的命运而已。杜甫确曾写过这类的作品,而且数量不少。举诗句如:"至尊尚蒙尘"(《北征》),"天子犹蒙尘"(《两当县吴十侍御江上宅》),"王室比多难"(《送陵州路使君之任》),"风尘澒洞昏王室"(《观公孙大娘弟子舞剑器行》),"可怜王孙泣路隅"(《哀王孙》),"明眸皓齿今何在?血污游魂归不得"(《哀江头》),等等。在讨论这个问题的时候,不能忽视这些诗的时代背景。倘若在承平年月,杜甫一心所念,只在君主及其亲族的身心安泰上,那则是"愚忠"无疑。而当时是战乱年代,民族矛盾上升为主要矛盾,唐王朝面临覆亡的严峻时刻。在这样的时刻,君主成为捍卫国家生存的核心人物,成为国人的抗敌旗帜和灵魂。在这样的时刻,作为国家和民族代表的君主、王室,其存亡之命运意味着国家民族存亡之命运。所以,杜甫此刻对君主、王室的忧心,实质上是对国家民族的忧心。就说对杨玉环这个人吧,战乱之前后,杜甫对她持完全相反的两种态度。安史之乱发生之前,杜甫作《丽人行》,对杨氏兄妹的丑行给予辛辣的讽刺,又在《奉同郭给事汤东灵湫作》中写道:"坡陀金虾蟆,出见盖有由。至尊顾之笑,王母不遣收。"金虾蟆,喻指安禄山;王母者,借指杨玉环。"顾之笑"者,稍傻;"不遣收"者,藏奸。曲笔写出杨、安二人的暧昧关系。及至战乱爆发,马嵬事件中玉环身死,杜甫于沦陷的长安闻此消息,不禁辛酸难忍,作《哀江头》哭悼之。杨玉环还是那个杨玉环,杜甫的立场也没有改变,之所以前讽而后哀,盖为国家而哀也,堂堂一个"国母",为时局所迫,连命也不能保住,国势至此,岂不可悲!

剥掉层层云翳雾障,深察杜甫一生心事,其心血所凝在"兴国"二字,其国家情感之深挚,民族意识之强烈,高出于同时代的每个诗人。这是他能赢得后人绝高评价的根本原因。至于他以"忠君"为途径,这是历史的必然,是最佳的选择。因为迄今为止,我们还没有见到那些指责杜甫的人能为杜甫选择一条更好的兴国途径。既然我们的智力不能超越他,就请不要指责他,更不应刁难他;要是能像杜甫那样以善心待人看事,多一点设身处地,就更好。

修竹：杜甫的林中密友和精神化身

杜甫喜爱树木，平生漂泊所居之处，总要在房前屋后栽种树木。他栽过松树、桃树、桤树、柳树、李树、梅树，然而最为喜爱的还是竹子。他说："平生憩息地，必种数竿竹。"（《客堂》）说"数竿"，不过是谦虚的说辞，其实远不止此，光是在成都草堂居住期间，他就"有竹一顷余"（《杜鹃》）了。在躲避徐知道兵乱、客居川北的日子里，他打发弟弟杜占回归草堂料理家务，其中一项工作，就是让弟弟补栽竹子："东林竹影薄，腊月更须栽。"（《舍弟占归草堂检校聊示此诗》）可见他对竹林是何等看重。

他曾多次在诗中表达爱竹之意。他说："嗜酒爱风竹"（《寄题江外草堂》），"赏静怜云竹"（《徐九少尹见过》），"苔竹素所好"（《将别巫峡赠南卿兄瀼西果园四十亩》）。他还总想筑屋于竹林之中，早在青年时期就有这种愿望："何时占丛竹？头戴小乌巾。"（《奉陪郑驸马韦曲二首》其一）乾元二年（759）秋，他辞掉官职，来到秦州，这种愿望就更加强烈："自闻茅屋趣，只想竹林眠。"（《示侄佐》）后来他到了竹林密集的成都原野，得以实现平生夙愿。他用壮美的语言描绘房前的竹林："我有阴江竹，能令朱夏寒。阴通积水内，高入浮云端。"（《营屋》）这是赞美竹林的宏大气象，炎夏生凉的功能。他还用细腻的笔触摹写竹姿的娟好："笼竹和烟滴露梢"（《堂成》），"风含翠筱娟娟净"（《狂夫》），"竹皮寒旧翠"（《遣闷奉呈严公二十韵》）。诸如此类，对竹子的爱意可谓深沉。

杜甫与竹林过从甚密。他喜欢在竹林里行厨做饭，招待客人进餐，"竹里行厨洗玉盘"（《严公仲夏枉驾草堂兼携酒馔》），"万竹青青照客杯"（《又送》）。他喜持竹子做的手杖，"缓步仍须竹杖扶"（《寒雨朝行视园树》），"老思筇竹杖"（《送梓州李使君之任》）。东川留后章彝送给他两支桃竹杖，他喜出望外，作诗答谢，还对竹杖叮嘱说："杖兮杖兮，尔之生也甚正直，慎勿见水踊跃学变化为龙！"(《桃竹杖引赠章留后》)。他还喜欢在竹竿上题诗，愿意把自己的生活感受发表在竹友身上。他在遭到肃宗的贬谪，走向华州任所的路上，心中气闷，感慨万千，作诗言道："更欲题诗满青竹，晚来幽独恐伤神。"(《题郑县亭子》)他不但自己这样做，还邀请友人题诗于他的竹林。在川北流浪的时候，有青年窦九欲回成都，杜甫对他说："我有浣花竹，题诗须一行。"(《送窦九归成都》)后来，他寓居夔州，还曾让自己的儿子代笔在竹竿上题诗，"爱竹遣儿书"(《秋清》)。

　　杜甫对竹子的种类也知之甚详，绵竹、笼竹、苦竹、慈竹、湘竹、斑竹、桃竹，他都亲手栽培或写诗赞叹过。在定居成都草堂的日子里，为了美化环境，他写诗向绵竹县令韦续索要当地的特产——绵竹。绵竹是一种高大的竹子，竹竿挺拔粗壮，竹叶繁茂上扬，杜甫在诗中写道："绵竹亭亭出县高"，"幸分苍翠拂波涛"(《从韦二明府续处觅绵竹》)，不但写出绵竹的特征，而且表达了栽培绵竹的热切愿望。韦续没有辜负杜甫的心愿，送来了大批的竹苗，杜甫后来说他"有竹一顷余"，主要就是这种竹子。杜甫还栽种了许多笼竹(见《堂成》)，笼竹又名茏葱竹，这种竹子的竹节很长，十分秀美，每天清晨，竹冠上缠着雾气，竹梢上滴着露水，一派幽雅绰约的风姿。苦竹，又名伞柄竹，枝细，丛生，味苦。杜甫客居秦州时，在屋旁长有这种竹子，曾作《苦竹》诗以苦竹自况身世。慈竹，又名子母竹，这种竹子于竹节处多生分枝，有如子母相依。杜甫在《假山》诗中赞"慈竹春阴覆"，借慈竹的形象歌唱母子的深情。桃竹，质地坚实，是做手杖的绝好材料，杜甫将其比喻为"紫玉"，称其为"江妃水仙"所爱之物(《桃竹杖引赠章留后》)。

　　通观杜诗全集，"竹"字128次，加上"筠""箖""筱""篁""笋"等字出现的次数，共计149次之多，远远超过杜诗集中出现的其他树名的次数（据笔者统计：松70次，柳61次，桃41次，梅27次，柏22次，杨12次，李10次，桤2次）。杜诗现存1457首，也就是说，其概率为十分之一强。

　　杜甫为何以竹子作为林中密友？除了竹林的清幽、凉爽给他带来身体上的快慰，更重要的原因应该是物我之间精神上的沟通。竹子的品性是劲节、虚心、坚忍、瘦硬，具有顽强的生命力。在杜甫之前，人们对竹子的品性已有认识和描述。《诗经·淇奥》就是用"绿竹"起兴，以赞美君子的品行："瞻彼淇奥，绿竹猗猗。有匪君子，如切如磋，如琢如磨。"晋人庾阐《扬都赋》中，赞美竹子"贞条梢风，劲节集雾"[1]。傅咸《邛竹杖铭》云："嘉兹奇竹，质劲体直。立比高节，示世矜式。"[2]刘勰《文心雕龙·才略》云："竹柏异心而同贞。"[3]竹心虚，柏心实，故称"异心"。在唐代诗歌中，也有不少赞美竹子这种品性的作品，如席夔在《赋得竹箭有筠》诗中说："贞姿众木异，秀色四时均。枝叶当无改，风霜岂怕频？虚心如待物，劲节自留春。"[4]徐铉在《北苑侍宴杂咏诗·竹》中写道："劲节生宫苑，虚心奉豫游。自然名价重，不羡渭川侯。"[5]杜甫自称"读书破万卷"，他对前人和时人的作品有广泛的涉猎，对于竹子的品性和文化意蕴，他是熟知的。而竹子的这些品性正好与他的人格操守、性格特征、审美情趣、人生态度是相通的，所以他对竹子具有一种异乎寻常的偏爱。

首先是"劲节"的同一。杜甫是十分重视风节操守的。在困居长安的艰苦岁月中，他不肯为了进入仕途而向"阴谋独秉钧"的宰相李林甫屈膝，就是一个明证。他的堂弟杜位是李林甫的女婿，这在一般世俗的眼里，是个很硬的"后门"，杜甫硬是没走这个关系，最后是通过向玄宗献赋进入仕途的。还有一个更生动的事例显示着杜甫的节操。当他被肃宗贬斥，由左拾遗出为华州掾，他彻底看清了肃宗的昏庸和不仁，在关中大旱、斗米七千钱、"人相食"的紧要关头，他不惜冒着粮绝命断的危险，毅然辞掉了官职，与肃宗断绝了政务干系。他在秦州写的《佳人》，就是以"佳人"的命运和品格自况，表达了独立人格的意识和宁折不屈的操守。诗中所写的这位被"轻薄儿"遗弃、"幽居在空谷"的佳人，其实就是杜甫自述其身世的变迁。这位佳人流落荒野，住的是藤萝苦补的"茅屋"，靠变卖首饰活命，这其实就是杜甫对其寓居秦州所过的艰难生活的

---

[1]《四库全书·艺文类聚》，卷六十一。
[2]《四库全书·艺文类聚》，卷六十九。
[3] 范文澜《文心雕龙注》，人民文学出版社，1958年，第699页。
[4]《全唐诗》，中华书局，1999年，第4159页。
[5]《全唐诗》，中华书局，1999年，第8684页。

影射。然而，这位佳人并未向轻薄丈夫低头，她甘居草野，"摘花不插发，采柏动盈掬。天寒翠袖薄，日暮倚修竹"，天寒日暮，衣服单薄，采柏枝以示坚贞，倚修竹以示操守。杜甫用他的生花妙笔，把身穿翠衣的佳人与青翠的竹子合为一体，把佳人的节操与竹子的劲节拧成一股。透过佳人的倚竹形象，我们不难看出杜甫对竹子劲节的赞美和品性的认同。

其二是"虚心"的同一。杜甫具有谦虚的品德，就以他对历代诗人的评价为视角，亦足以说明之。通观《杜甫全集》，我们没有找到一句杜甫贬低他人的话。杜甫无论对同时代的诗人还是对古代诗人，无论是对有名气的诗人还是对初学写诗的青年，总是竭力表彰，或热诚鼓励，而没有向任何人发过嘲笑，泼过冷水。笔者对杜甫称扬他人的情况，进行了全面调查，现归类叙述如下：

1. 他称许过同时代的许多著名诗人。如，他赞扬李白："笔落惊风雨，诗成泣鬼神"（《寄李十二白二十韵》），"白也诗无敌，飘然思不群"（《春日忆李白》）；他赞美高适、岑参："意惬关飞动，篇终接混茫"（《寄彭州高三十五使君适虢州岑二十七长史参三十韵》）；他赞美王维："最传秀句寰区满"（《解闷十二首》其八）；他赞美孟浩然："清诗句句尽堪传"（《解闷十二首》其六）。

2. 对于二三流的诗人，杜甫也没有表示任何的轻视之意，总是尽一切可能，为他们张扬诗名。如，他赞许元结："两章对秋月，一字偕华星"（《同元使君舂陵行》）；他赞许郑虔．"先生有才过屈宋"（《醉时歌》）；他赞许贾至："诗成珠玉在挥毫"（《奉和贾至舍人早朝大明宫》）；他赞许严武："新诗句句好"（《奉赠严八阁老》）；他赞许薛据、毕曜："新诗更忆听"（《秦州见敕目薛三据授司议郎毕四曜除监察与二子有故远喜迁官兼述索居凡三十韵》），晚年又称薛据"赋诗宾客间，挥洒动八垠。乃知盖代手，才力老益神"（《寄薛三郎中据》）；他赞美张彪："诗兴不无神"（《寄张十二山人彪三十韵》）；他还赞许裴迪作诗刻苦："知君苦思缘诗瘦"（《暮登四安寺钟楼寄裴十迪》）；他赞许孔巢父："诗卷长留天地间"（《送孔巢父谢病归游江东兼呈李白》）；他赞许孟云卿的诗论和诗作，说"李陵苏武是吾师，孟子论文更不疑"（《解闷十二首》其五）。他赞许苏涣的诗作，认为其成就已经突破了黄初时期诗人的水平，可与汉代文学家扬雄、司马相如同列:"再闻诵新作,突过黄初诗。乾坤几反覆,扬马宜同时。今晨清镜中,白间生黑丝。"(《苏大侍御访江浦赋八韵记异》)说听了苏涣的朗诵,心情激动,白发间竟然滋生了黑发。他赞许李琎:"学业醇儒富,辞华哲匠能"(《赠特进汝阳王二十二韵》);他赞许萧郎中:"词华倾后辈"(《赠比部萧郎中十兄》);他赞许郑谏议:"思飘云物外,律中鬼神惊"(《敬赠郑谏议十韵》);他赞许沈东美:"诗律群公问"(《承沈八丈东美除膳部员外郎阻雨未遂驰贺奉寄此诗》)。这些富于深情的赞许,反映出杜甫对诗坛同道的关心和爱护。

3. 他对当时的文学青年也抱着积极奖掖的热诚态度,鼓励他们继续写作。杜勤考试落第,正需要精神支柱,杜甫作诗称他"词源倒流三峡水,笔阵独扫千人军"(《醉歌行》)。薛华也是布衣,喜欢写七言诗,杜甫夸奖说:"座中薛华善醉歌,歌辞自作风格老。近来海内为长句,汝与山东李白好。"(《苏端薛复筵简薛华醉歌》)他夸奖阮昉"清诗近道要"(《贻阮隐居》)。他夸奖郑炼诗艺高超,"把君诗过日"(《赠别郑炼赴襄阳》),说郑炼的诗让他爱不释手。他夸奖郑贲兄弟的诗艺,把他们比为晋代文学家陆机、陆云,说:"把文惊小陆,好客见当时。"(《答郑十七郎一绝》)就这些青年的实际水平来说,似当不起这样高的评价,杜甫也没有必要对他们进行庸俗的吹捧,他的用心很明确,就是在青年人需要鼓励的时候,他作为诗坛前辈尽责而已。

4. 对于从屈原以来直到本朝前期的诗人如屈原、宋玉、扬雄、司马相如、曹植、陶渊明、谢灵运、庾信、鲍照、阴铿、江总、何逊、谢朓、"四杰"、陈子昂、沈佺期、宋之问、郭震、杜审言、李邕、王翰、贺知章等,他也给予高度的评价。魏文帝曹丕曾断言:"文人相轻,自古而然。"然而在杜甫身上,我们找不到这种陋习。

其三是"坚忍"的同一。竹子坚忍耐寒,经冬不凋,是"岁寒三友"之一。这种凌寒不屈的品性,与杜甫是相通的。杜甫后半生经历了人世间诸多的苦难,虽饥寒交迫而能倔强不屈,硬是挺着瘦弱多病的身子,行进在坎坷的人生旅途上。"饥藉家家米,愁征处处杯"(《秋日荆南述怀三十韵》）是对其生活状况的自我概括。宋人刘克庄称他为"菜肚老人"[1]，准确地表述了他无力食荤的拮据生活。他患有肺病、糖尿病、头风、半身不遂，晚年又耳聋眼花，凭着儒家的笃行精神和坚强的意志，他用一支诗笔，描绘了大唐帝国由盛转衰的历史画卷，忠实地展示出当时的社会人文、风土人情和山川地物的奇光异彩；在诗歌艺术上刻苦追求，致力于新变，无论是"即事名篇"的乐府诗歌命题做法、书写时事的内容新变、用"当时语"入诗的作风、七律连章体诗的开创以及声律和对仗艺术的探索，均为中国诗歌的发展开辟出广阔的前景。他在诗歌内容和艺术的开拓上，无疑是超过了李白的，正如宋初诗人王禹偁所说"子美集开诗世界"[2]。杜甫直到死前仍不屈服于命运，他说："齿落未是无心人，舌存耻作穷途哭。"（《暮秋枉裴道州手札率尔遣兴寄递呈苏涣侍御》）铮铮誓言表明了他的人生态度。他抱着这种心态"神与物游"，自然会发现竹子的"坚忍"品性与自己的吻合之处。

其四是"审美"的同一。竹子与其他树木相比，其形体和质地是瘦而硬的，而杜甫的审美情趣也正是崇尚瘦硬。盛唐时期，社会的审美思潮是以"丰腴"为主流的。颜真卿的书法，韩幹的画马，张萱的仕女图，乃至以丰满获宠的杨玉环，等等，反映了当时人们的审美趋向。杜甫崇尚"瘦硬"，可谓逆潮流而动了。他批评韩幹画马过肥："幹惟画肉不画骨，忍使骅骝气凋丧。"（《丹青引》）认为肉多则气丧，骨硬则神生，韩幹所画的这些肉马是不足称道的。他所赞美的骏马是瘦硬型的，在所作《房兵曹胡马》中，他强调了骏马的"锋棱瘦骨"之姿。所谓"锋棱瘦骨"，是说马的骨骼突出，带棱带角；就连马的耳朵也是瘦硬尖峭的——"竹批双耳峻"，说马耳如同竹筒斜削而成。他用竹筒比喻马耳，也正是借用了竹子的形瘦而质坚。在《李鄠县丈人胡马行》中，又一次用斜削的竹筒比喻马耳："头上锐耳批秋竹。"对于书法艺术，他同样主张"瘦硬"为美："书贵瘦硬方通神。"（《李潮八分小篆歌》）他用"快剑长戟森相向"来比喻李潮的书法，也是从瘦硬的角度对李潮的书法艺术加以赞美。他在诗中赞美

---

[1]《四库全书·后村诗话》，卷十。
[2]《四库全书·小畜集》，卷九。

了许多前代和当代的书法家，如李斯、蔡邕、王羲之、薛稷、虞世南、张旭等，而对于以字体肥重为美的颜真卿则未置一字，其褒贬取向是不难看出的。在诗歌艺术的审美追求上，虽说他没有明确地提出过"瘦硬"的主张，但是我们读他的全部作品，不难体会到一种简劲的作风。他叙事从不拖沓，必欲突出主干；议论从不隐晦，必欲直指心肝。仇兆鳌说："太白狂而肆，少陵狂而简。"[1] 这个"简"字是说他的性格，也是说他诗歌的简劲作风。他笔下的大千世界，所赞美者即多为这种简劲瘦硬之物，如写天狗则是"性刚简而清瘦"（《天狗赋》），写骏马则是"锋棱瘦骨成"。笔下山峰也多是尖峭、铁硬的："峡形藏堂隍，壁色立精铁"（《铁堂峡》），"两行秦树直，万点蜀山尖"（《送张十二参军赴蜀州因呈杨五侍御》），"赤甲白盐俱刺天"（《夔州歌十绝句》其四）。如此等等，表现了他独特的审美追求。他用这种审美尺度观察草木，遂将目光集中在以瘦硬为形质特征的竹子身上。

　　杜甫以修竹作为自己的精神化身，还有三个最为鲜明的实证。那就是他写的三首以竹自比的诗歌：《佳人》《苦竹》《严郑公宅同咏竹》。《佳人》这首诗，在上文已经提到，"佳人"就是杜甫的自我影射，杜甫让"佳人""日暮倚修竹"，就是要把自己与修竹合为一体。《苦竹》诗云："青冥亦自守，软弱强扶持。味苦夏虫避，丛卑春鸟疑。轩墀曾不重，剪伐欲无辞。幸近幽人屋，霜根结在兹。"此诗为作者在秦州作，当时他被肃宗疏远，决然流落边地，生活陷入困境，故以苦竹自比。诗中写苦竹"味苦""丛卑""轩墀不重"（此处"轩墀"即指朝廷），是对自己的身世和秦州生活的艺术概括；然而它虽居"青冥"（指山岭），却依然能够"自守"节操，形体虽弱却依然在自我"扶持"，则表现了作者高尚的操守和坚忍的精神。在这里，作者更是明白地表示他对竹子品格的认同。《严郑公宅同咏竹》是杜甫在剑南节度使严武幕府供职时写的，诗云："绿竹半含箨，新梢才出墙。色侵书帙晚，阴过酒樽凉。雨洗娟娟净，风吹细细香。但令无剪伐，会见拂云长。"这棵显然还很幼小、稚嫩的"绿竹"，正是经过严武推荐而初任幕府参谋的杜甫的化身，说它能为"书帙"添色，为"酒樽"增凉，

---

[1] 仇兆鳌《杜诗详注·凡例》，中华书局，1979年，第25页。

而且体"净"身"香",也正是杜甫对其才德的自我宣扬和欣赏,尾联则寄希望于严武的栽培,倘能如此,则一定会有伟岸的高材可望。

中国文人素有亲近自然的心理特征,他们喜欢把个人的情志寄托于自然物,在自然物中寻找自己的身影并且归依自己的心灵,所谓"象天法地",其精神本原就是天人合一的哲学观念。屈原爱橘,陶潜爱菊,杜甫爱竹,周敦颐爱莲,陆游爱梅,都是人品与物性的神妙遇合。这种遇合不仅使自然物具有了文化意蕴,更让历史名人具备了精神化身和永远鲜活的生命。

(本文与吴淑玲博士合著)

杜诗"诗史"精神的第三重内涵

学界一般认为,杜诗的"诗史"精神包含两重含义:第一,杜诗能反映重大历史事件;第二,某些反映个人家庭生活的作品亦能折射时代的心理特征。细读杜诗,感觉这两个方面还不足以完全概括杜诗的诗史精神,还应该再加上一层,它也能够像《史记》一样,通过反映重要历史人物的生平事迹、精神风貌,再现真实具体的历史,杜甫论人,也具有史家论人的风范。

杜甫写人的诗史精神主要体现在以下几个方面:

一、反映人物之大略关节

所谓诗"史",其中一个重要内容就是以诗的方式反映历史的真实存在,让史在诗的语言、诗的形式、诗的思维、诗的激情中再现其本质性的真实。而历史,既有轰轰烈烈的重大事件,也有风云际会的人物,没有人物的参与,任何事件都无所依附,所以人物才是活的历史,实在的历史,具体而微的历史,血肉丰满的历史。司马迁的《史记》之所以成为后世历史的典范性作品,就是因为他开创了纪传体历史散文的先河,把人物作为历史的主体,以人物为视角展示历史丰富多彩的画卷。读司马迁的史传作品,就像那个时代的人站在你的眼前演绎他们那个时代的生活,真实而生动。杜甫是一个具有诗史思维的诗人,他的全部诗作,就是以他自己为视角,感受他所在的那个时代,书写他所在的那个时代。那个时代的人和事,就像一幕幕的生活实景流淌在他的笔下。与司马迁以写人反映历史一致,杜甫的诗"史"精神体现在他也注意以反映人物生平遭际的方式展示具体细微的历史生活。杜诗反映人物生平遭际主要有两种方式:一是集中笔墨给人物作传,二是通过描写与诗人本人的交往,在时间的流淌中逐渐展示人物的大略关节,这是杜甫诗史思维的一个重要侧面。

  集中笔墨给人物作传的典型代表作品是《八哀诗》。这一组诗包括八个人物:王思礼、李光弼、严武、李琎、李邕、苏源明、郑虔、张九龄。在这八个人当中,王思礼、李光弼、严武、张九龄都是处于时代前沿的风云人物,通过他们的生平,读者可以领略当时的时代风云变化。《八哀诗》中的《赠司空王公思礼》集中笔墨再现了王思礼的一生:出生于高丽,少年时即在朔方军中锻炼,后在哥舒翰手下做事,在抵御吐蕃的战斗中建立功勋,哥舒翰兵败潼关前曾建议诛杀杨国忠,肃宗即位后投奔灵武几遭不测,后在反击安禄山叛军时有"禁暴靖无双"之业绩,长安收复后为太原尹,未及乱平而逝。《故司徒李公光弼》截取了李光弼后半生的生活:"司徒天宝末,北收晋阳甲"写李光弼天宝末年为兵部尚书兼太原尹,"胡骑攻吾城,愁寂意不惬。人安若泰山,蓟北断右胁"四句写安史叛军攻打太原时李光弼部有坚守之功,"未散河阳卒"句写九节度邺城兵败时李光弼能保全部属,"高笑视禄山,公又大献捷"写李光弼大败史思明事,"拥兵镇汴河,千里初妥帖"写李光弼统八道行营节度、出镇临淮对稳定国家大局的重要作用,"青蝇纷营营,风雨秋一叶。内省未入朝,死泪终映睫"四句交代了李光弼因惧怕谗言未从召唤,终至忧惧而死的事实。《赠左仆射郑国公严公武》写严武短暂的一生:"昔在童子日,已闻老成名"写严武才华超人、少年成名,"历职匪父任,嫉邪尝力争"写其功名事业均是自己挣得,"飞传自河陇,逢人问公卿"写其随玄宗入蜀事,"受辞剑阁道,谒帝萧关城"写其受玄宗委派辅佐肃宗事,"密论贞观体,挥发岐阳征。感激动四极,联翩收二京"四句写严武助肃宗收复两京事,"四登会府地,三掌华阳兵。京兆空柳色,尚书无履声",交代严武官职的变化升迁情况,"诸葛蜀人爱,文翁儒化成。公来雪山重,公去雪山轻"四句概述严武镇蜀的伟大功勋,"岂无成都酒,忧国只细倾。时观锦水钓,问俗终相并。意待犬戎灭,人藏红粟盈",写其忧国事而减饮酒,观民俗而恤民生,为了消灭犬戎(吐蕃),他不得不向成都百姓征集军粮,等到取得胜利之后,他要让人民富裕起来。《旧唐书》严武本传有批评严武之词："蜀方闾里以征敛殆至匮竭。"由杜诗看来，严武征敛是实，但这种征敛并非满足个人私欲，而是为了"犬戎灭"（对此问题的辨析，详见拙文《两〈唐书〉本传中的严武与杜甫笔下的严武》）。"颜回竟短折，贾谊徒忠贞"，交代严武短命而亡的结局。《故右仆射相国曲江张公九龄》记述张九龄一生的履历和诗才。"相国生南纪，金璞无留矿"，交代张九龄籍贯及其才华未被时代埋没，"寂寞想土阶，未遑等箕颍。上君白玉堂，倚君金华省"四句写张九龄官登高位，"碣石岁峥嵘，天池日蛙黾。退食吟大庭，何心记榛梗"四句记张九龄在朝时对安禄山和李林甫的忧虑，"虽蒙换蝉冠，右地恶多幸"写张九龄迁尚书右丞后的平和心态，"紫绶映暮年，荆州谢所领"写张九龄晚年被贬为荆州长史的情况，"波涛良史笔，芜绝大庾岭"交代了张九龄晚年身死岭外的悲惨结局。

查阅《旧唐书》，现将这四个人的情况摘述如下：

王思礼："营州城傍高丽人也。""少习戎旅，随节度使王忠嗣至河西，与哥舒翰对为押衙。及翰为陇右节度使，思礼……以拔石堡城功，除右金吾卫将军，充关西兵马使，兼河源军使。"（天宝）十四载六月，加金城太守。"（天宝）十五载二月，思礼白翰谋杀安思顺父元贞……请抗表诛杨国忠。""六月，潼关失守，思礼西赴行在，至安化郡。思礼与吕崇贲、李承光并引于纛下，责以不能坚守，并从军令。……遂斩承光而释思礼、崇贲，与房琯为副使。""至德二年九月，思礼从元帅广平王收西京，既破贼，思礼领兵先入景清宫。又从子仪战陕城、曲沃、新店，贼军继败，收东京。思礼又于绛郡破贼六千余众，器械山积，牛马万计。迁户部尚书、霍国公，食实封三百户。""乾元二年，与子仪等九节度围安庆绪于相州。思礼领关内及潞府行营步卒三万、马军八千，大军溃，唯思礼与李光弼两军独全。及光弼镇河阳，制以思礼为太原尹、北京留守、河东节度使、兼御史大夫，贮军粮百万，器械精锐。寻加守司空。自武德已来，三公不居宰辅，唯思礼而已。""上元二年四月，以疾薨。"[1]

李光弼："其先，契丹之酋长。""天宝初，累迁左清道率兼安北都护

---

[1] 刘昫《旧唐书·王思礼传》，中华书局，1975年，第3312—3313页。

府、朔方都虞候。""（天宝）十五载正月，以光弼为云中太守，摄御史大夫，充河东节度副使、知节度事。二月，转魏郡太守，河北道采访使，以朔方兵五千会郭子仪军，东下井陉，收常山郡。""六月，与贼将蔡希德、史思明、尹子奇战于常山郡之嘉山，大破贼党，斩首万计。""（至德）二年，贼将史思明、蔡希德、高秀岩、牛廷玠等四伪帅率众十余万来攻太原。光弼经河北苦战，精兵尽赴朔方……光弼率敢死之士出击，大破之，斩首七万余级，军资器械一皆委弃。""乾元元年……改封郑国公。""二年……为天下兵马元帅赵王系之副，知节度行营事。""八月，兼幽州大都督府长史、河北节度支度营田经略等使。""与九节度兵围安庆绪于相州"，"贼惮光弼威略，顿兵白马寺，南不出百里，西不敢犯宫阙"，"周挚复整军押北城而下"以下，写收怀州事。"广德初，吐蕃入寇京畿，代宗诏征天下兵。光弼与元振不协，迁延不至"[1]以下，写李光弼与宦官程元振的矛盾及因不奉诏导致忧惧而死的结局。

严武："严武，中书侍郎挺之子也。神气隽爽，敏于闻见。幼有成人之风，读书不究精义，涉猎而已。""弱冠以门荫策名（这与杜诗不同），陇右节度使哥舒翰奏充判官，迁侍御史。""至德初，肃宗兴师靖难，大收才杰，武杖节赴行在。""宰相房琯以武名臣之子，素重之，及是，首荐才略可称，累迁给事中。""既收长安，以武为京兆少尹、兼御史中丞，时年三十二。""出为绵州刺史，迁剑南东川节度使；入为太子宾客、兼御史中丞。""上皇诰以剑两川合为一道，拜武成都尹、兼御史大夫，充剑南节度使；入为太子宾客，迁京兆尹、兼御史大夫。二圣山陵，以武为桥道使。无何，罢兼御史大夫，改吏部侍郎，寻迁黄门侍郎。""复拜成都尹，充剑南节度等使。广德二年，破吐蕃七万余众，拔当狗城。十月，取盐川城，加检校吏部尚书，封郑国公。""永泰元年四月，以疾终，时年四十。"[2]

张九龄："家于始兴，今为曲江人。""登进士第，应举登乙第，拜校书郎。玄宗在东宫，举天下文藻之士，亲加策问，九龄对策高第，迁右拾遗。""说（宰相张说）卒后，上思其言，召拜九龄为秘书少监、集贤院

---

[1] 刘昫《旧唐书·李光弼传》，中华书局，1975年，第3303—3311页。
[2] 刘昫《旧唐书·严武传》，中华书局，1975年，第3395—3396页。

学士,副知院事。再迁中书侍郎。常密有陈奏,多见纳用。""明年(开元二十二年),迁中书令,兼修国史。""二十三年,加金紫光禄大夫,累封始兴县伯。李林甫自无学术,以九龄文行为上所知,心颇忌之。乃引牛仙客知政事,九龄屡言不可,帝不悦。二十四年,迁尚书右丞相,罢知政事。"[1]

审视杜诗中对几个人情况的记述,与《旧唐书》对照,杜诗记述的人物大略关节与史书基本没有出入,"得其诗可以论世知人"[2],杜诗记人堪当此评。

杜甫《八哀诗》中所涉及的另四个人李琎、李邕、苏源明、郑虔,虽然不像前者那样与时代风云紧密结合,却也能令读者了解那个时代环境下一批官吏、仕人的生活情况。限于篇幅,本文不再一一列举。

杜诗中通过反映与诗人的交往,在时间的流淌中逐渐展示人物大略关节的诗篇很多,因为杜甫是一个很真实的诗人,凡是与他有过交往的人,大多能在他的诗中留下痕迹。当我们把这些与他交往过的某个人物的诗篇集合在一起的时候,可以得出这样的结论:这些人物的大略关节在杜甫笔下也是符合历史真实的。可以以高适作为例证。高适是杜甫的诗友,杜甫年轻时就曾与高适、李白一同有过梁宋之游,杜甫晚年寓居四川,也曾接受过高适的救助。因为这种交往,使杜甫对高适有比较多的了解,诗歌中屡屡言及高适。将杜甫的高适诗集合起来,可以勾勒出高适一生的大致情状:高适早年困顿,曾做过"簿尉"(封丘尉)小吏,直至五十六岁才"闻君已朱绂,且得慰蹉跎"(《寄高三十五书记》),做一幕府书记(《送高三十五书记十五韵》),后来仕途发达,做过淮南节度使,太子少詹事(《寄高三十五詹事》),又做过彭州刺史(《寄彭州高三十五使君适虢州岑二十七长史参三十韵》《酬高使君相赠》),蜀州刺史(《奉简高三十五使君》),还代理过西川节度使之职,镇蜀不力,后被朝廷召还,担任过刑部侍郎、左散骑常侍,永泰元年去世(《闻高常侍亡》)。

据《旧唐书》本传,高适的生平履历可摘述如下:"适少濩落,不事

---

[1] 刘昫《旧唐书·张九龄传》,中华书局,1975年,第3097—3099页。
[2] 仇兆鳌《杜诗详注·序》,中华书局,1979年。

生业,家贫,客于梁、宋,以求丐取给。""年过五十,始留意诗什。""右相李林甫擅权"时,"解褐汴州封丘尉,非其好也,乃去位,客游河右。河西节度哥舒翰见而异之。表为左骁卫兵曹,充翰府掌书记"。"禄山之乱,征翰讨贼,拜适左拾遗,转监察御史,仍佐翰守潼关。及翰兵败,适自骆谷西驰,奔赴行在。""(至德)二年,永王璘起兵于江东,欲据扬州。初,上皇以诸王分镇,适切谏不可。及是永王叛,肃宗闻其论谏有素,召而谋之。适因陈江东利害,永王必败。上奇其对,以适兼御史大夫、扬州大都督府长史、淮南节度使。诏与江东节度来瑱率本部兵平江淮之乱,会于安州。师将渡而永王败,乃招季广琛于历阳。兵罢,李辅国恶适敢言,短于上前,乃左授太子少詹事。""未几,蜀中乱,出为蜀州刺史,迁彭州。""后梓州副使段子璋反……适率州兵从西川节度使崔光远攻子璋,斩之。""西川牙将花惊(敬)定者,恃勇,既诛子璋,大掠东蜀。天子怒光远不能戢军,乃罢之,以适代光远为成都尹、剑南西川节度使。""代宗即位,吐蕃陷陇右,渐逼京畿。适练兵于蜀,临吐蕃南境以牵制之,师出无功,而松、维等州寻为蕃兵所陷。代宗以黄门侍郎严武代还,用为刑部侍郎,转散骑常侍,加银青光禄大夫,进封渤海县侯,食邑七百户。永泰元年正月卒,赠礼部尚书,谥曰忠。"[1]

从杜甫对高适的生平记录看,对照《旧唐书》的高适本传,杜诗中的记述基本能够达到与史实吻合的程度。集合杜甫笔下多篇写同一人的作品,也能像杜甫笔下的高适诗一样,基本能捋清这些历史人物的大略关节,这说明杜甫写人的记史意识是非常清楚的。

二、展现人物之精神风貌

所谓"诗"史,其中的重要内容就是以"诗"的形式反映历史,而非仅仅是历史加韵之后的重版。因为"诗重抒情性,他进入的是一个心理时

---

[1] 刘昫《旧唐书·高适传》,中华书局,1975年,第3328—3331页。

空;史重叙事性,他展示的是一个自然时空"[1]。倘诗如史书,其实莫如读史书。史书以客观真实为基础,诗以言情为主流。史书以能真实反映历史面貌者为嘉,"良史"之称谓是对史家最大的奖赏。诗则流淌着诗人对社会人生的理解,涌动着诗人的激情。诗给人物作传,不是像史那样从头到尾记录人物一生的行迹和发展历程,客观而真实地做历史的记录者,而是以诗人独特的心灵感应、独特的诗性思维反映诗人对历史本质的感悟。他可能只是截取一个片断,描画一幅图景,也可能只是抒写一种感受,并通过这种方法展现历史人物的精神风貌。杜诗中对李嗣业的处理典型地体现了杜诗展现人物精神风貌的"诗史"精神。杜诗中涉及李嗣业的诗总共只有六首,通看这六首诗,我们并不能详细了解李嗣业究竟做了哪些事,何时出道,何时成名,何时为国捐躯,但我们就是能感觉到李嗣业非常了不起,感觉到他就是战乱时代的英雄。杜诗中的"前军苏武节"(《喜闻官军已临贼境二十韵》),"心肝奉至尊"(《观安西兵过赴关中待命二首》),交代的是李嗣业像苏武一样的忠贞爱国的精神;"奇兵不在众,万马救中原","谈笑无河北"(同上)刻画了李嗣业善于统兵带将而又轻松无累的将军形象;"兵气回飞鸟,威声没巨鳌"(《喜闻官军已临贼境二十韵》),"四镇富精锐,摧锋皆绝伦"(《观安西兵过赴关中待命二首》),"精锐旧无敌"(《观兵》)等,写出了李嗣业的敢打敢拼、壮勇绝伦的英风雄姿;"明公壮年值时危,经济实藉英雄姿。国之社稷今若是,武定祸乱非公谁"(《徒步归行》)的赞誉,其实已经将国家兴亡的大业托之于李嗣业;"老马夜知道,苍鹰饥著人。临危经久战,用急始如神"(《观安西兵过赴关中待命二首》)写出了久经沙场的李嗣业是可以临危受命的重臣;"竟日留欢乐,城池未觉喧"(同上)写出了李嗣业部的纪律严明,刻画了一个爱民如子的将军形象。杜诗以极其简略的笔墨,勾画了一个时代骄子、国家英雄的形象。杜诗留给我们的对李嗣业的印象,能够在新旧唐书中获得完全恰合的印证。查新旧《唐书》的李嗣业传,可以归纳和总结李嗣业的特点为:

---

[1] 杨义《李杜诗学》,北京出版社,2001年,第478页。

（一）勇猛无敌

据《旧唐书·李嗣业传》记载：李嗣业"身长七尺，壮勇绝伦。天宝初，随募至安西，频经战斗，于时诸军初用陌刀，咸推嗣业为能。每为队头，所向必陷"。[1]《新唐书》说此人"长七尺，膂力绝众"，"军中初用陌刀，而嗣业尤善，每战必为先锋，所向摧北"。[2] 有李嗣业一人在军中，胜如万马千军。

（二）爱民如子

李嗣业约束部队纪律严明，决不允许所部骚扰百姓。《新唐书》载：安禄山谋反，唐肃宗诏李嗣业平叛，李嗣业立即响应，但考虑到军队所过之处，如不严加约束，可能会给百姓带来灾难。他首先与诸将割臂盟誓，相约："所过郡县，秋毫不可犯。"[3] 大军未动，先想百姓，可见李嗣业是那种将百姓疾苦装在心里的将军。也正是因为他心里装着老百姓，他才能够对部下号令严明，也才能做到"嗣业自安西统众万里，威令肃然，所过郡县，秋毫不犯"[4]。

（三）功业赫赫

查《旧唐书》《新唐书》，李嗣业的功业主要有这样几件：

1. 天宝七载（748）随高仙芝征吐蕃，"嗣业引步军持长刀上，山头抛檑蔽空而下，嗣业独引一旗于绝险处先登，诸将因之齐上。贼不虞汉军暴至，遂大溃，填溪谷，投水溺死，仅（近）十八九。遂长驱至勃律城擒勃律王、吐蕃公主，斩藤桥，以兵三千人戍。于是拂林、大食诸胡七十二国皆归国家，款塞朝献，嗣业之功也。由此拜右威卫将军"[5]。

2. 天宝十载（751），从高仙芝平石国，"破九国胡并背叛突骑施，以

---

[1] 刘昫《旧唐书·李嗣业传》，中华书局，1975 年，第 3297 页。
[2] 欧阳修《新唐书·李嗣业传》，中华书局，1975 年，第 4615 页。
[3] 欧阳修《新唐书·李嗣业传》，中华书局，1975 年，第 4616 页。
[4] 刘昫《旧唐书·李嗣业传》，中华书局，1975 年，第 3299 页。
[5] 刘昫《旧唐书·李嗣业传》，中华书局，1975 年，第 3298 页。

跳荡加特进,兼本官"[1]。

3. 救高仙芝绝处逢生。高仙芝曾欺骗石国王,使其国家破亡,石国王子向诸胡求救,引发大战。"与大食战,仙芝大败","仙芝众为大食所杀,存者不过数千"。事窘,是李嗣业坚持己见,不与大食争雄,并披荆斩棘,赴汤蹈火,在前面开道,才使高仙芝不至全军覆没:"嗣业持大棒前驱击之,人马应手俱毙。胡等遁,路开,仙芝获免。仙芝表其功,加骠骑左金吾大将军。"[2]

4. 至德二载(757)九月,嗣业从广平王收复京城,"与贼大战于香积寺北……贼军大至,逼我追骑,突入我营,我师嚣乱",是李嗣业脱衣徒搏,"执长刀立于阵前大呼,当嗣业刀者,人马俱碎,杀十数人,阵容方驻。前军之士尽执长刀而出,如墙而进……与回纥合势,表里夹攻,自午及酉,斩首六万级,填沟壑而死者十二三"[3],后终于收复长安及东都洛阳。

(四)忠贞爱国

读新旧《唐书》的李嗣业传记,无论是在戍守边疆的战场上还是在平定叛乱的战火里,他总是冲锋在前,身先士卒,蹈险履危,舍生忘死。如,至德二载与叛军相遇香积寺,由于敌军来势凶猛,唐军几乎稳不住阵脚,是李嗣业主动请缨,肉搏上阵,拼命冲杀,才使唐军立于不败之地。邺城之战,唐军未设主帅,以致各部互不配合,怀疑观望,只有他"贼每出战,嗣业被坚冲突,履锋冒刃"[4],他与诸将不一样的地方就在于,他没有那么多自私的观念,只想给叛军以震慑,只想为唐王朝效忠。他从不考虑自己的功业大小,封赏若何,视身外之物如敝屣,"忠毅忧国,不计居产,有宛马十疋,前后赏赐,皆上于官以助军云"[5],一切以有益于国家为念。《旧唐书》中肃宗对李嗣业的评价,一方面说明肃宗对李嗣业的喜爱以

---

[1] 刘昫《旧唐书·李嗣业传》,中华书局,1975年,第3298页。
[2] 刘昫《旧唐书·李嗣业传》,中华书局,1975年,第3298—3299页。
[3] 刘昫《旧唐书·李嗣业传》,中华书局,1975年,第3299页。
[4] 刘昫《旧唐书·李嗣业传》,中华书局,1975年,第3300页。
[5] 欧阳修《新唐书·李嗣业传》,中华书局,1975年,第4617页。

及失去李嗣业时的伤痛心情,一方面也足以证明李嗣业对唐王朝的忠心:"上闻之震悼,嗟惜久之,诏曰:'临难忘身,为臣之大节;念功加赠,经国之常典。故卫尉卿、兼怀州刺史、充北庭行营节度使、虢国公李嗣业,植操沉厚,秉心忠烈,怀干时之勇略,有戡难之远谋。久仕边陲,备经任使。自凶渠构乱,中夏不宁,持感激之诚,总骁果之众,亲当矢石,频立勋庸。壮节可嘉,将谋于百胜;忠诚未遂,空恨于九原。言念其功,良深悯悼。死于王事,礼有可加,宜赠裂土之封,用广饰终之义。'"[1]这正是杜甫用"前军苏武节""心肝奉至尊"的诗句记李嗣业的原因。

通过史书中的这些记载,我们可以知道李嗣业确实是唐王朝一位不可多得的大将,也是一位值得敬爱的常胜将军。根据新旧《唐书》所总结的李嗣业的这些特点,与根据杜诗所总结的李嗣业的特点基本吻合,但杜诗中没有对李嗣业一生事迹的具体记录,只是将一个意气风发、神采飞扬、勇猛无敌、忠贞爱国而又功业赫赫的英雄形象的风采展现在我们面前,虽然文字不多,只是片断式、掠影式的记录,却惊人地真实再现了一个时代英雄的英风异彩。

能将实质性的东西展示出来,而又用带有情感特征的诗语传递,凝练而有精神,这是诗而不是史,却具有史的价值。这是诗人笔下的"史"。

三、评价人物有史家风范

在中国史学领域里,很早就形成了一系列的写史原则,其中"不隐恶,不潜善"的原则为历代史官所崇尚,是人们评价史官良否的重要标准,司马迁之所以获得班氏父子的"良史"之誉,正是因为司马迁坚持了史家的这一优良传统。杜甫虽然是诗人,但他之所以获得"诗史"的赞誉,应该与他将史家的这一传统精神移植入诗有重要关系。杜甫诗中"不隐恶,不潜善"的史家精神,不仅体现在他对重大历史题材的处理上,也体现在他对历史人物的评价中。性格耿直的杜甫,在评价他笔下的人物

---

[1] 刘昫《旧唐书·李嗣业传》,中华书局,1975年,第3300页。

时，不以与自己的交谊深浅为论人尺度，也不以个人的好恶为评人论人的标尺，而是以国家、民族、百姓的利益为标准，他能够将国家事业和个人情感区别得非常清楚，能够站在国家民族利益的高度看待和评论他所在时代的人物。

杜甫喜欢交友，珍重友情，在他的诗作中，与友人交往酬答的诗作占有很大比重。他交往的朋友类型很多，游历时的同气相求者，如李白、高适；为官时的同朝共事者，如严武、贾至；困窘时患难相帮的朋友，如郑虔、苏端、孙宰；互相写诗酬答的诗友，如高适、岑参……但在他众多的朋友中，能够得到他完全肯定的人并不多。比如，他在漫游时期就与高适结为好友，晚年漂泊到蜀，也曾受到高适的照应，就个人交谊而言，他对高适有深厚情感，直至大历五年（770）高适已逝多年，他还有诗追酬对方；但是，他对高适的镇蜀不力却不留情面，敢于批评，所作《王命》诗云："汉北豺狼满，巴西道路难。血埋诸将甲，骨断使臣鞍。牢落新烧栈，苍茫旧筑坛。深怀喻蜀意，恸哭望王官。"明白地说出高适镇蜀不力，致使将士白白血洒沙场，累杀通报军情之使臣，而盼望朝廷派得力将才代替高适。《西山三首》则是通过松、维、保三州被围的情况表达作者对边患的忧虑，其中"辩士安边策，元戎决胜威"则是用边将应该在戍守边疆时有所作为表达了对高适不能安边决胜的含蓄批评。《奉寄高常侍》所说"总戎楚蜀应全未"，称其任剑南节度使时未能完全展示武略，批评之意更是明显。再如，杜甫对章彝的态度也是如此。严武被召入京后，章彝曾经给予杜甫不少照顾，杜甫诗中有《陪章留后侍御宴南楼》《桃竹杖引赠章留后》等，足以说明，就个人情感而言，他认为章彝对自己有恩，诗中记下这些，说明杜甫有知恩不忘的厚道；但章彝不顾大局，不能以国事为重，这是杜甫所不能容忍的，所以，杜甫对章彝这类表现表示十分不满。如，《冬狩行》中说"草中狐兔尽何益？天子不在咸阳宫"，就对章彝不顾国难而纵情打猎取乐的行为提出了严厉的批评；《山寺》中"诸天必欢喜，鬼物无嫌猜。以兹抚士卒，孰曰非周才"，则对章彝只知布施山寺不知抚恤士卒的行为提出异议。又如，杜甫对花敬定的态度，他赞赏花敬定为平定蜀乱所立下的赫赫战功，也承认他是一位威猛的战将，但对于他的居功自傲、追求享乐生活等，则给予了严肃的批评和辛辣的讽刺，如《戏作花卿歌》《赠花卿》。对郭子仪这位赫赫有名的大将,他肯定其不可磨灭的功业,"郭相谋深古来少"(《洗兵马》)就是对郭子仪军事才能的高度赞评,但对于他兵败邺城后漫无章法的征兵扰民的行为则给予了无情的批评,如《石壕吏》所写老妇之"急应河阳役",河阳正是郭子仪的营地。

  杜甫论人,还有一种敢于不附时议的勇气,就像司马迁坚决不阿附汉武帝及其身边的佞臣一样,杜甫也没有阿附肃宗及其身边的宦官、小人。他的"意拙",在他做左拾遗时为救房琯触怒肃宗的行为中就已经表现得淋漓尽致,他为此几丢性命而终不后悔。在他不少的论人作品中,我们可以感受到他那敢于坚持己见的勇气。例如对郑虔,郑虔在安史叛军攻入长安后接受了伪职,并且就任,但他利用任摄市令(管理市场贸易)官职的便利条件,为肃宗朝侦察安史叛军的情况,想尽办法将机密情报送与肃宗,为收复两京作出了自己的贡献。应该说,在当时的情况下,郑虔是在一种迫不得已情况下求作为的,是一种曲线救国的行为。即使不能算是功臣,至少应该功过相抵,但肃宗仍然把郑虔治罪,远贬为台州司户参军。杜甫对肃宗的这种做法非常不满,称其为"严谴",替郑虔鸣不平,又在《题郑十八著作丈故居》中用"贾生对鹏伤王傅,苏武看羊陷贼庭。可怜此翁怀直道,也沾新国用轻刑"为郑虔伸述怀抱,认为郑虔是像贾谊、苏武一样的忠臣,忠贞且怀"直道",却遭新国(指肃宗朝)用刑,其讥讽肃宗朝严苛之意甚明。这种敢为钦定"罪臣"开脱、敢与肃宗朝唱反调的做法,确实体现了杜甫不阿附朝廷、不逢迎时议的正直品格。这是杜甫所具有的史迁论人的风范。

  从以上的材料和论述中,不难获得杜诗能够客观公正地反映时人生活、时人精神的认识,说明杜甫确有史家"不虚美""不隐恶"的良史品德。他身处时代的风云里,居然没有被时代的云山雾海障住眼睛,没有被情感左右自己对时人的评议,如此的客观、理性、公正,而又能以诗的形式反映出来,并且基本不影响诗的韵味,这确实是"诗史"精神的一种体现。

(本文与吴淑玲博士合著)

稼穑分诗兴,柴荆学土宜
——漫谈杜甫的耕耘生活

题目用的这两句诗,出自杜甫的《偶题》,作于大历元年(766)秋,距作者去世仅有四年,可以认为它是诗人对自己一生所过的贫困和耕耘生活的体验性总结。杜甫的贫困生活,人们已知之甚详,无需赘述,本文只就其所从事的体力劳动作一概述。通观杜诗全集,可知有不少篇章是属于诗人耕耘稼穑的记录,这些诗歌描述了从事体力劳动的辛勤和收获的乐趣,表达了对劳动的理解。这种劳动体验是促成杜甫在思想感情上靠近劳动人民的重要一环。杜甫从一个官宦子弟成长为一位伟大的现实主义诗人,不仅因为他经历了艰难困苦的生活,还在于他走过了一条洒下劳动汗水的道路。

一、采药、种药、卖药

杜甫三十五岁来长安求仕,长期未能如愿,父亲的去世又使他断绝了经济来源。这期间,他用以维持生活的,除了"寄食于人"(见杜甫《进雕赋表》)和偶尔领到政府发的救济粮之外,便是卖药了。杜甫懂得药性、药理,且能识别各种中草药材。他的这点本事,也是从自身多病中积累起来的,由于衣食缺乏,心情郁郁,虽值壮年便已病魔缠身,他患有糖尿病(见杜甫《上韦左相二十韵》),发过疟疾(见《病后过王倚饮赠歌》)。久病成医,这点医术又反过来被他用以医贫。他在给玄宗的《进三大礼赋表》中,陈述了自己"卖药都市"的实情。药材从何而来?一是到附近山野里去采,"故山多药物"(《奉留赠集贤院崔于二学士》),回老家也要采些药材回来。二是在庭院里种植,从《叹庭前甘菊花》和《秋雨叹》二诗中,我们可知他种过甘菊和决明。甘菊是多年生草本植物,能散风清热,可入药;决明是一年生草本植物,夏秋之际开花,花色金黄,所结的果实叫"决明子",能清肝明目,也是一种药材。天宝十三载(754)秋天,长安一带连降六十多天雨水,百草在雨水中烂死了,而杜甫院内台阶下的决明却长势喜人:"著叶满枝翠羽盖,开花无数黄金钱。"(《秋雨叹》)在沥涝成灾之际,诗人看到自己亲手种的药材居然无恙,喜悦之心生出联想的翅膀,他由决明的朵朵金花而想到块块铜钱。作为一个诗人而有这种近俗的联想,正好说明了药材对于他的生活是一种什么意义,诗人是靠着出卖这点药材在那灾荒年月维持生命的啊!虽说狭小院落种不了多少,但能聊救一时之饥,在杜甫来说也就心满意足了,须知他是经历过"饥卧动即向一旬"的人啊!

乾元二年(759)春夏之际,京都大旱,杜甫带着全家离开关中,开始流浪,所到之处,也多是以采摘和种植草药换取衣食之需。在秦州时,他在茅屋前开垦药圃,种植黄精,黄精的根可入药,主治脾胃虚弱。有一次,他在散步时发现太平寺里有一眼清泉,面对汩汩的流水,不禁感叹说:要是能把这条泉水引到屋前,润一润药圃该有多好!(见《太平寺泉眼》)种药需要一段时间才能收获,不如摘采野生药材取利及时,所以杜甫时常去秦州附近的山野里,置身于"绝险"的山崖去采药。当他想到自己远大的政治抱负不能实现,却为一家人的衣食而抛掷光阴,不禁发出"采药吾将老"的感叹(见《秦州杂诗二十首》其十六)。这些野生和种植的草药需要洗净、晒干,才能拿出去交换衣食,有时杜甫忙不过来,老伴就帮助他做,他感到这艰难之际,老伴真是不可缺少的劳动助手,便有几分自得地言道:"晒药能无妇?"(《秦州杂诗二十首》其二十)由衷地赞美妻子的勤劳品德。

在成都西郊草堂寓居的日子里,杜甫仍在房前屋后种植药材,为了自己服用,也为了酬谢邻居们的生活支援,他充分发挥着自己这一技之长。"种药扶衰病"(《远游》),"近根开药圃"(《高楠》),这些诗句使我们想见杜甫抱病执锄,在靠近树根的地方开畦种药的情景。为了让药材更好地生长,他常常拿着斧子砍掉杂树,"独绕虚斋径,常持小斧柯。幽阴成颇杂,恶木剪还多。枸杞因吾有,鸡栖奈汝何?方知不材者,生长漫婆娑"(《恶树》)。看到枸杞在自己辛苦栽培下长了起来,他深切感到了劳动的乐趣。宾客来访时,他也忘不了领客人欣赏他的药栏,并叮嘱对方"乘兴还来看药栏"(《宾至》)。"药许邻人劚"(《正月三日归溪上有作简院内诸公》),表明他是用药材来酬谢邻居的情谊,"洗药浣花溪"(《绝句三首》其二),表明药材从种到收到处理,都是他亲手参与的。

蜀地乱后,杜甫携家离开成都,乘小船沿江东下,在寓居夔州东屯的日子里,也时常去附近山野间采药:"编蓬石城东,采药山北谷。"(《写怀》)编蓬,即建造茅屋;石城,指夔州。直到病逝之前,他为一家人生活所迫,仍去潭州(今长沙)的渔市上摆设药摊:"茅斋定王城郭门,药物楚老渔商市。"(《暮秋枉裴道州手札率尔遣兴寄递呈苏涣侍御》)定王城,即长沙城,城内有定王庙而得名。诗人在长沙城门外结茅而居,在楚老渔市上卖药度日,这时他的身体已经非常衰弱了。

总之,杜甫与药物打了一生交道,采药、种药、洗药、卖药,未尝废辍,这固然是他多病的身体所需,也是他清贫的生活所迫。虽说这药材没能治愈他的病体,也不能改变他的生活处境,但它却为诗人提供了劳动的机会,培养了诗人劳动的情感。

二、种植树木

"平生憩息地,必种数竿竹"(《客堂》),这是杜甫晚年流寓夔州瀼西草堂时写的诗句,对他一生种竹之事、爱竹之心所作的概括。杜甫一生喜栽佳树,除了栽种美竹,其他各种于人有益的树木,他都喜欢栽种。尤其是寓居成都草堂、生活比较安定的日子,种树成了他重要的劳动项目。他花费很大气力,铲除杂草,开出一亩大小的园地,又四处求人提供树苗。他曾向河阳县令萧实索求"一百棵"桃树秧苗,希望能在"春前"把树苗送到"浣花村"——他的草堂来(见《萧八明府实处觅桃栽》),以便应时栽种。不知是因为萧县令没有如数提供呢,还是因为诗人没有全数栽活,总之，我们从后来杜甫诗中见到只有五棵桃树立于草堂前。这几棵桃树经过诗人的精心培育，长得枝繁叶茂，花鲜果甜，诗人热情赞美道："高秋总馈贫人实，来岁还舒满眼花。"(《题桃树》)不但有甜果填人饥肠，而且有鲜花悦人眼目，这劳动的成果真使我们的诗人品味不已呢！正因为是自己亲手栽种的，所以尽管有些桃枝挡住了院中小径，他也舍不得剪掉，听凭它们任情滋长（见《题桃树》）。一年春天，正当桃花盛开之际，不知是谁在夜里折走了几枝桃花，杜甫十分痛惜，说道："手种桃李非无主，野老墙低还是家。恰似春风相欺得，夜来吹折数枝花。"(《绝句漫兴九首》其二）对折花行为发了不小的牢骚。诗人说：这桃李是我亲手栽种的，它们并非没有主人啊，尽管我家贫垒不起高墙头，可毕竟也是一户人家呀，怎么可以像无形的春风那样溜进墙院，摧残花朵呢！诗人的痛惜和牢骚，皆由"手种"二字生出，亲手栽种方能体会到花开之不易、劳动之艰辛。同样的原因，他也对吹断窗前垂杨枝条的狂风表示过愤懑："隔户杨柳弱袅袅，恰似十五女儿腰。谁谓朝来不作意，狂风挽断最长条！"(《绝句漫兴九首》其九）

杜甫不仅"栽桃烂熳红"，而且"种竹交加翠"(《春日江村五首》其三）。绵竹，是绵竹县的特产，竹皮美如锦绣，杜甫从县令韦续那里要来绵竹根栽入庭院（见《从韦二明府续处觅绵竹》）。桤树，生长很快，三年便可成荫，是绿化庭院的理想树种，杜甫请求绵谷县尉何邕为他搞到一批桤树苗（见《凭何十一少府邕觅桤木栽》）。不久，这些绵竹、桤树在杜甫汗水的浇灌下便以欣欣向荣的姿态出现在草堂前。诗人以饱蕴深情的笔墨描绘了它们的丰姿倩影："桤林碍日吟风叶，笼竹和烟滴露梢。"(《堂成》)桤树的茂叶挡住了骄阳，吟唱着风之曲，高高的竹梢裹着雾气，滴着清凉的露珠。环境何其幽雅！此外，杜甫还种了不少果木，他亲自穿过石笋街去拜访一位徐先生，来到徐的果园，"不问绿李与黄梅"，各种果木秧苗都索要了一些（见《诣徐卿觅果栽》）。

栽松，更是杜甫之所好。"新松恨不高千尺"(《将赴成都草堂途中有作先寄严郑公五首》其四），他对松树怀有特殊的情感。他写诗给涪江县尉韦班，请求他寻找一些松树苗子，诗中盛赞松树的"落落出群""青青不朽"的性格，还讲了栽松的目的，是"欲存老盖千年意"(《凭韦少府班觅松树子栽》)。他从韦班那里得到四棵三尺多高的松苗,栽入庭院,这就是此后的诗中经常提到的那四棵小松。宝应元年(762),徐知道作乱成都,杜甫流落于阆州、梓州间,时时惦念他的草堂,尤其不放心自己苦心栽培的松树:"尚念四小松,蔓草易拘缠。霜骨不堪长,水为邻里怜。"(《寄题江外草堂》)后来他的好友严武重新镇蜀,他终于又能回到草堂,"入门四松在"(《草堂》),进入柴门第一眼就寻看松树,看到它们安然无恙,一颗心这才放下。离别一晃三年,如今松树已长到一人高了,回顾三年来未能对小松树加以照料,诗人竟感愧地说:"敢为故林主?"(《四松》)说自己没尽到主人的责任,不配做松树的主人。爱松之情,何其深沉!

风雷兵火,世事沧桑。当年杜甫手种的松、竹、桃、李、桤,杨,今已杳无踪迹。但是这一首首凝着绿色、溢着花香的植树之诗,却超越了时空而永存。它们录下了诗人忙碌于树间的匆匆身影,录下了他绿色的情感,绿色的吟咏,绿色的呼吸。

三、其他农事劳动

杜甫困居长安期间,所作诗篇中有"杜曲幸有桑麻田,故将移住南山边"(《曲江三章》其三)以及"南山豆苗早荒秽"(《投简咸华两县诸子》)等诗句,我们虽不能据此断定杜甫已务农田,但他多少参加了一点农业劳动,还是可以想见的。自从辞去华州掾携家流亡以后,他便与农事日趋密切了。

在秦州寓居东柯谷草堂时,曾写《除架》《废畦》二首,从中可知他拆过葫芦架、收过韭菜。寓居同谷县时,在粮食断绝、儿女饥啼的情况下,他穿着短裤,踏着封山大雪,用"长铲"挖掘黄独。黄独是一种野生的土芋,可以充饥。又去深山幽谷,同饥饿的猴子们争拾橡子(见《乾元中寓居同谷县作歌七首》其一、其二)。

"卜宅从兹老,为农去国赊"(《为农》),寓居成都草堂以后,他做的农活儿就更多了。"凿井交棕叶,开渠断竹根"(《绝句六首》其三),凿井需把井下的泥土取出来,杜甫用棕叶搓成绳子,吊篮取土,又挖断密集的竹根，艰难地开出一条渠。凿井开渠，是为了浇灌园圃。他开了一片地种植蔬菜，把竹筒连接起来，引春水灌溉菜园（《春水》）。还搬了不少石头，贴砌溪岸，以防春水泛滥（《早起》）。辛勤的劳动换来可喜的成果，蔬菜自给有余，《屏迹》诗写"年荒酒价乏，日并园蔬课"，说的便是卖菜得钱以沽酒的事。"自锄稀菜甲，小摘为情亲"（《有客》），每当客人来访，杜甫总是得意地去园中摘采亲手种植的蔬菜，招待客人，表达自己的情意。

描绘劳动之艰辛之热情，莫过于《除草》了。永泰元年（765）春天的一个早晨，杜甫在林前散步，发现荨草生满道边。荨草有毒，毛刺能螫人。杜甫看罢，有如芒刺在眼，急忙回屋找工具，还招呼孩子们一同去锄，"荷锄先童稚，日入仍讨求"，诗人扛着锄大步走在孩子们的前头，一场铲锄毒草的战斗打响了。道边，田埂，篱下，步步搜索，锄个不停，直到太阳落山了，仍在仔细搜查余孽。园里的荨草终于锄尽，杜甫又把目光移到水上的一小块陆地，那里是否也生了荨草呢？想这东西繁殖很快，如不把它彻底灭掉，那根子还会蔓延过来的，想到此，他坐船"转至水中央"，把那里的毒草也锄净了。年迈体弱的诗人自然是够累的了，但他的精神却因此而旺盛："自兹藩篱旷，更觉松竹幽。芟夷不可阙，疾恶信如仇！"他得到了劳动的快慰，也获得了生活的启示。

杜甫寓居夔州时，在友人的关照下，管理东屯的一部分公田，并培植瀼西的四十亩柑林。这时他的身体更加衰弱，除了糖尿病、肺病，又患了风痹，耳朵聋了，牙齿掉了半。他雇了几个仆人。论身体，论生计，他都可以不必再参加体力劳动了，但他仍然领着仆人去林中伐木以修建房屋（《课伐木》）；雨水过后，在草堂前整理小畦种植莴苣（《种莴苣》）；有时还扛着锄头冒雨下田（《暮春题瀼西新赁草屋五首》其三）。在与仆人的交往中，他深为他们的勤劳与智慧所感动，仆人信行冒热经崄去山上修水筒，使他非常感激，把自己爱吃的瓜和饼分给他（《信行远修水筒》），仆人阿段攀登险崖寻找水源，在诗人病渴多时之际，把水引到屋前，杜甫写诗高度赞美阿段，说他简直就像陶岘的能泅水能斗龙的昆仑奴一样（《示獠奴阿段》）。因此，在收获的时候，他要分惠给仆人，说这些粮食是仆人的辛苦耕作获得的，"西成聚必散，不独陵我仓。岂要仁里誉？感此乱世忙"（《秋行官张望督促东渚耗稻向毕清晨遣女奴阿稽竖子阿段往问》），让管事张望多分些稻粮给仆人，这样做，不是为了博得好的声誉，实在是因为这乱世之中人们太贫穷太劳苦了。杜甫作出这种决定，不只是出于怜悯之心，也是由于他具备了劳动的体验，深知劳动的艰辛和劳动价值。

综上所述，可知杜甫自从生活贫困以后，便与劳动产生了日益密切的联系，虽说这些劳动不能从根本上解决生计问题，他的后半生流离异乡主要依靠当地的友人和官员的援助，重要的是，由于他亲身参与体力劳动，才逐渐理解了劳动人民，突破了封建文人与劳动人民的精神隔膜。饥饿，只能使人感到粮食的重要；劳动，才能使人体会到粮食生产者的伟大。所以，杜甫能够写出反映人民生活、歌颂人民品德的现实主义作品，不只因为他的生活贫困，更在于他具备了劳动的体验，因而也就在一定程度上具备了劳动人民的情感。这是研究杜甫的生活道路和创作道路的一个不容忽视的重要课题。"文革"期间，郭沫若提出杜甫过的是地主生活的论断[1]，这个论断是与杜甫的生活实际相抵牾的。所谓地主生活，自然要表现为奢侈性和寄生性。杜甫的生活是贫困而非奢侈的，这已为人所共知；至于是否具有寄生性，本文所述足以否定。当然，三十五岁以前的杜甫过的确实是官宦子弟的"快意"生活，但那时的杜甫还仅仅是作为一般诗人的杜甫，从所留二十几首诗歌来看，没有多少现实内容，更谈不上深刻。杜甫第一首闪烁现实主义思想光辉的《兵车行》，恰恰是创作于困居长安时期，杜甫成为伟大的现实主义诗人，正是在他生活贫困化和参与劳动之后。因此，说伟大的现实主义诗人杜甫过的是地主生活，是完全错误的。推倒这种论断，不仅可恢复杜甫的本来面貌，安顿先生地下之灵，而且在理正生活与创作的关系上，也是十分必要的。

---

[1] 郭沫若《李白与杜甫》，人民文学出版社，1971年，第259页。

两《唐书》本传中的严武与杜甫笔下的严武

严武是唐代中期的风云人物,他历任玄宗、肃宗、代宗三朝官员,官职显赫,在平息安史之乱和抗击吐蕃这两个重大历史事件中立有战功,是一位年轻有为而又生命短促的将军。然而,两《唐书》本传对严武的执政和人品的记述,却颇多微词,与时人杜甫对严武的评价落差甚大。这究竟是史官记人有失,还是杜甫论人徇私,需要给予辨别。本文拟从两《唐书》的相关史料和杜甫写严武及相关人物的诗篇(本文所引杜诗均见于仇兆鳌《杜诗详注》,中华书局,1979年版)入手,对严武其人作出公正的评论。把杜诗作为史料依据,是因为杜诗素有"诗史"之称,其记人、论人之公允,被历代史家所服膺。诗、史互证,作为一种治学方法,由来已久,清初学者钱谦益在其所著《钱注杜诗》中,即运用此法取得丰硕的成果。当今治史者亦多从杜诗中寻找史料依据。本文的思路是,对于两《唐书》本传与杜诗对严武的记述相互吻合的那些资料,看作是对严武的定论资料;对于两《唐书》本传与杜诗对严武的记述相互矛盾的那些资料,则加以辨析,确定其科学性如何,从而对严武有个公正的历史定评。

现将史书与杜诗对严武事迹的记录与评价之同、异情况,对述如下,并加以论辩。

一、其相同之处

1. 对严武仕途履历的认同

《旧唐书》本传云:严武在玄、肃、代三朝为官。"至德初,肃宗兴师靖难,大收才杰,武杖节赴行在",助肃宗收复两京。"既收长安,以武为京兆少尹、兼御史中丞","出为绵州刺史,迁剑南东川节度使;入为太子宾客、兼御史中丞。上皇诰以剑两川合为一道,拜武成都尹、兼御史大夫,充剑南节度使;入为太子宾客,迁京兆尹、兼御史大夫。二圣山陵,以武为桥道使。无何,罢兼御史大夫,改吏部侍郎,寻迁黄门侍郎","复拜成都尹,充剑南节度等使","加检校吏部尚书,封郑国公"。[1]

杜诗云:"三朝出入荣"(《奉济驿重送严公四韵》),谓严武在玄、肃、代三朝,出将入相,官位尊荣。严武死后,杜甫作《八哀诗·赠左仆射郑国公严公武》,为其一生主要履历立传,所记与《旧唐书》相同,其中"四登会府地,三掌华阳兵",概括了严武的几次主要任职情况。两京收复之后,严武初为京兆少尹,继为京兆尹,又先后两次为成都尹,故称"四登会府地";华阳,古国名,在蜀地,此处代指蜀地,严武初为东川节度使,其后两任剑南节度使,故称"三掌华阳兵"。又在《诸将五首》其五称"主恩前后三持节",言严武三次持节出镇蜀地。杜诗所记严武主要官职履历情况与史书相合。

2. 危难之际扈从玄宗入蜀

《新唐书》本传云:严武"从玄宗入蜀,擢谏议大夫"。[2]

杜诗云:"不知万乘出,雪涕风悲鸣。受辞剑阁道,谒帝萧关城。"(《赠左仆射郑国公严公武》)谓玄宗出京之时,严武并不知晓,其后得知,便洒泪追从,在剑阁(普安郡)受到玄宗接见,奉命前往萧关辅佐肃宗。

安史叛军攻破潼关之后,气势大增,玄宗仓皇出京,逃奔入蜀,唐王朝官员包括宰相陈希烈、驸马张垍、文武大臣们叛变投敌或逃入山林者颇众,而扈从玄宗者寥寥无几。严武于危难之际扈从玄宗,颇能见其大节。

3. 镇蜀期间抗击吐蕃功勋卓著

《旧唐书》本传云:"广德二年,(严武)破吐蕃七万余众,拔当狗城。十月,取盐川城","蕃虏亦不敢犯境"。[3]

---

[1] 刘昫《旧唐书》,中华书局,1975年,第3395页。
[2] 欧阳修《新唐书》,中华书局,1975年,第4484页。
[3] 刘昫《旧唐书》,中华书局,1975年,第3396页。

杜诗云："殊方又喜故人来，重镇还须济世才。"（《奉待严大夫》）严武被代宗召入朝廷之后，成都即发生兵乱，而且吐蕃乘机进犯。代理剑南节度使的高适御敌不力，广德二年（764）春，朝廷复派严武镇蜀，杜甫写诗，称严武为重镇之将才。又称，严武镇蜀，则"雪山斥候无兵马"（《将赴成都草堂途中有作先寄严公五首》其二），雪山，指成都西部与吐蕃接壤的高山，诗言严武对吐蕃的威慑力之大。广德二年六月，严武用杜甫做幕府参谋，为讨伐吐蕃而积极操练兵马，杜甫作《扬旗》诗，描写盛大的阅兵场面："公来练猛士，欲夺天边城。"七月，严武率兵西击吐蕃，大获全胜，作《军城早秋》云："昨夜秋风入汉关，朔云边月满西山。更催飞将追骄虏，莫遣沙场匹马还。"诗言全歼吐蕃之壮志。杜甫作《奉和严郑公军城早秋》云："秋风袅袅动高旌，玉帐分弓射虏营。已收滴博云间戍，欲夺蓬婆雪外城。"滴博，即滴博岭，在维州，高适镇蜀时，此地被吐蕃占领。蓬婆，即大雪山。又在《奉和严中丞西城晚眺十韵》中，把严武比作廉颇，"廉颇出将频"，赞扬严武的武略和报国之志。严武死后，杜甫在夔州作《八哀诗》，在《赠左仆射郑国公严公武》诗中，有"公来雪山重，公去雪山轻"之句，是以诗人的感受，高度概括严武的镇蜀、御蕃之大功。盖雪山乃唐与吐蕃的分界，是抵御吐蕃的屏障。诗言，严武来镇，雪山的威势加重；严武离去，则雪山亦不足为凭。又在《诸将五首》其五云"西蜀地形天下险，安危须仗出群才"，称严武为镇蜀的出群之将才。

以上所引，为两《唐书》与杜诗相吻合之资料。从这些资料中可以看出，严武是守大节、有将才的人物。他在国家危难之时挺身而出，把个人生死置之度外。在镇蜀岁月里，勇负重任，抗击吐蕃，收复失地，有力地抑制了吐蕃进犯的气焰。他在几个关键时刻（扈从玄宗、辅佐肃宗、收复两京、镇守西蜀），发挥了重大作用，实为不可多得的"出群才"。

二、其不同之处

1. 严武是否"肆志逞欲，恣行猛政"

《旧唐书》本传云：严武"前后在蜀累年，肆志逞欲，恣行猛政。梓州刺史章彝初为武判官,及是小不副意,赴成都杖杀之"[1]。

《新唐书》本传附和云:"梓州刺史章彝始为武判官,因小忿杀之。"[2]

上述两《唐书》本传所称,作为严武"肆志逞欲,恣行猛政"的依据,是他"小不副意""因小忿"即"杖杀"了章彝。那么,章彝是什么样的人呢?章彝是做了什么事而让严武"小不副意"的呢?史书没有明确说出。但这是个关键问题,如果章彝所做之事确实该杀,那么也就谈不上严武的"肆志逞欲,恣行猛政"了。两《唐书》没有章彝的本传,但以写实为己任的杜甫,则在诗中记录了章彝的罪行。

宝应元年(762)四月,玄宗、肃宗相继去世,代宗即位,剑南节度使严武奉诏入京。杜甫给他送行,一直送到了绵州。严武刚走,剑南兵马使徐知道就在成都发动了兵乱。杜甫不能回归成都草堂,在绵州、梓州、阆州一带流浪。这期间,他曾受到了梓州刺史、东川留后章彝的款待,从而有机会接触章彝,了解章彝。对于章彝的款待之事,杜甫心存感激,诉诸笔墨,写有《陪章留后侍御宴南楼》《陪章留后惠义寺饯嘉州崔都督赴州》《章梓州水亭》《章梓州橘亭饯成都窦少尹》《随章留后新亭会送诸君》《桃竹杖引赠章留后》《将适吴楚留别章使君留后兼幕府诸君》等诗篇。但是,这个章彝其实是个胸无忧国之念的政客,他在蜀地兵乱、吐蕃入侵京都、代宗蒙尘的危急时刻,不修军备,沉迷于游乐之中。杜甫在《山寺》(题下原注:章留后同游,得开字)诗中,批评章彝对佛寺广为布施,而对士卒却无心抚恤,劝告章彝用这些钱物周济士兵:"以兹抚士卒,孰曰非周才?"章彝还嗜好打猎,在广德元年(763)冬季,动用三千士兵,大举围猎群山禽兽。对于他的失职行为,杜甫作《冬狩行》,进行讽刺和规劝,并发出沉痛的悲叹:"君不见东川节度兵马雄,校猎亦似观成功。夜发猛士三千人,清晨合围步骤同。禽兽已毙十七八,杀声落日回苍穹。"这是一次从黎明到落日的大规模围猎,"东西南北百里间,仿佛蹴踏寒山空",连不能食用的小鸟"鹡鸰"都被网罗了。杜甫想到京都失陷、天子蒙尘,对章彝的行为发出斥责:"喜君士卒甚整肃,为我回辔擒西戎。草

---

[1] 刘昫《旧唐书》,中华书局,1975年,第3396页。
[2] 欧阳修《新唐书》,中华书局,1975年,第4484页。

中狐兔尽何益？天子不在咸阳宫！朝廷虽无幽王祸，得不哀痛尘再蒙？呜呼！得不哀痛尘再蒙？"意谓：很高兴看到您的士卒如此整肃，请您率领他们去擒拿吐蕃士兵吧。您杀尽草中的狐兔又有什么益处？须知天子此时已被吐蕃逐出了京城啊！如果说京都首次失陷是由于女祸所致，那么眼下京都再度沦陷又作何种解释？您作为国家的重臣难道不感到哀痛吗？唉！真的不感到哀痛吗？

据《资治通鉴》记载，从严武于宝应元年七月离开成都，到他于广德二年春重返剑南旧任，这一年多的时间里，蜀地和全国正处于万方多难的危艰时刻，征引史料如下：

> 宝应元年（762）七月，剑南兵马使徐知道在成都造反，大肆屠杀。
> 八月，袁晁在江东造反，攻城夺镇。
> 十月，以雍王为天下兵马元帅，进讨史朝义。
> 十一月，叛军田承嗣率四万余人与史朝义会合，抗拒官军。
> 广德元年（763）正月，史朝义兵败自杀，绵延七年零三个月的安史之乱结束。
> 四月，李光弼与袁晁交战，获胜。李之芳出使吐蕃，被扣留。
> 七月，吐蕃入寇大震关，攻陷兰、廓、秦、成、渭等九州，尽取河西、陇右之地。
> 十月，吐蕃陷泾州，进犯奉天、武功，继而攻陷京师。代宗仓皇出逃，奔至陕州。
> 十一月，吐蕃围攻凤翔。
> 十二月，代宗由陕州回长安。吐蕃攻陷松、维、保三州，西川节度使高适抗敌不力，西山诸州亦为吐蕃占领。

在此期间，杜甫写有大量诗篇，反映了这个多灾多难的时局。"雪岭防秋急，绳桥战胜迟"（《对雨》），"汉北豺狼满，巴西道路难。血埋诸将甲，骨断使臣鞍"（《王命》），"十室几人在？千山空自多。路衢唯见哭，城市不闻歌"（《征夫》），"盗贼还奔突，乘舆恐未回""狼狈风尘里，群臣安在哉"（《巴山》），"纷纷乘白马，攘攘著黄巾。隋氏留宫室，焚烧何太频"

(《遣忧》)。

　　这就是梓州刺史、东川留后章彝纵情游乐的时代背景。尤为令人触目的是，章彝兴师打猎之时，正是代宗蒙尘之际。

　　从时间考虑，如果严武果真如两《唐书》本传所云杀了章彝，则必定是在广德二年春季严武重来镇蜀之后。他作为剑南节度使（这年正月，朝廷将剑南及东西两川合为一道），到任之后，对所管辖的官吏之操行必然要进行审查，笔者以为，他杖杀章彝的原因就在于痛恨章彝的纵乐失职，因为有此一罪，足以杀之，作为杖杀的理由，没有比这更充分的了。如前所述，严武是个勇赴国家危难的英雄，他决不能容忍一个不顾国家危难、在天子蒙尘之际仍然寻欢作乐的人逍遥法外。他杖杀章彝，绝不是"小不副意""因小忿"，而是在为多难的国家执法，是在向他的部下宣示臣子的立身之节，在当时，身为臣子而无视国家利益者，实在很多。史家刘昫、宋祁（《新唐书》列传为宋祁执笔）之辈，不问根由，忽视大节，唯见死而心痛，反诬义士"肆志逞欲，恣行猛政"，实属腐儒之见。

　　2. 严武是否"穷极奢靡，赏赐无度"

　　《旧唐书》本传云："武穷极奢靡，赏赐无度，或由一言赏至百万。"[1]

　　《新唐书》本传附和云："武在蜀颇放肆，用度无艺，或一言之悦，赏至百万。"[2]

　　杜诗云："岂无成都酒，忧国只细倾"（《赠左仆射郑国公严公武》），称严武忧心国事，饮酒颇为节制。即便是讨伐吐蕃获胜之后，严武在宴会上也没有放怀纵饮过，杜甫《陪郑公秋晚北池临眺》中写道"严城殊未掩，清宴已知终"，是说在城池还远未到关闭的时候，宴会即已结束。严武的这些行为，都与"穷极奢靡"毫无干系。

　　那么，《旧唐书》本传说的"穷极奢靡"是指下文"赏赐无度，或由一言赏至百万"而言吗？查阅《旧唐书》，只有崔宁本传涉及严武赏赐之事。现将崔宁（又名崔旰）本传有关文字摘录如下：

　　　　宝应初，蜀中乱，山贼拥绝县道，代宗忧之。严武荐旰为利州刺

---

[1] 刘昫《旧唐书》，中华书局，1975年，第3396页。
[2] 欧阳修《新唐书》，中华书局，1975年，第4484页。

史,既至,山贼遁散,由是知名。严武为剑南节度,赴镇过利州,心欲辟旰为部将,以利非属部,旰难辄去,俾旰筹之。旰曰:"节度使张献诚见忌,且又好利,诚能重赂之,旰可以从大夫矣。"武至剑南,遗献诚奇锦珍贝,价兼百金,献诚大悦。武乃遗献诚书求旰,献诚然之,令旰移疾去郡。旰乃之剑南,武奏为汉州刺史。久之,吐蕃与诸杂羌戎寇陷西山柘、静等州,诏严武收复。武遣旰统兵西山,旰善抚士卒,皆愿致死命。始次贼城,周围皆石砾,攻具无所设。唯东南隅环丈之地,壤土可穴,谍知之以告。旰昼夜穿地道攻之,再宿而拔其城。因拓地数百里,下城寨数四。番众相语曰:"崔旰,神兵也。"将更前进,以粮尽还师。武大悦,装七宝舆迎旰入成都,以夸士众,赏赉过厚。[1]

文中记述,蜀地山贼作乱,严武举荐崔旰(即崔宁)为利州刺史。崔旰到任,驱散山贼,他的军事才能被严武看中。其后,严武任剑南节度使,想召崔旰为自己的部将。为了打通关节,他用重金贿赂了张献诚,得以如愿。在讨伐吐蕃等异族的战斗中,崔旰果然发挥了卓越的军事才能,"拓地数百里,下城寨数四"。为了表彰崔旰,严武给了他破格的礼遇和赏赐。

难道这就是严武"穷极奢靡""赏赐无度"的罪证吗?稍有分析能力的人都会懂得,严武两次动用重金,目的是充实剑南道的军事力量,鼓舞将士奋勇杀敌。须知,剑南道对于牵制吐蕃具有何等重要的地位。他这么做,并无一己之偏私,完全是从国防的大局着眼。

3. 严武"征敛"民财的目的何在

《旧唐书》本传云:"蜀土颇饶珍产,武穷极奢靡……蜀方闾里以征敛殆至匮竭。"[2]

《新唐书》本传附和云:"武在蜀颇放肆……蜀虽号富饶,而峻掊亟敛,闾里为空。"[3]

---

[1] 刘昫《旧唐书》,中华书局,1975年,第3398页。
[2] 刘昫《旧唐书》,中华书局,1975年,第3396页。
[3] 欧阳修《新唐书》,中华书局,1975年,第4484页。

杜诗云"诸葛蜀人爱，文翁化俗成"，"时观锦水钓，问俗终相并。意待犬戎灭，人藏红粟盈"(《赠左仆射郑国公严公武》)，称严武是蜀人爱戴的诸葛亮，又如汉代的文翁注重文化教育。说他经常来到草堂，与杜甫一同去"问俗"(即访问民情)。杜甫还有一首诗《遭田父泥饮美严中丞》，诗中记录严武体恤民情，把个老农的儿子从部队放还，回家务农，受到老农的由衷感激。在杜甫的笔下，严武不是个鞭挞黎民的军阀。但这仅是一个方面，另一个方面，从杜甫所说的"意待犬戎灭，人藏红粟盈"的话语中，还是把严武"征敛"民财的事实委婉透露出来。这两句诗的意思是说：严武的心意是，待到吐蕃消灭之后，再让百姓家中屯满米粮。"人藏红粟盈"并非写实，而是严武的一个愿望，这个愿望的实现是在"犬戎灭"了之后。也就是说，在吐蕃灭亡之前，百姓家中无余粮可谈。

由杜诗所写可证，两《唐书》所记严武"征敛"民财是实。然而，实尽管是实，却不能成为严武的罪状。正如杜甫所说，严武的"征敛"民财，是为了消灭犬戎(吐蕃)而积聚军粮的。事实上，由于与安史叛军连年战争，蜀地作为军需的主要供给地之一，百姓已经相当贫困，绝非史书所说的"富饶"。面对吐蕃的进犯，作为一个军事家，严武深知军粮在决战中的意义。在事关国家民族存亡的形势下，他的"征敛"无疑具有战略意义。国之不存，民将安附？这个道理，百姓也会懂得。这就是为什么严武穷极"征敛"而百姓仍然爱之如诸葛的深层原因。但是，这个道理却并非远离那个时代的书生们所能理解。

综上所论，笔者给严武作出如下历史定评：他是一位敢于以国家民族命运为己任的时代英雄，是一位生逢乱世而能力挽狂澜的豪杰。他虽依靠父荫步入仕途，却是以果敢和才干赢得信任。他以国家民族的最高利益作为行事的准则，在特殊的时代里，他不肯做循吏，而是敢赏敢罚，重赏重罚；他虽然没有给辖区百姓带来眼前的利益，却为民族大义贡献了力量。

杜甫献赋出身而未能立即得官之原因考

　　《旧唐书·玄宗纪》载，天宝十载（751）正月，玄宗祠太清宫、太庙，祀南郊。一心致力进入仕途的杜甫抓住了这个时机，作了三篇大礼赋《朝献太清宫赋》《朝享太庙赋》《有事于南郊赋》，献给玄宗，以期引起皇帝对他的注意。在唐代，知识分子的进身之路主要有三条：一是参加一年一度的科举，一是参加由皇帝亲自选人的制举，一是向皇帝进献著述而获得考试资格。前两条路杜甫都走过，行不通，于是他采取了第三条路。果然奏效。《新唐书》杜甫本传载："甫奏赋三篇，帝奇之，使待制集贤院，命宰相试文章。"[1]玄宗看中了杜甫写的赋，命宰相考杜甫的文章，以考查杜甫的写作水平，查其所献之赋是否为其自作。这是一次专对杜甫的考试，是在中书堂里举行的，由宰相出题，集贤院学士监考并参与阅卷。杜甫在诗中记录了考试的情况："天老书题目，春官验讨论。"（《奉留赠集贤院崔于二学士》）天老，即宰相，春官，指礼部官员。"集贤学士如堵墙，观我落笔中书堂。"（《莫相疑行》）考试的结果如何呢？杜甫在其后给玄宗的《进〈封西岳赋〉表》中说到了："顷岁，国家有事于郊庙，幸得奏赋，待罪于集贤，委学官试文章。再降恩泽，仍猥以臣名实相副，送隶有司，参列选序。"[2]所谓"选序"，就是选拔人才和升官晋级的程序，也就是说杜甫已经获得了当官的资格，进入了候选的程序中。

　　杜甫既然在天宝十载〔或十一载（752）〕取得了当官的资格，那为什么到了天宝十四载（755）才被授予官职？对于这个问题，自宋代以来的

---

[1]《二十五史·新唐书》，上海古籍出版社，1986年，第612页。
[2] 仇兆鳌《杜诗详注》，中华书局，1979年，第2158页。

杜诗注本、年谱、评传，都没有作出说明（或许在古人看来无须作出说明）。今人或以为是朝廷故意拖延，如朱东润先生《杜甫叙论》说："事实上这件事是拖着，从天宝十载一直拖到天宝十四载。"[1] 或以为是李林甫作梗，如陈贻焮先生《杜甫评传》说："问题就出在'命宰相试文章'这几个字上面。当时的左相是陈希烈，右相是李林甫，当权的是李林甫。"陈先生联系到天宝六载（747）玄宗制举，李林甫施展阴谋手段，把考生全部落榜之事，推论道：杜甫的失利"很可能取决于这个权奸这样一个政治上的考虑：决不能让他高中，决不能承认上次落第者之中还有可选拔的'遗贤'"。[2] 莫砺锋先生的《杜甫评传》亦与陈先生观点相同。[3] 当今其他一些著述在涉及这个问题时，或取上述说法，或含糊对待。笔者认为，李林甫固然是个权奸，但把杜甫未能立即得官说成是他捣的鬼，却是冤枉了他。因为，唐代的铨选制度决定了杜甫不可能立即被授予官职，他必须按照制度的规定候选三年。

唐代的科举制度规定，进士及第者要候选三年，即三年之后才能来京都参加吏部铨选，授予官职。这已是学界共识，无须赘述。那么，制举获得出身者，是否也要候选呢？王勋成《唐代铨选与文学》对此有所探究："制举获得出身，似乎也要守选。关于此，却未见有任何载籍资料。但《宋史》卷一五八《选举志四·铨法上》却载有宋太宗淳化年间的铨选之制，曰：'进士、制举，三选。'就是说，制举出身者与进士出身者一样，要守选三年。宋初多承唐制，既然宋初进士出身者守选三年，与唐代相同，则制举出身者守选三年，想必唐宋两朝也相同。唐代制举出身守选三年后，就可与前进士一样，赴吏部参加铨选。"[4] 王勋成的推论应该是正确的，制举获得出身者要候选三年。

笔者之所以要使用王勋成的推论，是想把献赋出身的待遇与制举获得出身的待遇联系起来加以考虑。从杜甫所说的"送隶有司，参列选序"来看，他这次献赋是获得了出身的。杜甫在《奉留赠集贤院崔于二学士》诗

---

[1] 朱东润《杜甫叙论》，人民文学出版社，1981年，第24页。
[2] 陈贻焮《杜甫评传》，北京大学出版社，2003年，第159页。
[3] 莫砺锋《杜甫评传》，南京大学出版社，1993年，第75页。
[4] 王勋成《唐代铨选与文学》，中华书局，2001年，第261页。

末自注中也说"甫献'三大礼赋'出身"。那么，这种献赋出身与制举登科给予的出身在对待上是否一样呢？笔者查到了相关资料，得出肯定的回答。唐人封演《封氏闻见记·制科》说："常举外，复有通五经一史，及进献文章并上著述之辈，或付本司，或付中书考试，亦同制举。"[1] 又，北宋人王谠《唐语林》卷八"补遗四"引用了封演的记载，说："常举外，复有通五经、明一史，及献文章并著述之辈，或附中书考试，亦同制举。"[2] 这两条史料，提到了唐代的三种考试：常举、制举、进献文章，而且明确指出进献文章者也要参加考试，考试以及结果与制举相同。按唐制，制举考试合格者有两种待遇，成绩优秀者当即获得官职，成绩一般者则取得出身。杜甫献赋只是获得了出身，其待遇自然要与制举出身相同，即候选三年才能被授予官职。

另有一条更为直接的史料，南宋人赵彦卫《云麓漫抄》卷六，则对进献文章取得出身的待遇与进士及第的待遇作了类比："上书，中书试，同进士及第。"[3] 意思是说，对于进献书籍（当然也包括文章）者，交由中书省对其进行考试，合格者的待遇等同于进士及第的待遇。这条史料把献书（文章）获得出身与进士及第两者的待遇直接等同起来，更能有力地说明杜甫献赋获得出身之后，为什么没有被立即授予官职。

在关于由献书（文章）取得功名这方面的史料奇缺的情况下，上面所引的三条史料中所称"亦同制举""同进士及第"这些话显得弥足珍贵。综合上述史料，可以得出这样的认识：献书（或文章）获得出身的待遇等同于制举获得出身的待遇，而制举获得出身的待遇则等同于进士及第的待遇。由此，我们可以知道，杜甫所经历的这种考试是与制举考试相同的，其获得出身的待遇等同于制举出身、进士及第的待遇，也就是说，他也必须候选三年才能取得官职。杜甫是怀着当即被授予官职的心愿参加考试的，对仅给予出身自然不太满意，所以他在《奉留赠集贤院崔于二学士》诗中说了这样的话："青冥犹契阔，凌厉不飞翻。儒术诚难起，家声庶已

---

[1] 赵贞信《封氏闻见记校注》，中华书局，2005年，第19页。
[2] 周勋初《唐语林校证》，中华书局，1987年，第717页。
[3] 《四库全书》电子版，上海人民出版社，1999年。

存。"意思是说，实现青云之志还需等候一段时间，自己凌厉的翅膀暂且不能飞腾。虽说儒术难以使人迅速走入仕途，但是毕竟有了个献赋出身，家世的文学声望得以存留下来。

杜甫这次考试的时间是哪一年，杜诗并无明确记载，但是可以依据相关史料作出合理推断。《册府元龟》卷六十八记载：天宝十载正月，玄宗在行三大礼之后，即下求贤诏书，"十载正月诏：朕每搜罗贤俊，旌贲丘园，犹虑遁迹藏名，安卑守位。朕言及此，寤寐思焉。其诸色人中，有怀才抱器，未经荐举者，委所在长官，审加访择，具名录奏"[1]。这道诏书是为制举而发的，玄宗要亲自选拔在野的"怀才抱器"之士。这无疑给杜甫提了个醒：既然皇帝在行三大礼之后立即下达诏书选拔人才，那么皇帝此番求贤显然与其行三大礼有关系，如此，何不就皇帝行三大礼之事作文章？写这样的文章是一定能够引起皇帝注意的。笔者认为这样的推论是符合人的正常心理的。而三篇大礼赋《朝献太清宫赋》《朝享太庙赋》《有事于南郊赋》，洋洋近乎万言，写起来是需要花费很多时间的。从构思到草创到定稿到誊毕成章，再到把赋投入延恩匦，再到写诗请主管审阅、筛选文章的献纳使田澄关注"三大礼赋"（杜甫诗《赠献纳使起居田舍人澄》："扬雄更有河东赋，唯待吹嘘送上天"），再到田澄审毕"三大礼赋"，再到田澄将文章呈送给皇帝，再到皇帝阅读完毕，这个复杂的过程没有一年时间是不行的。由此，可以推断，玄宗命宰相考杜甫应在天宝十一载。杜甫考试合格，获得"出身"，按照守选三年的规定，杜甫参加吏部铨选并被授予官职应是在天宝十四载十月（唐制，吏部铨选在每年十月），从杜诗反映的得官时间来看正是天宝十四载十月，《夔府书怀四十韵》说："昔罢河西尉，初兴蓟北师。"蓟北师，指安史叛军。史载，天宝十四载十一月，安禄山举兵造反。吏部给杜甫的初授官职是河西县尉，杜甫没有接受，改授右卫率府兵曹参军。杜甫在《官定后戏赠》中说："不作河西尉，凄凉为折腰。老夫怕趋走，率府且逍遥。"说的就是这个改任过程。唐制，吏部铨选在每年十月进行。铨选实行"三注三唱，确定官职"的做法，在这个过程中，允许候选人对所授官职提出意见，吏部要考虑他的意见，重新注

---

[1]《四库全书》电子版，上海人民出版社，1999年。

拟，再行公布。三注三唱之后，如果还不同意，就等于自动放弃了。

综上所述，可以得出结论：杜甫获得献赋出身，而未能立即获得官职，不是由于朝廷拖延，也不是由于李林甫作梗，而是因为铨选制度的规定：候选三年。在古人看来，献赋获得出身者也需候选三年才能任职，这是常识，无须加以说明。这或许就是古代杜诗注释家不予加注的原因所在。时过境迁，由于有些古代的典章制度失于记载，或记载稀少，加之今人阅读视野不广，造成误解是难免的。

解说"罢官亦由人"之"罢官"
——杜甫离开华州任原因之辩论

杜甫在华州司功参军任上仅工作了一年，他的离职是自动弃官还是被罢免官职？李宇林先生提出了"被罢免官职"之说，依据是杜甫自己在诗中说到了"罢官"(《立秋后题》："罢官亦由人，何事拘形役")。李先生说："弃官与罢官虽只一字之差，但有质的区别。"并引郑文先生的话说："'弃官'是出自自己的主动，'罢官'则是自己的被动，正因为是被动的，所以才说'罢官亦由人'。"[1]又引阎琦先生的话说："对杜甫来说，'罢官'是被动的、上司的行为，'弃官'是主动的、个人的行为，二者差异很大，是相互对立着的，在这个关键字眼上，杜甫岂能模糊？"[2]由此，李宇林先生认为："弃官"之说难以成立。[3]

三位先生都认为，"弃官"与"罢官"有主动与被动之区别。对此，笔者有不同意见。诚然，"弃官"是当事者主动的行为，而"罢官"却有两种可能：一是当事者的被动，因失职等原因被免去职务；一是当事者的主动，就是说，当事者由于种种原因（年纪老、身体差、政见不合等）而辞官去职，也可以称为"罢官"。在此，笔者可以提供一些史料依据。

《三国志》田豫传："正始初，迁使持节护匈奴中郎将，加振威将军，领并州刺史。外胡闻其威名，相率来献。州界宁肃，百姓怀之。征为卫尉。屡乞逊位，太傅司马宣王以为豫克壮，书喻未听。豫书答曰：'年过

---

[1] 郑文《李杜论集》，甘肃民族出版社，1994年。
[2] 阎琦《杜甫华州罢官西行秦州考论》，《西北大学学报》（哲学社会科学版）2003年第2期。
[3] 李宇林《杜甫罢官华州原因探析》，《天水师范学院学报》2005年第25卷第1期。

七十而以居位，譬犹钟鸣漏尽而夜行不休，是罪人也。'遂固称疾笃。拜太中大夫，食卿禄。年八十二薨。子彭祖嗣。(《魏略》曰：豫罢官归，居魏县。)"[1]

这条史料说，田豫抵御外胡，立有功勋，身居要位，便思身退，屡次请求辞去官职，为了引退，还称自己病得很厉害。值得注意的是裴松之所引《魏略》中的这句话："豫罢官归，居魏县。"从上下文意来看，田豫显然不是因罪而罢官，是他自己请求的。那就是说，在古人的心目中，自己请求弃官也是可以称为"罢官"的。《魏略》的作者是鱼豢，其人著文以严谨求实著称。裴松之对《魏略》材料多有引用。

《晋书》范粲传："范粲，字承明，陈留外黄人，汉莱芜长丹之孙也。粲高亮贞正，有丹风，而博涉强记，学皆可师，远近请益者甚众，性不矜庄，而见之皆肃如也。魏时州府交辟，皆无所就。久之，乃应命为治中，转别驾，辟太尉掾、尚书郎，出为征西司马，所历职皆有声称。及宣帝辅政，迁武威太守。到郡，选良吏，立学校，劝农桑。是时戎夷颇侵疆场，粲明设防备，敌不敢犯，西域流通，无烽燧之警。又郡壤富实，珍玩充积，粲检制之，息其华侈。以母老罢官。"[2]

这条史料记载了范粲的功德，说他节操"高亮贞正"，头脑聪明而无傲气，迁武威太守以后，"选良吏，立学校，劝农桑"，注重边防，使戎夷不敢侵犯，又能廉洁奉公。接下来说"以母老罢官"，从上下文意来看，他的"罢官"显然也不是朝廷的行为，朝廷对这样的得力官员不会因为他母亲年老而罢免他，而是他自己考虑到母亲年迈，需要回乡伺候，是他自己主动弃官离职的。还应该注意到，《晋书》是唐太宗主持编写的，那么就是说，用"罢官"这个概念表达"弃官"的意思，是唐代人对"罢官"一词多重含义的认定。

《南齐书》刘虬传："刘虬，字灵预，南阳涅阳人也。旧族，徙居江陵。虬少而抗节好学，须得禄便隐。宋泰始中，仕至晋平王骠骑记室，当阳令。罢官归家，静处断谷，饵术及胡麻。建元初，豫章王为荆州，教辟

---

[1]《二十五史·三国志》，上海古籍出版社，1986年，第88页。
[2]《二十五史·晋书》，上海古籍出版社，1986年，第284页。

虬为别驾,与同郡宗测、新野庾易并遣书礼请,虬等各修笺答而不应辟命。永明三年,刺史庐陵王子卿表虬及同郡宗测、宗尚之、庾易、刘昭五人,请加蒲车束帛之命。诏征为通直郎,不就。"[1]

这条史料说的是刘虬能够清淡自守,不慕官位。他早年为官,是为了得到俸禄,为隐居提供生活保障。如愿之后,便"罢官归家,静处断谷,饵术及胡麻",开始求仙学道了,以至多次拒绝了礼聘和诏征。显然,刘虬的"罢官"也是自己主动的行为。

"罢官"一词也是含有"被免除官职"的意义的。如《旧唐书》刘禹锡传:"贞元末,王叔文于东宫用事,后辈务进,多附丽之。禹锡尤为叔文知奖,以宰相器待之。顺宗即位,久疾不任政事,禁中文诰,皆出于叔文。引禹锡及柳宗元入禁中,与之图议,言无不从。转屯田员外郎、判度支盐铁案,兼崇陵使判官。颇怙威权,中伤端士。宗元素不悦武元衡,时武元衡为御史中丞,乃左授右庶子。侍御史窦群奏禹锡挟邪乱政,不宜在朝,群即日罢官。韩皋凭藉贵门,不附叔文党,出为湖南观察使。既任喜怒凌人,京师人士不敢指名,道路以目,时号二王、刘、柳。"[2]

这条史料说的是"永贞革新"之事。侍御史窦群反对这次政治改革,上书给支持改革的顺宗,奏"禹锡挟邪乱政,不宜在朝",这当然是以卵击石,结果,"群即日罢官"。这里的"罢官"显然是皇帝的行为,窦群是被迫离职的。

综上所引史料,可以看出,"罢官"一词实具两种含义:一是当事者主动辞掉官职,一是当事者被免除官职。推究"罢官"的"罢"字,其义应为"解除"(并非仅指"罢免"),"罢官"就是解除官职。解除官职就有两种可能,一是主动解除官职(即"弃官"),一是被罢免官职。因此,说"罢官"与"弃官"是相互对立的,说"罢官"只能是被动的,是上司的行为,显然不合于历史对这个词意义的认识。

杜甫《立秋后题》这首诗,不是近来新发现的佚诗,早在宋代就已经编入杜甫诗集中了,《四库全书》收录的宋人黄希、黄鹤父子《补注杜工

---

[1]《二十五史·南齐书》,上海古籍出版社,1986年,第100页。
[2]《二十五史·旧唐书》,上海古籍出版社,1986年,第507页。

部诗》，郭知达《九家集注杜工部诗》，直到清人仇兆鳌的《杜诗详注》，其他如钱本、朱本、浦本、杨本等等，都编入了这首诗。可是，从宋到清，各家注本对"罢官亦由人"的"罢官"解释，均为"弃官"。倘若"罢官"与"弃官"真如先生们说的"相互对立着"，那么我看，生活在古代的学者们，不会如此粗心，将"罢官"解释为"弃官"的。正是由于古代"罢官"这个概念，既有主动离职的意义，又有被动离职的意义，所以他们才会见而不惊。当代罗竹风主编的《汉语大词典》注释"罢官"一词的意义，就列出了两条："①辞官去职；②免除官职。"[1] 笔者以为，这是对古代汉语"罢官"一词的正确解释。当今，做官的人很少能够自我罢官，所以"罢官"一词在人们的心目中就仅指被动离职了，这也是时代使然。

那么，杜甫这里说的"罢官"，究竟是主动弃官离职，还是因为"荒怠政务"被罢免或"身患疟疾"难以为任呢？

李宇林先生在文章中对阎琦先生的杜甫"荒怠政务"之说，给予反驳。笔者同意李文的意见，同时愿作一点材料补充。杜甫在华州任上，是做了实实在在的工作的。他的职务是司功参军，据《唐书·职官志》，这个官职是掌管"考课、表疏、学校、祭祀"等事务的。从杜甫文集可以看出，他做了这方面的工作。所谓"考课"，就是主持地方上的科举初试工作。唐制各州每年十月对本州考生进行初选完毕，将初试合格者送往京都参加省试，杜甫十分认真地撰写了初选试题，根据国家时务之需，提出五条策问（见《乾元元年华州试进士策问五首》）。他还替华州刺史郭某撰写进状，上送朝廷（《为华州郭使君进灭残寇形势图状》），状文中详细分析了当时的军事形势，提出彻底消灭安史叛军的策略，表现出关心国事的良苦用心。仇兆鳌在《杜诗详注》中评论说："杜公借箸前筹，洞悉情势，此等文字，真可坐而言、起而行者，初非书生谈兵迂阔也。与韩昌黎论淮西事宜，俱推经国有用之文。"[2] 杜甫也确实发过牢骚，说天气太热，官服太紧，环境恶劣。但是，事实上他是认真地工作了。我们不能仅仅抓住他写诗发牢骚，更应该看他的实际表现，"荒怠政务"之说是依据不足的。

---

[1] 罗竹风《汉语大词典》，汉语大词典出版社，1991年，第1042页。
[2] 仇兆鳌《杜诗详注》，中华书局，1979年，第2201页。

固然，他曾在年底回洛阳探过亲，但那是在完成"考课"之后，没有耽误他的主要工作。

李先生认为杜甫被罢掉官职，是由于他"身患疟疾"，难以为任，被上司免职。查阅杜诗和有关资料，并无杜甫在华州任上发过疟疾的记载。诚然，杜甫在天宝十三载（754）写的诗中就说到患了疟疾（《病后过王倚饮赠歌》），杜甫辞官来到秦州（759）又提到旧病复发（《寄彭州高三十五使君适虢州岑二十七长史参三十韵》），但这种病并不是时时都发作的。杜甫是纪实诗人，倘若他在华州发过疟疾，联系他当时被贬谪的苦闷心情，他一定会把病情见之于诗的。但是，在杜甫的诗文中没有找到任何蛛丝马迹。杜甫于乾元元年（758）六月到华州，到乾元二年（759）七月离开华州，在这里工作整一年，如果他在这个期间复发了疟疾，他是无法上班工作的，但他在诗中分明写了上班工作的情况：官服"束带"，处理"簿书"（《早秋苦热堆案相仍》）。这年九月重阳节，他还去蓝田县与友人崔季重（王维的内兄）登高，还去过王维的别墅。九月，官军九节度兵围邺城，九节度之一的李嗣业带兵路过华州，他还参与陪宴，写诗赞美李部军容整肃。这年年底，他还能有体力去洛阳故乡探亲，第二年春天，回归华州的路上，适逢九节度兵溃邺城，他将沿途所见的抓丁惨象，写成"三吏""三别"。凡此种种，说明他在华州任上并未复发疟疾。李文之说，亦不能成立。

笔者以为，杜甫的离职是他因事而自动弃官的。程千帆先生对此有过说法："诗人弃官西去的原因，一方面固然是'关辅乱离，谷食踊贵'，另一方面也是对于朝廷政治的失望。"[1]程先生所说的第一个原因，是来自《旧唐书》杜甫本传，历代注杜者也都沿用这种说法。笔者以为，"谷食踊贵"尽管是现实，但还不至于使他这个有官职的人断绝口粮；而他一旦辞掉官职，他的生活问题就全然没有保障了。所以，"谷贵"离职之说难以成立，起码不是主要原因。我很赞成程先生说的第二点——杜甫"对于朝廷政治的失望"，说得更直接一点，是他对肃宗的彻底失望。须知，杜甫曾经冒着生命危险逃出长安，投奔肃宗，只因疏救房琯，不经意中触到了

---

[1] 程千帆《程千帆全集》，河北教育出版社，2000年，第152页。

肃宗的隐秘，被肃宗疏远，在肃宗打击玄宗旧臣的事件中，遭到贬谪。忠臣遭斥，已经让他心寒，但这还是其次，更为主要的原因是邺城战役的惨败。本来，官军二十万包围邺城，城内叛军只有五万，取胜可以说是唾手可得。但由于肃宗昏庸，没在九节度中设立主帅，致使攻城不力，贻误战机，给史思明降而复叛创造了条件。邺城战败，使杜甫对肃宗不再抱有任何希望，而他又是生性耿介、脾气急躁的人，他说"罢官亦由人，何事拘形役"，表示决计不为自身生活之事役使心灵，在昏君手下弄饭吃会使自己的人格受到屈辱，这就是他自动罢官的真实原因。顺带插几句，如果将"罢官"仅仅看作是上司的行为，那么，杜甫说"罢官亦由人"就等于是废话，而且与下句"何事拘形役"也无逻辑联系——我的官职是由上司罢免的，我何必为了形体之需而役使心灵呢？——恐怕没有这样说话的吧。已经被上司罢了官职，没了俸禄，还奢谈什么不能为了形体之需而役使心灵呢？这可有点阿Q式的精神胜利法了。如果将"罢官"解释为自动解除官职，逻辑就通了——解除官职是可以由我个人来决定的，我何必为了形体之需而役使心灵呢？其实，杜甫对于离职的原因是有过明确交代的，他在《秦州杂诗二十首》的首章与末章中，对离职的原因说得很清楚。首章说："满目悲生事，因人作远游。"生事可悲而曰"满目"，自然不是单指自家生计，而是包括在"三吏""三别"中所揭示的众生苦难，而这种苦难正是由于肃宗昏庸致使邺城兵败造成的。末章说："唐尧真自圣，野老复何知！"这里所称的"唐尧"，古代注家有明确的解释，仇兆鳌《杜诗详注》说："此讽肃宗也。"[1] 就是说，杜甫狠批了肃宗的刚愎自用，批评他自以为圣明，听不进臣子的意见；既然你看不起我这野老，以为我无知，那我何必再依附于你？杜甫把离职的原因已经说得很透了。

---

[1] 仇兆鳌《杜诗详注》，中华书局，1979年，第589页。

此时无声胜有声

——杜甫无即时哭悼严武之作新解

《资治通鉴》载：代宗永泰元年（765）四月"辛卯，剑南节度使严武薨。"笔者据张培瑜《三千五百年历日天象》一书有关数据计算得知，四月辛卯，即四月三十日。[1]学术界普遍认为，五月，杜甫即携家离开草堂。从严武病死到杜甫离开草堂的这段时间里，杜甫全集中未见有哭悼严武的作品。学术界对此颇感困惑，因为严、杜二人的关系非同一般。于是有不少学者投入思考，发表了各自的见解。概括说来，主要有"失传"说、"为郎离蜀"说、"隔阂"说三种解释。笔者认为这三说均存有疑点，进而从创作心理的角度，对这一现象作出新的解释。

其一，关于"失传"说。此说基于严、杜二人亲密交谊的事实，认定杜甫不能没有即时哭悼的作品；又基于杜诗大量失传的事实，从而认为杜甫的这首哭悼之作在失传之列。杜诗的确有不少篇章未能传世，杜甫在《进雕赋表》中曾说："自七岁所缀诗笔，向四十载矣，约千有余篇。"而今天所见到的得官前的作品，仅有诗文一百四十余篇，两个数字差距甚大。不过，笔者怀疑这些诗作是否都是在后世遗失的。有两个事实不容忽视：（一）杜甫一生颠沛流离，光是紧急的逃难就有三次（安史之乱，徐知道之乱，臧玠之乱），生死存亡之际，把那些不太重要的作品舍掉一些，是必要的。例如，天宝十五载（756）夏天，为躲避安史叛军，杜甫把家属从奉先迁到羌村，在修理破旧的茅屋时，就把诗书拆散，糊了墙壁——"诗书遂墙壁"（《避地》），可以想见，他把一些不太重要的诗稿，也派上了

---

[1] 张培瑜《三千五百年历日天象》，河南教育出版社，1990年。

这种用场。（二）杜甫创作态度十分严谨，"语不惊人死不休"，客居成都草堂时，"江上值水如海势"，很想写长诗以记壮景，却又因一时诗思匮乏，不肯敷衍，便只"聊短述"而已。他鉴别诗歌艺术的水平又很高，对于个人的作品亦能区分高下，所谓"病减诗仍拙"（《复愁十二首》其十二），颇能看出他对所作诗篇的不如意，特别是到了晚年，"晚节渐于诗律细"（《遣闷戏呈路十九曹长》），对诗律不够细密的前作，则能加以整理或裁汰，同时人樊晃《杜工部小集序》中说："文集六十卷，行于江汉之南。"考察时间、地点和杜甫当时的处境，这六十卷文集，当是由杜甫亲手裁定的。可以断言，那些没有传下来的诗作，有相当一部分是杜甫自行删掉的，而被删掉的作品自是不甚重要的，如果杜甫真的写出即时悼念严武的作品，则不能在删除之列。至于非由作者自行删除，而是在后世失传的情况，笔者以为，失传的作品亦应属于那些在后世人的眼中看来不甚重要的作品，而这种悼念严武之作，是不会被后人忽视的。由此看来，这种"失传"的推测是理据不足的。

其二，关于"为郎离蜀"说。此说认为，杜甫离开幕府之后，才由严武表奏朝廷而得到检校工部员外郎一职，杜甫得此官职后，随即应召赴京，当时严武尚未病死。[1]此说如能成立，则可非常简捷地回答杜甫何以没有即时悼亡之作的问题。但是，杜甫究竟是两职同受还是一前一后，已引起学者们的争议，看来此说缺乏有力的依据。笔者手中没有新的材料，不想在这个问题上再作辩论，只想对此说提出一点疑问：如果杜甫离蜀时，严武尚未死，从情理上讲，杜甫应该前往成都向严武告别，因为这次动身不同于短距离的蜀中游历，是亲密友人的长距离的甚至于是长期的分别啊！因此，这样的告别诗是不能不作的。可是，审察这个时期的作品，杜甫并没有告别严武之作，这不符合杜甫的一贯作风。杜甫是"常拟报一饭"的有情人，对于社会上有一饭之赐者，均不忘写诗感戴，何况是对严武这样一位与自己有特殊关系的友人呢！严、杜两家是世交。在肃宗朝，杜甫任左拾遗时，曾与严武同朝为官，后来又以属于房琯党派的罪名同时遭到贬谪。杜甫辞官流寓秦州，在病弱不堪的情况下，仍然支撑着身

---

[1] 陈尚君《唐代文学丛考》，中国社会科学出版社，1997年，第268页。

体写诗安慰这位政治上的同道,让他"且将棋度日,应用酒为年",还叮嘱他慎重保管悲愤诗作,以免被小人罗织罪名。同志深情,催人泪下。后来,杜甫辗转到了成都,严武又做了成都尹、剑南节度使,对客居中的杜甫给予多方的关照。生活日用所需,自不必说,就是偶然从青城山道士那里弄到几瓶乳酒,也不忘派军士骑马给杜甫送到草堂,可谓关怀得无微不至了。公余之际,常常带些酒菜,到草堂与杜甫对饮,这更让平生嗜酒的老杜感激不已。代宗即位,严武被召回朝廷,杜甫恋恋不舍,送行竟送出二百余里,直到绵州才分手。一年以后,严武再次镇蜀,到了成都,得知杜甫正在川北流浪,便立即写信邀请他重回草堂。杜甫此时生活无靠,正准备乘船离开巴蜀,见到严武的信,欣喜非常,于是带领家属回归草堂。在严武的帮助下,他得到检校工部员外郎、幕府参谋的官职,与严武一起训练士兵,收复了被吐蕃侵占的大片土地。只因与幕府中的青年同僚意见不合,半年之后,性情偏傲的杜甫才辞掉参谋之职,回草堂闲居。回到草堂之后,杜甫仍与严武保持亲密的交往。离别这样一位友人兼恩人,却无一字之赠,是无论如何也讲不通的。基于没有告别诗的这一事实,基于对杜甫人格的整体把握,我们宁愿认为杜甫走在严武死后。

其三,关于"隔阂"说。有学者认为,杜甫在幕府工作期间,对严武颇为失望,两人之间出现隔阂,这有可能是杜甫不作悼亡诗的原因。"颇为失望",又有两个成因,一是出于私,认为杜甫"为轻薄少年所侮",严武却"未能顾全其颜面",故"对严武有所不满";二是出于公,认为杜甫"对严武有政治上的期望与幻想",但正如《新唐书·严武传》所云:'武在蜀颇放肆,用度无艺,或一言之悦,赏至百万。蜀虽号富饶,而峻掊亟敛,闾里为空。'不难想象在这样一个任性、轻信、骄奢、残暴的府主的手下,必然会有坏人出来投其所好,推波助澜,从而形成政出多门、贪污腐化、官曹浊乱的局面",因此"老杜对严武的期望落空了,幻想破灭了"。[1]应该指出,上述所说的两个成因,都是推测出来的,缺乏有力的材料依据。说杜甫因严武未能在私情上袒护自己,故对严武不满、失望,连悼亡诗也不作了,这未免小看了杜甫的气量,也忽略了杜甫宽厚的为人。

---

[1] 陈贻焮《杜甫评传》,北京大学出版社,2003年,第851—852页。

须知，杜甫对于已故的友人，从未废止过悼亡之作，他悼念高适（《闻高常侍亡》），悼念房琯（《别房太尉墓》），悼念郑虔、苏源明（《哭台州郑司户苏少监》），悼念王抡（《哭王彭州抡》），悼念李之芳（《哭李尚书》），悼念李峘（《哭李常侍峘二首》），在组诗《八哀诗》中，他哭悼了八位国家栋梁，即便是交情一般的人如斛斯融，他也未废悼念之举（《过故斛斯校书庄二首》）。重要的是，杜甫辞职回到草堂以后，仍与严武有亲密的交往，看不出一点赌气的迹象，《敝庐遣兴奉寄严公》是杜甫退居草堂之后写的，诗云：

> 野水平桥路，春沙映竹村。
> 风轻粉蝶喜，花暖蜜蜂喧。
> 把酒宜深酌，题诗好细论。
> 府中瞻暇日，江上忆词源。
> 迹忝朝廷旧，情依节制尊。
> 还思长者辙，恐避席为门。

前四句写草堂春色美好，接下来便叙思念之情，说道："对此美景深杯畅饮，题写诗篇正好可以细心品论。我盼望府中主将能有闲暇，须知江边老翁正在思念您这位大诗人。回忆当年我曾与您同列朝班，如今我对尊严的府主依旧贴心。汉朝的陈平穷得以席为门，但门外多有长者的车辙。我希望您能再度光临寒舍，唯恐您的车驾从此避开柴门。"体会这番话，有向严武进一步解释辞职原因的意思，即不是因为二人之间有了什么隔阂，心还是相贴的，不要因为辞职而产生误解。由此看来，所谓私交破裂，是不能成立的。至于因公，所谓因严武"骄奢、残暴"而导致杜甫对严武的"期望落空""幻想破灭"，乃是根据两《唐书》严武本传的那几句话作的推测。笔者以为，两《唐书》的列传，在史料的取用上是有失史家的严谨作风的，他者且不论，仅以杜甫本传来看，就是谬误百出，这已遭到古今杜诗学者的多方指摘。在评价严武的执政得失上，我以为与其从本传上找依据，不如从杜诗中去找。杜甫的可信，就在于他看人论事总是以国家民族的利益为衡量的标尺，这应该是对杜甫品格的基本把握。那么，杜甫是如何评价严武的政事的呢？严武死后第二年（大历元年，766）秋天，杜甫居夔州，作《八哀诗》，其中《赠左仆射郑国公严公武》一诗，无一字涉及私交，完全是以公心评论严武政绩的："公来雪山重，公去雪山轻"，是评其抗击吐蕃的武功之赫；"诸葛蜀人爱，文翁儒化成"，说他像孔明一样被蜀人敬爱，像文翁一样在蜀地推行教化，是评其文治之功；"岂无成都酒？忧国只细倾"，是说他能节制行为，力戒滥饮；"时观锦水钓，问俗终相并"，是说他经常下乡询问民俗民情，了解人民的生活情况，他也确曾放还一些久在军中的士兵回乡务农（见杜甫《遭田父泥饮美严中丞》）；"意待犬戎灭，人藏红粟盈"，灭吐蕃，足民粮，是他思虑的两件大事。读着这样的诗句，我们无论如何也看不到本传上所写的那个"骄奢""残暴"的严武。读着这样的评语，我们无论如何也看不出杜甫对严武政治上的期望有何落空。由此，所谓因公而厌弃严武，乃至不作悼亡之诗，也是不能成立的。

那么，究竟是什么原因杜甫没有即时写出悼念严武的诗篇呢？

笔者认为，杜甫在严武死后，到他离开草堂的这段短暂时间里，确实没有写出悼亡诗来，这实在是由于严武死得太过突然、杜甫的心情太过悲伤的缘故。《旧唐书·严武传》云："永泰元年四月，以疾终，时年四十。"如此年富力强，去年还在带兵反击吐蕃，突然一病而亡，杜甫是没有任何心理准备来面对这一现实的。对于这位镇蜀重臣、政治同道、平生密友的突然死去，他那极度悲伤的心情是可以想见的，巨大的悲痛使他无法进入诗歌创作的心态。他可以放声大哭，但哭声成不了韵律；他可以泪洒千行，但泪行变不成诗行。我们应该从创作心理的角度去解释这种现象。

诗歌创作应该具备相对平和的心态，这是古今中外的文艺理论家的共识。刘勰说："陶钧文思，贵在虚静。"[1]即认为虚心和宁静是酝酿文思的关键所在。鲁迅说："长歌当哭，是必须在痛定之后的。"[2]又说："我以为感情正烈的时候，不宜作诗，否则锋芒太露，能将'诗美'杀掉。"[3]狄德罗在《谈演员》中说："你是否趁你的朋友或爱人刚死的时候就作诗哀悼

---

[1] 范文澜《文心雕龙注》，人民文学出版社，1958年，第493页。
[2] 鲁迅《纪念刘和珍君》，《鲁迅全集》第三卷，人民文学出版社，1981年，第547页。
[3] 鲁迅《两地书》，人民文学出版社，1973年，第84页。

呢？不，谁趁这种时候去发挥诗才，谁就会倒霉！只有等到激烈的哀痛已过去……当事人才想到幸福遭到折损，才能估计损失，记忆才和想象结合起来，去回味和放大已经感到的悲痛……如果眼睛还在流泪，笔就会从手里落下，当事人就会受情感驱遣，写不下去了。"[1] 这些言论都在说明，感情太过强烈的时候，人的审美活动就会受到影响，而难以正常进行。必须等到激情平定，创作的心态才能具备，艺术想象的翅膀才能飞腾。艺术创作不但要"入"，而且要"出"，"出"就是要与表现对象拉开距离，这样才能更全面、更理性、更客观地表现对象。正如王国维所说："诗人对宇宙人生，须入乎其内，又须出乎其外。入乎其内，故能写之；出乎其外，故能观之。入乎其内，故有生气；出乎其外，故有高致。"[2]

　　人处在情感剧烈的情况下，是拿不起笔来的，即便勉强为之，写出来的也不会是艺术品，因为艺术的抒情并不等于情绪的宣泄。从性质上讲，"文学抒情既是情感的释放，又是情感的构造，抒情主体既沉浸在情绪状态之中，又出乎情绪状态之外，意识到表现的内容和表现过程本身。宣泄的情绪是杂乱无序的，只有释放，没有构造；宣泄者完全被淹没在混杂的情绪海洋之中，没有自我意识"，"抒情不仅意味着传达内心活动，而且意味着创造性地选择和组织抒情话语来表现，意味着创造审美价值，这也是宣泄所不具备的"[3]。笔者认为，杜甫没有当即作诗悼念严武，是由于他被突发的剧痛所控制，被杂乱的情绪所制约，而无法出乎情绪状态之外，无法把心灵纳入审美过程。几个月后，他漂泊到了云安，看到严武的灵柩经长江水运去故里，此时他的剧痛已经缓解，诗心得以进入审美状态，从而写出"风送蛟龙匣，天长骠骑营。一哀三峡暮，遗后见君情"这样的慷慨悲壮而且情深意切的诗句。一年之后，他客居夔州，剧痛已经平定，方能为严武写诗立传，对严武的一生作出高度的理性定评。

　　同时，他作为一个具有丰富创作经验的大诗人，理智上也告诉他此时此刻不得写诗，严谨的创作态度使他决不苟且从事。他作为一个以详细记

---

[1] 陆一帆《文艺心理学》，江苏文艺出版社，1985年，第59页。
[2] 王国维《人间词话》，人民文学出版社，1998年，第220页。
[3] 童庆炳《文学理论教程》，高等教育出版社，1992年，第351页。

录平生感遇为擅长的诗人，在这个特定时期留下了这一创作的空白，是有深意的，他是以此向世人表明此时自己的心灵所遭受的剧痛，他相信世人能够读懂这首无声无字的诗。大悲无泪，大痛无言，非不欲言也，言不足以尽意也。此时的"无"，蕴藏着丰实的"有"。有无相生，是艺术的辩证法。中国绘画的空白艺术，如清人恽寿平《南田论画》所云："今人用心在有笔墨处，古人用心在无笔墨处。倘能于笔墨不到处观古人用心，庶几拟议神明，近乎技已"，[1] 乐曲中的无声处理，如白居易《琵琶行》所云："凝绝不通声暂歇"，"此时无声胜有声"，均蕴含着浓重的感情内容。

  伟大诗人杜甫既擅作有字有声之诗，又解作无声无字之歌。

---

[1] 李来源、林木《中国古代画论发展史实》，上海人民美术出版社，1997年，第290页。

从杜甫的病历看他的笃行精神

杜甫写诗写到个人,集中在"老""丑""贫""病"四个字上,写得真切坦诚,不遮不掩,表现出鲜明的率真品格。所以,虽说由这四个字塑造的诗人形貌并不美好,但由此而反映的精神性格却令人仰慕。尤其是他在疾病面前表现出的顽强斗争意志,更是构成老杜笃行精神的重要方面。

杜甫一生得过多少病?笔者作了一番细致的考察,现按时间顺序略作叙述。叙述之前,还须交代几句,就是杜甫在少年和青年时期,体格原是很好的。"忆昔十五心尚孩,健如黄犊走复来。庭前八月梨枣熟,一日上树能千回。"(《百忧集行》)少年的他居然还是个爬树的能手。青年时期漫游吴越、齐赵、梁宋,达十几年之久,其间呼鹰逐兽,纵马射禽,在朋友的眼中,他俨然是个武将:"放荡齐赵间,裘马颇清狂。春歌丛台上,冬猎青丘旁。呼鹰皂枥林,逐兽云雪冈。射飞曾纵鞚,引臂落鹙鸧。苏侯据鞍喜,忽如携葛强。"(《壮游》)苏侯,是对同游者苏源明的尊称。当时,苏源明在兖州、徐州一带作客,常携杜甫出游打猎,葛强是晋人山简的爱将,这里是苏源明用来比喻杜甫。杜甫身体变坏,是进入长安以后的事。天宝五载(746),他三十五岁,来长安求仕,很快就因父亲去世而失去经济来源,只好"卖药都市,寄食友朋"(《进三大礼赋表》),甚至于乞讨,如他在诗所写:"朝扣富儿门,暮随肥马尘。残杯与冷炙,到处潜悲辛。"(《奉赠韦左丞丈二十二韵》)于是,病魔接踵穷鬼,先后找上门来。

杜甫第一次记录患病,是在他四十二岁时,即天宝十二载(753)给玄宗写的《进〈封西岳赋〉表》中,文中说道:"臣常有肺气之疾。""肺气之疾"就是肺病,又称肺结核,是一种慢性疾病,在古代这种病是难以治愈的。据现代医学研究成果,肺结核的病原体是结核杆菌,症状是"咳嗽，咯痰，咯血，胸痛，发热，乏力，食欲减退"[1]，杜甫说"常有"，可知不是新近染上的，他的肺病当起于困居长安时期。从杜甫后来所写的诗歌来看，这种病一直没能治愈。第二年，天宝十三载（754）秋天，他得了疟疾，病情十分严重，在死亡线上苦苦挣扎了一百来天，头也白了，眼也昏了，肉也黄了，皮也皱了。大病初愈，他支撑着身子外出散步，被一个叫王倚的友人招待了一顿好饭，饱餐之后，写诗道谢，诗中陈述病情苦况："疟疠三秋孰可忍？寒热百日相交战。头白眼暗坐有胝，肉黄皮皱命如线。"（《病后过王倚饮赠歌》）现代医学研究成果表明，疟疾的病原体是疟原虫，发作具有周期性，由于疟原虫的不同，或隔日一发作，或隔两日发作，或不定期发作。症状"以间歇性发冷、发热，全身酸痛，出汗，肝脾肿大和贫血为临床主要特征"，"疟疾发作时先有寒战，继之发热，体温可达39至40度，持续3至4小时或更久，然后出大汗而体温下降"，"疟疾的反复发作，使大量红细胞被破坏，这是疟疾发生贫血的原因之一"。[2] 杜甫得的是隔日一发作的疟疾，命微如线的他却挺过来了；一旦挺了过来，他的风趣秉性又露头了，在诗的末尾写道："但使残年饱吃饭，只愿无事长相见。"一般说来，"无事"则不必相见，但他却说愿意"长相见"，就是戏说自己饮食奇缺，希望能得到王倚的经常关照。天宝十四载（755），他在《上韦左相二十韵》中提到自己患有糖尿病："长卿多病久，子夏索居频。"司马相如字长卿，患有糖尿病，此处杜甫用以自比。杜甫困居长安时期，又是肺病，又是疟疾，又是糖尿病，可见身体状况之差，但他没有屈服于病痛，而是咬紧牙关，创作"三大礼赋"《封西岳赋》《雕赋》献给玄宗，以谋求进入仕途；同时，还创作了《兵车行》《丽人行》《自京赴奉先县咏怀五百字》这些名篇。"边庭流血成海水，武皇开边意未已"，"朱门酒肉臭，路有冻死骨"，这些深刻批判最高统治者开边政策和腐化堕落，同情劳动人民困难生活的诗句，成为他此后诗歌创作的两大主题。

五年之后，即乾元二年（759）秋天，他出于对肃宗的绝望，辞掉华

---

[1]《中国大百科全书·现代医学1》，中国大百科全书出版社，1993年，第336页。
[2]《中国大百科全书·现代医学1》，中国大百科全书出版社，1993年，第931—932页。

州司功参军的官职,带着全家远赴秦州(今甘肃天水)。客居期间,衣食困乏,导致疟疾复发。他在诗中记录这次病中感受,写道:"三年犹疟疾,一鬼不销亡。隔日搜脂髓,增寒抱雪霜。"(《寄彭州高三十五使君适虢州岑二十七长史参三十韵》)"一鬼",是指称疟疾,古人认为患疟疾是疟鬼作祟,晋人干宝《搜神记》卷十六:"昔颛顼氏有三子,死而为疫鬼:一居江水,为疟鬼。"[1]"三年"是指多年。被疟鬼纠缠了多年,可见这种病的顽固以及多年来他的身体状况之糟。疟疾发作起来,每隔一天就像被刮掉一层脂髓,五内增寒如抱霜雪。大概是吃药无效,在难以忍受的时候,只好"土法上马",按照当地人的做法,穿上女人的彩衣,在脸上涂些脂粉,藏在偏僻角落,以躲避疟鬼的纠缠。这当然不会有效果。尤其让人同情的是,老杜在这样打扮自己的时候,感到羞愧得无地自容:"徒然潜隙地,有靦屡鲜妆。"在痛苦难当的日子里,他却没有放弃诗歌创作,在秦州居住了三个月,创作诗歌九十多首,平均每天一首,密度之高,居一生之首位。而且,这一时期的作品在思想内容和艺术形式方面较之此前的作品具有明显的特征,诗歌的题材更加广阔,思想内容表现为儒与道的兼容,尤其在五律艺术的探索上达到炉火纯青的地步。令人难以想象,如此精妙而众多的诗篇竟然出自他这样一个诸病缠身的诗人笔下。

杜甫还患有头风病,这种病发作起来,头疼难忍,经久不愈。杜甫首次说及此病,是在秦岭栈道上:"目眩陨杂花,头风吹过雨。"(《龙门阁》)他在秦州住了三个月,终因困于衣食而南下同谷,接着又走上了秦岭栈道,前往成都。古代由陕甘进入蜀地,只能走栈道。栈道是在悬崖绝壁间凿孔架桥连阁而成的一种道路,十分危险,杜甫在诗中写道:"清江下龙门,绝壁无尺土。长风驾高浪,浩浩自太古。危途中萦盘,仰望垂线缕。"(《龙门阁》)当时由陕甘入蜀有五条栈道可行,杜甫走的是陈仓道,即沿嘉陵江上游峡谷修的栈道。杜甫走在栈道上,只觉得头晕目眩。就在这时,头风病犯了,俯瞰眼底滔滔滚滚的嘉陵江,他想到:"百年不敢料,一坠那得取?"人的一生在何处终结,是难以预料的,此时一旦失足坠落,就连尸首都捞不着了。但是他凭着毅力,终于走完了几百里长的栈道,于

---

[1] 干宝《搜神记》,岳麓书社,1989年,第128页。

乾元二年（759）十二月底到达成都。他在行进途中，把自己对国家危难时局的感受，融入沿途所见的山水景物，写成一组纪行诗，这些山水诗篇对谢灵运图貌写象的山水诗是一大突破，与王、孟那些表现具体文化心境的山水诗也不相同，杜甫是把他的时局危难之感与山水的险恶景象相融合，为山水诗的表现领域开辟出新的天地。

在成都草堂居住的日子里，从他写的诗中，得知他经常被肺病所困扰。所谓"患气经时久"（《有客》），"气"即指肺病。久病成医，杜甫懂得一些药理，家贫没钱买药，种植药物就成了生活的必需，"种药扶衰病"（《远游》）。杜甫在房前一棵生长了二百年的老楠树旁边，开辟出一块药圃，种植了不少药材，"近根开药圃"（《高楠》），靠近高楠的根须来种植药材，想来是要借助于这棵大树的蓬勃生命力，提高药材的效力。果然，药苗长势很好，"药条药甲润青青，色过棕亭入草亭"（《绝句四首》其四），药苗青碧，面积还不算小。杜甫不但懂得药性、药理，还会洗药、晒药、储药，自备了许多药囊，以便自我调治。这个时期，除了肺病，他的头风病也还时常发作，又新添了"坐痹"的毛病，"坐痹"就是下肢麻痹，他在写给好友严武的诗中说："老妻忧坐痹，幼女问头风。"（《遣闷奉呈严公二十韵》）还说到自己糖尿病未曾治愈："消中只自惜，晚起索谁亲？"（《赠王二十四侍御契四十韵》）"消中"，又称"消渴"，就是今天所说的糖尿病，《黄帝内经素问》："多食数溲，谓之消中。"[1]典型症状为"多饮，多食，多尿，身体消瘦"，"久治不愈，可产生痈疽、白内障、胸痹、雀盲（夜盲）、耳聋、肺痨、肢体麻木等并发症"。[2]这个病对粮食紧缺的杜甫来说，无疑是双重磨难。尽管如此，杜甫在客居成都草堂的几年里，也没有废弃诗歌创作。他曾去过武侯祠，写出凭吊诸葛亮的诗篇《蜀相》，发出"出师未捷身先死，长使英雄泪满襟"的千古悲音。又去过射洪县，凭吊初唐诗人陈子昂的故居，对这位理论上倡导、创作上奠定唐诗风骨的先贤给予赞评："公生扬马后，名与日月悬。""终古立忠义，感遇有遗篇。"（《陈拾遗故宅》）此时战乱未止，万方多难，杜甫虽然避地蜀中，却仍旧关心时局，

---

[1] 王冰著、林忆校正《黄帝内经素问·腹中论》，卷十一，人民卫生出版社，1956年。
[2]《中国大百科全书·中国传统医学》，中国大百科全书出版社，1992年，第526页。

"花近高楼伤客心，万方多难此登临"(《登楼》)，忧时之作是他成都诗的重要主题。这个时期，他还创作了数量可观的田园诗，以细腻传神的笔触刻画了草木虫鱼的千姿万态："细雨鱼儿出，微风燕子斜"(《水槛遣心二首》其一)，"圆荷浮小叶，细麦落轻花"(《为农》)，"杨柳枝枝弱，枇杷对对香"(《田舍》)，"红入桃花嫩，青归柳叶新"(《奉酬李都督表丈早春作》)，"仰蜂粘落絮，行蚁上枯梨"(《独酌》)，"芹泥随燕觜，花蕊上蜂须"(《徐步》)，等等。此等诗句，精于刻画，细致入微，不仅穷极其貌，而且深传其神，在唐代的田园诗中别具一格。正如他在《江上值水如海势聊短述》中所说："为人性僻耽佳句，语不惊人死不休。老去诗篇浑漫与，春来花鸟莫深愁。"前两句道出杜甫一生在诗歌艺术上的追求，后两句则是以诙谐的口吻表达出对事物的夺貌追魂的刻画之自信。

代宗永泰元年（765）四月三十日，抗击吐蕃的名将、剑南节度使严武暴病身亡，杜甫在生活上失去了倚靠，只得离开草堂。五月，杜甫携家乘船沿岷江南下，至宜宾入长江东进。沿途水气风寒，糖尿病情加剧，走到云安县（今重庆云阳县），病体难支，只得上岸停留，这是在永泰元年的秋天。"栖泊云安县，消中内相毒。"(《客堂》)这个秋天，他被糖尿病折磨得瘦弱不堪，在《别常征君》诗中写道："儿扶犹杖策，卧病一秋强。白发少新洗，寒衣宽总长。"在《别蔡十四著作》诗中写道："我虽消渴甚，敢忘帝力勤？"又在这年的腊月初一作诗感叹："明光起草人所羡，肺病儿时朝日边？"可知他的肺病也很严重。在疾病困扰之际，他的眼睛、耳朵却不曾关闭，时刻倾听着国事的动态，在《遣愤》诗中，他对肃宗依赖回纥平息叛乱所带来的后果，对代宗重用宦官鱼朝恩委以军机之任，表示愤慨和深忧。又在《三绝句》中记录渝州、开州两州刺史被杀事件，这些事件史书失载，说杜诗可补史书之阙，此论可信。

直到第二年即大历元年（766）暮春，才从云安启程继续东行。走到夔州时，又因诸病缠身而停留下来。杜甫在夔州留居一年零十个月，这段时间里经历了超常的病苦。首先是糖尿病，这是在夔州诗中经常提到的，如"消中日伏枕，卧久尘及履"(《雨》)，长期卧床，可见病得很重。有个叫苏徯的青年，仕途不顺，杜甫为无力举荐他而愧疚不安，说："消渴今如此，提携愧老夫。"(《别苏徯》)自顾不暇，还想顾及他人，这是老杜品格长处。糖尿病患者经常口渴思饮，尤其是在闷热的夏天。大历元年的夏天，夔州干旱不雨，热得人透不过来气，杜甫口渴难忍，竟想把大江吞下，在《七月三日亭午已后校热退晚加小凉稳睡有诗因论壮年乐事戏呈元二十一曹长》诗中说道："闭目逾十旬，大江不止渴。"大历二年（767）秋天，杜甫作《秋日夔府咏怀奉寄郑监李宾客一百韵》，诗中说道："飘零仍百里，消渴已三年。"这说明他患糖尿病一直没有痊愈。与此同时，肺病也在困扰着他，他在《返照》诗中写道："衰年病肺惟高枕，绝塞愁时早闭门。"《秋峡》诗中写道："江涛万古峡，肺气久衰翁。"在夔州居住期间，他得知薛据在荆州，便寄诗问候。薛据是杜甫的诗友，早年在长安时，杜甫曾与他及高适、岑参、储光羲同登慈恩寺塔，同题作诗，结下亲密的友谊。在这首寄赠诗中，杜甫说到了自己的病情："峡中一卧病，疟疠终冬春。春复加肺气，此病盖有因。早岁与苏郑，痛饮情相亲。二公化为土，嗜酒不失真。"（《寄薛三郎中据》）由此可知，客居夔州时，他还患过疟疾。而春天一来，肺病加剧，原因是苏源明、郑虔二位挚友的去世，心情过于悲痛。夔州是少数民族杂居之地，民俗信祷祠而不服药，故药材缺乏。为了治病，杜甫除了自开药圃，还寄书向友人求告。有个叫韦有夏的旧时同僚，给杜甫寄来柴胡，使杜甫大为感激，写诗谢道："省郎忧病士，书信有柴胡。饮子频通汗，怀君想报珠。"（《寄韦有夏郎中》）可见他当时治病的艰难。以上所述，都是老病加剧，至于在夔州新添的病苦，主要是耳朵失灵。大历二年秋天写的《耳聋》诗中说："眼复几时暗，耳从前月聋。"《独坐二首》其二又说"苦恨耳多聋"。当然，所说的耳聋并非绝对听不到声音，否则，以后几年诗中所写的听觉活动就不好解释。杜甫客居夔州，虽说诸病缠身，病痛异常，却在诗歌创作上出现了新的高峰。第一，把"诗史"精神发扬到极致。他用诗歌书写断代国史，如《夔府书怀四十韵》记录了自安史之乱爆发到吐蕃入侵这十年间的国家大事；他用长篇组诗为已故的国家栋梁立传，如《八哀诗》；他还用长诗回忆个人的生活履历，如《壮游》《昔游》等。这些诗篇成为研究唐史或杜甫生平的珍贵资料。以上这些长篇巨制，充分表现出杜甫长于叙事的艺术才能。第二，创作出典雅辉煌的长篇排律。夔州时期，杜甫写出《夔府书怀四十韵》《赠王二十四侍御契四十韵》《秋日夔府咏怀奉寄郑监李宾客一百韵》等排律作品,这些长篇排律,语言典雅,学力深厚,对仗整肃,堪称诗歌艺术的辉煌殿宇。第三,把七律连章组诗的艺术形式推到巅峰。如《秋兴八首》《诸将五首》《咏怀古迹五首》等,被后代诗人奉为楷模。第四,创作了千古独步的七律作品,如《登高》《白帝》《白帝城最高楼》等,容量巨大,境界深宏,感情悲慨,音调险仄,风格沉郁而凄厉。第五,探索出新的拗救句式。杜甫说"晚节渐于诗律细"(《遣闷戏呈路十九曹长》),他在七言拗句的补救上作出精心的探索,创造出被后人肯定和使用的"⑰平⑺仄仄平仄,⑺仄⑰平平仄平"句式。所有这些,都是杜甫在与病魔斗争中创造的诗坛伟绩,他的与命运抗争的精神确乎非一般人所具有。

大历三年(768)正月,杜甫离开夔州,乘船出了三峡,在荆湘一带漂泊,这是他人生旅途的最后三年。漂泊途中,除了上述诸病之外,又得了半身不遂。大历四年(769)春天,他在长沙过的清明节,作《清明二首》,其二写道:"此身飘泊苦西东,右臂偏枯半耳聋。""偏枯"是中医学病症名称,又称偏瘫,这给他作诗写字带来极大困难。杜甫用左手写字,在生命的最后里程,创作了《登岳阳楼》《岁晏行》《蚕谷行》《江南逢李龟年》等一百五十余首诗篇,他的绝笔诗《风疾舟中伏枕书怀三十六韵奉呈湖南亲友》就是在半身不遂的病苦中卧在船上写成的。这些诗篇对多难的国家、饥寒交迫的黎民寄予最后的泪眼关注。"齿落未是无心人,舌存耻作穷途哭!"(《暮秋枉裴道州手札率尔遣兴寄递呈苏涣侍御》)在生命的衰微时刻,他用如此铿锵有力的语言,对自己抗争命运的坚强意志作了总结。

杜甫一生留下1457首诗歌,还有十几篇文和赋,这些作品绝大多数是在疾病中写成的。综上所述杜甫病历,可以得知他患有肺病、疟疾、糖尿病、头风、坐痹、半身不遂等,他的疾病是由营养不良、内心焦虑引发和延续的。他的毅力之坚定,精神之顽强,亦在其中得以显现。先秦儒家强调人的忧患精神、人本精神、乐道精神、和合精神、笃行精神,这些精神都在杜甫诗歌中闪烁着光辉。而在抗争疾病的视角下,他的笃行精神尤其显得突出。《礼记·儒行》说:"儒有博学而不穷,笃行而不倦。"[1] 所谓笃行,就是专心实行。目标既定,就坚持向前走下去,决不半途而废。杜

---

[1] 李学勤主编《十三经注疏·礼记正义》,北京大学出版社,1999年,第1585页。

甫年轻时曾立下两大宏愿："检书烧烛短，看剑引杯长。"(《夜宴左氏庄》)一个是效法其远祖晋代名将杜预，建功立业；一个是效法其祖父初唐诗人杜审言，继承家学。当他在乾元二年（759）毅然辞掉华州司功参军的官职，离开肃宗政界之后，实际上他已经放弃了第一志愿，而把第二志愿即成为一名诗人当作进取的目标，他说"吾祖诗冠古"(《赠蜀僧闾丘师兄》)，又告诉孩子们"诗是吾家事"(《宗武生日》)，都表示了他的这种进取目标。如果说第一志愿有赖于君臣遇合的政治背景，难以实现的话，那么第二志愿只需要通过个人的努力即可以实现。他通过奉行儒家的笃行精神，艰苦奋斗，矢志不移，终于实现了自己的理想，成为变革中国诗歌风貌的旗手，成为照耀中国诗坛的万古不灭的巨星。

论杜甫的乡土情结

在唐代诗人中，杜甫的乡土情结尤其浓厚，无论是对故土还是对乡人都表现出浓厚而深沉的情感。本文通过阅读杜诗文本，梳理杜甫对故土和乡人的亲密关系，并探讨其成因，对其乡土情结作一分析。

一、杜甫的乡土恋情

杜甫生于巩县（今河南巩义），长在洛阳。这里地处中原，气候温和，土壤肥沃，物产丰美。杜甫的故乡之恋首先表现为对本土物产的赞美，并多次在诗文中提及。他曾对友人说"故山多药物"（《奉留赠集贤院崔于二学士》），此药物指中草药。杜甫提到的中草药有茯苓，他曾答应给杨绾去山野松林里挖掘茯苓："翻动龙蛇窟，封题鸟兽形。"（《路逢襄阳杨少府入城戏呈杨四员外绾》）《百科全书》上说，茯苓是寄生在松根上的菌类植物，形状如甘薯，上品形如鸟兽龟鳖，其质地坚硬，可入药，产于云南、安徽、湖北、河南、四川等地。杜甫诗云寄赠的茯苓形如"鸟兽"，可知是上品。他还盛赞黄河的味鱼之美："河冻味鱼不易得，凿冰恐侵河伯宫。"（《阌乡姜七少府设鲙戏赠长歌》）味鱼是什么鱼？仇兆鳌《杜诗详注》引潘淳《诗话》："韩玉汝云：河中府三面是黄河，惟有味鱼，似鲫而肥短，味亦美。杜诗'味鱼'谓此。"[1] 杜甫在诗中还叙述了脍制味鱼的方法：先把鱼洗净，然后打鳞，剔骨，再切成薄片。阌乡，旧县名，1954年并入河

---

[1] 仇兆鳌《杜诗详注》，中华书局，1979年，第503页。

南灵宝，北临黄河。据说如今已罕见这种鲋鱼。巩县的梅花也进入了杜甫的诗篇："秋风楚竹冷，夜雪巩梅春。"（《送孟十二仓曹赴东京选》）这是杜甫晚年寓居夔州期间所作。楚指夔州，此地盛产巨竹，"冷"与"春"对比鲜明，对他乡的厌倦和对故乡的思念蕴含其中。被杜甫盛赞的还有"故乡枌梓"（《祭故相国清河房公文》）。枌梓是对桂树的泛称，为木樨科多年生常绿灌木或小乔木，高者可达七米，叶对生，椭圆形或长椭圆状披针形，革质，秋季开花，花簇生于叶腋，黄色或黄白色，有奇香，是一种名贵树木。笔者不久前曾去巩义城北的康店，在"康百万庄园"里见到了桂树，时值金秋，花香袭人，缅怀杜甫"故乡枌梓"之名句，感到十分亲切，而斗转星移，诗人不在，环望群山，顿觉平添了几许惆怅的阴云。

与故乡丰美物产相媲美的是这里的风土人情，杜甫对故乡百姓的品格和民风予以高度赞扬，他的名篇"三吏""三别"反映的正是河南民众在战乱中的表现。一方面，他们蒙受了惨绝人寰的兵役之苦；而另一方面，他们为了保全国家，保全种族，甘愿付出巨大的牺牲。诗中写那位新婚娘子勉励丈夫"勿为新婚念，努力事戎行"，当着丈夫的面把胭脂洗掉，把罗襦换掉，发誓等着丈夫回来。那位老年男子在"子孙阵亡尽"的情况下毅然从军，情愿死在战场上。人生大事莫过生离死别，在这样的紧要关头河南百姓表现出卓绝的品格，正是杜甫所崇仰的。《赠卫八处士》则反映了河南百姓古朴敦厚的民风。此人姓卫，行八，古代称有德才而隐居不愿做官的人为处士。在战乱的岁月里，一次偶然的机会，杜甫与卫八处士重逢，虽已阔别二十载，而故友的情谊犹在，卫八处士对流离的杜甫给予亲热的款待："夜雨剪春韭，新炊间黄粱。主称会面难，一举累十觞。"乱世人情每每浇薄，而卫八处士却能不忘旧情，足见此乡民风的淳厚，可以说《赠卫八处士》是杜甫为家乡民众献上的一份深情礼赞。后来杜甫流落他乡，所到之处频遭冷遇，深感当地人情不如故土，例如客居夔州时，他说"此乡之人气量窄"（《最能行》），"形胜有余风土恶"（《峡中览物》），客居公安时又说"羁旅知交态，淹留见俗情"（《久客》）。羁旅他乡方知世态浇薄，滞留异地才能洞察世俗之情，这种人情上的差异更增加了杜甫思乡念故之情。

杜甫后半生是在流离动荡中度过的，想念故土，想念家园，渴望还乡,渴望重逢,是贯穿杜甫诗篇的一条时时弹动的情弦。

杜甫于乾元二年(759)秋辞官,走向草野之后,无时无刻不在涌动故土之思。在秦州(治今甘肃天水)寓居时,他写出"月是故乡明"(《月夜忆舍弟》)的动人诗句。"地僻秋将尽,山高客未归"(《秦州杂诗二十首》其十八),是抒发故乡沦陷有家难回的感慨。寓居同谷期间,他悲叹"中原无书归不得""魂招不来归故乡"(《乾元中寓居同谷县作歌七首》),言身不得归而魂已归,魂既归而不能招回,深刻写出因思乡而导致的失魂落魄。到达成都后写的第一首诗就是感叹归期难卜,"但逢新人民,未卜见故乡"(《成都府》)。在巴蜀寓居的近十年中,思乡之作俯拾皆是,"望乡应未已,四海尚风尘"(《奉酬李都督表丈早春作》),"故林归未得,排闷强裁诗"(《江亭》),"安得如鸟有羽翅,托身白云归故乡"(《大麦行》),"洛城一别四千里,胡骑长驱五六年。草木变衰行剑外,兵戈阻绝老江边"(《恨别》),"天边老人归未得,日暮东临大江哭""九度附书向洛阳,十年骨肉无消息"(《天边行》),深为长期远隔故乡而伤怀。友人何邕将赴长安,杜甫写诗求他把思归之情传递给乡亲:"五陵花满眼,传语故乡亲"(《赠别何邕》)。"平居丧乱后,不到洛阳岑"(《凭孟仓曹将书觅土娄旧庄》),表达了遭逢战乱久别洛阳的怅恨。每逢遇到他人返回故乡,他就顾影自怜,"扶病送君发,自怜犹不归"(《赠韦赞善别》),"此别应须各努力,故乡犹恐未同归"(《送韩十四江东省觐》)。杜甫五十九岁那年深秋,诸病缠身,自知已经走到生命尽头,不得已向长沙亲友筹集路费,坚持要回归故里,却卒于途中,留下终身之憾。

如果说思念巩县和洛阳还仅是广义层面上的故土之思,那么思念个人的家园就显得非常具体。杜甫有些诗作是怀想自家的房屋和田地的。他以拥有田地为乐事,写诗念叨"杜曲幸有桑麻田"(《曲江三章章五句》其三),即便仕途无望,也能老有所归。在华州任职的日子里,杜甫不顾长途奔波之苦,抽空去洛阳城东的陆浑庄探看家园。但战火之后,家园已然荒废,无复人烟,弟弟们也不见踪影:"故园花自发,春日鸟还飞。断绝人烟久,东西消息稀。"(《忆弟二首》其二)在自然与人事的反差中表达出痛彻肺腑之情。晚年时杜甫曾流落到川北,在梓州听到官军收复河南河北的消息,狂喜之际就想到回乡:"即从巴峡穿巫峡,便下襄阳向洛阳。"末句自注说"余田园在东京",有田园就可以养老,其自得之神态可掬,颇能表达对田园的依恋。他还想到当年自己在庭院里移栽的柳树如今是否还存活:"天畔登楼眼,随春入故园。战场今始定,移柳更能存?"(《春日梓州登楼二首》其二)登楼远望,说眼珠已随春色进入家园,虽属夸张之语,却写得十分动情。

家园之思自然少不了对弟妹们的思念。杜甫有四弟一妹,多在战乱中流落他乡。杜甫回陆浑庄探亲时,来到弟弟家院落,但见人去屋空,只有旧犬垂头倚人:"汝书犹在壁,汝妾已辞房。旧犬知愁恨,垂头傍我床。"(《得舍弟消息》)得知弟弟消息后,又为不能相见而悲戚:"丧乱闻吾弟,饥寒傍济州。人稀书不到,兵在见何由?"(《忆弟二首》其一)杜甫无论走到哪里,总是念念不忘弟妹的处境,"有弟皆分散,无家问死生"(《月夜忆舍弟》),是他的一块心病。寓居同谷时,虽自身难保,却仍在惦念弟妹:"有弟有弟在远方,三人各瘦何人强?生别展转不相见,胡尘暗天道路长。"(《乾元中寓居同谷县作歌七首》其三)三人即杜颖、杜观、杜丰,杜甫漂泊时只有四弟杜占相随身边。又怀念可怜的妹妹:"有妹有妹在钟离,良人早殁诸孤痴。长淮浪高蛟龙怒,十年不见来何时?"(《乾元中寓居同谷县作歌七首》其四)妹夫早亡,孩子幼小,十年阔别,境况难测,自是难免一把辛酸之泪。在客居巴蜀时期,忆念弟妹的诗篇更多,"中原有兄弟,万里正含情"(《村夜》),"思家步月清宵立,忆弟看云白日眠"(《恨别》),"海内风尘诸弟隔,天涯涕泪一身遥"(《野望》)。尤其是每逢佳节,思亲之情就格外浓重。古代重阳节是兄弟们聚会登高之日,杜甫每逢此日即深为兄弟离别而悲伤。唐代宗宝应元年(762),杜甫在梓州流浪,作《九日登梓州城》诗,叹息"弟妹悲歌里,乾坤醉眼中"。客居夔州时过重阳节,登高之际,仍在牵挂弟妹,"弟妹萧条各何在?干戈衰谢两相催"(《九日五首》其一)。

丰美的土产,淳朴的乡情,离散的弟妹,是杜甫思乡的主要内容,也是杜甫思乡情结的直接动因,当然还有包括农耕文化在内的文化背景原因。

二、杜甫乡土情结成因解析

考察杜甫乡土情结的生成原因,首先是传统的农耕经济导致人们对土地的高度依赖。杜甫的故乡地处中原,以洛阳、开封、商丘、安阳、郑州、南阳、许昌为中心,以黄河中下游地区包括山西南部、河北南部、山东西南部、安徽西部的广大平原为辐射的中原地区,是华夏文明、农耕经济、农耕文化的发祥地。远古时代的先民经历了由射猎到养殖、由采集到种植的漫长探索过程,养殖和种植的基本条件就是土地,由此,先民们认识到了土地的重要性,他们对赐予生活资料来源、保全生命和延续后代的土地抱有宗教般的虔诚。在古代,天子分封诸侯时要举行"列土分茅"仪式,就是把白茅裹着社坛上的泥土授予被封者,用泥土象征土地和权力。《左传》记载,春秋时期晋国公子重耳及其随从,亡命途中饥肠辘辘,向一耕田老农讨要吃食,老农从田里抓起一把泥土交给随从,随从大怒,正要举鞭抽打老农,被一位老臣制止,老臣指着这把泥土说:"这是土地,是上天赐给我们的,这是我们的好征兆啊!"有了土地就有了政权,可见土地在统治者心目中的神圣地位。从周朝以来,就有了天子祭祀先农和亲耕的做法。到了唐代仍然如此,据《旧唐书·礼仪志》记载,唐太宗贞观三年(629)正月,亲祭先农,礼毕,亲自架着耒耜耕地。唐睿宗太极元年(712),亲祀先农,躬耕田亩。唐玄宗开元二十三年(735)正月,亲祀神农于东郊,礼毕,躬耕田亩。这种礼仪制度是统治者的自我告诫:农耕是国家的基业所在,土地是巩固政权的保障。统治者如此看重土地,作为以土地为直接衣食来源的农民对土地的感情自是无须多说。土地就是命根子,有了土地就能活命,失去土地就等于死亡。中国古代历次战争,都可谓争夺土地的战争;中国古代历次农民起义,也都是为了改变土地所有权而进行的征战。

在华夏几千年的农耕经济进程中,逐渐形成了与之相对应的农耕文化。早在先秦时期,"农家"就已列于九家学派(儒、道、阴阳、法、名、墨、纵横、杂、农)之中,与农耕相关联的政治、伦理、天文、历法、地理、水文、中药、中医等应运而生,形成了一个庞大而周全的农耕文化集成。农耕文化的一个重要精神层面是安土重迁,乡土情怀弥漫于中华民族的古老历史进程。检阅历代文人的作品，无论居官或在野，没有乡土情怀的人十分罕见，由此产生了中国古代文学史上一个重要的文学题材——田园文学。文人赞美田园，歌颂土地，产生了大量的优秀诗文作品。出生在中原地区，从小就蒙受农耕文化熏陶的杜甫全面接受了"务本致用"的思想理念。"务本"的"本"有两种含义，一指农耕（土地、谷物），一指乡土。"务本"就是以农耕为本，以乡土为本。杜甫说"谷者命之本"（《秋行官张望督促东渚耗稻向毕清晨遣女奴阿稽竖子阿段往问》），"所务谷为本"（《述古三首》其二）。面对战火频仍、农田荒废的局面，他大声疾呼："焉得铸甲为农器，一寸荒田牛得耕"（《蚕谷行》），"销兵铸农器，今古岁方宁"（《奉酬薛十二丈判官见赠》）。杜甫对于天时对农作的影响也十分关切，深知雨水对庄稼的重要意义。唐玄宗天宝十三载（754）秋，阴雨连绵三个月，谷物霉烂，他叹息"禾头生耳黍穗黑，农夫田父无消息"（《秋雨叹三首》其二）；唐肃宗乾元二年（759）春，关中一带遭逢旱灾，土地干裂，农民无法春种，他叹道"田家望望惜雨干，布谷处处催春种"（《洗兵马》）；唐代宗宝应元年（762），一冬无雪，蜀地大旱，直至四月，大雨降临，杜甫喜出望外，作《大雨》诗："西蜀冬不雪，春农尚嗷嗷。上天回哀眷，朱夏云郁陶……风雷飒万里，霈泽施蓬蒿。敢辞茅苇漏？已喜黍豆高。"杜甫一生所作诗篇题目涉及"雨"的竟有三十一首之多，这些写雨的作品大多数都与农作有关。从这个角度也可看出杜甫对农耕文化"务本致用"的接受。而与农耕为本密切关联的是以乡土为本，因为农耕所依赖的土地是在家乡的田园里，以乡土为本的理念自然会产生浓郁的乡土情结。

  杜甫的乡土情结还缘于他对先秦儒学的虔诚信奉。先秦儒学中对五伦的论述最为典型。先秦儒家把人际关系概括为"父子、君臣、夫妇、兄弟、朋友"，并且对每一种关系的双方义务作出了明确规定，合称"五伦十义"。《礼记·礼运》篇云："父慈、子孝、兄良、弟悌、夫义、妇听、长惠、幼顺、君仁、臣忠，十者谓之人义。"[1]《孟子·滕文公上》云："父子

---

[1] 陈澔《礼记集说》，中国书店，1994年，第192—193页。

有亲,君臣有义,夫妇有别,长幼有序,朋友有信。"[1]规定每伦双方各自的义务,而不是一方绝对服从另一方,这是开明的思想。但汉儒提出"三纲"之说(君为臣纲,父为子纲,夫为妻纲),把强势的一方置于绝对权威的地位,从而阉割了先秦儒家的开明思想。再经过魏晋时期玄学的冲击,先秦儒学在社会生活中被淡化了。有唐一代,诗人杜甫重树先秦儒学的思想旗帜,即如邓小军所言"杜甫和杜诗乃是唐代儒学复兴运动的真正先行者和先声"。[2]杜甫的贡献在于他越过汉儒的羁绊,其思想上承于先秦儒学,在诗文中每每提到孔子、孟子,认同他们的思想,而绝口不提汉儒代表人物董仲舒。

他多次自称为"儒",给唐玄宗的奏表也称家世"奉儒守官,未坠素业",可见其心中的"儒"是先秦儒家。正是由于他尊奉先秦儒家之道,在伦理关系上作出了典范性的实践。在君臣关系上,他用为君之道来匡正君主,而不是盲从君主的言行。在父子关系上,他没有按照自己的意愿安排儿子们的生活道路,而是根据他们的不同天赋采取不同的教育方式,如大儿子宗文天性愚钝,就让他学农活,小儿子宗武天性聪颖,要教他读书作诗。在夫妻关系上,他没有夫权意识,而是充分肯定妻子在家庭生活中的重要作用,他对孩子们说"家贫仰母慈"(《遣兴》),还常向妻子表示歉意,"何日干戈尽?飘飘愧老妻"(《自阆州领妻子却赴蜀山行三首》其二)。先秦儒学论兄弟的关系是"兄良、弟悌",兄长要爱护弟弟,弟弟要敬爱兄长。杜甫作为兄长,时时处处关心弟妹的生活处境,为他们在乱世中的生存忧心忡忡。先秦儒学论朋友的关系是"朋友有信","信"就是诚信,就是与朋友推心置腹,肝胆相照,大事面前敢于担当。杜甫不惜断送自己的政治前途,冒着杀身之祸为老乡房琯伸张正义;敢于与朝廷唱反调,多次为蒙受冤屈的老乡郑虔鸣冤,痛发不平之声,正是对"朋友有信"的身体力行。

---

[1] 朱熹《四书集注》,中国书店,1994年,第238页。
[2] 邓小军《杜甫是唐代儒学复兴运动的孤明先发者》,《杜甫研究学刊》1990年第4期。

杜甫的乡人情结述论

杜甫具有浓郁的乡人情结。他一生交往的有名姓可考的人数以百计,其中感情最深的就是他的几个乡人:韦济、郑虔和房琯。他向这些老乡坦诚倾诉心曲,抛弃个人政治前途为他们主持公道,甚至不惜生命与朝廷抗争,为他们鸣冤叫屈。

先说韦济。据《旧唐书》卷八十八记载,韦济是"郑州阳武人"[1]。阳武即今河南原阳县,属于河南新乡地区,与杜甫出生地巩县相距不远。这个人曾做过河南尹,相当于今天的直辖市市长,后来又晋升为尚书左丞,是个高品级的官员。他对年轻的杜甫很看重,经常向人打听杜甫的情况,还每每在百僚聚会的场合吟诵杜甫的清新诗句,为杜甫张扬诗名。杜甫当时正在长安作进入仕途的准备,长时期没有进展,对这位老乡倍加感激,写了三首诗表达心情。在《奉寄河南韦尹丈人》诗中,他向老乡倾诉困居之苦:"江湖漂短褐,霜雪满飞蓬。牢落乾坤大,周流道术空。"说自己身穿粗衣,漂泊江湖,满头白发,如霜似雪;乾坤之大,却无寄身之所,周游万里,竟然一事无成。将个人的苦情坦诚相告,这是请求老乡施加援手,拔久困之泥途。韦济晋升尚书左丞以后,杜甫作《奉赠韦左丞丈二十二韵》的长诗,具体陈述个人的文学才干、政治理想和生活困境,称自己"读书破万卷,下笔如有神。赋料扬雄敌,诗看子建亲。李邕求识面,王翰愿为邻"。扬雄是汉代大辞赋家,曹植是三国魏著名诗人,李邕是当时的大文豪,王翰是诗坛劲旅。客观地说,杜甫没有夸饰自己,但这样的言辞是不便对一般人说的,可以看出杜甫确实是把韦济作为乡亲来倾

---

[1] 刘昫《旧唐书》,中华书局,1975年,第2861页。

诉心肠的。诗中诉说自己的平生志向，是"致君尧舜上，再使风俗淳"，即通过自己的辅佐，让君王之圣明超过尧舜，让社会的风俗归于淳朴。这志向够远大，也很具体，很全面，对上对下都想到了。杜甫一生所作诗篇的思想主旨就是这样的，他讲的是心里话。有如此远大理想，而命运之神似乎在捉弄他，他过的竟是乞丐般的生活："朝扣富儿门，暮随肥马尘。残杯与冷炙，到处潜悲辛。"他希望老乡给予提携，还说如果帮不上忙，就要离开长安、隐居山林了："白鸥没浩荡，万里谁能驯？"显然，这是在发牢骚，而这种牢骚话，也只能对老乡发，跟一般人是发不着的。在《赠韦左丞丈济》诗中他再次请求韦济，称自己是"老骥思千里，饥鹰待一呼"，痛切之情，溢于言表。如此长吁短叹，汪汪泪眼，正好说明他心中固有的乡人情结。

再说房琯。《旧唐书》卷一百一十一记载，房琯是"河南人"[1]。《新唐书》卷一百三十九记载，说他是"河南河南人"[2]。今人陈冠明《房琯行年考》："房琯籍贯，旧传谓'河南人'，此为府名；新传谓'河南河南人'，后一'河南'为县名。考拓本陈修古《唐故乡贡进士颍川陈君墓志》云：'君房氏之出也。外曾叔祖相国赠太尉琯，外曾祖刑部郎中琨，外祖汉州司马式雍。松槚在缑氏县北原。'古人生则还乡，是为桑梓；死则归葬，是为松槚。房琯既归葬于'缑氏县北原'，可知是缑氏县人。"[3]考据翔实。缑氏县今为偃师市缑氏镇，距巩义很近，可以说杜甫与房琯是同乡。对于这位同乡，杜甫曾干过一件舍生忘死、惊动朝野的大事，说来令人惊心动魄。天宝十四载（755）十一月，安禄山起兵造反。第二年五月，叛军进攻潼关，唐玄宗带领近臣弃城出逃，奔向成都避难。七月，他的儿子李亨在没得到允许的情况下在灵武（今属宁夏回族自治区）偷偷即位，这就是唐肃宗。就在此时，逃入蜀地的玄宗召集扈从群臣，商议如何抵抗叛军。会上，房琯提出由各位王子分头抵抗叛军的策略，把指挥权仍放在玄宗手里，他的策略被玄宗采纳。但是这个策略等于否定了肃宗即位，实际

---

[1] 刘昫《旧唐书》，中华书局，1975年，第3320页。
[2] 欧阳修《新唐书》，中华书局，1975年。，第4625页。
[3] 陈冠明《房琯行年考》，《杜甫研究学刊》1998年第1期，第41—48页。

上，身在蜀地的玄宗君臣并不知道肃宗即位的消息。肃宗即位一个月后，派出的使臣才到达成都。玄宗看到木已成舟，只好承认既定事实，并派遣房琯、严武等人，捧着传国玉玺前往灵武，辅佐肃宗，肃宗任命房琯为宰相。儿子已经即位，老爹还在主持开会，这事本来是个误会，过去也就过去了，可是有个叫贺兰进明的家伙，把会上的情况密报给肃宗，肃宗这个人心胸狭隘，便把房琯看成异己分子，处心积虑要罢免他。

那么杜甫怎么搅到房琯事件中来了呢？这与他担任左拾遗的职务有关。在唐代，拾遗、补阙这类官职的职责是专门给皇帝提批评意见的，对于皇帝的过失，"小则上封，大则廷诤"。拾遗的官阶是从八品上，品级虽说不高，却因是皇帝的近臣而往往得到升迁，唐代有许多台省大员都曾任过这种官职。杜甫担任这个官职没有几天，就遇到了肃宗罢免房琯这一政治事件。那肃宗一门心思地找碴儿罢免房琯，后来终于找到了：房琯的门客，一个叫董庭兰的琴师接受了贿赂。按道理说，门客受贿，与主无干，可是欲加之罪，何患无辞？无限上纲之后，就成了罢免的理由。杜甫认为房琯有大臣器识，"罪细不宜免大臣"，坚决反对肃宗的做法，抗争的言辞十分激烈，结果触怒了肃宗。肃宗命"三司"（唐代刑部、御史台、大理寺合称三司）审查他，一时间阴云惨淡，杀气昏昏，杜甫面临着生命之忧。幸好办案的人员能够秉公行事，结论为：抗争的言辞虽说过于狂妄，但不失谏官的职责。杜甫保全了生命，而且官复原职。按照有关规定，杜甫应该向皇帝谢恩，令人惊讶的是，杜甫在《谢表》中仍然坚持他的观点。从此，肃宗看杜甫有如芒刺在眼，几个月后就把他贬谪到华州去了。

作为皇帝的近臣，如果迎合了"圣意"就会快速升迁，杜甫并非不知道这种官场情况。但是，心怀正义而且乡情浓厚的他不愿违心趋奉，宁可面临不测，遭遇斧钺之祸也要为老乡申诉冤情，此时，个人的仕途进退、功名利禄、身家性命完全置于脑后了。后人论及此事，认为杜甫有侠义心肠。宋代苏辙说："杜甫有好义之心，白所不及也。"[1]说李白不具备这种品格，因此赶不上杜甫。明代学者卢世㴶更认为杜甫是"千古大侠，司马迁之后一人"，理由是司马迁"为救李陵而下腐刑，子美为救房琯几陷不

---

[1]苏辙《苏栾城集》（三集），卷八，四部丛刊本。

测"[1]。称杜甫为"千古大侠"并非过誉之论，杜甫的确具有侠肝义胆。在唐代，侠文化是仅次于儒、道、释的第四种文化，任侠意识根深蒂固地存在于世人心中。李白说"纵死侠骨香"，王维也说"纵死犹闻侠骨香"，行侠复仇具有广泛而深刻的社会认知面。杜甫显然是接受了侠文化的影响，他的家族也出现了几个复仇的义士，如他的叔叔杜并，就是为了给蒙冤父亲报仇而刺杀仇人，明知身死而义无反顾的。与此同时，笔者认为杜甫这种行为也与他的老乡情结有密切的关系。房琯遭到贬谪，死在阆州，当时杜甫也在川北漂泊，闻到噩耗，前往吊唁，作《祭故相国清河房公文》，对房琯一生匡救国家之功给予赞扬，对自己当时未能成功救助做了自责。其中有这样四句："先帝松柏，故乡枌梓。灵之忠孝，气则依倚。"[2] 枌梓是桂木的泛称，桂树有异香，古人常以"兰桂"比喻美才盛德或君子贤人。这里说故乡的桂木心向先帝的陵墓，用以表述乡人房琯对玄宗的忠孝之心。这里的"故乡"二字值得品味，房琯是洛阳人，杜甫也是在洛阳长大，强调房琯是"故乡"人，表达了自己作为房琯乡人的自荣，也可以看出杜甫心中的乡人情结。

再说郑虔。据《新唐书》卷二百二记载，郑虔是"郑州荥阳人"[3]。荥阳与巩县相邻。杜甫与郑虔私交甚密，一生为郑虔写的诗多达九题十八首，是友人中赠诗最多的，且感情深厚真挚，绝无作态套语。早年在长安困居，二人就已"忘形到尔汝"，"得钱即相觅，沽酒不复疑"（《醉时歌》）。他还为郑虔多才而被冷遇表示不平："诸公衮衮登台省，广文先生官独冷。甲第纷纷厌粱肉，广文先生饭不足。"（《醉时歌》）其后，郑虔遭贬死在台州，杜甫在成都得知，作诗痛悼："故旧谁怜我？平生郑与苏。"（《哭台州郑司户苏少监》）对于郑虔被朝廷远贬，杜甫始终认为是冤枉的，一直在为他鸣冤叫屈。他认为郑虔是个像苏武一样正直的人，并没有投降变节，"燃脐郿坞败，握节汉臣回"（《郑驸马台池喜遇郑广文同饮》），认为郑虔被贬是"硕儒""衔冤"（《哭台州郑司户苏少监》），"可念此翁怀直道，也

---

[1] 卢世《杜诗胥钞》，崇祯四年刻印。
[2] 韩成武等《点校杜工部诗集辑注》，河北大学出版社，2009年，第918页。
[3] 欧阳修《新唐书》，中华书局，1975年，第5766页。

沾新国用轻刑"(《题郑十八著作丈故居》)，心怀直道，竟也遭贬，故叹其可怜。

郑虔究竟是怎么遭贬的？这需要对郑虔在安史之乱中的表现作一番考察。《新唐书·郑虔传》载："安禄山反，遣张通儒劫百官置东都，伪授虔水部郎中，因称风缓，求摄市令，潜以密章达灵武。"[1]若说郑虔有意降贼，他何必不接受水部郎中这个官职？若说他无意降贼，为何又求做摄市令？笔者以为《新唐书》本传"求摄市令，潜以密章达灵武"这两句话，值得深思，这两句话是手段与目的的关系。郑虔在叛军营中，把观察到的敌军情况写成了"密章"，这件事杜甫在诗中也有反映，所谓"惨澹闷《阴符》"(《哭台州郑司户苏少监》)即是。《阴符》是古代兵书名，这里借指郑虔所写的军事情报，"闷"是秘密书写的意思，"惨澹"是说郑虔写此情报时的艰危。郑虔写"密章"是要把敌情报告给肃宗政府，当时肃宗政府在灵武，与洛阳相距遥远，如何送到就是个大问题。他必须考虑如何才能找到一个能送"密章"的人，这种人必须有公开出入敌营洛阳的身份，而且不受叛军的严厉检查。在当时来说，商人无疑是最佳人选，他们来洛阳买卖货物，在大车小辆中藏个"密章"是容易的。于是，就有一个如何与商人自然接触的问题，当个"水部郎中"则显然没有职务之便，与商人接触多了，自然会让敌人怀疑。而"摄市令"这个职务，干起这种事来则具备得天独厚的条件。"摄市令"即代理市令，市令是掌管市场交易的官职。《新唐书·百官志四》："市令一人，从九品上，掌交易，禁奸非，通判市事。"[2]这个官职的品级虽说很低，但在商人面前却是大拿。郑虔既可以利用职务之便与商人们频繁接触，物色传送"密件"的人选，又可以利用职权，给商人一些好处，令其保守秘密，把情报送到灵武。所以，《新唐书》本传所云"求摄市令，潜以密章达灵武"，实际上道出了郑虔求此官职的目的。由此看来，郑虔是为了方便间谍活动而求官，他虽未经唐政府的正式派遣（当时战局混乱，也无从派遣），却在实际上做着谍报工作。不论他的情报价值高低，他的爱国之情是不得怀疑的。就他当时的处境来

---

[1] 欧阳修《新唐书》，中华书局，1975年，第5766页。
[2] 欧阳修《新唐书》，中华书局，1975年，第1315页。

说，他要想把这种工作做好，就必须在敌人那里取得一个合法的身份，这是古今中外做谍报工作的常识，无须赘述。但是，昏庸的肃宗政府却只看现象，不问实质，把他也给远贬了，这实在冤枉。对于老乡的冤情，杜甫曾先后写过四首诗予以申辩，第一首是得知郑虔仓促上路之后写的，第二首是在几个月后去长安城南的郑庄凭吊郑虔故居时写的，第三首是客居秦州时写的，第四首是客居成都草堂时闻知郑虔去世写的，悲愤之情缠绕一生，申辩冤情死而后已。诗中曾用"白发千茎雪，丹心一寸灰"的鲜明笔墨为郑虔画像，凸现出白发老臣不但遭遇乱世而且遭遇昏君的不幸身世，同时也凸现出杜甫那根深蒂固的老乡情结，他敢于坚持同朝廷大唱反调，完全不计个人得失。

　　杜甫之所以具有如此浓厚的乡人情结，与他所受河洛文化的精神陶冶有直接关系。杜甫的出生地河南巩县（今河南巩义市），是河洛文明的发祥地，城北十里就是洛水汇入黄河之处，是"河图""洛书"出现之地。传说远祖伏羲氏登临河边土台，观看清洛与浊河二水交汇所形成的回流而后画出太极图。河洛文明是中华文明的产床，其文化精神要素是和合思想、崇文重礼、爱国精神、本根情结等。从杜甫一生的行迹、所作的诗篇，可以清楚地看到他对河洛文化精神的接受和发扬。河洛文化精神之一的"本根情结"，是指人们对生身之地的依恋，体现为"叶落归根"的归宿意识，以及"寻根问祖"的本根意识，包括对乡人的友爱、救助、匡护。杜甫对其乡人韦济、房琯、郑虔投入如此深情，不计个人得失甚至安危，正是河洛文化"本根情结"的反映。

泰山·华山·衡山——杜甫的心态里程碑

杜甫一生写了三首以"望岳"为题的诗作,所望之岳依次是东岳泰山、西岳华山、南岳衡山。通过描绘三大名山的不同形态和不同的观望感受,反映出其人生的三个阶段的不同心态,可以把它们看作作者青年、壮年、晚年的心态里程碑。分析这三首诗作的内容,可以认识杜甫的心路历程。

杜甫青年时期曾经漫游齐鲁,首次见到泰山,作《望岳》诗,诗云:

> 岱宗夫如何,齐鲁青未了。
> 造化钟神秀,阴阳割昏晓。
> 荡胸生层云,决眦入归鸟。
> 会当凌绝顶,一览众山小。

诗中前六句笔墨集中写泰山的"高大",首联写泰山的苍青色远传到齐鲁之外,则山势之高不言自明。颔联写泰山阳面是早晨,阴面是黄昏,也就是说泰山隔开了十二个小时的时间,这是以夸张的笔墨写其高大。颈联写层云生于其间,则是以云气烘托其高大。前六句写泰山的高大,其目的在于为后二句作铺垫,作者说,这么高大的泰山我也一定会登上绝顶,一览众山之渺小!这是仅仅在表达登临泰山绝顶的愿望吗?不是,这是作者在借事言志。

这首《望岳》诗是杜甫青年时期的作品,历代杜诗编年本都持此说。那么,杜甫年轻时期的心态是怎样的?杜甫的青少年时期是伴随开元盛世度过的,大唐盛世激发了读书人的仕途进取之心,杜甫也不例外,他的"奉儒守官"的家世也为他提供了效法的楷模,十三世祖杜预、祖父杜审言是他心目中的榜样。杜预是西晋名将，曾做镇南大将军，又作《春秋左氏经传集解》，是个少见的文武兼备的英才。杜甫年轻时，曾在杜预坟墓旁边的山坡挖掘窑洞居住，为远祖守墓，作《祭远祖当阳君文》，称自己"不敢忘本，不敢违仁"，立誓继承远祖之遗烈。在《夜宴左氏庄》诗中，他"检书烧烛短，看剑引杯长"，表示要像远祖杜预那样做个栋梁之材。祖父杜审言是初唐著名诗人，官至膳部员外郎，杜甫为有这样一位先人而感到自豪，对他的儿子们说"诗是吾家事"，意思是要继承诗家传统。总之，重振家风，建立功名，是他年轻时期的志向，我们还可以从同时期他的作品找到佐证。在《房兵曹胡马》诗中，他表示要做一匹"万里可横行"的骏马；在《画鹰》诗中，他表示要做一只"击凡鸟"的雄鹰。他自恃"读书破万卷，下笔如有神"的才学，认为自己已经超过了屈原、贾谊、曹植、刘祯的水平，足以立登要路，名震当时。他怀着这样的心态写出了《望岳》，我们不难看出"会当凌绝顶，一览众山小"就绝不仅仅是在说登山。显然，这是一首望岳而言志的诗作，诗旨在于最后两句，杜甫是借登临绝顶以言其平生之志，泰山是他人生壮志的喻体，发誓登临绝顶就是他决心实现人生壮志的象征性说法。诗中表达的是他青年时期奋发有为、锐意进取的豪迈心态。泰山是杜甫青年时期的心态里程碑。

第二首《望岳》诗写的是望西岳华山的观感，诗云：

西岳峻嶒竦处尊，诸峰罗立如儿孙。
安得仙人九节杖，拄到玉女洗头盆。
车箱入谷无归路，箭栝通天有一门。
稍待西风凉冷后，高寻白帝问真源。

与前首写泰山山势不同，这首不再突出山势的高大，而是突出山势的险绝。首联用比喻手法，将华山诸峰比喻为儿孙环绕着长者，用人体比喻山峰，目的是突出山峰的陡峭。颔联使用典故来表现华山之高险。《列仙传》载，王烈授予赤城老人九节苍藤竹杖，拄此杖而行，马不能追。《集仙录》载，明星玉女居华山祠，祠前有五个石臼，称玉女洗头盆，盆中水色澄碧，不溢不耗。此联感叹登上此山需要仙人的九节杖作扶持，方能如愿，如此则山峰之高、山路之险可以想见。颈联正面描写华山的险绝，说山谷狭窄，只能容纳一辆车通过，想让车辆转回头是不可能的。"箭栝"是箭末端扣弦处，此处代指箭杆，用以形容峡谷的窄直，"一门"指华山上的南天门，此句是说山路就像一支箭杆直通南天门，极言山路的高险。尾联表示，等到天气稍凉，要登上华山寻找白帝，向他询问天道真理。古代传说少昊为白帝，白帝是主管西方的天帝，道家认为华山属白帝管辖。

此诗的编年，历代杜诗编年注本都编在乾元元年（758）六月，杜甫离京赴华州任上。杜甫是怎么离开京都的？是被肃宗贬谪而离开的。肃宗为什么要贬谪他？因为他心性耿直，触犯了君威。肃宗至德二载（757）春季，杜甫从沦陷的长安冒死西逃，投奔肃宗的临时政府凤翔，被授予左拾遗，上任不久，就遇到了肃宗罢免宰相房琯的重大事件。肃宗坚持罢免房琯，完全是出于听信贺兰进明的谗言，把房琯看成异己分子。作为谏官的杜甫，勇敢行使职责，反对肃宗的行为。结果触怒了龙颜，招致三司审查。幸亏审案的人主持公道，杜甫才免于一死，被宣告无罪。但从此肃宗恼恨他。等到两京收复之后，肃宗认为政局已定，开始清除玄宗的旧臣，于乾元元年（758）春夏之际，贬谪了房琯、严武等人，杜甫也遭到了外放，出任华州司功参军（主管华州的文教事务）。[1]杜甫来到华州任上，心情十分苦闷。时值夏末秋初，天气仍然酷热，杜甫热得吃不下饭，白天苍蝇撞脸，夜里蝎子满地爬，杜甫急得忍不住发狂大叫（见《早秋苦热堆案相仍》）。忠臣遭贬，仕途险恶，杜甫领教了。他在诗中描写华山的险绝，其实就是借以表达人生道路艰难的感受。他要登上华山，询问白帝，就是要向白帝讨教天理是什么，为什么。险绝的华山，烟云诡谲的华山，是杜甫第二座心态里程碑。

第三首《望岳》是杜甫晚年漂泊到湖南写的，编年杜诗把它编在大历四年（769）春天，杜甫乘船入衡山县境所作，写的是望南岳衡山的感受。诗云：

南岳配朱鸟，秩礼自百王。
欻吸领地灵，鸿洞半炎方。
邦家用祀典，在德非馨香。

---

[1]欧阳修《新唐书》，中华书局，1975年，第5737页。

巡狩何寂寥，有虞今则亡。
洎吾隘世网，行迈越潇湘。
渴日绝壁出，漾舟清光旁。
祝融五峰尊，峰峰次低昂。
紫盖独不朝，争长嶪相望。
恭闻魏夫人，群仙夹翱翔。
有时五峰气，散风如飞霜。
牵迫限修途，未暇杖崇冈。
归来觊命驾，沐浴休玉堂。
三叹问府主，曷以赞我皇？
牲璧感衰俗，神其思降祥。

篇幅较长，为了弄清诗的内容，先用散文的句子把它翻译如下：

  南岳衡山与南方上空的朱雀星宿遥相匹配，祭祀山神的大典啊由来久长。
  我行舟至此，瞬息之间便领略了山川的灵秀，绵延无际的衡山啊充塞了大半个南方。
  国家杀牲以祭祀南岳山神，在于品德至上而不在于祭品的馨香。
  舜帝南巡之事已归沉寂，帝舜其人也不曾再次出现。
  自从我贬官窜身、陷于尘网以来便一直四处辗转，如今又渡过了迢递的潇湘。
  出自衡山峭壁上的日影倒映水里就像旱日垂首而饮，一叶小船在映入水中的红日旁边轻轻荡漾。
  祝融峰堪称五峰之首，其余诸峰依次起伏低昂。
  只有紫盖峰不向祝融朝拜，掉头东去，争雄比高似的遥遥相望。
  我听说被封为神灵的南岳夫人，她曾在群仙的簇拥中翩然翱翔。
  弥漫于五峰中的蓬蓬勃勃的仙气，有时飘散在风中犹如飒飒飞霜。
  迫于行期有限，道路遥远，我无暇拄杖攀登南岳高冈。
  想在北归时重经此地，命驾前往岳庙致祭，虔诚地沐浴山神的灵光。

我不禁连声叩问南岳神灵,你将怎样赞助我们的唐皇?

牲玉之祭祀仍沿旧俗,南岳神灵啊但愿你降下吉祥。

诗中写景、用典、纪行、议论交织在一起,而以议论为诗的主旨所在,议论的核心内容是慨叹帝德的缺失。古人祭祀五岳,目的在于祈祷神灵辅佐国家长治久安,然而"皇天无亲,惟德是辅"(《尚书》),上天没有偏私,他只辅佐有德之君,君主失德,祭品再丰盛也是白搭。这就是诗中所说的"邦家用祀典,在德非馨香"。那么,当今的帝王品德如何呢?杜甫给予否定的回答,他说:像舜帝那样的有德之君至今没有出现。这是对当朝君主的委婉否定。既然当今君主无德,那么山岳神灵也就无从给予辅佐了,"三叹问府主,曷以赞我皇",无奈之意,见于"三叹"。清代学者浦起龙在其所著《读杜心解》中解释"神其思降祥"说:"'神其'句,反言以决其不能降祥也。"[1]是为中肯之见。

杜甫写这首诗的时候,唐代宗在位,代宗是肃宗的儿子,昏庸无道与其老爹一脉相承。最为严重的问题是他信任宦官程元振,听信程元振的谗言,剥夺了抗敌名将郭子仪的兵权,而把禁军的指挥权交给程元振。当吐蕃军队大举进攻长安之际,程元振隐瞒敌情,致使代宗和朝臣仓皇出逃,京都沦陷,祖庙被焚烧,[2]百姓惨遭荼毒。杜甫在《忆昔二首》(其一)中披露此事:"犬戎直来坐御床,百官跣足随天王。"跣足就是光着脚,连鞋子都顾不得穿就跟着皇帝逃跑了,其狼狈之相可以想见。等到京都收复之后,太常博士柳伉上书,请斩程元振,代宗却感念程元振支持自己当上皇帝的功劳,轻易饶了他。这是以私情践踏国法,足以说明代宗是个无道君主。对此,杜甫在《释闷》诗中予以披露:"但恐诛求不改辙,闻道嬖孽能全生。""嬖孽"就是指程元振,这等奸佞居然能够保全生命,实为人们始料不及。"诛求"是指盘剥百姓,"不改辙"是说代宗继承了乃父的做法。对百姓敲骨吸髓,对奸佞宽容放纵,这就是唐代宗的德性。这样一个昏君,神灵如何去辅佐呢?

---

[1] 浦起龙《读杜心解》,中华书局,1961年,第205页。
[2] 欧阳修《新唐书》,中华书局,1975年,第5861—5862页。

这首《望岳》表现了杜甫思想的飞跃。在上一首望华山的诗中，他还表示要向神灵询问天理，如今他不再询问神灵，而是果断指出神灵不会辅佐昏君。生活教育了杜甫，现实使他头脑清醒，晚年的他心态变得沉静，深于思考。这首充满睿智、精思的《望岳》诗，就是他人生旅程的最后一座心态里程碑。

由青年时期的昂扬奋发，到中年时期的苦闷彷徨，终止于晚年的沉静精思，杜甫所作的三首《望岳》——泰山、华山、衡山，三座名山构成了杜甫人生心态的三座里程碑，清晰地展现出杜甫的心路历程。

骏马·瘦马·病马——杜甫的连环自画像

咏物诗作为中国诗歌的一种体裁由来已久,但在唐代以前,多数作品仅停留在对物象的描写上,诗人们是以"形似"作为审美追求的。到初唐时期,咏物诗的高产作家沈佺期,创作了一百二十余首这类的诗歌,天象地物,花草虫鱼,笔墨纸砚,衣食住行所需之物,包罗甚广,看其内容,仍是在追求"形似",无所寓意。杜甫登上诗坛,咏物诗迈上了一个台阶:咏物托意,借物寓情,以刻画物象为手段,寄托个人的思想精神和人生体验,物的形象中有他自己的身影在。本文以他的三首咏马诗——《房兵曹胡马》《瘦马行》《病马》为例,看其艺术匠心之独运和艺术造诣之精深,这三首诗实为杜甫对其人生三个阶段的艺术概括,可以看作是杜甫的连环自画像。

先看《房兵曹胡马》这首诗:

> 胡马大宛名,锋棱瘦骨成。
> 竹批双耳峻,风入四蹄轻。
> 所向无空阔,真堪托死生。
> 骁腾有如此,万里可横行。

历代杜诗编年都将它归为杜甫青年时期所作。例如,清人仇兆鳌《杜诗详注》在此诗题下注其编年时说:"以旧次先后,当在开元二十八九年间。"[1] 杜甫生于开元前一年,也就是说,这首诗是杜甫年近三十的作品。此时的杜甫正处于读书与漫游时期,祖父杜审言虽已过世,而家声尚

---

[1] 仇兆鳌《杜诗详注》,中华书局,1979年,第18页。

在，父亲杜闲任兖州司马，家境宽裕。杜甫按照当时的社会风尚"读万卷书，行万里路"，先后漫游了吴越、齐赵、梁宋，长达十几年之久。他结交了高适、李白等诗友，登山临水，驰马逐兽，自信能够进入仕途，建功立业。在同时期写的《夜宴左氏庄》中说道："检书烧烛短，看剑引杯长。"立志做个文武兼备的人，重建其十三世祖杜预的丰功伟绩。"会当凌绝顶，一览众山小"(《望岳》)，他对自己的未来信心十足。这首《房兵曹胡马》诗，描写了房兵曹的骏马，它身姿伟岸，骨架开张，双耳尖短，四蹄生风，驰骋迅猛，横行万里，足可担负起立功沙场的使命。仇兆鳌《杜诗详注》评曰："马以神气清劲为佳，不在多肉，故云'锋棱瘦骨成'。'无空阔'，能越涧注坡。'托死生'，可临危脱险。"[1]评论精当。此诗名为咏马，实为作者自咏，他是借咏骏马以寄托壮怀。其年轻时的精神风貌、慷慨意气尽在其中。

再看第二首咏马诗，这次咏的不是骏马，而是一匹瘦马——《瘦马行》：

> 东郊瘦马使我伤，骨骼硉兀如堵墙。
> 绊之欲动转欹侧，此岂有意仍腾骧？
> 细看六印带官字，众道三军遗路旁。
> 皮干剥落杂泥滓，毛暗萧条连雪霜。
> 去岁奔波逐余寇，骅骝不惯不得将。
> 士卒多骑内厩马，惆怅恐是病乘黄。
> 当时历块误一蹶，委弃非汝能周防。
> 见人惨淡若哀诉，失主错莫无晶光。
> 天寒远放雁为伴，日暮不收乌啄疮。
> 谁家且养愿终惠，更试明年春草长。

此诗写的是一匹官军的战马，在一次讨伐安史余寇的奔驰中，它不幸跌倒，受了伤，被官军遗弃在路旁，瘦弱的身躯上满是污泥，经受着风霜雨雪的侵袭，它神情惨淡，目无光泽，难以诉说心中的哀伤。这首诗的写

---

[1] 仇兆鳌《杜诗详注》，中华书局，1979年，第18页。

作年代,各家皆编在安史之乱期间,仇兆鳌更为具体指出:"此是乾元元年谪官华州后。"[1]杜甫是怎么被贬谪到华州的呢?安史之乱爆发之后,杜甫冒死投奔凤翔(唐肃宗的临时政府所在地),任左拾遗,上任不久,朝中发生了一件大事:肃宗出于私心,要罢免宰相房琯。杜甫作为谏官,坚决反对这种做法,由此得罪了肃宗。肃宗要将他置于死地,命三司联合审查杜甫是否为间谍,幸亏主审官员秉公行事,方得幸免。两京收复之后,乾元元年(758)六月,杜甫被贬到华州,管理地方的文教事务。这个打击是沉重的。杜甫把他的哀伤、愤懑的心情,寄托在《瘦马行》这首诗中。诗中不但写出瘦马的外貌:"皮干剥落杂泥滓,毛暗萧条连雪霜。"而且写出瘦马的身世:"细看六印带官字。"还写出此马之所以沦落的原因:"当时历块误一蹶,委弃非汝能周防。"又写出此马的现实处境:"天寒远放雁为伴,日暮不收乌啄疮。"这四层笔墨,既是写一匹官军战马在一蹶伤蹄之后被遗弃荒野的悲凉遭际,又寄托了作者的身世之慨。马皮上的"官"印与作者的官员身份相绾合,马的"一蹶"伤蹄与作者的因疏救房琯而遭三司审查相绾合,马的"远放"与作者的被外放华州相绾合,马的"皮干""毛暗"与作者的干瘦身体相绾合。历代杜诗注家也多认为这诗是"自伤贬官",仇兆鳌的解释更为详尽:"公疏救房琯,至于一跌不起,故曰'历块误一蹶''非汝能周防'。落职之后,从此不复见君,故曰'见人若哀诉''失主无晶光'。"[2]诗中写的这匹瘦马实际上是作者的自画像。不去直接诉说身世之苦,而托之以瘦马的形象,是为了便于展开描写,同时也是为了加强诗的韵味。但此时杜甫并未完全绝望,他还在等待时机以求重回朝中,担任要职,所以诗中说道:"谁家且养愿终惠,更试明年春草长。"

第三首咏马诗《病马》是在他离开官场走向山野后写的。诗云:

> 乘尔亦已久,天寒关塞深。
> 尘中老尽力,岁晚病伤心。
> 毛骨岂殊众?驯良犹至今。

---

[1] 仇兆鳌《杜诗详注》,中华书局,1979年,第472页。
[2] 仇兆鳌《杜诗详注》,中华书局,1979年,第473页。

物微意不浅，感动一沉吟。

仇兆鳌《杜诗详注》在此诗题下说："当是乾元二年在秦州作。"[1]杜甫在华州任上仅仅干了一年，终因肃宗昏庸无能导致邺城战役惨败，而对肃宗朝政彻底绝望，也是由于性格倔强，宁折不弯，遂决意告别仕途，于乾元二年（759）秋天辞去官职，走向了山野，举家来到了边地秦州（今甘肃天水）。从此，他的生活越来越艰难，缺衣少食，诸病缠身，尤其是疟疾发作，几乎丧了性命。这首《病马》诗，就是借描写自己骑乘的一匹老马，对自己生涯境况的艺术展示。诗中的写马文字处处缀合着作者自身状况："关塞"指秦州；"天寒"写秦州秋天的气候；"尘中老尽力"，杜甫此时已四十八岁，这在古代已是老龄了，"尽力"一词是杜甫的自我鉴定，为官时期对本职工作是忠诚的，离职以后仍为国事而伤怀，写出诸多批判时政的诗作，例如反对肃宗嫁女以求回纥援军的《即事》诗，批评肃宗过于依赖回纥的《留花门》，等等；"岁晚病伤心"，"岁晚"指自己已经届入晚年，"病伤心"，杜甫此时患有肺病、疟疾，特别是那场疟疾，把他折腾得皮包骨，他曾按当地的土法治病，穿上女人的衣服，乔装打扮，躲进山洞，以逃避"虐鬼"的纠缠，但是效果不佳，只落了个"心微傍鱼鸟，肉瘦怯豺狼"的心态（《寄彭州高三十五使君适虢州岑二十七长史参三十韵》）；"驯良"一词是对自己的人格评定，杜甫为人忠厚、善良，他从不忘怀所交结的友人，即便自己困在秦州山野，却还在安慰遭到贬谪的高适、岑参、贾至、严武；"物微"，杜甫此时身无官职，乃一介草民，自不必多说；"沉吟"的意思是深思吟味，杜甫是在沉思人生的哲理，吟味个人的遭际：为何正直的人会有如此厄运？诗中字字写病马，又字字写个人。物与人妙合无垠，达到咏物诗的最高境界。清人赵星海在所著《杜解传薪摘抄》中说："《病马》有同病相怜之感焉。""公之于肃宗何以异此？句句为自己写照。"[2]是悟出了此诗的作意。

以上三首咏马诗，由骏马到瘦马到病马，高度概括了作者生平的三个阶段：年轻时期踌躇满志，为官时期遭受打击，退隐时期贫病交加。清晰

---

[1] 仇兆鳌《杜诗详注》，中华书局，1979年，第621页。
[2] 赵星海《杜解传薪摘抄》，清同治四年刻本，第5页。

勾画了作者个人身世变化和精神心态变化的轨迹。它们的成功创作，也为后人昭示了咏物诗艺术的精深境界。关于咏物诗的艺术境界，前人既重视有思想精神或品格的寄托，同时又强调遵循物的自然属性，不能离开所咏之物任意发挥，提出"不即不离"的审美标准。清人钱泳《履园丛话》说："咏物诗最难工，太切题则粘皮带骨，不切题则捕风捉影，须在不即不离之间。"[1]"太切题"说的是仅仅为物图貌写象，无所寄托；"不切题"说的是离开题面，随意下笔。所谓"不即"，是说不能写什么就止于什么，应该有所寄托；"不离"，就是不能离开物的自然属性，去生硬地寄托情思。杜甫这三首咏马诗，确实达到了"不即不离"的艺术境界。

杨义先生在《李杜诗学》中提出杜甫"诗史思维的自传化与心灵化"[2]观点，也就是说，杜甫是有意识地用诗歌为自己写一部历史，事实的确如此。杜甫不仅正面下笔用诗歌记录他的履历，而且在人生的重大变化时刻，托意于物，借物塑身，咏物传神，使其诗人形象变得风神跌宕，摇曳多姿。

---

[1] 王夫之等《清诗话》，上海古籍出版社，1999年，第889页。
[2] 杨义《李杜诗学》，北京出版社，2001年，第536页。

杜诗蕴含的河洛地区民俗述论

　　杜诗以纪实性为主要特征，被后人称为"诗史"。"诗史"的内涵不只是记录国家的重大时局、事件，还包括书写断代国史、为他人和个人立传，也包括记录所经地区的民俗、气候、水文、物产等等。作为出生于河洛地区的诗人，杜甫对于该地区的民俗留有深刻的印象，在其诗歌中每有提及。杜甫青少年时期主要是在巩县（今河南巩义市）和洛阳度过的，青少年时期创作的诗歌不下千首，可惜大部分作品或因"悔其少作"被他删汰了，留存的少数篇章中对河洛民俗虽有涉及，但为数不多。后半生流落他乡，在诸多的思乡忆故诗篇中，每每说到故土风俗。本文对杜甫全部诗歌进行专项梳理，总结出若干关于河洛民俗的记录，加以分类，主要包括养殖习俗、宴饮习俗、婚礼习俗、营墓习俗、节令习俗五个方面。这些内容可以为研究河洛文化提供宝贵的文献资料，可以进一步证实杜诗的纪实性特征，进一步认识杜甫对民生的关注程度，进一步认识杜甫与河洛文化的密切关系。

一、养殖习俗

　　杜甫《羌村三首》其三开头四句写道："群鸡正乱叫，客至鸡斗争。驱鸡上树木，始闻叩柴荆。"意思是说客人来访时，群鸡正在争斗、乱叫，主人把鸡赶回树上，才听到客人敲门的声音。鸡回到树上就不再乱叫，这就说明它们已经回到窝里。这就是说，当地养鸡习俗是以树作为鸡窝的。这种习俗遍布于黄河中下游地区。北朝北魏人贾思勰《齐民要术》是一部记载黄河中下游农业生产经验的著作，该书"第五十九"专谈养鸡，书中写道："宜据地为笼，笼内著栈。虽鸣声不朗，而安稳易肥，又免狐狸之患。若任之树林，一遇风寒，大者损瘦，小者或死。"[1]这段话讲述了两种鸡窝：一是在地上安置鸡笼，一是以树作为鸡笼，作者认为前者较好。由杜甫诗中所写可见，直到唐代，这种习俗仍旧传承着。

其实，早在汉代，河洛地区就有了以树为鸡窝的做法。汉代刘向编的《列仙传》中，记载了这样一个故事："祝鸡翁者，洛人也，居尸乡北山下，养鸡百余年。鸡有千余头，皆立名字，暮栖树上，昼则散之，欲引呼名，则依呼而至。"[2]祝鸡翁是洛阳人，尸乡，古地名，又名西亳，在今河南偃师西南。偃师东邻巩义，属于河洛地区。祝鸡翁让鸡"暮栖树上"，即是以树为鸡窝，这条出自汉代的记载说明这种习俗历史之悠久。

二、宴饮习俗

杜诗中有些作品涉及河洛地区的宴饮习俗，为我们留下宝贵的饮食文化资料。唐肃宗乾元元年（758）冬季，杜甫从华州前往故乡探亲，途径阌乡县，受到县尉姜某的款待，作《阌乡姜七少府设鲙戏赠长歌》表示感谢。阌乡县即今灵宝市，北临黄河，河里出产一种名贵的味鱼。关于味鱼，仇兆鳌《杜诗详注》引潘淳《诗话》云："河中府三面是黄河，惟有味鱼，似鲫而肥短，味亦美。"[3]这种鱼可以做成生鱼片，味道极佳。杜甫在诗中详细记录了鱼的做法以及主人待客的盛情。全诗如下：

> 姜侯设鲙当严冬，昨日今日皆天风。
> 河冻味鱼不易得，凿冰恐侵河伯宫。
> 饔人受鱼鲛人手，洗鱼磨刀鱼眼红。
> 无声细下飞碎雪，有骨已剁觜春葱。

---

[1] 贾思勰《齐民要术》，远方出版社，2007年，第98页。
[2]《正统道藏》（第八册），台湾艺文印书馆，1977年，第6119页。
[3] 仇兆鳌《杜诗详注》，中华书局，1979年，第503页。

落砧何曾白纸湿，放箸未觉金盘空。
偏劝腹腴愧年少，软炊香饭缘老翁。
新欢便饱姜侯德，清觞异味情屡极。
东归贪路自觉难，欲别上马身无力。
可怜为人好心事，于我见子真颜色。
不恨我衰子贵时，怅望且为今相忆。

时当严冬，连日寒风劲吹，黄河结了厚厚的冰凌。姜县尉为了让杜甫品尝味鱼的美味，命渔民凿冰取鱼。厨师从渔民手中接过刚刚出水的味鱼，把鱼洗净，把刀磨快，挥刀打鳞，不闻声响，但见鱼鳞如雪片纷飞，又把鱼骨剔除，把鱼肉切成薄片，那鱼片落在纸上，干爽洁净，竟然没把纸弄湿。于是摆脱拘束，放箸开吃，"放箸未觉金盘空"，是说鱼片充足，源源不绝地添加到盘子里，见主人待客之盛情。仇兆鳌《杜诗详注》解释说："盘未空，言有留余。""放，停也。"[1]说杜甫不好意思多吃，放下筷子，让盘子里的鱼片有剩余。这种解释显然不合原意。须知，此诗是赞美姜氏待客之诚的，"放箸"的"放"意思不是放下，而是放纵，是任情取食。且题目用"戏赠"二字，也是表明自己摆脱拘束，在美食面前不做谦谦君子。仇氏之解，未免迂腐。接下来，写姜氏把最肥美的鱼肚肉让给客人吃，还考虑到杜甫年老牙口不便，格外把饭蒸得香软些。如此款待使杜甫着实不愿离去，甚至连上马都觉得没有力气。这首诗用细致而生动的笔触描绘出吃味鱼的场面，表现主人的真诚、客人的豪爽，从一个角度显示出河洛地区的宴饮习俗。笔者在巩义市工作期间，仍然能够体会到这种习俗的延续。

三、婚礼习俗

唐代河洛地区婚礼在什么时候举行？杜甫诗中有交代，其组诗"三吏""三别"之一《新婚别》记录了一对新婚夫妇"暮婚晨告别"的悲剧。

---

[1] 仇兆鳌《杜诗详注》，中华书局，1979年，第503页。

暮婚，是说傍晚举行结婚仪式。这种婚俗由来已久，东汉班固《白虎通义·嫁娶》中说道："婚姻者，何谓也？昏时行礼，故谓之婚也，妇人因夫而成，故曰姻。……所以昏时行礼何？示阳下阴也，婚亦阴阳交时也。"[1]古人在黄昏时举行婚礼，是由于黄昏是白天与夜晚交接之际，古人以白天为阳，夜晚为阴，对应到人事，男子为阳，女子为阴，黄昏行婚姻之礼，体现出男女交合的意思，这是古代"天人合一"理念的表现。杜甫诗中说"暮婚晨告别"，可见此时河洛地区仍然保持着这种婚俗。这种婚俗到了晚唐时期似有改变，段成式《酉阳杂俎》中说："《礼》：婚礼必用昏，以其阳往而阴来也。今行礼于晓祭，质明行事。"[2]（笔者注：晓祭二字应断开）段成式生于803年，卒于863年，是晚唐人，晚唐时期的婚礼在早晨举行。不过，段氏所记是否为举国婚礼时间之变更，尚需进一步考证。

需要说明的是，杜甫《新婚别》所写的"暮婚晨告别"确实是发生在河洛地区的悲剧。组诗"三吏""三别"除了《潼关吏》，其他五首皆写百姓兵役之苦，《新安吏》所及的新安县在洛阳西面，《石壕吏》所及的石壕村属河南省陕县，两地皆属于河洛地区。"三别"所写的事件没有交代地点，但从杜甫晚年寓居夔州期间所作的《峡中览物》诗中所云"曾为掾吏趋三辅，忆在潼关诗兴多"来看，所云"诗兴多"应是指创作"三吏""三别"之事，由此可以推断"三别"所写的事件也是发生在洛阳到潼关之间。掾吏，是指杜甫做华州司功参军。杜甫任职期间，曾回洛阳探亲，当时官军九个节度使合兵二十万包围叛军于邺城（今河南安阳），由于唐肃宗没有在军中设立主帅，致使攻城不利。乾元二年（759）春，史思明降而复叛，与叛军安庆绪合兵攻打官军，官军大败。为了补充兵员，镇守河南的节度使郭子仪大肆抓丁，完全没有章法，老年、少年统统抓，甚至连老太婆都不放过。杜甫这时离开洛阳，西去华州赴任，沿途目击到种种抓丁惨事，到了潼关，把这些惨事写成了"三吏""三别"，这就是他所说的"潼关诗兴多"。为什么要在潼关完成这组诗呢？因为当时潼关尚在官军的控制之下，较为安全，有《潼关吏》可以作证："士卒何草草，筑城潼关

---

[1]班固《白虎通义》，四库本，子部杂家类。
[2]段成式《酉阳杂俎》，上海古籍出版社，2012年，第580页。

道。大城铁不如,小城万丈余。"写的就是官军修筑潼关城池,以防御叛军。潼关是河南进入陕西的关口,因此可以断定"三吏""三别"写的就是河洛百姓的苦难。

四、营墓习俗

杜甫晚年客居夔州,临近清明节,想到不能为祖宗扫墓祭奠,黯然伤神,在《熟食日示宗文宗武》写道:"消渴游江汉,羁栖尚甲兵。几年逢熟食,万里逼清明。松柏邙山路,风花白帝城。汝曹催我老,回首泪纵横。"熟食日,即寒食节,在清明节前,因禁烟火,只能吃凉的熟食。"松柏邙山路"指的是邙山上祖宗的陵墓。邙山起自洛阳市北,沿黄河南岸绵延至郑州市北的广武山,全长一百多公里。邙山海拔三百米左右,为黄土丘陵地带,水低土厚,土呈黏性,渗水率低,地势高敞,气候温和,是理想的营墓之所。据文献记载,自东汉起,曹魏、西晋、北魏的皇帝陵墓皆在邙山,臣民的陵墓也以选在邙山为重,形成了河洛地区一大丧葬风俗,民谣唱道"生于苏杭,葬于北邙",邙山上陵墓密集,多得"几无卧牛之地"。又,东汉灵帝末年,京都童谣唱道:"侯非侯,王非王,千乘万骑上北邙。"[1]这是说汉朝将要灭亡,那些王侯们都将身死,埋进邙山。可见营墓邙山确实为一种习俗。

杜甫祖先的陵墓也多在邙山,远祖杜预墓位于河南省偃师市杜楼村北,杜甫年轻时曾在杜预墓旁边的首阳山下开掘窑洞,为其守墓,作《祭远祖当阳君文》,发誓"不敢忘本,不敢违仁"[2],立志继承远祖功业。所以,他对邙山上祖先陵墓是记忆深刻的,"松柏邙山路"这句状景森严,写出作为君臣百姓归身之地的肃穆氛围。岁月沧桑,如今坐落在偃师市杜楼村北的杜预陵墓仅保存下来一座墓碑,碑上书写"晋当阳侯杜预之墓"。其南有杜甫祖父杜审言的陵墓。杜甫死后四十三年,孙子杜嗣业费了很大

---

[1] 洪业《杜诗引得·九家集注杜诗》,上海古籍出版社,1985年,第115—116页。
[2] 仇兆鳌《杜诗详注》,中华书局,1979年,第2217页。

的努力,一定要把他的灵柩由湖南平江移葬到邙山,这不仅是出于"落叶归根"的理念,也是营墓习俗的体现。

五、节令习俗

杜诗中记载了大量的河洛地区节令习俗,当然,其中有些习俗是举国共有的,现依时序,略述如下:

1. 元日合家聚会、饮柏酒、祝寿

正月初一古时称元日,这是个重大的节日,过得十分隆重。关于这个节日的习俗活动,杜甫在《元日示宗武》中写道:"汝啼吾手战,吾笑汝身长。处处逢正月,迢迢滞远方。飘零还柏酒,衰病只藜床。训谕青衿子,名惭白首郎。赋诗犹落笔,献寿更称觞。不见江东弟,高歌泪数行。"杜甫有两儿,大的叫宗文,小的叫宗武。这首诗是杜甫流落在夔州写的,感叹客中过节的漂泊生涯,"飘零还柏酒","献寿更称觞",记录了节日习俗。柏酒是用柏树的枝叶泡制的酒,柏树性坚忍,饮之可以长寿。"还"字的意思是仍然,表明饮柏酒是继承故土的习俗,"飘零还柏酒"是说在飘零的生涯里过元日节仍然保持饮柏酒的习俗。"献寿更称觞"是元日节的又一个习俗,"献寿"意思是祝寿,"称觞"意思是举杯祝酒。唐人的做法是从年幼者开始饮酒,为长者祝寿。

元日的另一个习俗是家族兄弟们聚会。杜甫客居夔州时,于元日怀念他的几位流落远方的亲弟杜颖、杜观等人,作《远怀舍弟颖观等》,诗中写道:"旧时元日会,乡党羡吾庐。"旧时,指安史之乱爆发以前。虽说这些弟弟们大都已经成家,却仍在元日欢聚一堂,融汇亲情。

2. 立春吃韭菜

杜甫《立春》诗中写道:"春日春盘细生菜,忽忆两京梅发时。盘出高门行白玉,菜传纤手送青丝。"两京指长安和洛阳。白玉,是状写菜盘之精美;青丝,即是指韭菜。仇兆鳌《杜诗详注》说:"诗言青丝指韭,良是。""公居杜陵而家在洛阳,故两京春盘皆所尝食。"[1]关于立春吃韭菜,这种习俗来历已久,《南齐书·周颙传》载:周颙隐居于钟山,文惠公子问他蔬食何味最胜,周颙答道:"春初早韭,秋末晚菘。"[2]提倡初春吃韭菜,秋末吃白菜。这个习俗是有科学道理的,现代医学研究表明,初春吃早韭,可以提高身体免疫力。韭菜又叫起阳草,其独特辛香味是所含的硫化物形成的,这些硫化物具有杀菌消炎作用,还能帮助人体吸收维生素 B_1 及维生素 A。

3. 清明节扫墓、踢皮球、荡秋千

关于杜诗记录清明节扫墓的习俗,前文已及,不再赘述。

杜甫晚年流落湖南,客居长沙期间作《清明二首》,其二写道:"十年蹴鞠将雏远,万里秋千习俗同。"蹴鞠就是踢皮球,仇兆鳌《杜诗详注》引《汉书·艺文志》:"《蹴鞠》二十五篇。颜注:鞠,以韦为之,实以物,蹴蹋为戏乐也。"[3]鞠,就是用动物的皮革做成球,里面充填一些实物,用来踢蹋游戏取乐(如此说来,鞠就是当今足球的前身,我国早在汉代就有了踢球的游戏)。杜甫于唐肃宗乾元二年(759)携带妻子儿女离开家乡,远涉万里之外的湖南,到写此诗的时候已历十年之久,长沙的清明节也是以踢皮球、荡秋千为乐事,故曰"习俗同"。仔细想来,杜甫还在以踢皮球、荡秋千的习俗喻指自己和家人的流荡生涯:像踢皮球一样跑来跑去,像荡秋千一样荡来荡去。客观地记述中蕴含着主观情感,这也是杜诗的一大特征。

4. 上巳节临水洗浴

古时三月初三是上巳节,此节的习俗是人们结伴去水边沐浴,以祛除不祥。杜甫晚年流落到江陵,赶上这个节日,受到地方官员徐司录的招待,作《上巳日徐司录林园宴集》,诗云:"鬓毛垂领白,花蕊亚枝红。欹倒衰年废,招寻令节同。薄衣临积水,吹面受和风。有喜留攀桂,无劳问转蓬。""薄衣临积水,吹面受和风"即是描写节日的洗浴活动,所谓"招

---

[1] 仇兆鳌《杜诗详注》,中华书局,1979 年,第 1597 页。
[2]《二十四史·南齐书》,中华书局,1972 年,第 732 页。
[3] 仇兆鳌《杜诗详注》,中华书局,1979 年,第 1971 页。

寻令节同"即是说这种活动与故乡的习俗相同。既然幸蒙佳主人的招待，就且尽眼前之乐吧，至于远离故土、如同飘蓬一样的生涯不必去想它了。杜甫是在以放达之辞宽慰自己。

5. 重阳节登高、饮菊花酒、赏菊

古代重阳节是重要节日，时值九月初九，故又称为"九日"。重阳节的习俗是登高、饮菊花酒、赏菊等，杜诗记录河洛地区也有这种习俗。杜甫客居四川梓州期间，作《九日登梓州城》，诗云：

> 伊昔黄花酒，如今白发翁。
> 追欢筋力异，望远岁时同。
> 弟妹悲歌里，朝廷醉眼中。
> 兵戈与关塞，此日意无穷。

诗写节日感受：年老体衰，弟妹离散，战火连绵，关塞阻绝，回乡无望。"伊昔黄花酒"，"伊昔"是指当年，回想盛唐时代，在故乡与弟妹过重阳节，饮菊花酒，登高望远，何等快乐！而今呢，酒虽说还是当年的那种酒，人却已成了白发翁；眼前的景物虽说一如当年，人却筋力衰弱，难以登高了。晚年客居夔州，作《九日五首》，其二写道："旧日重阳日，传杯不放杯。即今蓬鬓改，但愧菊花开。"仍是回想当年在故乡过重阳节的乐事，兄弟们共用一个酒杯，传杯饮酒，不肯停下，一定要喝个酩醉。如今兄弟离散，自己年老，鬓发飞蓬，愧对眼前那艳丽的菊花。诗写节日伤感，也将河洛地区饮酒、赏菊的习俗记录下来。

重阳节赏菊、饮菊花酒是为了延年益寿，这个习俗由来已久。早在三国时，曹丕就曾给钟繇送菊花，还写了一封书信，信中说道：秋季草木凋零，"至于芳菊，纷然独荣。非夫含乾坤之纯和，体芬芳之淑气，孰能如此？故屈平悲冉冉之将老，思飧秋菊之落英。辅体延年，莫斯之贵。谨奉一束，以助彭祖之术"[1]（《与钟繇九日送菊书》）。曹丕认为菊花体内必定含有天地间的纯和之气，人吃了菊花，吸取了这种纯和之气，就能够长寿，他还引据屈原食菊之事。彭祖是传说中的人物，夏代人，传说他活了八百

---

[1] 夏传才、唐邵忠《曹丕集校注》，中州古籍出版社，1992年，第223页。

多岁。所谓"助彭祖之术",就是希望对方能够长寿。

  杜甫一生行迹分布于大半个中国,诗中涉及的节令习俗还有很多,有些习俗未明确指出是河洛地区所有,故本文未予采用。

  由上面梳理的河洛地区养殖习俗、宴饮习俗、婚礼习俗、营墓习俗、节令习俗,我们可以进一步认识杜诗的纪实性,认识杜甫对民生的关注程度。这些习俗记录是研究河洛文化的重要资料,从中可以窥见杜甫与河洛文化的密切关系。

杜诗的自然科学资料价值举隅

杜甫诗歌的纪实性和叙事性,不但为后人留下了唐代社会生活的画卷,也记录了当时一些地区特征性的气候、气象、地质、水文和物产等自然界现象,具有科学研究的资料价值,史书对于这些自然现象往往失载,所以他的这些记录就更显得弥足珍贵。

杜甫年轻时曾有三次长途游历,后半生过的是漂泊生活,他的行迹遍布大半个中国。他是怀着游子的心态度过一生的。这种生活经历给他提供了不断更新的环境,使他总能以新奇的眼光观看眼前的一切。一个人如果终生固守一丘,他对此丘的独特自然现象往往视而不见,不觉得有什么特殊。而他乡游子却能发现个中的奇特,那些非故乡所有的自然现象给他以强烈的刺激,对于感受敏捷的诗人来说更是如此。本文以杜甫辞别官场走向山野之后所作的诗篇为考察对象,对其诗中记录的地质、水文、气候、气象、物产等方面,作出资料价值举证。

一、陇南地区山体滑坡

唐肃宗乾元二年(759)秋,杜甫携家属来到秦州。秦州就是今天甘肃省天水市。在秦州居住了三个月之后,终因衣食之困而向南迁徙。沿途写了二十四首纪行诗,其中不乏奇特自然景象的记录,仅举一例。他走到青阳峡时,正遇到山体滑坡,大量的土石滚滚而下,他被眼前的景象惊呆了,在诗中写道"碛西五里石,奋怒向我落"(《青阳峡》),"五里"是说山体滑坡的长度,"奋怒"二字写出土石滑落之迅猛。《西和县志》记载:"青阳峡在县东南五十里。"西和县属于陇南地区，陇南地区位于甘肃省东南部，现辖成县、徽县、两当、西和、礼县、康县、武都、文县、宕昌等九县区，这里的山区地质结构不牢固，即便是今天也经常发生山体滑坡。笔者调查了近些年来这方面的报道，《甘肃水利水电技术》载张正强的文章，文中说1993年7月22日，甘肃省西和县雀坪梁发生了3.2万立方米的山体滑坡。[1] 这个数字是惊人的，足以诠释杜甫的那两句诗。又据中新社陇南2008年5月13日报道，5月12日夜间，陇南徽县境内山体滑坡，滑坡主要为岩石碎块，约3万立方米，将嘉陵江拦腰截断，形成堆石坝一座，高约6米，长约100米，宽30米，并且造成宝成铁路一列货车被埋。又据中新社陇南报道，2009年7月15日至17日，陇南地区发生山体滑坡，致使该地区35千伏及以下电网损失惨重，康县、文县、徽县、成县、两当县和武都区六个县区电网均受到较大损毁，特别是康县，除县城少部分区域电网幸免外，全县电网几乎遭遇灭顶。又据中新社陇南2010年8月14日报道，连续降雨使得甘肃陇南地区的部分县市、村庄受到泥石流的冲击，多个县市通信中断，造成40人死亡，950余人转移，还有1.1万余人被困。8月16日，又发生18起山体滑坡，公路全线中断。2011年9月14日至9月19日，两当、徽县境内发生严重山体滑坡，路基整体沉陷，交通中断。从上面引述的灾情报道来看，陇南地区的山体滑坡是经常性的，几乎年年都有发生，而且规模巨大，损失惨重。杜甫的诗句告诉我们，早在一千多年前陇南的山体滑坡就已经非常严重了。个中根本原因应是该地区地质结构松散，并非由于砍伐山林。笔者去年曾赴陇南地区考察，沿途所见山林茂密，没有砍伐山林的迹象。

二、成都浣花溪曾水势浩大

杜甫在成都草堂居住五年，草堂建在浣花溪的西岸，"浣花溪水水西头，主人为卜林塘幽"（《卜居》）。"水西头"就是溪水的西岸，这里林木、

---

[1] 张正强《西和县雀坪梁滑坡演变过程及其预报预警实践》，《甘肃水利水电技术》1996年第4期。

池塘清幽，环境美好，所以才在这里建筑草堂。"野老篱边江岸回，柴门不正逐江开"(《野老》)，"江岸回"是说江岸弯曲，草堂建筑在江岸的弯曲之处，草堂的院门也没有按照一般的方向设在正南，而是对着东边的浣花溪，唯其如此，才有"门泊东吴万里船"(《绝句》)的景象。

这条浣花溪的水势如何？它的名称虽是"溪"，杜甫在诗中却经常把它称为"江"，"昼引老妻乘小艇，晴看稚子浴清江"(《进艇》)，"清江一曲抱村流，长夏江村事事幽"(《江村》)，可知当时浣花溪的水面是很开阔的，它能承载来自东吴的巨大商船，这些商船能够停泊在草堂的门前，可知水的深度。杜甫几次在诗中写到商船在浣花溪上行驶，如"渔人网集澄潭下，贾客船随返照来"(《野老》)。夏日溪水暴涨，水势更加浩大，"江涨柴门外，儿童报急流。下床高数尺，倚杖没中洲"(《江涨》)。闻讯下床之际，江水就已涨高了几尺，等到拄杖来到岸边，那江水已经把水中的沙洲淹没了。

从上面所引诗句来看，唐时的浣花溪乃是一条宽阔的江水。时至今日，溪名虽在而光景大异，区区细流，宽不过几米，潺潺水声，似在追怀往古的盛容。当今世界水资源的逐渐枯萎，于此可见一斑。

三、夔州夏季闷热、秋季多雨

杜甫在夔州（今重庆奉节）居住期间，对那里的自然风物也多有记录。夔门的雄壮、江流的汹涌、滟滪堆的险恶以及虎狼出没，人与虎杀伤各半的生活环境等等，皆载于诗。其中使他感受最深的是夏季天气的闷热、秋季的连绵多雨，他把这种气候特征载入诗中。在《热三首》诗中写道："雷霆空霹雳，云雨竟虚无。炎赫衣流汗，低垂气不苏。"暑气炎蒸，空闻雷声而不见下雨，汗水顺着衣服往下流，人们低着头喘不过气来。"闭户人高卧，归林鸟却回。峡中都是火，江上只空雷。"为了躲避骄阳，人们关门闭户不敢出来，傍晚时鸟儿本该归林，却在林外飞翔，因为林子里太闷热了。仿佛整个峡谷到处都在燃烧，江上雷声阵阵，就是不下雨。"朱李沉不冷，雕胡炊屡新。将衰骨尽病，被喝味空频。""被喝"的意思是中暑，衰老的杜甫浑身是病，自然抵抗不住暑热，中暑之后，不思饮食，家属把雕胡饭做了一次又一次，还增加了几味佳肴，可就是吃不下。为了消暑降温，他把李子放进水里，但连水也是热的，李子无法泡冷。这些细节描写，把夔州的酷暑表达得具体可感。到了秋天，则阴雨连绵，少有晴日。杜甫在夔州经历两个秋天，诗中以"雨"为题目描写秋雨者竟多达八首。"峡云行清晓，烟雾相徘徊。风吹苍江树，雨洒石壁来。凄凉生余寒，殷殷兼出雷。"(《雨》)于风声雨响之中，还能听到殷殷雷鸣。在另一首《雨》中写道："潺潺石间溜，汩汩松上驶。"看来雨势还很急。"万木云深隐，连山雨未开。"(《雨》)天总是不能放晴。"始贺天休雨，还嗟地出雷。"(《雨》)雨点刚收，雷声又起，接着又下。"江上日多雨，萧萧荆楚秋。高风下木叶，永夜揽貂裘。"(《江上》)连日秋雨，气温骤然降低，夜间更甚，杜甫只好穿上貂裘了。

　　盛夏苦热、秋季多雨，这是杜甫诗中记录的夔州气候特征。一千多年过去，今日夔州气候是否发生变化呢？经查网上"百度百科"之"奉节县"介绍材料，其中"奉节县气候资源分布情况"写道："夏季受到副热带高压和大陆高压影响，连晴高温，多伏旱、雷阵雨。秋季冷空气影响频繁，气温下降快，多秋绵雨。"情况与杜诗所记相同。可知地域气候是相对稳定的，在造化的眼中，千载不过一瞬而已。

四、长沙曾下过冻雨

　　据中国天气网站的解释，冻雨的形成是由于较强的冷空气南下，遇到暖湿气流时，冷空气像楔子一样插在暖空气的下方，近地层气温骤降到零度以下，湿润的暖空气被抬升，并成云致雨。当雨滴从空中落下来时，由于近地面的气温很低，在电线杆、树木、植被及道路表面都会冻结上一层晶莹透亮的薄冰，气象上把这种天气现象称为"冻雨"。

　　2008年1月，湖南省遭遇冻雨，导致路面结冰，京珠高速湖南段出现交通堵塞。湖南郴州市电缆、电塔等大部分被压断、倒塌，导致郴州市停水停电八天，贵州黔东南大部分农村停电长达二十天以上，居民生产生活遭受严重的损失。

冻雨这种天气现象不是近些年才有的,不是地球气候的变异。早在769年,长沙一带就出现过冻雨天气,这是杜甫在诗中记录下来的。那一年冬天,杜甫客居长沙,遇到了这种天气,作《对雪》诗,诗云:

北雪犯长沙,胡云冷万家。
随风且间叶,带雨不成花。
金错囊垂罄,银壶酒易赊?
无人竭浮蚁,有待至昏鸦。

诗分前后两截。前四句写雪雨相继降落,后四句写天气奇寒。前四句中,先写下雪,接着便写冻雨降临,"随风且间叶,带雨不成花",是说冷风卷着树叶在呼啸,雪花变成了雨滴洒落下来。这样的雨落地就凝结成冰,导致天气骤然寒冷,杜甫想喝酒取暖,却无钱买酒,"金错囊垂罄,银壶酒易赊",意思是说钱袋里没有几个铜子了,而赊酒又不容易。于是盼望朋友送酒,可是直到黄昏也没见人来。这种渴求喝酒取暖的心情,足以说明当时的气温之低,而如此低温正是冻雨造成的。

五、重庆附近曾出产拇指猴

近年来,媒体对拇指猴作了广泛的报道,报道说:"在南美亚马孙河流域的森林中,生活着一种世界上最小的猴子——绒猴,又称拇指猴。这种猴长大后身高仅10—12厘米,重80—100克。新生猴只有蚕豆般大小,重13克。这种猴子喜欢捉虱子吃,且生性温顺,因此饲养它们便成为当地印第安人的嗜好。"有报道说,重庆动物园从南美洲引进了这种拇指猴。

其实,这种拇指猴曾经出产在中国,产地就在今重庆市南川区一带的山林里。杜甫诗中有记载。杜甫有一首题为《从人觅小胡孙许寄》的诗,写道:"人说南州路,山猿树树悬。举家闻若咳,为寄小如拳。预哂愁胡面,初调见马鞭。许求聪慧者,童稚捧应癫。"这首诗是杜甫寓居成都草堂期间写的。杜甫在成都西郊建筑了一座草堂,暂时结束了流离奔走,生活有了安顿之后,就想给幼小的孩子找点生活乐趣。他听说南州一带的山林有很多猴子,其中有一种猴子个头"小如拳",只有拳头般大小。于是写信向友人索要。朋友应允了,而且答应给他寻找一只聪明乖巧的,杜甫写了这首诗来提前支取快乐。诗中所写的这种"小如拳"的猴子,与报道中所说的"身高仅10—12厘米"的情况相一致;诗中说这种猴子能让孩子们"捧"在手里戏耍,当然不会凶猛,这就与报道中所说的"生性温顺"相一致。由此,我判断杜甫索要的这种小猴子与报道中所说的"亚马孙河流域的森林中"出产的拇指猴应是同一品种。

杜甫诗中说的小猴产地是"南州",南州的地理位置,笔者查阅了《新唐书·地理志》,找到如下记载:"南州,南川郡下,武德二年,开南蛮置。三年,更名僰州。四年,复故名。"[1]《汉语大词典》"南州"条注释说:"唐武德二年,初置南州。宋改南川县。即今四川省南川县。"[2] "武德"是唐高祖李渊的年号,也就是说,唐朝开国第二年,"南州"就已设置,武德三年(620)改称僰州,武德四年(621)又复名为南州,宋代改州称县。直到重庆市成为直辖市,才相继改称为南川市、南川区。笔者又查阅谭其骧《简明中国历史地图集》,可知它处在綦江北岸,与今日的重庆市綦江县城隔江相对。[3] 严耕望《唐代交通图考》对南州的标示与前书相同。[4] 从《中华人民共和国分省地图集》看它的位置,在重庆市东南部,是重庆市南川区,与成都的直线距离为300多公里,水陆交通也十分便利。杜甫向人索要的小猴其产地"南州"应是这里,而不是古代杜诗注本说的广州。

本来是重庆附近的产物,如今重庆动物园却从南美洲买进,并且称其为亚马孙河流域的特产,岂不可惜?又是什么原因使这种可爱的小生灵灭绝的呢?值得生物学家、物种学家思考、研究。

杜甫诗歌记录的自然现象是十分丰富的,本文举出这几条,目的是想由此拓展研杜的思路,从而最大程度地开辟新的研究领域。史学家已从杜诗中寻觅出若干史料作为依据,自然科学的研究者完全可以从中寻找相关

---

[1]《二十五史·新唐书》,上海古籍出版社,1986年,第120页。
[2] 罗竹风《汉语大词典》,上海辞书出版社,1986年,第889页。
[3] 谭其骧《简明中国历史地图集·元和方镇图》,中国地图出版社,1991年,第45—46页。
[4] 严耕望《唐代交通图考·图十七》(第四卷),坤记印刷有限公司发行,1986年,第1334页后。

的资料。这种研究是跨学科的,需要研究者具备相关学科的知识,或者由几个学科的人士结合起来,通力合作,将杜诗中包含的自然科学价值充分挖掘出来。

《杜律启蒙》点校本前言

本书是清代人边连宝所著《杜律启蒙》一书的点校本，该书已由齐鲁书社 2005 年 6 月出版。

边连宝，字赵珍，后改为肇畛，别号随园，晚号茗禅居士。直隶任丘（今河北省任丘市）人。生于康熙三十九年（1700），卒于乾隆三十八年（1773），历康熙、雍正、乾隆三朝。任丘边氏家族为世家望族，据《任丘边氏族谱》记载，边氏远祖可追溯到元末之汉兴公，汉兴公一生隐逸，其子孙始入仕途，书香代递，孝友传家。至边连宝，已历十四世。祖父边之铉，曾任山西汾州府通判、福建福州府同知等职。父亲边汝元，好读书，精音律，擅书画，作诗宗尚杜甫，著有《桂岩草堂诗集》，但命运多蹇，屡试不第，终生未入仕途，以教书为业。自边之铉解任以后，家境日益衰落，作为父亲的边汝元，把希望寄托在儿辈身上，墓志铭称他"年逾六旬，犹日率诸儿，挑灯夜诵，历寒暑不辍"。父亲的志趣，对边连宝的影响是巨大的。边连宝自幼读书勤苦，六岁时随父入塾，接受传统文化教育。十六岁时，父亲去世，家境更为艰难。康熙五十八年（1719），边连宝补博士弟子员，从此走上坎坷的科举之路。雍正十三年（1735）乙卯科试，声名震动诸公，朝试署名第一。次年，乾隆元年（1736），学使钱陈群荐应博学鸿词，召试不中。此后，屡试皆失意，究其落第原因，在于他坚持作古文，而不作时文（八股文）。大约在乾隆九年（1744），他在乡试失意后，遂自行结束科举之路，虽有学使举荐，亦不动心。以授馆为业，专力于诗文创作和古诗注释。其间，曾撰修县志。乾隆三十六年（1771），随其九兄往游江南（九兄之子边廷抡在扬州为官），时年七十二岁，曾感慨言道："生平足迹未出千里之外……年逾古稀，老病侵寻，不谓翻作壮游也。"一载之后回归故里，又过了一年，乾隆三十八年病逝，年七十四。

边连宝的思想基本在先秦儒学界内，这除了从其著述中可以看出，还有一事也很能说明问题。乾隆十四年（1749），朝廷征经学之儒，学使钱陈群举荐边连宝应试，他断然拒绝。他的朋友戈涛劝他应试，说："君不尝应博学鸿词乎？"他回答说："然。博学鸿词，唐之科目，犹科举也。今特诏求如汉伏胜、董仲舒其人者，吾乌可以斯未能信之学，矫诬干上，以侥取哉？"可知，当时的经学，是汉儒伏胜、董仲舒体系的经学，而非先秦儒学。边连宝认为汉儒之经学是"不能信之学"，因此不忍心"矫诬干上，以取功名。"矫诬"，是说以曲为直、以假为真。可见，边连宝的思想是越过汉儒而直接先秦儒学的。他虽晚号茗禅居士，却心未入禅，蒋士铨《随园征士边君传》说他"随身一茶铛，晚号茗禅居士。空斋晏坐，宛然一老僧，然不好释氏书"。他的诗中虽也有参禅悟空的句子，但也仅仅是用以解脱心灵的重压，并非进入禅境。《四库全书总目》对其诗集《随园诗草》的提要称："戈涛尝称之晚年耽于禅说，故以《禅家公案颂》一卷附录于后。"笔者查阅边连宝在"禅家公案颂"题下所写的序文，序文说"冬夜岑寂无聊，因取《指月录》读之。偶有所会，辄书二十四字以当偈子，又时缀数语于后，以畅其旨。其中颇有与吾儒相发者，非敢推儒入墨，亦非附墨于儒，聊志一时心得云尔。"可见，边氏是于"无聊"之际阅读《指月录》的，而且他所关注的是禅家"与吾儒相发"的思想。他一生固守的是先秦儒学的思想境界。

边连宝性嗜酒，天真直率，性格狷介孤傲，持身不苟，不依阿流俗，不为利禄而屈己信仰，正如纪晓岚《岁暮怀人各成一咏》其二诗中所云："老狂边季子，壮志孤烟高。得名三十载，门户犹蓬蒿。长啸坐弹琴，王侯不敢招。想象败絮中，风雪空箪瓢。"说边连宝为人和易端凝，尤重孝友，晚年旷达，视生死如常事。

边连宝一生著述颇丰，在清代文学与学术上具有重要的地位，时人把他与纪晓岚、刘炳、戈岱、李中简、边继祖、戈涛并称为"瀛州七子"，又把他与江南才子袁枚并称"南北两随园"。有诗集《随园诗草》八卷，《古文》四卷，《古文病余草》八卷，《三字无双谱乐府》一卷，《评注管子腋》二卷，《五言正味集》六卷，《杜律启蒙》十二卷，《考订苏诗施注》

十卷，等。诗集《随园诗草》录诗1041首，边氏诗名甚为当时诸公如钱陈群、李中简、戈涛、蒋士铨、纪晓岚、戴亨等人所推崇。其诗以唐诗为宗，才力纵恣，个性鲜明。戈涛在序文中，称其诗"踵韩肩孟"，"出入老白、玉川子间"。然而，笔者观其诗句，多有化用杜诗者，想来，这当与其父崇杜的影响有关，也与他所坚持的先秦儒学、艰难困苦的生活历程以及专心注杜有关。

《杜律启蒙》是边连宝的一部力著。此前，注杜之书已称浩繁，宋代即有"百家注杜""千家注杜"之说，降及后世，历元明而至清初，杜诗注本，层出不穷。而边氏认为，《千家注杜》"杂而舛"，《赵注》"浅而略"，《顾注》"琐而凿"，《浦注》"好为异说"，《仇注》可谓"集大成"，而"所取太博，时或短于抉择"。有憾于此，边氏遂力避前失，独出机杼，成此一书。该书是有所为而著的。

该书专事注解杜诗五律、七律。凡十二卷，前九卷为五律，共计627首；后三卷为七律，共计151首。其所录诗及次第，悉依照顾宸《辟疆园杜诗注解》本。注释疏解，简明扼要。然亦有所区别，正如其《凡例》所云："兹编注事从略，注意从详，注时事稍详，注古事倍略。"可知其重心在于诗意的阐释，而不在于典故的追寻。《凡例》又云："易解则不为词费，难解则不厌文繁，总以明白洞达为主。"可知其求真务实的研究态度。在"洞达"诗意方面，边氏提出"舒展折叠处"的注疏理论，他说："古人文字，字里行间都折叠着许多情事，许多道理。至其折叠之多少，视其所造之浅深为差。""注疏家但能于其所折叠者一一舒展得开，便是好注疏耳。诗家折叠处惟杜为多。""读是编者，当于舒展其折叠处一一着眼。"（见《凡例》）所谓"舒展折叠处"，就是要把诗中所蕴含的思想和情感挖掘、阐述出来，这无疑需要精心揣摩诗意，需要对杜甫其人的思想、情感、性格、趣味的整体把握，需要对杜甫的表达方式的正确认知，做到这一步是艰难的，又是非常有意义的。从边氏注疏的实践来看，他是认真地实践了这种理论的。

边氏"舒展折叠处"的注疏理论，是以他的诗学理论为支撑的。他坚定地认为"妙诗无不可解"，反对严羽的"以禅喻诗"。认为严羽提出的"不堕理障（应为"不涉理路"——点校者），不落言诠（应作"筌"——点校者）"，是因为严氏要戒止宋人的迂腐，而走上了"欲鉴噎而废食"的极端。他认为"老杜之所以独有千古、远绍《三百》者，正以其精于理"，既然杜诗"精于理"，那么当然是可以对它进行疏解的；如果迷惑于严氏之说，作诗"务为刘安鸡犬归存无定之言"，那就会"陷于野狐窠臼"（见《凡例》）。边氏对严羽的批评有一定的道理，但他在强调杜诗"精于理"的时候，忽略了杜诗"以情运理"的特征。杜诗的"以情运理"，是与宋诗的大区别。

在对诗意提出个人新见上，边氏表现得十分谨慎，"一字一句皆经称停而出"，他不贸然树立异帜，认为"苟异之罪，浮于苟同"（见《凡例》），凡有新见提出，必有详细的论述。对于与别人同主一说者，于重要关节，他则尽可能加以详细的阐释。例如，对《收京三首》（其一）"须为下殿走，不可好楼居"的解释，仇兆鳌《杜诗详注》云："须为下殿，谓宫阙忽离；不可楼居，见奉仙无益。"边氏则作出详细的阐释："'须为'者，不得不然之辞，言此日之弃国远遁，出于不得已，过在前日之荒淫耳。但明皇之荒淫，有大于此者，公盖不忍斥言之，特举求仙之轻者耳。"这种深入的解释，显然能使诗意更为明达。

在注解的体例上，"总注在前，详注在后，先挈纲领，后疏脉络"。该书正是以疏通诗的脉络，解释诗的章法、句法、字法见长的。这或许是诗人注诗与学者注诗之大区别。盖学者之所长，在于生平、典故之考据；而诗人之所重，在于诗篇的如何完成。边氏是以诗人的眼光注解杜诗的，他能够做到孟子所说的"以意逆志"，即以自己的诗心触摸杜甫的诗心，故所论多中肯綮。例如，他对《九日登梓州城》进行脉络疏解，原诗："伊昔黄花酒，如今白发翁。追欢筋力异，望远岁时同。弟妹悲歌里，朝廷醉眼中。兵戈与关塞，此日意无穷。"边氏解曰："'追欢筋力异'，跟'白发翁'来；'望远岁时同'，跟'黄花酒'来。而'望远'二字，已引动下联。'弟妹悲歌里'，长歌以当哭也；'朝廷醉眼中'，醒时不忍见也。'兵戈与关塞'，两者俱阻，故'意无穷'耳。"如此疏解该诗的章法，确实能够揭示作者的思路，能为学诗者提供作诗的借鉴。边氏对句法、字法的解释，也每每得其真髓。例如，对《对雨书怀走邀许主簿》三、四句"震雷翻幕燕，骤雨落河鱼"的解释："三、四最警策，'翻'字从'震'字出，'落'字跟'骤'字来，字字有力量，有筋眼。"把动词之间的逻辑关系，梳理得很清晰，这些都反映出他是以一颗诗心来看诗、解诗，对于学诗者是大有补益的。

除了上述两个方面，本书还用圈点勾勒的形式，表达边氏对诗篇、诗句的艺术评价。对诗篇的整体评价，用四种符号以示高低：题上空白者，表示该诗水平一般；题上画一个"○"者，表示该诗为较好；题上画两个"○"者，表示该诗为好；题上画三个"○"者，表示该诗为最好。又在某些诗句旁边加以圈点，"以发作者之精神，醒观者之心目"（见《凡例》）。总体来看，这些符号的差异，与注疏文字对诗篇的不同评价是一致的。符号与文字相互配合，相互发明，反映出边氏的良苦用心。

边氏注解杜诗，无论对诗意的疏解还是对章法的揭示，凡是引用他人的观点，必明确指出出处来，"一字之美，不敢掠取"（见《凡例》），集中地体现出乾嘉学派的治学规范。这种治学规范也值得后人继承和发扬。

《杜律启蒙》有两种版本，一是乾隆丁酉（1777）初刻本，一是道光十四年（1834）墨稼斋重刻本。我们使用的是前者，河北大学图书馆藏有此本。该本前有戈涛序文、边氏《凡例》、元稹《唐检校工部员外郎杜君墓系铭并序》、杜甫《年谱》（依顾宸本，时事、履历并录，履历稍参仇本）、仇兆鳌《杜诗详注序》。

本点校本作为研究课题获得"全国高校古籍整理研究工作委员会"的立项。参研人员以认真的治学态度，对原书注释文字的语意作出细心的权衡，反复推敲而后落笔标点。使用规范的标点符号，以求正确地显示出原书的语意、语气，使原书文字畅达可读，著者的诗学见解了然在目。使用仇兆鳌《杜诗详注》作为校勘的底本，对于误字、异文以及某字或作某字等，均作出详细的校记。在成书过程中，力求忠实于原书面貌。原书在诗题上作出四种标记：三个圈、二个圈、一个圈、空白，又在某些诗句旁边进行圈点。对于这些标记，本点校本一如其原貌作出反映。对原书的"○""△"，一如其旧；原书的"、"，因无理想的对应符号，而改用"●"代之。对原书中的引文，均查阅了出处，对于异字作出提示。对注释的文字中的某些错字，则保留之，并在其后加括号，作出辨证。使用现代汉语规范简化字，对原书的繁体字、异体字作了处理。由于学术视野和研究能力所限，本书难免存在着某些失误，肯请学界同人批评指正。

《杜工部诗集辑注》点校本前言

明末清初是杜诗学史上第二次研究高潮,出现了一批学术价值堪称厚重的杜诗注本,如王嗣奭《杜臆》、钱谦益《钱注杜诗》、朱鹤龄《杜工部诗集辑注》、黄生《杜诗说》、仇兆鳌《杜诗详注》、浦起龙《读杜心解》、杨伦《杜诗镜铨》等。上述诸本中,唯朱鹤龄《杜工部诗集辑注》,学界尚未整理、点校,为一憾事。四年前,余会同青年学者孙微、周金标诸君着手此项工作,潜心致力,晨昏不辍,几番寒暑,终于成此书稿。

朱鹤龄(1606—1683),字长孺,号愚庵,吴江松陵(今属江苏)人。明末诸生,入清后绝意仕进,终身布衣,在经、史、子、集各方面均有造诣,于笺疏之学见长。与著名学者顾炎武、钱谦益有交游,顾炎武十分推许其学识和人格,钱谦益高度赞扬其诗道端庄、经学渊博。朱鹤龄亦为当时著名诗人,曾与顾炎武等人参加明遗民社团"惊隐诗社",著有诗文集《愚庵小集》,作品感情深厚,风格典丽,为当时名流所称许。朱氏平生著述,除《杜工部诗集辑注》《愚庵小集》之外,还有《尚书埤传》《禹贡长笺》《诗经通义》《春秋集说》《读左日抄》《李商隐诗集笺注》等传世。

《杜工部诗集辑注》是朱氏一部力作。朱氏于该书卷前《自识》云:"愚素好读杜,得蔡梦弼草堂本点校之,荟萃群书,参伍众说,名为辑注。"顺治十二年(1655)冬,朱氏应谦益之邀前往坐馆,其间,出示辑注初稿求正。谦益阅罢认可,并且拿出自己所笺注的吴若本及九家注,"命之合抄,益广搜罗,详加考核",二人"朝夕质疑"。顺治十四年(1657)冬,朱氏完成二稿,请谦益作序,谦益在"未见成书"的情况下,写了序言。几年之后,至康熙元年(1662),朱氏又来钱家坐馆,将成书出示就正。谦益阅罢,甚为不满,主要原因当是成书未能采纳其某些见解，如朱氏所言："先生谓所见颇有不同，不若两行其书。"如此，两注分而欲合，合而复分，终于各刊其书。乃知学术之争，是为学人拒绝苟且、寸步不让之事业。《杜工部诗集辑注》的刊刻时间，据文集后所附"杜诗补注"频引顾炎武《日知录》中"杜诗注"这一情况来看，当在康熙十一年（1672）稍后（《日知录》初刻于康熙十一年）。学界亦有持康熙九年（1670）说者，按朱、顾二人过从甚密，朱氏于《日知录》刻成之前得阅书稿，也是完全有可能的。无论九年或十一年刻成，这部巨著从草创到问世，前后历时均达数十年之久。

《杜工部诗集辑注》共计23卷，其中诗20卷、文赋2卷、集外诗1卷，共计收诗1457首，文赋23篇（对于杜甫文赋的注释，朱本首开其端）。同其他注本相比较，朱本"于经史典故及地里职官，考据分明。其删汰猥杂，皆有廓清之功"（仇兆鳌《杜诗详注·凡例》）。这与朱鹤龄精于经史典故、职官制度及地理学研究有密切关系。朱本对宋以来的丰富而庞杂的杜诗学遗产进行全面而细致的整理，既不遗漏任何一条有价值的见解，又不放过任何一条有影响的误解，做到扶正驳谬、去伪存真。诚如其《凡例》所言："宋人注杜诗多不传，惟赵次公、黄鹤、蔡梦弼三家得阅其全注，中有当者悉录之。"例如，杜甫与李邕初次见面的时间、地点问题，《新唐书·杜甫传》云："客吴越、齐赵间，李邕奇其才，先往见之。"而宋人赵次公据杜甫《八哀诗·赠秘书监江夏李公邕》之"伊昔临淄亭，酒酣托末契。重叙东都别，朝阴改轩砌"句意，证明杜甫与李邕初次见面是在东都洛阳，而非齐赵，时间是在杜甫二十岁开始的壮游之前。赵次公的这条注释本来很有价值，却为后来注家所遗漏，例如元人高楚芳编辑《集千家注杜工部诗集》以及刻成于康熙六年（1667）的《钱注杜诗》却仍取用《新唐书》本传之说。朱本则对赵次公的见解予以收录，其去伪存真之功为大。朱注又一长处是立言谨慎，诸如对杜诗的编年、"公自注语"的判定、旧注引文的存删、古今诗话的采录等，均能以求实态度慎重对待之。在杜诗编年上，朱氏认为"某诗必系某年，则拘固可笑"（见《凡例》），为此，他只在各卷之首标为"公某时某地作"。这种编年方式可以避免妄断之失。杜诗除部分诗作明确写作时间地点，尚有部分作品实难决之。后人未与杜甫同游，安能清晰如此？对于千家本上的"公自注语"，朱氏"向疑后人附益",经过考察,发现这些"自注语"多为"王原叔、王彦辅诸家注耳,未可尽信"(见《凡例》),遂将旧本所无者俱加删削。长期以来,所谓"公自注语",扰人甚重,裁决诗旨,常为所惑。朱氏此举,功诚大焉。对于旧注的引文,亦采取慎重态度决定取舍,对汉魏以下失传的典籍,凡经《十三经注疏》《两汉书注》《文选注》及唐宋人诸类书所载者,则保存之;对于旧注所引六朝人诗,有的未见于诗集,朱氏怀疑"宋时尚有全本",因此"不敢尽以伪撰废之";而对于那些"文义不类"者,则"概从芟汰"(见《凡例》)。可知朱氏查阅原典耗费时间之巨,甄别真伪用心之深。对于古今诗话的采录,不以求全为事,"必于诗理、诗法有所发明者,方采入一二"(见《凡例》),有利于解诗者方取用之,与某些注家炫耀学问渊博大相径庭。朱氏的注疏指导思想亦颇重要,他认为"训释之家,必须事义兼晰",诗中之事与诗中意旨都要解释清楚,并且把两者有机结合起来,既不可释事忘义,又不可弃事发义。他的做法是"于考注句字之外,或贯穿其大意,或阐发其微文"(见《凡例》)。上述各条,给人以深刻的感受:朱鹤龄是一位存心端正而专注的杜诗注家。《杜工部诗集辑注》作为杜诗学之重要文献,应该成为后世研杜者必读之书。

  本点校本以康熙间金陵叶永茹万卷楼刻本为底本。该刻本卷前有钱谦益序及手简,朱鹤龄识语、自序。其后为附录旧序、跋、记,依次为樊晃序、王洙序、王琪后记、胡宗愈序、王安石序、李纲序、吴若后记、郭知达序、蔡梦弼跋。又其后为《旧唐书·杜甫传》、朱鹤龄订《杜工部年谱》、元稹《唐检校工部员外郎杜君墓系铭并序》。又其后为凡例。该书没有诗题总目,诗目分置于各卷前。本点校本为使读者阅读方便,将各卷诗目总列于前。刻本卷末的《杜诗补注》部分,分别插入各卷相应诗下。原本刻板时遗漏的《晚秋长沙蔡五侍御饮筵送殷六参军归澧州觐省》,本补刻于二十卷末,署曰"失编一首",题下注"次《长沙送李十一》诗后",今编入《长沙送李十一衔》之后。底本中"胡""虏"等违碍字均涂作墨丁,今据蔡梦弼《杜工部草堂诗笺》、钱谦益《钱注杜诗》、仇兆鳌《杜诗详注》等书校补。本书在点校中参校了中国科学院藏本《杜工部诗集辑注》,二本内容互有异同,社科院藏本于朱鹤龄《自序》后,尚有计东《朱氏杜诗辑注序》一篇,但二十卷末无沈寿民《后序》和《杜诗补注》

部分。今据社科院藏本，补入计东《朱氏杜诗辑注序》，庶成完璧。其他格式则一如刻本原貌。本点校本作为"全国古籍出版规划领导小组出版补贴项目"，立项及参与者深知责任重大。受命以来，勤恳是务，以严肃认真态度，对原刻本注释文字的语意作出细致的研究，经反复推敲而后落笔点断。使用规范的标点符号，以求正确显示朱氏的语意、语气，使注释文字畅达易悟。使用现代汉语规范简化字，对原刻本的繁体字、异体字作了处理。

敬业尚可，学识有限，此书或许存有若干缺陷，诚心敬待方家纠正之。

编年注释篇

《从人觅小胡孙许寄》写作时间与地点考

人说南州路，山猿树树悬。
举家闻若咳，为寄小如拳。
预哂愁胡面，初调见马鞭。
许求聪慧者，童稚捧应癫。

此诗编年有二说，梁权道编在大历二年（767）夔州诗内，黄鹤编在秦州诗内（759）。仇兆鳌《杜诗详注》、浦起龙《读杜心解》、杨伦《杜诗镜铨》皆取黄鹤之说。今按，上述两种说法均有说不通之处。问题的关键在于孩子的年龄和猴子的产地。此诗的内容是写杜甫向他人索要一种"小如拳"的猴子给孩子玩耍取乐的，有"童稚捧应癫"可证。既然是给孩子玩耍的，那么，孩子的年龄就是给这首诗进行编年的一个重要的考察角度。再者，猴子的产地——"南州"的确切位置，行政区域的法定指认，也是一个重要的考察角度。

先驳夔州诗之说。大历二年是公元767年，此时，杜甫的小儿宗武有多大了？这是可以算出来的。杜甫在至德二载（757）春季，身陷长安的时候，曾作《遣兴》怀念宗武，说道："骥子好男儿，前年学语时。问知人客姓，诵得老夫诗。"一般说来，小儿周岁方能学语，"前年学语"的小儿则应是大前年（即天宝十三载，754）出生，那么到至德二载就已经四岁了，再过十年到大历二年就是十四岁。十四岁少年还能称为"童稚"吗？况且，给他小猴儿玩耍，是有悖于"诗是吾家事"的告诫和"熟精《文选》理，休觅彩衣轻"（《宗武生日》，作于大历元年，766）的训导的。大历三年（768）元旦，又写了两首诗对宗武进行劝勉，言道："十五男儿志，三千弟子行。"(《又示宗武》)"十五"二字已透露出宗武的年龄。这些足以说明梁氏对此诗的编年是错误的。

再驳秦州诗之说。黄鹤把此诗编在秦州诗内，仇氏、浦氏、杨氏皆从之，从宗武此时的年龄来看，他是六岁，倒也符合"童稚"的称呼，这似乎可成定论了。然而，尚有诸多疑点不可圆通。黄氏的理由是诗有"南州路"句，当在西北所作。仇氏又引顾宸注曰："两粤为南州路。"[1] 这条注释有两个错误：(一)唐朝的行政区称为"某某道"，宋朝才称为"某某路"；(二)唐朝的行政区名称，无论贞观时期的十道，还是开元时期的十五道，均无"南州"字样(宋朝也没有)，顾氏只是想其如此而已。南州，固然可以泛指南方某地，甚至包括"两粤"(广东、广西)，但是，让人从两粤弄只猴子到秦州来，如此遥途那是轻易说出口的吗？再者，虽说老杜很疼爱幼小的宗武，但是秦州三个月的困窘生活，不允许他产生这份让孩子耍猴儿取乐的心思。且看他的秦州生活是怎么过的：(一)衣食不保。这从他催促住在东柯谷的侄儿杜佐救济小米一事可以得到证实，"已应春得细，颇觉寄来迟"(《佐还山后寄三首》其二)；对于阮隐居主动送来蔬菜，他也作诗感谢不已，"盈筐承露薤，不待致书求"(《秋日阮隐居致薤三十束》)；到了初冬时节，他已无米下锅了，"不爨井晨冻，无衣床夜寒"(《空囊》)。(二)居无安所。他一家来到秦州，租了一所简陋的民宅，房基低洼，院墙短矮，一到雨天，几乎无法居住，"边秋阴易夕，不复辨晨光。檐雨乱淋幔，山云低度墙。鸬鹚窥浅井，蚯蚓上深堂。车马何萧索，门前百草长"(《秦州杂诗二十首》其十七)，他不得不亲自前往东柯谷、西枝村去寻找可居之地，却未能如愿。(三)疾病缠身。他身体本来就不好，到了秦州，疟疾复发，痛苦难当，不得已，只好按当地的习俗"土法上马"了，涂脂抹粉，彩衣加身，扮成女人，躲入幽隙之处，以逃避"疟鬼"的纠缠。这当然是徒劳无功的。"客子斗身强""肉瘦怯豺狼"(《寄彭州高三十五使君适虢州岑二十七长史参三十韵》)，是他对旅居生活须有好身体的痛切体验。处在如此困境中的杜甫，面对着饥肠辘辘的妻儿，能有心思让孩子们耍小猴吗？正是由于衣食维艰，他在秦州仅仅住了三个月，就不得不离

---

[1] 仇兆鳌《杜诗详注》，中华书局，1979年，第631页。

开此地而南迁。从他在秦州居住期间所写的诗来看,也没有丝毫关涉孩子娱乐方面的内容。

有人认为"南州"是指同谷县,理由是杜甫在离开秦州、前往同谷时曾说"无食问乐土,无衣思南州"(《发秦州》)。仇兆鳌《杜诗详注》注云:"地志:同谷,蜀北秦南,故曰南州。"[1]今查两《唐书》地理志,均无此语,当是仇氏信手书其臆断,不足为据。当然,同谷在秦州之南,杜甫可以泛称之为"南州"(但这"南州"是指南面的州,并非确实的行政区域地名),而且秦州与同谷两地仅距二三百里,运一只猴子不成问题。但笔者以为,路途再近,杜甫此时也不会给饥饿的孩子小猴耍的,这不符合为父之道,也违背了正常的心理。

笔者认为,做成这种闲情游戏,须同时具备两个条件,一是生活比较安定,二是猴的产地不能太远。从杜甫一生寓居之地来考察,同时具备这两个条件的地方,只有成都草堂。杜甫在成都草堂的生活相对来说比较安定,这是公论,无须赘述。至于猴子的产地——"南州",经查阅《新唐书·地理志》,看到如下记载:"南州,南川郡下,武德二年,开南蛮置。三年,更名㶏州。四年,复故名。"[2]又据《汉语大词典》第一卷"南州"条注云:"唐武德二年,初置南州。宋改南川县。即今四川省南川县。"[3]"武德"是高祖李渊的年号,"武德二年"即公元619年,也就是说,唐朝开国的第二年,"南州"就已设置。查阅谭其骧《简明中国历史地图集》,可知它处在綦江北岸,与今日的綦江县城隔江相对。[4]严耕望《唐代交通图考》对南州的标示与前书相同。[5]从《中华人民共和国分省地图集》看它的位置,它在成都的东南方,与成都的直线距离约为三百公里,且水路交通十分便利。[6]杜甫向人求索的小猴其产地"南州"应是这里(但不

---

[1] 仇兆鳌《杜诗详注》,中华书局,1979年,第672页。
[2] 《二十五史·新唐书》,上海古籍出版社,1986年,第120页。
[3] 罗竹风《汉语大词典》,上海辞书出版社,1986年,第889页。
[4] 谭其骧《简明中国历史地图集·元和方镇图》,中国地图出版社,1991年,第45—46页。
[5] 严耕望《唐代交通图考·图十七》,第四卷,坤记印刷有限公司发行,1986年,第1334页后。
[6] 《中华人民共和国分省地图集》,中国地图出版社,1995年,第94页。

知如今此处是否还出产那种"小如拳"的猴子，有待于知情者提供信息）。进一步推想，这首诗应作于草堂落成之后。杜甫有了安居之处，紧蹙的心开始舒展，为了美化环境，四处向人索要各种树苗，还有大邑出产的瓷碗之类。此时，杜甫开始关注孩子们的娱乐，如《江村》所写"稚子敲针作钓钩"，《进艇》所写"晴看稚子浴清江"，索要小猴的具体时间应为上元元年（760）到上元二年（761）之间，幼儿宗武年方七八岁，正是童稚时期。

《送韩十四江东省觐》写作时间、地点考

《送韩十四江东省觐》一诗，仇兆鳌依"鹤从旧次，编在上元二年成都诗内"[1]，今人述及此诗亦循此说。而南宋郭知达《九家集注杜诗》引赵次公之说，认为此诗应在蜀州作，惜未详论。[2]蜀州即今四川崇州，在成都西，两地相距百余里。分歧的产生在于对该诗颈联的两个地名"黄牛峡""白马江"地理位置的认识和作者使用这两个地名的用意的理解上。且引全诗如下：

兵戈不见老莱衣，叹息人间万事非。
我已无家寻弟妹，君今何处访庭闱？
黄牛峡静滩声转，白马江寒树影稀。
此别应须各努力，故乡犹恐未同归。

认为此诗写于成都者，是将"黄牛峡""白马江"看成韩氏东行时先后经过的两个地方，即先过黄牛峡，后过白马江。如仇兆鳌《杜诗详注》云："黄牛白马，出峡所经。"[3]王嗣奭《杜臆》云："计其访之之处，从黄牛峡、白马江以达江东。"[4]今人萧涤非更明确地指出，颈联"二句想象中之景，不是写送别时当前之景。黄牛峡、白马江，皆韩出峡往江东所必经之地。黄牛峡在湖北宜昌县西。旧注，江陵有白马洲"[5]。黄牛峡在湖北宜

---

[1] 仇兆鳌《杜诗详注》，中华书局，1979年，第829页。
[2] 哈佛燕京学社《杜诗引得》上册，上海古籍出版社，1985年，第362页。
[3] 仇兆鳌《杜诗详注》，中华书局，1979年，第829页。
[4] 王嗣奭《杜臆》，上海古籍出版社，1983年，第134页。
[5] 萧涤非《杜甫诗选注》，人民文学出版社，1979年，第174页。

昌县西，为韩出峡所经之地，这是正确的。但把白马江注为江陵的白马洲，就十分勉强。白马江就是白马江，此水实有其名，实有其地。郭知达《九家集注杜诗》引赵注："白马江，蜀州江名，今所称亦然。"[1] 郭知达、赵次公皆成都人，对此江名当有过实地考察。这条注释说明白马江在蜀州，而且到了他们生活的宋代，仍用此称。另据《大清一统志》载：白马江在崇庆州（即唐蜀州）东北十里。又据台湾《中文大辞典》"沙沟"条注释："沙沟，岷江支流，自四川灌县南歧而南出，至崇庆县，又分为二支，一经县东为白马河，一经县西为西河，至县南二支复合，至新津县仍入岷江。"[2] 这里所说的白马河就是白马江。

由此可知，诗中提到的白马江，就是指蜀州东部的那条河。仇兆鳌虽在注释中引《一统志》指出"白马，在崇庆州东北十里"，却又把此诗编入成都诗内，这是自相矛盾的。因为白马江并不流经成都，而是从成都西部百里处自北而南流入岷江的，杜甫送别韩氏必在蜀州无疑。

那么，杜甫是否去过蜀州呢？答案是肯定的。据杜诗中所反映出的以成都为中心的作者行迹来看，曾有两次蜀州之行，第一次是在上元元年（760），第二次是在上元二年（761）。究竟是哪一次在蜀州送别韩氏的呢？古今注家皆认为是上元二年，笔者以为应是上元元年，理由如下。

上元元年春天，杜甫在成都尹裴冕等人的帮助下，在成都西郊浣花溪畔建筑了草堂。草堂建成以后，裴冕调任回京，杜甫生活失去了依靠，挨到深秋，饥寒交迫，不得已而向彭州（今四川彭州市）刺史高适求援，寄诗说道："百年已过半，秋至转饥寒。为问彭州牧，何时救急难？"（《因崔五侍御寄高彭州一绝》）据今人陈贻焮先生考证，这年深秋，高适由彭州刺史调任蜀州刺史。杜甫得知此讯，遂前往蜀州会晤高适。动身之前，以诗代简，向高适打招呼，即所作《奉简高三十五使君》这首诗，诗中赞美高适的出凡才干和设想相会的喜悦，从"行色秋将晚"这句，可以看出相会的时令是在秋末或冬初之际。杜甫送韩十四，应是在这次蜀州逗留期间。从诗的尾联来看，这位韩十四是杜甫的同乡，其父母当是在安史之乱

---

[1] 哈佛燕京学社《杜诗引得》上册，上海古籍出版社，1985年，第362页。
[2] 林尹《中文大辞典》第五册，华冈出版有限公司，1974年，第994页。

中逃往江东，杜甫的弟妹亦于战乱中离散，故诗中有"我已无家寻弟妹，君今何处访庭闱"之叹。他乡遇故人，而故人又要远行，杜甫自然要送他上路。设想当时情况，应是二人从蜀州城出发，东行十里，到达白马江，韩十四在江边渡口买舟，上路之前，杜甫即兴成此诗篇。从"白马江寒树影稀"句中的景物特征来看，正与杜甫此行蜀州的时令相合。

由此可知，韩十四是由白马江登船上路的。那为何杜甫不按行经地名的次序来写，而写成了"黄牛峡静滩声转，白马江寒树影稀"呢？原来，这两句并不是单纯描绘韩十四一路行程情况的，而是借用两个地名，分写了二人的情况。即以黄牛峡写上路的韩十四，以白马江写临江送行的自己。杜甫的意思是说：当你乘船经过黄牛峡的时候，我仍站在白马江边不肯回去。表达出深挚的惜别之情。而且，作者对这两个地方的景物描写，也是融入了情感的：写黄牛峡，以"滩声转"写出江急路曲，表达出对韩十四所历艰险行程的关切；写白马江，以"江寒"和"树影稀"的凄寒、萧索，揭示出自己因故人远去而产生的孤寂心境，表达出浓重的离愁。这些地物和景物描写，语虽不涉情事，实际上却字字关情，所谓诗的含蓄，正在于此。赵次公说："公（指杜甫）诗凡寄远及送行，或居此念彼，必两句分言地之所在。"此言得之。如杜甫《春日忆李白》："渭北春天树，江东日暮云。"即以"渭北"指代自己，以"江东"指代李白。又《赠别何邕》"绵谷元通汉，沱江不向秦。"即以"绵谷"（县名）指代何邕，以"沱江"指代滞留蜀地的自己。其实，这种以两地分代二人，并以地物景物烘托感情的手法，在唐代诗人的作品中是广为使用的。王勃《送杜少府之任蜀川》"城阙辅三秦，风烟望五津"，即以"三秦"指代作者，以"五津"指代友人；高适《送李侍御赴安西》"虏障燕支北，秦城太白东"，即以"虏障"（遮虏障，阻敌之建筑物）指代李侍御，以"秦城"（长安）指代作者；柳宗元《别舍弟宗一》"桂岭瘴来云似墨，洞庭春尽水如天"，即以"桂岭"指代作者，以"洞庭"指代舍弟；等等。可见，以两地分写送者和行者双方，几乎成了这类诗歌的章法。

杜甫第二次蜀州之行，是在上元二年的年底。他是应蜀州李司马的邀请前去的。李司马在蜀州城附近的皂江上建了一座竹桥，解除了来往行人的涉水之苦，特邀杜甫前来观光。从杜甫所作《李司马桥成承高使君自成都回》可知，他此次观光竹桥落成是在上元二年的十二月。理由是据《唐书》载，成都尹崔光远因不能节制部将花敬定的扰民行为，受到朝廷责备，在这年的十月忧愧而死，朝廷命蜀州刺史高适来成都代理尹职，到十二月，新任成都尹的严武到达成都，于是高适"自成都回"，到蜀州继续做刺史。再看杜甫到蜀州观桥时所作《观作桥成月夜舟中有述还呈李司马》诗中所写的景物："把烛桥成夜，回舟客坐时。天高云去尽，江迥月来迟。"观桥尚需"把烛"以照明，是因为江月升得很晚，据此可知，这次观桥当在十二月中旬之末。搞清这次蜀州之行的具体时间，是很有必要的。这可以说明，杜甫送韩十四江东之行，不可能是在这次。因为韩十四不可能这样晚才从蜀州动身去江东与父母团聚，时近年关，他应该在春节前赶到江东才合情理。可以给他算算时间和路程，他由蜀州附近的白马江上船，南行入岷江，到宜宾后，入长江东行，几千里的水路，以当时的船行速度，即便日夜兼程，也需一个月才能赶到。而杜甫第一次蜀州之行，是在上元元年的秋末冬初，韩十四在这个时候去江东与父母团聚，则时间绰绰有余。

综上所述，可以作出结论：杜甫《送韩十四江东省觐》应作于上元元年的秋末冬初，而非上元二年年底；地点应是蜀州，而非成都。

"拔树""卷茅"之风并非同一场

历代杜诗辑注本都把《楠树为风雨所拔叹》《茅屋为秋风所破歌》二首放在一起,久之,人们产生了错觉,以为"拔树"和"卷茅"是一场风之所为。例如,陈贻焮先生在所著《杜甫评传》中说:"今年开春以来,直到八月'楠树为风雨所拔''茅屋为秋风所破',老杜的日子过得还蛮顺利。"[1]实际上,拔掉老杜草堂前那棵老楠树的风是一场夏季的风,比卷走"屋上三重茅"的那场秋风早刮了两三个月。只要细读这两首诗,是不难得出这个结论的。

其一,两场风的风向完全不同。《楠树为风雨所拔叹》写道:"倚江楠树草堂前,故老相传二百年。诛茅卜居总为此,五月仿佛闻寒蝉。东南飘风动地至,江翻石走流云气。干排雷雨犹力争,根断泉源岂天意!"而《茅屋为秋风所破歌》写道:"八月秋高风怒号,卷我屋上三重茅。茅飞渡江洒江郊,高者挂罥长林梢,下者飘转沉塘坳。南村群童欺我老无力,忍能对面为盗贼。公然抱茅入竹去,唇焦口燥呼不得。"由以上所引诗句可知,"拔树"的"飘风"(飘风,即暴风[2])是从"东南"方向而来的,这正是夏季风的盛行风向。《辞海》"季风"条注释说:"我国东邻太平洋,在夏季,因大陆气温高于海洋,低层气压相应较低,风由海洋吹向大陆,形成湿热的东南季风。在冬季,因大陆气温低于海洋,气压相应较高,风由陆地吹向海洋,形成干冷的西北季风。"[3]杜甫以写实称著,于细微之处从不

---

[1] 陈贻焮《杜甫评传》,北京大学出版社,2003年,第624页。
[2]《辞海》,上海辞书出版社,1979年,第1531页。
[3]《辞海》,上海辞书出版社,1979年,第1742页。

含糊,"东南飘风动地至",分明写的是一场夏季的暴风。而"卷茅"的那场秋风,其风向则来自西北,这从诗中不经意处能够看得出。且看,那些抢拾茅草的孩子是"南村群童"啊,这说明茅草是被风卷到南边去了,则这场秋风的来向不言自明。

其二,这两首诗分别点出了时间,"五月"和"八月"。第一首诗说"五月仿佛闻寒蝉",这句虽然不如第二首的"八月秋高风怒号"那样把时间与风连得很紧,但是,我们注意到它的下句便是"东南飘风动地至",这种密切的连接,给人的感觉是正当诗人欣赏楠树的枝叶在微风中发出蝉鸣般的细响时,暴风便凶猛而至了。因此,可以认为"拔树"之风即在五月,最迟也不会超过六月。

其三,还应注意诗人描绘楠树勇斗雷雨的句子:"干排雷雨犹力争",这个"雷"字十分重要,它点明了这场暴风雨的季节性;同时,一个"排"字又间接地写出了雷雨的猛烈,这样的天气在秋季是绝对不可能出现的。杜诗以境界雄深为人赞赏,而在叙事上又以真实、细腻著称。诗人巨细兼顾而且兼善,既目光如炬,视通万里,又明察秋毫,一丝不爽。解读杜诗,必须细心、再细心。

物候关情
——对杜甫陇右诗的补注（二则）

一、"露从今夜白"的情感解析

杜甫客居秦州时作《月夜忆舍弟》，诗云：

> 戍鼓断人行，边秋一雁声。
> 露从今夜白，月是故乡明。
> 有弟皆分散，无家问死生。
> 寄书长不达，况乃未休兵！

颔联"露从今夜白，月是故乡明"，对句表达客子思乡之情，意思甚明。而对于出句的情感解析，古今注家尚无贡献。郭知达《九家集注杜诗》无注。王嗣奭《杜臆》注曰："对明月而忆弟，觉露增其白。"[1]仇兆鳌《杜诗详注》注曰："今夜白，又逢白露节候也。"[2]杨伦《杜诗镜铨》注曰："是夜逢白露节。"[3]浦起龙《读杜心解》引仇注。[4]今人萧涤非《杜甫诗选注》注曰："露无夜不白，但感在今夜，又逢白露节，故曰露从今夜白。"[5]聂石樵等《杜甫选集》注曰："是日为白露节，故云。"[6]

---

[1] 王嗣奭《杜臆》，上海古籍出版社，1983年，第96页。
[2] 仇兆鳌《杜诗详注》，中华书局，1979年，第590页。
[3] 杨伦《杜诗镜铨》，上海古籍出版社，1998年，第247页。
[4] 浦起龙《读杜心解》，中华书局，1961年，第401页。
[5] 萧涤非《杜甫诗选注》，人民文学出版社，1979年，第127页。
[6] 聂石樵等《杜甫选集》，上海古籍出版社，1983年，第144页。

以上各家之注，均只以节令注此诗句，令人觉得它只是交代了写作的时间，于抒情并无干系，从而感到它失之轻飘，与杜诗的沉郁风格相抵触。笔者以为，仅以白露节注释此句，而没有进一层阐释它的感情内涵，这种注释的肤浅之失，是由于对民族传统文化心理的一个方面缺乏认识。我们的先人安土重迁，一旦成为客居他乡的游子，他们被思乡的心理所驱使，对于节令的变更就表现得十分敏感，而且忧伤。宋之问在《新年作》中叹道："乡心新岁切，天畔独潸然。老至居人下，春归在客先。"这是由春节引发的怀乡之情。高适在《除夜作》中叹道："旅馆寒灯独不眠，客心何事转凄然？故乡今夜思千里，霜鬓明朝又一年。"也是由春节引发出怀乡之情。王勃在《蜀中九日》中叹道："九月九日望乡台，他席他乡送客杯。人情已厌南中苦，鸿雁那从北地来！"重阳之节，见大雁南来，思乡之心，则怅然北去。王维在《九月九日忆山东兄弟》诗中叹道："独在异乡为异客，每逢佳节倍思亲。遥知兄弟登高处，遍插茱萸少一人。"也是由重阳节引发的怀乡之情。孟云卿在《寒食》诗中叹道："二月江南花满枝，他乡寒食远堪悲。贫居往往无烟火，不独明朝为子推。"这是由寒食节引发的客中贫居之叹，思乡之情亦在其中。这些诗例说明，节令之临，风物之变，引发客子的思乡之情，乃是普遍的文化心理现象。

还应该提一提对杜甫产生重大影响的杜审言，杜审言在《和晋陵陆丞早春游望》诗中叹道："独有宦游人，偏惊物候新。""偏"者，最也，极也。"物候"者，随节候而变化的风物也。作为宦游人的杜审言，对早春的物候大为震惊，深刻地表达了他对年华流逝、有家难回的苦闷心情。作为乃祖贤孙的杜甫，曾言"吾祖诗冠古"（《赠蜀僧闾丘师兄》），对杜审言的诗艺是精熟的，其"露从今夜白"之句，简直就是"偏惊物候新"的翻版，只是比其祖取象更具体，着色更鲜明，表达更含蓄罢了——它表面上只是叙写物候，而没有使用"偏惊"之类的字眼，这正是沉郁风格的体现。也许正是由于没有使用表情的字眼，古今注家竟忽略了它所蕴含的叹节令之变、动客子之思的深沉情感。而忽略了它所蕴含的这种情感，它也就成了闲笔，而且也无法与"月是故乡明"这样乡思浓重的诗句构成斤两相当的对仗，岂不可惜！

在杜甫诗中，因节令、物候之变而生发思乡忆故之情，可谓比比皆是。过立春节则叹曰："春日春盘细生菜，忽忆两京全盛时。"(《立春》) 过寒食节则叹曰："娟娟戏蝶过闲幔，片片轻鸥下急湍。云白山青万余里，愁看直北是长安。"(《小寒食舟中作》) 过熟食节则叹曰："几年逢熟食，万里逼清明。松柏邙山路，风花白帝城。"(《熟食日示宗文宗武》) 过重阳节则叹曰："伊昔黄花酒，如今白发翁。追欢筋力异，望远岁时同。弟妹悲歌里，乾坤醉眼中。兵戈与关塞，此日意无穷。"(《九日登梓州城》) 过冬至节则叹曰："年年至日长为客，忽忽穷愁泥杀人。""心折此时无一寸，路迷何处是三秦？"(《冬至》) 又叹曰："冬至至后日初长，远在剑南思洛阳。"(《至后》) 可见，老杜的节令情思之指归，是很清晰的。

中国古代诗人处于农耕文化环境中，具有浓厚的乡土情结，"安土重迁"就是这种情结的集中体现，游子的漂泊之叹、故土之思，来得执着、生动、回肠荡气。尤其是在节令的转换、物候的变更之际，这种情结就会表现得异常浓重。对于这种文化心理，解诗者不可疏忽。

二、"蝮蛇"是春气萌动的信号

杜甫《乾元中寓居同谷县作歌七首》其六云：

南有龙兮在山湫，古木巃嵷枝相樛。
木叶黄落龙正蛰，蝮蛇东来水上游。
我行怪此安敢出，拔剑欲斩且复休。
呜呼六歌兮歌思迟，溪壑为我回春姿。

诗中的"蝮蛇"，古今注家多以为有所喻指。郭知达《九家集注杜诗》引苏轼之说，以为"蝮蛇"指宦官李辅国；[1] 浦起龙则以为指叛将史思明；[2] 仇兆鳌以为是"阴盛之象"；[3] 今人陈贻焮同意苏轼之说；[4] 聂石樵、邓

---

[1] 郭知达《九家集注杜诗》，上海古籍出版社，1983年，第96页。
[2] 浦起龙《读杜心解》，中华书局，1961年，第264页。
[3] 仇兆鳌《杜诗详注》，中华书局，1979年，第698页。
[4] 陈贻焮《杜甫评传》，北京大学出版社，2003年，第547页。

魁英则同意浦氏之说；[1]萧涤非也认为是"有所指的，但到底指什么人，也很难说。"[2]只有王道俊持"无指"之说，他在《博议》中说："前后六章，皆自叙流离之感，不应此章独议时事。此盖咏同谷万丈潭之龙也。龙蛰而蝮蛇来游，或自伤龙蛇之混，初无指切。"[3]

笔者认为王氏的"无指"之说，是切合杜甫原意的。他从"七歌"整体内容的宏观角度，俯视个体诗篇的意旨和物象，指出"喻指"说的反创作规律性，无疑是科学的眼光。笔者愿作补充的是，"喻指"说不论所指者为谁，都有说不通的地方，那就是"拔剑欲斩且复休"这种行为难以解释，对于"李辅国""史思明"以及"阴盛之象"，杜甫怎会表示要放之任之呢？有学者强作辩解，说是因为杜甫"不在其位，力不从心"。人所共知，杜甫是个不在其位、亦谋其政的人，从未考虑过自身的地位；而"拔剑欲斩"这种行为，说到底也不是由杜甫亲手去干的，所以跟自身力气无关；它仅是表达与恶人不共戴天的意志，而这种意志是杜甫终生不变的，是不会"且复休"的。

笔者认为，王道俊的"无指"之说虽然正确，但他所谓"自伤龙蛇之混"的诗旨解释，仍然未中窍要。其实，"蝮蛇"的出现，既是杜甫目击物候的实录，又不是为杜甫所厌恶的事情。对杜甫来说，它的出现并不是坏事，实在是天大的好事。因为它的出现是春气萌动的兆示，这对于"短衣数挽不掩胫"，"手脚冻皴皮肉死"，在饥寒中哀号的杜甫来说，无疑是一道活命的曙光。杜甫看到了这道曙光，并且为之喜悦，所以才在诗末唱道"呜呼六歌兮歌思迟，溪壑为我回春姿"。这个"春姿"，是杜甫由蝮蛇的出现进而环顾溪壑所看到的，那么，"蝮蛇"的出现，当然也是"春姿"的具象之一了。而所谓"歌思迟"者，是说唱到此处，诗情变得舒缓从容了，诗情之所以如此，正是看到了"春姿"，心里有了底。弄清了"蝮蛇"的"春姿"含义，再看"我行怪此安敢出，拔剑欲斩且复休"，作者的心理过程也就不难理解。作者看到蝮蛇敢于在"木叶黄落龙正蛰"的冬季出

---

[1] 聂石樵等《杜甫选集》，上海古籍出版社，1983年，第169页。
[2] 萧涤非《杜甫诗选注》，人民文学出版社，1979年，第145页。
[3] 仇兆鳌《杜诗详注》，中华书局，1979年，第699页。

游,自然要感到奇怪,基于素常对蝮蛇的仇视,"拔剑欲斩"也是人之常情;但杜甫是个善于冷静思考的人,他从蝮蛇的出游而感到气候的变暖,又由气候的变暖而产生生存的希望,那么,对于这个给他提供春天信息并使他获得生存希望的使者,又如何忍心杀之?蝮蛇虽可恨,却爱其来能报时,这就是杜甫"拔剑欲斩且复休"的一番心思。由此,我们亦可知晓杜甫在同谷饥寒交迫的程度。

安史叛军确曾焚烧了唐室宗庙

杜诗中有两处提到安史叛军纵火焚烧唐室九庙事。一是《壮游》诗云"上感九庙焚",一是《往在》诗云"往在西京日,胡来满彤宫。中宵焚九庙,云汉为之红。解瓦飞十里,穗帷纷层空。疢心惜木主,一一灰悲风",后诗记录焚烧九庙的情景颇详。

杜诗以纪实为特征,诗中所记,向为史家所重视。尤其是这种焚烧宗庙的大事,当不会是艺术夸张,更不会是凭空捏造。但从古至今,注杜者均于此处未能引证相关史实。

宋人郭知达《九家集注》于《壮游》"上感九庙焚"句下,仅注云"天子九庙",于《往在》"中宵焚九庙"句下,仅注"赵云:天子七庙,王莽增为九庙,今云九庙,以盛者言之",未及叛军焚烧九庙之事。

清人朱鹤龄《杜工部诗集辑注》,于"上感九庙焚"句下无注,于"一一灰悲风"句下注云:"《旧唐书》:中宗已祔太庙,开元四年出置别庙,至十年,置九庙,而中宗神主复祔太庙。天宝末,两都倾陷,神主亡失,肃宗既复旧物,建庙作主于上都,其东都神主,大历中始于人间得之。"注文虽繁,却仍未言及九庙被焚之事。而《钱注杜诗》向以搜寻史料著称,亦未能于此有所发明。

康熙年间问世的仇兆鳌《杜诗详注》,以详著称,亦于"上感九庙焚"句下无注,于"中宵焚九庙"句下注云:"《旧唐书》:中宗已祔太庙,开元四年出置别庙,至十年,置九庙,而中宗神主复祔太庙。"这段文字只是注释了"九庙"一词,而于"焚九庙"则毫无意义。

其后,雍正年间问世的浦起龙《读杜心解》,于"上感九庙焚"和"中宵焚九庙"句下均无注。乾隆年间问世的杨伦《杜诗镜铨》同样无注。

中华人民共和国成立后出版的几种杜诗选注本，如萧涤非的《杜甫诗选注》、聂石樵、邓魁英的《杜甫选集》等，亦未对此有所阐释。《杜甫选集》的注释者，注释"九庙焚"曰："喻朝廷倾危。"这是苦于找不到史料依据，而把"九庙焚"看作是一种比喻了。

笔者坚信杜诗的言之有据。经查阅若干史料，在《旧唐书》《新唐书》中，找到了安史叛军焚烧唐室宗庙的记载，现公之于世，以解同人之惑。《旧唐书·玄宗纪》载：

> （玄宗自成都还）至京师，文武百僚，京城士庶，夹道欢呼，靡不流涕。即日御大明宫之含元殿，见百僚，上皇亲自抚问，人人感咽。时太庙为贼所焚，权移神主于大内长安殿，上皇谒庙请罪，遂幸兴庆宫。[1]

又，《旧唐书·肃宗纪》载：

> （至德二载，冬十月）癸亥，上自凤翔还京，仍遣太子太师韦见素入蜀迎上皇。凤翔郡给复五载。丙寅，至望贤宫，得东京捷书至，上大喜。丁卯，入长安，士庶涕泣拜忭曰："不图复见吾君。"上亦为之感恻。九庙为贼所焚，上素服哭于庙三日，入居大明宫。[2]

又，《新唐书·礼乐志第三》载：

> 安禄山之乱，宗庙为贼所焚，肃宗复京师，设次光顺门外，向庙而哭，辍朝三日。[3]

据此可知，杜诗所记"九庙焚"，确实有事实依据，其"诗史"之誉，足以当之。与史书不同者，史书只以"九庙为贼所焚"一句概括，而杜诗则能对焚烧九庙的场面作出生动的描写；史官记载此事，执笔冷静，而杜甫则带以浓重的情感，"上感九庙焚"，"疚心惜木主，一一灰悲风"。

---

[1]《二十五史·旧唐书》，上海古籍出版社，1986年，第35页。
[2]《二十五史·旧唐书》，上海古籍出版社，1986年，第36页。
[3]《二十五史·新唐书》，上海古籍出版社，1986年，第41页。

"感""疚""惜""悲",诸多情感词语的遣用,使诗句具有强烈的感染力。这就是"诗史"既忠于史实又高于史书之处。

由此,《壮游》诗中"哭庙灰烬中,鼻酸朝未央"二句,在解释上也就可补前人之缺了。据上引文"上素服哭于庙三日,入居大明宫"可知,杜甫当时作为肃宗的侍臣,是陪同肃宗哭庙三日的,而后又怀着悲痛的心情(鼻酸),扈从肃宗进入大明宫。未央,本是汉代宫殿名,汉高帝七年(前200)建,常为朝见之处,唐人习惯以未央宫代称皇帝听政之处的大明宫。

在杜诗学史上,以史注杜向来为历代学者所遵循,前人在这个方面也取得了丰硕的成果。但史料之富,实难遍览,前人之缺,在所必然,以史注杜的天地尚觉宽阔。

破解杜甫心中的"古意"
——读杜甫《登兖州城楼》

杜甫年轻时东游齐鲁,到兖州探望父亲(其父杜闲当时任兖州司马),他独自登临兖州城的南楼,作五律言道:

> 东郡趋庭日,南楼纵目初。
> 浮云连海岱,平野入青徐。
> 孤嶂秦碑在,荒城鲁殿余。
> 从来多古意,临眺独踌躇。

使这位年轻诗人临眺踌躇的"古意"是什么呢?历代注家均未能正确阐明之。赵次公解释说:"断句(指尾联)所以结'秦碑''鲁殿',为古意。"[1]是说"古意"即怀古之意。浦起龙解释说:"首、二,点事。三、四,横说,紧承'纵目'。五、六,竖说,转出'古意'。末句仍缴还'登'字,与'纵目'应。"[2]将"古意"与"秦碑""鲁殿"相联系,也是说"古意"即怀古之意。仇兆鳌注释"古意",引李密诗"怅然怀古意",[3]明白说出"古意"即怀古之意。杨伦解释说:"三、四承上'纵目'字写景,五、六起下'古意'字感怀。"[4]观点同上。

上面所引的四家之说,内容大体相同:一是认为"古意"即怀古之意,二是认为此诗的结构分为前后两截,前四句写景,后四句抒怀。笔者

---

[1] 林继中《杜诗赵次公先后解辑校》,上海古籍出版社,1994年,第4页。
[2] 浦起龙《读杜心解》,中华书局,1961年,第333页。
[3] 仇兆鳌《杜诗详注》,中华书局,1979年,第6页。
[4] 杨伦《杜诗镜铨》,上海古籍出版社,1998年,第2页。

以为,仅仅把"古意"解释为怀古之意,失之泛泛;而把一首抒情诗分为两截,把写景仅仅看作是写景,而不与抒情相关联,是于诗道不通的。把写景与抒情脱离开来,或许是某些平庸诗人的做法,而对于杜甫来说,绝无这种情况。一个成熟的诗人,他笔下的景物、细节、典故、议论,无不是为抒情而设,也就是说,他是用情感的主线把景物、细节、典故、议论这些笔墨贯穿起来的。体会杜甫这首诗,首联为点题之笔,将其登临的地点、时间作出交代,以便于框定下文笔墨的特殊性——此地风光、此地人事,这是登临感怀之作的常规写法。颔联,就其笔墨来说是写景,看其用意,是在于感慨空间的阔大,这从"浮云""平野""海岱""青徐"的取景中可以看破。而感慨空间的阔大,又在于感叹自身形体的渺小。这种用意是需要用"诗心"去体会的,也就是孟子所说的"以意逆志"。颈联,就其笔墨来说是介入人事,"秦碑""鲁殿"的存在,将作者的思绪导入时间范畴,他是借此感叹历史的悠久、时间的无限。而感叹历史的悠久与时间的无限,其用意又在于感叹个体生命之短暂、匆促。总之,中间这两联,作者是在表现他作为生命个体对于时空无限性的深沉感慨,也就是他的宇宙意识。他所说的"从来多古意"的"古意",正在于此。面对如此阔大的空间与无限的时间,他强烈地感受到自身的渺小与生命的短促,而这种状况又非人力所能改变,这就是他"临眺独踌躇"的原因之所在。

那么,他为何将这种宇宙意识称为"古意"呢?就是因为这种宇宙意识是古来有之的。我们的先人很早就具有了宇宙意识,"宇宙"这个概念的产生就是个明证。什么是"宇宙"?《淮南子·齐俗训》解释说:"往古来今谓之宙,四方上下谓之宇。"[1]这说明先人们已经把时间与空间紧密地联系起来了,而且已经表现出对二者的无限性有所认识。基于这种认识,古代的人们面对无垠的宇宙,频频发出个体生命之渺小之短促的叹息。晋朝人羊祜登临岘山,对同游者叹道:"自有宇宙,便有此山,由来贤达胜士登此远望,如我与卿者多矣!皆湮灭无闻,使人悲伤。"(《晋书·羊祜传》)[2]羊祜的这段话,正是感慨江山之永在,人生之短暂。他所说的"宇

---

[1]《诸子集成》,上海古籍出版社,1986年,第178页。
[2]《二十五史·晋书》,上海古籍出版社,1986年,第117页。

宙"，显然是包括了空间和时间的。个体生命在无限的时空里所呈现的微小和瞬息之状，是他发出叹息的哲学依凭。晋人王羲之与会稽名士们同游兰亭，游乐之际，悲从中来，他"仰观宇宙之大，俯察品类之盛"，对比之下，感到了人生的匆促："人之相与，俯仰一世。"(《兰亭集序》)[1]谓于俯仰之间，个体生命便告终结。夸张之词，凸现出强烈的时空感受。这些，都反映了古代人们的宇宙意识，其精神内核就是宇宙无限，人生短促。

笔者以为，这才是杜甫在诗中所说的"古意"。而将"古意"仅仅解释为"怀古之意"是失之泛泛的。还应看到，杜甫年轻时心中的这份"古意"，是贯穿他的一生的。在此后所写的表达身世之感或描绘景物的作品中，时空之感、宇宙意识都表现得十分强烈。前者如"乾坤万里眼，时序百年心"，"漂荡云天阔，沉埋日月奔"，"万里悲秋常作客，百年多病独登台"，"十年蹴鞠将雏远，万里秋千习俗同"之写漂泊身世；后者如"江山有巴蜀，栋宇自齐梁"之写兜率寺，"长风驾高浪，浩浩自太古"之写嘉陵江，"修纤无垠竹，嵌空太始雪"之写铁堂峡，"锦江春色来天地，玉垒浮云变古今"之写蜀地风光，等等，字里行间总是涌动着深沉的宇宙意识。这种宇宙意识也是构成杜诗"沉郁顿挫"风格的重要因素。

---

[1] 冯其庸《历代文选》，中国青年出版社，1962年，第335页。

杜诗"承露金茎"是指"天枢"铜柱

杜甫《秋兴八首》其五曰：

> 蓬莱宫阙对南山，承露金茎霄汉间。
> 西望瑶池降王母，东来紫气满函关。
> 云移雉尾开宫扇，日绕龙鳞识圣颜。
> 一卧沧江惊岁晚，几回青琐点朝班。

古今注家对"承露金茎霄汉间"的注释，多将"承露金茎"解释为汉武帝所建造的"承露盘金茎"。大体有两种说法：其一，认为是借用汉武帝建造的"承露盘金茎"来比喻唐玄宗之喜好神仙。如，顾宸云："《三辅故事》：建章宫承露盘金茎高二十丈。引以喻明皇之好仙也。"[1]陈贻焮先生《杜甫评传》亦持此种说法："唐宫里并无承露金茎，不过是借汉拟唐而已。"[2]其二，认为"承露金茎"云云是因为玄宗好道而连类言之，并非真有此物。如，仇兆鳌《杜诗详注》引陈泽州注："汉武承露铜柱，在建章宫西，建章宫在长安城外西北隅。唐东内在京城东北，不闻有承露盘事。此盖言唐开、宝宫阙之盛，又以明皇好道，故以蓬莱、承露、瑶池、紫气连类言之，不必实有金茎。"[3]萧涤非先生《杜甫诗选注》亦持此种说法："唐时宫中并无承露盘，此特借汉事以为形容。"[4]

只有清人施鸿保认为唐代京都应有金茎，只因诸书失载，所以无可考

---

[1] 顾宸《辟疆园杜诗注解》，七言律卷之四，吴门书林梓行，康熙癸卯。
[2] 陈贻焮《杜甫评传》，北京大学出版社，2003年，第925页。
[3] 仇兆鳌《杜诗详注》，中华书局，1979年，第1491页。
[4] 萧涤非《杜甫诗选注》，人民文学出版社，1979年，第257页。

之。其所著《读杜诗说》云:"今按,下'西望瑶池'二句,可作虚设之词。此承上'蓬莱宫阙'句,蓬莱既实有其宫,不应此句虚言金茎。玩'霄汉间'字,亦似非虚言者。明皇好道,安见不亦效汉武为之?且《洛城北谒玄元庙》诗'金茎一气旁',朱说引《曹子建集》,谓洛城有金城(城应作茎),则巡幸之地,尚沿有之,岂长安帝居不特置耶?诸书失载,故无考耳。"[1]施鸿保从对仗的实对实关系、"霄汉间"的具体描写、玄宗好道以及"巡幸之地,尚沿有之"的例行做法,推论"承露金茎"这种建筑物在唐有之,而苦于"诸书失载",无可引证。

笔者认为,施鸿保的推论是成立的,正如叶嘉莹在《迦陵文集》中所说:施氏"以为蓬莱宫实有金茎,虽无确据,然其说不无可取"[2]。今按,唐代宫中以"承露盘金茎"为名字的建筑物,虽未见于史料记载,但是与"承露盘金茎"十分相似的建筑物则有之,这就是武则天建造的"天枢"铜柱,而这个"天枢"铜柱曾被时人称之为"承露盘金茎"。中唐人刘肃在《大唐新语》卷八中详细地记载了唐代宫中建有"天枢"铜柱的情况。该书云:

> 长寿三年,则天征天下铜五十万余斤,铁三百三十余万,钱二万七千贯,于定鼎门内铸八棱铜柱,高九十尺,径一丈二尺,题曰"大周万国述德天枢",纪革命之功,贬皇家之德。天枢下置铁山,铜龙负载,狮子、麒麟围绕。上有云盖,盖上施盘龙以托火珠,珠高一丈,围三丈,金彩荧煌,光侔日月。武三思为其文,朝士献诗者不可胜纪。唯峤诗冠绝当时,其诗曰:"辙迹光西崦,勋名纪北燕。何如万国会,讽德九门前。灼灼临黄道,迢迢入紫烟。仙盘正下露,高柱欲承天。山类丛云起,珠疑大火悬。声流尘作劫,业固海成田。圣泽倾尧酒,熏风入舜弦。欣逢下生日,还偶上皇年。"后宪司发峤附会韦庶人,左授滁州别驾而终。开元初,诏毁天枢,发卒销烁,弥月不尽。洛阳尉李休烈赋诗以咏之曰:"天门街里倒天枢,火急先须卸火珠。计合一条丝线挽,何劳两县索人夫。"先有讹言云:"一条线

---

[1] 施鸿保《读杜诗说》,上海古籍出版社,1983年,第175页。
[2] 叶嘉莹《迦陵文集》(一),河北人民出版社,1998年,第231页。

挽天枢。"言其不经久也。故休烈诗及之。士庶莫不讽咏。[1]

又,《大唐新语·辑佚》载:

（则天）造天枢于定鼎门,并番客胡商聚钱百万亿所成。其高九十尺,下以铁山为脚,铸铜为二麒麟,以镇四方。上有铜盘,径三丈,蛟龙人立,两足捧大火珠,望之如日初出。镌文于柱曰:"大周万国述德天枢"。后开元中推倒,铜入上方。[2]

从上面这两段记载可以得知,长寿三年（694）,武则天为"纪革命之功",建造了一个高九十尺的"天枢"以述周德,这个建筑物为八棱铜柱,十分壮观,引来许多朝士献诗。那么,这个"天枢"铜柱是否就是杜甫所说的"承露金茎"呢？笔者以为,答案是肯定的,理由是:

一、上引《大唐新语·辑佚》明确写道,"天枢"铜柱的顶上"有铜盘"。这种构造模式与汉武帝造的"承露盘金茎"相同。据《资治通鉴》卷二十载:汉武帝元鼎二年（前115）,"春,起柏梁台。作承露盘,高二十丈,大七围,以铜为之,上有仙人掌,以承露,和玉屑饮之,云可以长生"。[3]又据《资治通鉴》卷一百零五载:武则天天册万岁元年（695）,"夏,四月,天枢成,高一百五尺,径十二尺,八面,各径五尺。下为铁山,周百七十尺,以铜为蟠龙麒麟萦绕之;上为腾云承露盘,径三丈,四龙人立捧火珠,高一丈。工人毛婆罗造模,武三思为文,刻百官及四夷酋长名,太后自书其榜曰'大周万国颂德天枢'"。[4]两则史料都记载"天枢"铜柱顶部上有承露铜盘。

二、"天枢"铜柱与汉武帝造的"承露盘金茎",除了顶上都有"承露盘",还有两大相似之处:一是建筑材料相同,都是用铜铸造而成（故称"金茎"）,二是建筑规模都十分巨大。

三、从《大唐新语》卷八所载"冠绝当时"的李峤诗中所写的"仙盘

---

[1] 刘肃《大唐新语》,中华书局,1984年,第126页。
[2] 刘肃《大唐新语》,中华书局,1984年,第204页。
[3] 司马光《资治通鉴》,时代出版社,2002年,第378页。
[4] 司马光《资治通鉴》,时代出版社,2002年,第4277页。

正下露,高柱欲承天"来看,时人是把这个"天枢"铜柱看作"承露盘金茎"的。今查阅《全唐诗》,在卷六十一见到李峤的这首诗,题为《奉和天枢成宴夷夏群僚应制》,全诗文字,仅"勋名"作"勋庸"一字之差。可见李峤之诗确实存在。李峤等时人把"天枢"铜柱称为"承露盘金茎",所依据的就是两者在构造模式(承露铜盘)、建筑材料(铜质)及规模(巨大)上的相似,这种称谓不能说凭空臆造。

既然李峤等前人已经把"天枢"铜柱称为"承露盘金茎",杜甫自然可以延续称之。笔者认为,杜甫诗句"承露金茎霄汉间"的所写对象,就是这个"天枢"铜柱。"天枢"铜柱毁于开元初年,当时杜甫尚幼,虽不能目睹它的雄姿,但李峤的《奉和天枢成宴夷夏群僚应制》,他年长之后肯定能够读到,有关"天枢"铜柱的传闻,他一定能够听到。而且,对于武则天的评价,杜甫持论为公,不涉偏见,在所作《赠蜀僧闾丘师兄》《寄刘峡州伯华使君四十韵》两首诗中,高度赞扬武则天的文治政绩和人才工程:"惟昔武皇后,临轩御乾坤。多士尽儒冠,墨客蔼云屯。""太后当朝肃,多才接迹升。"这是他有可能超越玄宗的毁柱之举,而把"天枢"铜柱作为京都盛景加以描绘的思想基础。

《秋兴八首》是连章体组诗,自第五首以后,是围绕"故国平居有所思"来写的,主要是回忆初盛唐时期京都之盛世景象,以表现浓重的今昔之感。这第五首笔墨的重点在于回忆京都宫阙建筑之高大壮丽。首联"蓬莱宫阙对南山,承露金茎霄汉间",是使用实笔来描写。《唐会要》卷二十载:"龙朔二年,高宗染风痹,以宫内湫湿,乃修旧大明宫,改名蓬莱宫,北据高原,南望爽垲。"[1]可知蓬莱宫之名乃是高宗时有的,它是位置最高的宫殿,说它"对南山",与终南山相望对峙,用笔确切,亦颇能见出京都宫阙之高大雄伟;再加上高达九十尺(《资治通鉴》称一百零五尺)的"天枢"铜柱,京都之壮丽也就完全被表现出来了。颔联"西望瑶池降王母,东来紫气满函关",则是使用虚笔烘托,意谓站在蓬莱宫上,西望可以看见王母瑶池,东望可以见到函关紫气,则大国气象,赫然可见。正如清人边连宝在所著《杜律启蒙》中说:"宫阙直对终南,金茎上插霄汉,

---

[1] 王溥《唐会要》,中华书局,1955年,第553页。

西接王母之瑶池,东挹函关之紫气,总是极言其形胜,以见帝居之壮丽,并无讽刺之意。"[1]这是从连章组诗的构思脉络角度对个体诗篇内容的准确把握,非断章取义者所能领略。

---

[1] 边连宝《杜律启蒙》,卷十二,乾隆丁酉初刻本。

"西戎甥舅礼,未敢背恩私"为刺代宗说

《资治通鉴》载:广德元年(763)七月,"吐蕃入大震关,陷兰、廓、河、鄯、洮、岷、秦、成、渭等州,尽取河西、陇右之地"。[1]此时,杜甫客居梓州,消息传来,作《对雨》诗,记边患之忧。诗云:

莽莽天涯雨,江边独立时。
不愁巴道路,恐湿汉旌旗。
雪岭防秋急,绳桥战胜迟。
西戎甥舅礼,未敢背恩私。

历代注家对尾联的解释,均未能圆通全诗。主要问题,在于把这两句诗解释为杜甫对吐蕃存有希望。且看以下各家之说。

赵次公注云:"初,中宗景龙三年,以雍王守礼女为金城公主,以妻赞普。其后,玄宗开元间遣使入朝,奉表言甥,言先帝舅,云云。今公言望其敦甥舅之礼,而勿背焉。"[2]这是说,杜甫希望吐蕃能尊重甥舅之礼,不要背恩弃义。

卢元昌注云:"郭子仪尝言吐蕃无道,不顾甥舅之礼。结句盖反用之。"[3]这是说,杜甫认为吐蕃是不会背弃恩私的。

王嗣奭注云:"背恩云'未敢',委婉含蓄。"[4]究竟何意,语焉不详。

仇兆鳌感到了这两句诗难以解释,便含糊其词地说:杜甫认为,"或

---

[1] 司马光《资治通鉴》,中华书局,1997年,第7146页。
[2] 林继中《杜诗赵次公先后解辑校》,上海古籍出版社,1994年,第559页。
[3] 仇兆鳌《杜诗详注》,中华书局,1979年,第1035页。
[4] 王嗣奭《杜臆》,上海古籍出版社,1983年,第172页。

者吐蕃念甥舅之礼，不忍背我国恩乎，然虏情终未可测也"[1]。这是说，杜甫在认识吐蕃背恩与不背恩之间犹豫不决。

浦起龙注云："末亦希冀之词。"[2] 是说杜甫希望吐蕃不背恩。

杨伦注云："反词也。"[3] "反词"就是反语，是说杜甫斥责吐蕃背恩。

至于金圣叹所云："是时公友高达夫新领西川节度，锐意南鄙（即进兵吐蕃）。公谓吐蕃者，昔年与婚媾，宜可结之以恩，不应遽绝其内附之心，而有'防秋''战胜'之举。"[4] 把批判矛头指向了高适，则更是不知这年七月吐蕃入侵大震关、"尽取河西、陇右之地"的严峻形势，乱说一气。（金圣叹《杜诗解》信口开河者甚多）

今人解此两句，均未超出上述古人之论。如，陈贻焮先生说："如今吐蕃已尽取河西、陇右之地，马上就要打到长安，把皇帝赶跑了，老杜还念念不忘昔人舅甥之国的礼与情，并寄希望于万一，这种妄自尊大的心理，这种书生之见，真是够可以的了。"[5]

上述解释的严重缺陷，是把这两句孤立看待了，有断章取义之嫌。通观全诗，杜甫的心情是沉重的、悲哀的，他面对茫茫秋雨，想的是国家军队正在阻击吐蕃的入侵，表示不愁于自己远行道路的泥泞，而唯恐雨湿军旗，影响军队的士气，这足以说明杜甫对这场战争严重性的深刻认识。"雪岭秋防急，绳桥战胜迟"，一"急"一"迟"，虽是从唐军的角度下笔，但也侧面写出吐蕃入侵的猖狂和兵力的强大，何况，吐蕃攻陷唐王朝数州，"尽取河西、陇右之地"，已为杜甫所知晓，而成为此诗的写作背景。在这样的情况下，若还将尾联两句解释为杜甫对吐蕃抱有希望，则岂止是"书生之见"，简直是神经错乱！这与杜甫所一贯表现出的清醒的现实主义头脑，相差十万八千里。另外，从诗的上下文势来看，也绝不衔接，前六句痛写战争在严酷地进行，是言吐蕃已背恩私，后两句如何能说它"未敢背恩私"？"未敢"二字从何说起？

---

[1] 仇兆鳌《杜诗详注》，中华书局，1979年，第1035页。
[2] 浦起龙《读杜心解》，中华书局，1961年，第463页。
[3] 杨伦《杜诗镜铨》，上海古籍出版社，1998年，第470页。
[4] 金圣叹《杜诗解》，上海古籍出版社，1984年，第136页。
[5] 陈贻焮《杜甫评传》，北京大学出版社，2003年，第753页。

再看杜甫同时期所作的诗，亦未发现对吐蕃存有希望的意思，而是充满了敌意和仇视，乃至诅咒。《警急》诗中写道："和亲知计拙，公主漫无归。青海今谁得？西戎实饱飞。"斥责和亲失计，自是对吐蕃本性的清醒认识。《西山三首》写道："辛苦三城戍，长防万里秋。""漫山贼营垒，回首得无忧？"称吐蕃为"贼"，仇视之意甚明。《王命》诗写道："汉北豺狼满，巴西道路难。血埋诸将甲，骨断使臣鞍。"汉北，即汉水的上游，秦州、成州、渭州等在其流域。这年七月，吐蕃攻陷了这些州城。所谓"豺狼"，即指吐蕃。呼之为"豺狼"，还有何"希望"可存？

那么，《对雨》尾联究竟是何意思？仔细体会，这两句并非杜甫在申述个人的观点，乃是引述朝廷（代宗）对吐蕃的态度，并以质疑的语气道出，其意为："这就是吐蕃能尊重甥舅之礼，未敢背弃恩私吗？"关于朝廷对吐蕃的态度，《资治通鉴》说得明白，该书卷二百二十二记道：代宗广德元年四月，郭子仪屡次上言说"吐蕃、党项不可忽，宜早为之备"，代宗不予采纳，还"遣兼御史大夫李之芳等使于吐蕃"，结果"为虏所留"。胡三省注云："不能用郭子仪之言，为二虏入京师张本。"[1] 正是由于代宗对吐蕃抱有幻想，以为它能尊甥舅之礼，从而放松了戒备，方有七月的吐蕃大举入侵。杜甫此诗尾联之意，正是讽刺代宗迷惑于甥舅的老关系，放松对吐蕃的警惕。

---

[1] 司马光《资治通鉴》，中华书局，1997年，第7143页。

《病柏》为大唐由盛转衰塑形

杜甫晚年在成都草堂寓居期间,作《病柏》诗,诗云:

> 有柏生崇冈,童童状车盖。
> 偃蹇龙虎姿,主当风云会。
> 神明依正直,故老多再拜。
> 岂知千年根,中路颜色坏!
> 出非不得地,蟠据亦高大。
> 岁寒忽无凭,日夜柯叶改。
> 丹凤领九雏,哀鸣翔其外。
> 鸱鸮志意满,养子穿穴内。
> 客从何乡来,伫立久吁怪。
> 静求元精理,浩荡难倚赖。

诗中描写一棵参天巨柏由茂盛转为凋残,他乡来客对此感到惶惑不解。这自然是一首托物寄意之作,但是,对于这棵"病柏"的寄意,古今注家则未能作出令人信服的解释。"病柏"究竟是何者之塑形?作者在为何者而伤叹?各家说法不一。

一种是无寄托说。如,宋人赵次公云:"二病、二枯之诗(按,指杜甫所作《病柏》《病橘》《枯棕》《枯楠》),宜出乎一时之为。盖公流落于夔,因眼中有此而并赋之也。"[1]认为此诗只是赋体,并无比兴之意。这种解释显然有不通之处,说杜甫"眼中有此",见而赋之,那么杜甫所见到的是

---

[1] 林继中《杜诗赵次公先后解辑校》,上海古籍出版社,1994年,第883页。

"病柏",前六句所写的健壮柏树又从何而来?难道"丹凤领九雏,哀鸣翔其外"这种象征性的意象也是他所见到的吗?

另一种是寄托说,但寄托之意是什么,认识上却五花八门。主要有以下几家。

王嗣奭《杜臆》云:"此有托而发。'神明依正直,故老多再拜',一木之微而崇重至此,非想所及。'丹凤''鸱鸮'四句,喻正人摧折,则善类悲之,小人快之,又从而寝处之,形容痛切。"[1]王氏对该诗的主体形象"病柏"所寄托的意思并未阐释,只是就丹凤、鸱鸮二物生发写君子、小人的联想,是谓丢弃大局,解释近于平庸。

仇兆鳌《杜诗详注》云:"伤直节之见摧者",[2]认为诗旨是对遭受摧残的直节之士的伤悼。

浦起龙《读杜心解》云:"《病柏》,比也。志士失路,用以自况焉。"[3]认为它是杜甫用以自我写照、感叹自己身世的作品。

杨伦《杜诗镜铨》引用李西崖的观点:"李西崖曰:此伤房次律之词。中兴名相,中外所仰,一旦竟为贺兰进明所坏也。房为融之子,再世秉钧,故曰'出非不得地'。"[4]认为此诗是为伤悼房琯而作,病柏是房琯的塑形。

四川省文史研究馆《杜甫年谱》以为是"写正直壮健之才而横被摧残者"。[5]

以上持寄托说的各家注释,虽所指不同,但都是以"人"释"柏",认为"病柏"是为人物塑形的。唯有黄生持论不同,他说:"喻宗社欹倾之时,贤人君子废斥在外,无所用其匡救,而宵小盘据于内,恣为奸私,国祚安得再振?天意如此,真不可问。"[6]

我以为黄生的解释近是,他把"病柏"解作"宗社欹倾之时"的国

---

[1] 王嗣奭《杜臆》,上海古籍出版社,1983年,第137页。
[2] 仇兆鳌《杜诗详注》,中华书局,1979年,第851页。
[3] 浦起龙《读杜心解》,中华书局,1961年,第92页。
[4] 杨伦《杜诗镜铨》,上海古籍出版社,1998年,第370页。
[5] 四川省文史研究馆《杜甫年谱》,四川人民出版社,1981年,第66页。
[6] 仇兆鳌《杜诗详注》,中华书局,1979年,第853页。

家,是触到了老杜的心思。但仍嫌不够周密,通观全诗,前半写柏树之盛,后半写柏树之衰,作者之意,是在为由盛而衰的唐王朝塑形,作者是在为这一悲惨的巨变而伤叹。

以"人"注"柏",何以不通?就是因为诗中所写的这棵柏树不但磅礴而高大,且神圣而悠久,这一形象是无人可以类比的。谁人可以配称有"千年根"?谁人能使得"神明依"?谁人能让"丹凤"流连不舍?没有这样的人。杜甫也曾以柏树象征过孔明,但笔墨有分寸,描写其形象之高大仅写道"柯如青铜根如石,霜皮溜雨四十围,黛色参天二千尺"(《古柏行》)而已;说到神明,也只是说神明扶持着古柏,"扶持自是神明力",而没有说神明归依古柏。而且,以"人"释"柏",诗中所写的"中路颜色坏"、鸱鸮"养子穿穴内"也无法说得通。

若把此诗的寄意看成是在为大唐盛世景象及其转衰而塑形,作者是在为这一悲惨的巨变而伤叹,则全诗句句贯通,意脉流畅。"有柏生崇冈,童童状车盖。偃蹇龙虎姿,主当风云会。神明依正直,故老多再拜。"这棵巨大的柏树雄踞于高冈上面,茂盛的树冠像车盖一样。它的枝干屈曲矫健如同龙虎,伟岸的身姿主持着风云际会。它的光明正大使得神明前来依附,那些有见识的高龄老人常常对之顶礼膜拜。诗的前六句用柏树的茂盛身姿比拟大唐盛世景象显然是合适的。接下来"岂知千年根,中路颜色坏!出非不得地,蟠据亦高大。岁寒忽无凭,日夜柯叶改。丹凤领九雏,哀鸣翔其外。鸱鸮志意满,养子穿穴内"这十句,笔锋陡转,写这棵具有"千年根""蟠据大"的柏树遭遇"岁寒"的摧残,转瞬间便生命无所依凭,枝叶迅速凋零了。这种急剧的变化,恰当地写出了安史之乱对唐王朝的猛烈冲击。安史之乱来得突然而迅猛,为一般人始料不及。正如杜甫在《历历》诗中所说:"历历开元事,分明在眼前。无端盗贼起,忽已岁时迁。"安史盗贼阻挡了开元盛世的历史车轮,让大唐王朝从盛世的巅峰一下子跌入苦难的深渊。"岂知千年根,中路颜色坏",准确地写出了这个时代所发生的出人意料的巨变。"丹凤领九雏,哀鸣翔其外。鸱鸮志意满,养子穿穴内",则是借物以写乱世衰微的景象:贤者离开京都,流离失所;恶人窃据权位,志得意满。"丹凤"喻指贤者,他们曾经住在京都,一如丹凤栖居于柏树,杜甫《古柏行》说"香叶终经宿鸾凤",可知有鸾凤栖居柏树之说。至于"丹凤"具体喻指何人,可以有多种联想。一是喻指玄宗,潼关失守之后,玄宗携其子孙逃出京都,仓皇奔入蜀地,其境况有似"丹凤领九雏,哀鸣翔其外"。杜甫曾经在其他诗中把玄宗比为凤,如《客居》所写"凤随其凰去",仇兆鳌《杜诗详注》注云:"杨妃殁后,上皇亦亡,故曰'凤随其凰去'。"[1]"丹凤"又可喻指贤能的官员,杜甫曾经使用过这种比喻,如安史之乱爆发后作的《晦日寻崔戢李封》,诗中写道"威凤高其翔,长鲸吞九州"。仇兆鳌《杜诗详注》注云:"威凤高翔,以致长鲸吞噬,盖贤人去而盗贼炽,如张九龄之罢相是也。"[2]"丹凤"还可以喻指杜甫自身,安史之乱爆发之后,杜甫家乡沦陷,只好携带妻儿漂流异地,境况可悲。杜甫是曾经把自己比喻为凤的,《朱凤行》就是例证,此诗写一只朱凤,立身于衡山之巅,对陷于罗网的百鸟投以怜悯的目光,"愿分竹实及蝼蚁,尽使鸱枭相怒号",表示愿意把自己的口粮分给百鸟乃至蝼蚁,以挽救它们的生命,而不畏惧猫头鹰们的怒责、号叫。仇兆鳌《杜诗详注》注云:"《朱凤行》,自伤孤栖失志也。"[3]联系杜甫平生持有的关怀弱小黎民以及宁苦己以利他人的仁者情怀,可知仇氏的解释是正确的。

  以上是采用以杜注杜的方法,对《病柏》诗中的"丹凤"所指的人物类型作出阐释,总之,是喻指贤者。此外,在中国传统文化中,凤凰又是祥瑞之鸟,是国家兴盛的象征,古人认为,国家兴盛则凤凰出现,国家衰微则凤凰远去。因此,无论诗中的"丹凤"喻指贤者还是象征祥瑞,"丹凤领九雏,哀鸣翔其外"都是在写盛世已去。至于那些志得意满、在柏树的树干里穿洞养子的"鸱鸮",则显然是喻指安史盗贼以及那些附逆作乱的唐室臣子。说到这里,不难看出"丹凤领九雏,哀鸣翔其外。鸱鸮志意满,养子穿穴内"这四句,显然是对大唐王朝衰微的国势作出的艺术概括。

  《病柏》的结尾四句,写一位不知来自何乡的老者,面对这棵病柏发出浩叹和疑问,千年巨树竟然毁于一旦,求索天地间的道理,深感渺茫难

---

[1] 仇兆鳌《杜诗详注》,中华书局,1979年,第1254页。
[2] 仇兆鳌《杜诗详注》,中华书局,1979年,第298页。
[3] 仇兆鳌《杜诗详注》,中华书局,1979年,第2038页。

测。这是杜甫对大唐王朝的衰落表达的惋惜和无奈之情。

杜甫亲身经历了唐帝国由盛而衰的时代巨变。他出生的第二年就是开元元年（713），他是伴随开元盛世走过来的，盛世的景象给他留下美好而深刻的记忆。正因如此，国势的衰微在他的心上刻下深度的创伤，他多次用纪实的笔墨正面表现这种巨变，如《哀江头》、《忆昔二首》（其二）、《丹青引》、《韦讽录事宅观曹将军画马图歌》、《观公孙大娘弟子舞剑器行》、《江南逢李龟年》等诗篇，表现今昔之感，淋漓顿挫。不妨重读《忆昔二首》其二，看他对国家盛衰的强烈关注和深沉感叹：

> 忆昔开元全盛日，小邑犹藏万家室。
> 稻米流脂粟米白，公私仓廪俱丰实。
> 九州道路无豺虎，远行不劳吉日出。
> 齐纨鲁缟车班班，男耕女桑不相失。
> 宫中圣人奏云门，天下朋友皆胶漆。
> 百余年间未灾变，叔孙礼乐萧何律。
> 岂闻一绢直万钱？有田种谷今流血。
> 洛阳宫殿烧焚尽，宗庙新除狐兔穴。
> 伤心不忍问耆旧，复恐初从离乱说。
> ……

这首诗的结构，前半忆往日之盛，后半写今日之衰，与《病柏》完全相同，其内容和情感可以作为解读《病柏》的注脚。所不同者，一个是直书其事，一个诗托物寄意而已。

《槐叶冷淘》与"一饭未尝忘君"

自苏轼提出杜甫"一饭未尝忘君"之说,历代杜诗学者相与接声递响。在宋、元、明、清封建时代,杜甫因此而大获殊荣;中华人民共和国成立之后,杜甫则由此而被斥"愚忠"。我们认为,"殊荣"也罢,"愚忠"也罢,均于杜甫有欠公正。杜甫既不能获此"殊荣",也不该受此挞伐。

关键问题是"一饭未尝忘君"之说的立论依据是否确凿。

苏轼曾两次申述此说,一次是出现在《王定国诗集叙》中:"古今诗人众矣,而杜子美为首,岂非以其流落饥寒,终身不用,而一饭未尝忘君也欤?"[1]一次出现在《与王定国四十一首》其八:"杜子美在穷困之中,一饮一食,未尝忘君,诗人以来,一人而已。"[2]这两段议论,均未提出立论的依据。笔者翻阅了全部杜诗,仅只《槐叶冷淘》一首涉嫌于此。又翻阅前贤论著,发现杨伦《杜诗镜铨》在《槐叶冷淘》一诗的眉批中言道:"此所谓一饭不忘者也。"[3]

既然前贤把这首诗作为"一饭未尝忘君"的依据,我们就来仔细考察一下该诗的立意究竟何在。为了便于讨论,现将原诗抄录如下:

青青高槐叶,采掇付中厨。
新面来近市,汁滓宛相俱。
入鼎资过熟,加餐愁欲无。
碧鲜俱照箸,香饭兼苞芦。

---

[1] 吴文治《宋诗话全编》第一册,江苏古籍出版社,1998年,第707页。
[2] 吴文治《宋诗话全编》第一册,江苏古籍出版社,1998年,第762页。
[3] 杨伦《杜诗镜铨》,上海古籍出版社,1998年,第766页。

经齿冷于雪，劝人投比珠。
愿随金腰裹，走置锦屠苏。
路远思恐泥，兴深终不渝。
献芹则小小，荐藻明区区。
万里露寒殿，开冰清玉壶。
君王纳凉晚，此味亦时须。

此诗各家均编在夔州诗内，那么"槐叶冷淘"当是夔州一带的食品。从诗中记述来看，这种食品的做法是采来新鲜的槐叶，剁碎，连汁带渣掺入面里，和匀，做成面食，上锅蒸，但火候不宜过大，蒸熟之后，其色"碧鲜"，咀嚼之间，口齿清凉。由于这种面食今已失传，我们难以知道它在中华食谱中的档次。但不外有两种可能，一种是属于高级食品，一种是属于普通小吃。下面仅就这两种情况作些讨论。

如果它是属于高级食品，杜甫一经吃到，便想到了皇上，于是就想骑马进京奉献，"路远思恐泥，兴深终不渝"。倘若如此，那就真可谓是"一饭未尝忘君"了。但是，这种心思不是杜甫所应具有的。因为杜甫一直是反对皇上为了口腹之乐而骚扰民间的。他曾严厉地批评玄宗为杨贵妃调运荔枝的扰民行为："忆昔南海使，奔腾献荔枝。百马死山谷，到今耆旧悲。"（《病橘》）如果说这还只是批判已死的皇帝，那下面的诗句则是指斥当朝的君主了："先帝贵妃今寂寞，荔枝还复入长安。"（《解闷十二首》其九）不能设想，杜甫一面反对皇上长途索进荔枝，一面却又自己长途进贡美味。检视杜甫的治国主张，他一向认为君主生活节俭是造就盛世的关键所在。他说："君臣节俭足，朝野欢呼同。"（《往在》）只有君臣厉行节俭，才会得到百姓的欢呼和拥护。"天王日俭德，俊乂始盈庭。"（《奉酬薛十二丈判官见赠》）君王实行俭德之日，便是英才涌入朝廷之时。"不过行俭德，盗贼本王臣。"（《有感五首》其三）认为君王不实行俭德，就会引发暴乱。"借问悬车守，何如俭德临？"（《提封》）认为把守险要之地，不如实行俭德以取得民心的归附。所以，假如"槐叶冷淘"是一种珍奇美味，从杜甫的匡君之道来说，是不会想到把它献给皇上的，那么这首诗也就不能作为"一饭未尝忘君"的依据。

从诗中所写的情况来看，这种面食倒像是民间的普通小吃，特别是诗中还用"献芹""荐藻"这类典故进行类比，似更说明"槐叶冷淘"并非珍贵食品。"献芹"之典出自《列子·杨朱》，事云："宋国有田夫……顾谓其妻曰：'负日之暄，人莫知者，以献吾君，将有重赏。'里之富室告之曰：'昔人有美戎菽、甘枲茎、芹萍子者，对乡豪称之。乡豪取而尝之，蜇于口，惨于腹，众哂而怨之，其人大惭。"[1]又，嵇康《与山巨源绝交书》中说道："野人有快炙背而美芹子者，欲献之至尊。虽有区区之意，亦已疏矣。"[2]"荐藻"之典出自《左传·隐公三年》，语云："苟有明信，涧溪沼沚之毛，苹蘩蕴藻之菜，筐筥锜釜之器，潢污行潦之水，可荐于鬼神，可羞于王公。"[3]杜甫既以"芹""藻"之类比拟"槐叶冷淘"这种食品，则其品位自是不高；那么杜甫想要把它送到朝廷，这倒是有点小题大做，甚至滑稽可笑了。

既然这种面食好也不该献，赖也不该献，而杜甫在诗中又明明说想献，那他要献的究竟是什么呢？这就涉及这首诗的艺术构思了。我们认为，作者是借"槐叶冷淘"这种食品，比拟他那些向朝廷进献的治国兴邦的策略，并且对自己的这种"献芹"行为加以自嘲。此前，杜甫任左拾遗时，不断地向肃宗提出批评意见，如反对肃宗罢免房琯的相职，反对肃宗打击玄宗旧臣，等等；走向山野之后，仍不停地用诗歌表达他的政治见解，如反对宦官主掌军事，反对地方官刻剥百姓，等等。但是，他的这些意见均被君王拒之门外，他曾经感慨言道："唐尧真自圣，野老复何知！"（《秦州杂诗二十首》其二十）"谁重斩邪剑？致君君未听！"（《奉酬薛十二丈判官见赠》）回想自己抱着满腔的兴国热忱，向君王谏言的行为，不是颇类古代那位田夫吗？诗的结尾四句"万里露寒殿，开冰清玉壶。君王纳凉晚，此味亦时须"，说君王晚上纳凉，须要吃这种"槐叶冷淘"食品，这话与那位田夫说的"负日之暄，人莫知者，以献吾君，将有重赏"，不是颇为相类吗？田夫的话遭到了富人的嘲笑，富人用"献芹"之事对田夫

---

[1]《诸子集成》第3册，上海书店，1986年，第86页。
[2] 萧统《文选》，上海古籍出版社，1986年，第1929页。
[3] 李学勤《十三经注疏·春秋左传正义》，北京大学出版社，1999年，第74页。

加以嘲弄，而自己的那些谏言又何尝不是这样的结果？所以，笔者认为《槐叶冷淘》这首诗，是杜甫对"献芹"的古事新编，是自我嘲弄，在自我嘲弄中发泄牢骚。

用"槐叶冷淘"这种食品比拟个人的谏言，这种立意是从诗中使用"献芹""荐藻"这些典故中显露出来的。在唐人的诗文中，"献芹""荐藻"的对象若是君主，则毫无例外的是谦称自己向君主进献的建议。例如，李白在《赠范金乡二首》其一中写道："徒有献芹心，终流泣玉啼。"詹锳《李白全集校注汇释集评》注"献芹"曰："谦词，喻己言不足取。"[1] 又如韩愈在《归彭城》中写道："食芹虽云美，献御固已痴。"也是喻指自己向君主进献建议。由此，笔者认为《槐叶冷淘》是一首托物寓意之作，是假借向君主进献食品之事，来檃栝自己多年来为国谋划的区区之心；并且以热诚进言的被嘲弄，来进行自我嘲讽。苏轼、杨伦等人那种停留在食品层面的解释，未能深入领会杜甫的艺术匠心。因此，用这首诗作为"一饭未尝忘君"的依据是站不住脚的。"一饭未尝忘君"是宋代及元明清封建士大夫为了适应其时代的政治需要而对杜甫进行的曲解。

---

[1] 詹锳《李白全集校注汇释集评》，百花文艺出版社，1996年，第1288页。

"诗圣"一词首出于杨慎《词品·序》

学术界认为,两宋时期已有不少诗论包含有视杜甫为诗国圣人之意,如南宋杨万里即称杜甫为"圣于诗者"(《江西宗派诗序》),此论为当。但是,是谁最终拈出"诗圣"一词尊称杜甫的呢?学术界一般认为是明末的王嗣奭,并引王嗣奭的诗证:"青莲号诗仙,我翁号诗圣"(《梦杜少陵作》),"诗圣神交盖有年"(《浣花草堂二首》其二)。

今按,王嗣奭的两首诗证,学界盖见于仇兆鳌的《杜诗详注附编·诸家咏杜》[1],而未察早于王嗣奭(1566—1648)半个多世纪的明代人杨慎(1488—1559)之论。杨慎在所著《词品·序》中,就已经使用了"诗圣"一词。现节录序文前段于下:

> 诗词同工而异曲,共源而分派。在六朝,若陶弘景之《寒夜怨》,梁武帝之《江南弄》,陆琼之《饮酒乐》,隋炀帝之《望江南》,填词之体已具矣。若唐人之七言律,即填词之《瑞鹧鸪》也;七言律之仄韵,即填词之《玉楼春》也。若韦应物之《三台曲》《调笑令》,刘禹锡之《竹枝词》《浪淘沙》,新声叠出。孟蜀之《花间》,南唐之《兰畹》,则其体大备矣。岂非共源同工乎?然诗圣如杜子美,而填词若李白之《忆秦娥》《菩萨蛮》者,集中绝无。[2]

这段话是讲诗与词的同工共源,诗体而兼为词体、诗人而兼为词人的,而"诗圣"杜甫却未能如李白那样填写词篇,杜甫全集中没有词作,

---

[1] 仇兆鳌《杜诗详注》(第五册),中华书局,1979年,第2294页。
[2] 《丛书集成初编·文学类》,商务印书馆,1936年。

等等。笔者以为,"诗圣"一词的最早使用,当在此文。

杨慎有论诗著作《升庵诗话》,学者一般以《升庵诗话》作为考察杨氏的诗论观点,而未暇顾及他的《词品》言论。而杨慎在《升庵诗话》中,对杜诗偶有微词,尤其是对"诗史"之批评甚为激烈,如卷十一"诗史"条云:"至于直陈时事,类于讪讦,乃其下乘末脚,而宋人拾以为己宝,又撰出'诗史'二字以误后人。"[1]由于杨慎否定了杜甫那些具有批判现实精神的作品,所以人们很难想到他会对杜甫有"诗圣"的评价。

应该指出,杨慎出于维护儒家诗教,对杜诗中批评时政和君王的作品持反对态度,这固然是其思想守旧的表现,但也与他的诗歌审美观点相联系。杨慎论诗以"含蓄蕴藉"为美,如《升庵诗话》卷一"子美赠花卿"条云:"杜公此诗,讥其僭用天子礼乐也,而含蓄不露,有风人'言之无罪,闻之者足以戒'之旨。公之绝句百余首,此为之冠。"[2]该书卷十一"诗史"条云:"杜诗之含蓄蕴藉者,盖亦多矣,宋人不能学之。"[3]该书卷八"书堂饮散复邀李尚书下马赋"条,又提出"味之自知"的命题,[4]也是强调诗歌应具有让读者品而后得的妙处。在这种审美意趣的驱动下,他不满于那些"直陈时事"的做法,是必然的,我们大可不必认为杨慎执意与杜甫为敌。另外,从《升庵诗话》的整体倾向来看,杨慎对杜甫多有高度的赞评,如该书卷三"司空图论诗"条,引司空图的言论赞杜:"陈、杜滥觞之余,沈、宋始兴之后,杰出于江宁,宏思于李、杜,极矣!"[5]所谓"宏思",即是指那种思想深弘、气象博大的作品,而"极矣"之叹,分明是将杜甫作为唐诗的登峰造极者之一来看待的。又如该书卷五"杜少陵论诗"条,对杜甫的"转益多师"之说,极赞"精妙"。[6]该书卷十三"邻舍诗"条,赞杜诗有"浑成"之美。[7]该书卷六"波漂菰米"条云"杜诗之

---

[1] 丁福保《历代诗话续编》,中华书局,1983年,第868页。
[2] 丁福保《历代诗话续编》,中华书局,1983年,第644页。
[3] 丁福保《历代诗话续编》,中华书局,1983年,第868页。
[4] 丁福保《历代诗话续编》,中华书局,1983年,第795页。
[5] 丁福保《历代诗话续编》,中华书局,1983年,第686页。
[6] 丁福保《历代诗话续编》,中华书局,1983年,第731页。
[7] 丁福保《历代诗话续编》,中华书局,1983年,第905页。

妙，在翻古语"，称《秋兴八首》其七的中间四句，"直上与《三百篇》'牂羊坟首，三星在罶'同，比之晚唐'乱杀平人不怕天''抽旗乱插死人堆'，岂但天壤之隔？"[1]该书卷一"天窥象纬逼"条，杨慎则十分自豪地说："子美复生，必以余为知言。"[2]这些，都可以作为杨慎尊杜甫为"诗圣"的注脚。至于他在《升庵诗话》中对某些杜诗进行指摘，这并不能影响他对杜甫"诗圣"地位的肯定。对古代作家作一分为二的评论，即便是对"诗圣"也是如此（虽说有些批评并不中肯），这体现出杨慎的辩证的思想方法，也是他超出其他评论家的地方。

有学者认为"诗圣"一词出自《升庵诗话·评李杜》，此说稍嫌粗疏。现将《升庵诗话》卷十一"评李杜"条这段文字抄录于下：

> 杨诚斋云："李太白之诗，列子之御风也；杜少陵之诗，灵均之乘桂舟驾玉车也。无待者，神于诗者欤？有待而未尝有待者，圣于诗者欤？宋则东坡似太白，山谷似少陵。"徐仲车云："太白之诗，神鹰瞥汉；少陵之诗，骏马绝尘。"二公之评，意同而语亦相近。余谓太白诗，仙翁剑客之语；少陵诗，雅士骚人之词。比之文，太白则《史记》，少陵则《汉书》也。[3]

这段文字中并未出现"诗圣"一词。所称杜甫为"圣于诗者"，乃是引用杨万里的言论。把"诗圣"一词的出处定于《升庵诗话·评李杜》是欠妥的。

---

[1] 丁福保《历代诗话续编》，中华书局，1983年，第753页。
[2] 丁福保《历代诗话续编》，中华书局，1983年，第656页。
[3] 丁福保《历代诗话续编》，中华书局，1983年，第850页。

七律连章体组诗的首创者不是杜甫

提起七律连章体组诗这种诗歌形式,人们会马上想到杜甫的《秋兴八首》《咏怀古迹五首》《诸将五首》等诗篇,并隐约感到是杜甫创制了这种诗歌体式,其实这是误认。笔者近日查阅了《全唐诗》,对唐朝开国直到杜甫之前的所有七律和七言八行体诗作了调查,结果发现,第一个写作七律连章体组诗的人是张说,组诗为《舞马千秋万岁乐府词三首》。

张说(667—730),字道济,洛阳人,据传他少年时曾在保定西部抱阳山读书,至今还存有他的读书堂遗址(是一个宽敞的山洞)。武后朝,官至凤阁舍人。玄宗朝,任中书令(宰相),封燕国公。他以文章驰名于世,是当时的文坛领袖,擅长写碑文墓志,与许国公苏颋齐名,人称"燕许大手笔"。《全唐诗》存其诗五卷。张说的七律连章体组诗《舞马千秋万岁乐府词三首》[1]是这样的:

其　一

金天圣诞千秋节,玉醴还分万寿觞。
试听紫骝歌乐府,何如骍骥舞华冈。
连骞势出鱼龙变,踠蹀骄生鸟兽行。
岁岁相传指树日,翩翩来伴庆云翔。

其　二

圣皇至德与天齐,天马来仪自海西。
腕足徐行拜两膝,繁骄不进踏千蹄。

---

[1] 中华书局编辑部点校《全唐诗》,第二册,中华书局,1999年,第955页。

鬃鬣奋鬣时蹲踏,鼓怒骧身忽上跻。
更有衔杯终宴曲,垂头掉尾醉如泥。

其　三

远听明君爱逸才,玉鞭金翅引龙媒。
不因兹白人间有,定是飞黄天上来。
影弄日华相照耀,喷含云色且徘徊。
莫言阙下桃花舞,别有河中兰叶开。

唐玄宗的生日是八月初五,名曰"千秋节"。这一天群臣要为皇帝祝寿,开展各种庆祝活动,"舞马"就是其中的一项。舞马,就是由马来舞蹈,供人欣赏取乐。《新唐书·礼乐志》载:"玄宗又尝以马百匹,盛饰,分左右,施三重榻,舞《倾杯》数十曲。壮士举榻,马不动。乐工少年姿秀者十数人,衣黄衫文玉带,立左右。每千秋节,舞于勤政楼下。"[1]这是一种有音乐伴奏的规模盛大的舞马游戏。

张说的这组连章诗,就是描写舞马的盛况和马的各种舞姿的。第一首从千秋节入手,引出"舞马"节目,说这个节目最为引人入胜,比欣赏乐府歌曲《紫骝马》强多了。接下来写百匹舞马入场,群马飞腾而来,忽然又作细步往来。尾联两句说每年的千秋节,都有舞马节目,为玄宗祝寿。"指树日",即玄宗生日,《神仙传》:"老子之母适至李树下而生老子,生而能言,指李树曰:'以此为我姓。'"[2]唐朝皇帝以老子为本家,故用此典故。第二首则是专写马的舞姿之妙,说这些舞马乃是来自西域的天马,这些舞马忽而弯曲两条前腿,用膝盖慢慢向前移动,作跪拜之礼,忽而原地不动,急速踏蹄,忽而竖起鬃毛蹲在地上,忽而昂首挺身,登踏。更为绝妙的是,当音乐奏起《倾杯乐》以示宴会告终,那些舞马垂头摆尾,竟然也像人喝醉了一样。第三首则是赞美玄宗喜爱骏马,所蓄养的舞马都是第一流的良骏,"龙媒""兹白""飞黄",都是神话中的神兽,用来比喻玄宗的舞马。作者还使用映衬的手法,说它们的形影播弄着日光,喷出的气息

---

[1]《二十五史·新唐书》,上海古籍出版社,1986年,第58页。
[2]《太平广记》卷一,神仙一,人民文学出版社,1959年。

含有云色，颇能逗发人的想象力。尾联由眼前的舞马联及伏羲王天下时的龙马出河，以歌颂玄宗盛世。"阙下"，指勤政楼下，即舞马的场所。"桃花"，马名，"桃花舞"，即指舞马的舞蹈。"河中兰叶"，指"河图"，《尚书》孔安国传："伏羲王天下，龙马出河，遂则其文，以画八卦，谓之河图。"[1]古代传说，伏羲王天下，有龙马出河的瑞兆，这是用伏羲比玄宗。这三首诗，虽说都在写舞马，却角度不同，内容各有侧重，均能独立成篇。第一首写舞马以为玄宗祝寿，舞马出场。第二首描写了舞马的各种舞蹈姿态，笔触非常细致，为后人留下了珍贵的资料。第三首写玄宗喜爱并拥有众多的良骏，并由此祝贺玄宗成为盛世君王。张说死于730年，其时正逢开元盛世。这三首诗都是严整的七律，声律、韵律、对仗无一失误，但是从整体内容来看，不过就是颂圣而已，是属于宫廷诗范围的。

杜甫的七律连章体诗，显然是对张说创立的七律连章体的继承，但在题材内容上突破了宫廷诗的藩篱，把对时局的忧怀写进诗里。如《秋兴八首》，书写国家由盛而衰的沧桑巨变，书写个人往日的荣宠和今日的沉沦，沉重的时局感受和身世感受为组诗的主线，身居夔州而翘首京华是组诗塑造的抒情形象。八首诗均能独立成篇，同时又能联结为一个艺术整体。杜甫是第一个把时局感受写入七律的诗人，又是第一个把时局感受写入七律连章体组诗的诗人。可以说，七律、七律连章体组诗，是成熟于杜甫手中的。

笔者曾将七律连章体说成是杜甫首创，是治学粗疏，未能详看文本所致，借此机会予以更正。

---

[1] 李学勤《十三经注疏·尚书正义》，北京大学出版社，1999年，第503页。

鉴赏与随笔

三板一眼的"情圣"歌哭

——杜甫《奉济驿重送严公四韵》赏析

远送从此别,青山空复情。
几时杯重把?昨夜月同行。
列郡讴歌惜,三朝出入荣。
江村独归处,寂寞养残生。

杜甫被称为"诗圣"由来已久,宋代诗人杨万里称他为"诗之圣者"(《江西宗派诗序》),[1] 就连对杜诗有些微词的明代人杨慎也称杜甫为"诗圣",[2] "诗圣"是杜甫的特制桂冠。到了清朝末年,梁启超则称杜甫为"情圣"。[3] 诗主性情,性情是诗的生命根基,白居易说:"诗者,根情、苗言、华声、实义。"(《与元九书》)[4] 说的就是性情对于诗的重要意义,梁启超把杜甫称为"情圣"也是中肯之言。的确,老杜是个性情真诚、敦厚、深挚的诗人,他对国家民族、妻子儿女、兄弟友朋,有一副披肝沥胆的血诚之情。诚如梁启超所说:"像情感这么热烈的杜工部,他的作品,自然是刺激性极强,近于哭叫人生目的的那一路,是三板一眼的哭出来,节节含着真美。"(梁启超《情圣杜甫》)[5] "哭叫人生目的",是说杜甫的情感强烈而真挚;"三板一眼的哭",是说杜甫善于抒写真情。这应该是"情圣"的全

---

[1] 吴文治《宋诗话全编》(第六册),1998年,第5971页。
[2] 《丛书集成初编·文学类》,商务印书馆,1936年,第8页。
[3] 《梁启超全集》(第七册),北京出版社,1999年,第3948页。
[4] 顾学颉点校本《白居易集》(第三册),中华书局,1999年,第960页。
[5] 《梁启超全集》(第七册),北京出版社,1999年,第3948页。

部含义。上面的这首五律，就可见其一斑。

唐代宗宝应元年（762）四月，玄宗、肃宗先后去世，代宗即位，七月，召西川节度使、成都尹严武入朝议政。这对杜甫来说，无疑是个重大的事情。当时，安史之乱尚未平息，吐蕃虎视眈眈，伺机进犯。西川与吐蕃接壤，地理位置十分重要；严武是个很能打仗的将军，吐蕃人怕他。那么，严武一旦离开成都，吐蕃就会乘机犯边，这是其一。其二，杜甫寓居成都草堂期间，生活上得到严武的资助，与严武结下深厚的情谊。对于这样一位防御吐蕃的战将、情投意合的朋友的离任，杜甫是于心不忍的。他给严武送行，从成都起程，向北送出二百多里，直到绵州（今绵阳）以北的奉济驿，才依依诀别，即兴写成这首五律，倾吐心声。

首联陡发感叹，为全诗定下惜别的基调。"远送"二字紧扣题面的"奉济驿"，此处离成都已有二百多里。如此远送，正是由于难舍难分，惜别之情已然凸现纸面；再加上"从此别"三个字，便依稀听到了他的啜泣之声。"此"字，既有空间意义，又有时间意义——此地一为别，重逢是何处？此时一为别，再会是何年？在那万方多难、风烟弥漫的时代，分离包含着永诀的可能。何况，严武此行，要经过那危险的巴山古栈道。种种忧心增强了离别的不忍。第二句，"青山空复情"，乃是移情入物，把无知无感的青山看成有情有义了。绵州北面是东西走向的巴山山脉，杜甫向北望去，但见山峦重叠，密密层层，那阵式似乎是要挡住严武的去路，多情地把他挽留，一如自己此时的心情。这是审美活动中的一种感情移入现象，痴情的诗人常会产生这种心理，把个人的情感移入本无干系的自然物中，感觉它们是在与自己同喜同悲。杜甫《新安吏》写县吏征点少年当兵，家属送行，一片哭声，杜甫深为百姓的遭遇而伤感，诗中写道"白水暮东流，青山犹哭声"，听到青山也在大放悲声，也是这种移情入物的心理反映。唐代诗人李德裕《登崖州城作》写道："青山似欲留人住，百匝千遭绕郡城。"看到崖州城周围重叠环绕的群山，感觉它们是在有意阻绝自己的归路。当然，移情入物的"物"不限于青山，大千世界的万物，皆可成为感情移入的对象。杜甫《北征》，写诗人经过千里艰难跋涉，终于活着见到家人，悲喜交集，抱头痛哭，"恸哭松声回，悲泉共幽咽"。回荡的松涛、幽咽的泉水，与人的哭声混合在一起，这是将情感移入于松声和悲泉了。

如果说，青山在杜甫的眼中有意挽留严武，已然见出杜甫的惜别之情，那么"青山空复情"的"空"字，更把这种感情推进一层。"空"字既是写实，又是写意。王命在身，严武不得停留，则此情已属徒然。而一旦盛情落空，就会掀起更大的感情波澜。所以，这个"空"字是包含着作者深重的叹息的。总之，首联点题，明揭主旨。

杜甫律诗的章法，一般说来，四联的布局可用"起、承、转、合"来概括。颔联的内容应该是"承"，就是承接首联的意思，并且把首联的意思进行拓展。"几时杯重把？昨夜月同行"，是承接"空复情"的，既然挽留不住，那就要设想离别之后的情事了。作者想到的是何时才能与严武重逢，共同举酒杯畅饮，共同乘月畅游。作者设想的重逢场面颇具典型性，酒与月是使诗友快意的最佳风物选择。这种选择寄托了杜甫的美好愿望，也加重了此刻离别的惆怅。此其一。其二，作者把"月同行"这种雅事冠以"昨夜"，从而与"几时"构成了互文。"几时"是前瞻之词，"昨夜"是回顾之语；"几时"既领"杯重把"，又领"月同行"，"昨夜"既领"月同行"，又领"杯重把"。这样一来，这十个字既是对未来重逢的设计，又是对以往情谊的回顾。就是说，昨夜我们在月光之下携手畅游，在月光之下举杯畅饮，这美好的情事何时才能重现呢？互文的使用，造成文字的精简，也加深了感情的包孕，使诗味更加醇厚。其三，"昨夜月同行"仍然是使用移情手法，月亮与人同行，人走月亮跟着人走，这本是人的错觉。在这里，作者把这种错觉情感化了，把月亮写得多情多义，给他们的畅游照明。这样就写出作者与严武相处的快乐。李白《梦游天姥吟留别》诗中写道："湖月照我影，送我至剡溪。"说湖光月色照着他的影子，多情地把他送到了剡溪。这也是移情的运用，写出天助人愿、得游名山的喜悦来。但杜甫此处的移情于月，并不同于李白那样停留在喜悦上，他是在以乐事写忧愁，他是在叹息这种与严武月下畅游的快乐，此生何时再有？所以，越是写此时之乐，就越能加重离别的不忍。清人王夫之说："以乐景写哀，以哀景写乐，一倍增其哀乐。"[1] 说的就是这个道理。

---

[1] 王夫之等《清诗话》，上海古籍出版社，1999年，第4页。

颈联，依律诗的章法，应该是"转"。"转"是指内容上的转变，内容上的转变可以是多样的：可以是情感的转折（例如王勃《送杜少府之任蜀川》由惜别转为劝慰），也可以是笔墨的变化（例如杜甫《登岳阳楼》由写景物转为写人事），还可以是其他，总之是不再顺着颔联的意思去写。杜甫这首诗的颈联是由前四句写离情别绪转为写严武的功德，暗中交代离情别绪产生之原因。"列郡讴歌惜，三朝出入荣"，两句以高度精练而又生动形象的笔墨概括了严武的功勋业绩。"列郡"是说严武此行所经过的郡县，"讴歌"是说列郡的吏民在歌颂严武的功德，"惜"是说吏民对严武的离任表示惋惜。就手法来说，这一句是属于侧面下笔，即通过他人对严武离任的反应，来映衬严武的功勋业绩。下一句"三朝出入荣"则是从正面下笔，直书严武的功勋业绩了。严武历任玄宗、肃宗、代宗三朝为官，出将入相，无比尊荣。这是一位在乱世中彰显文韬武略的英雄人物，他在扫荡安史叛军、收复两京中立有战功，尤其是在镇守蜀地、抗击吐蕃中名声显赫。此前，他做过东川节度使；这次，他是以西川节度使的职守被朝廷召回；一年以后，东西两川合并，他第三次入蜀，以黄门侍郎（宰相）的身份做剑南节度使。朝廷之所以连续三次让他来镇蜀，就是因为他作战猛、狠，能够牵制吐蕃的军力，使吐蕃不敢贸然入侵长安。他曾率领大军西进，击溃吐蕃七万，夺回当狗城，使吐蕃闻风丧胆。杜甫在严武死后曾写诗这样评价严武："公来雪山重，公去雪山轻。"雪山，在成都西面，是抵御吐蕃的屏障。雪山在人们心中出现的"重""轻"变化，是由于严武的"来"与"去"而产生的，这是用诗的语言表达出严武镇蜀的重大意义。

这一联的内容虽是对前面两联的转折，字面上不再写惜别，但也不是完全与上面的内容断裂，而是暗中交代作者的离情别绪何以如此浓重。这样一位镇蜀大将离任而去，这样一位被列郡吏民讴歌的人物离任而去，蜀地的安危问题，将重重地压在杜甫和蜀地人们的心头。所以，这一联是对上面所写的离情别绪作出原因上的交代，是由情绪层面转入理性层面，有了这两句，上面的离情别绪才显得出之有因，同时也使这种情绪显得更加深沉。由此可以见出，所谓"转"，乃是字面上转，而诗的意脉却不转。

尾联在章法上应该是"合"，所谓"合"，就是综合全篇的内容，让情感有所归结。归结情感，可以有多种方式，有以写景结情的，有以议论结情的，有以叙事结情的。杜甫的尾联是叙事方式来收结情感："江村独归处，寂寞养残生。"这是设想与严武诀别之后，自己所过的寂寞生涯。"江村"，就是杜甫的成都西郊草堂，由于草堂紧靠着浣花溪，故称江村。"独归"二字，回应着第一句"远送从此别"，行进者上路，送行者独归，章法细密。"独"字实为一篇之"诗眼"，具有总括全篇、画龙点睛之妙趣。作者之所以对严武依依不舍，之所以看青山则青山挽留，看明月则明月同行，之所以苦盼与严武重逢，就是因为别后的孤独难以忍受。作者先画龙而后点睛，如此用笔，显得水到渠成，成功地收结了一篇之主旨。另外，这一联连续使用三个具有愁苦情调的词汇——"独归""寂寞""残生"，营造了浓重的凄苦氛围，从而把作者的情感推到极致。

  从这首诗的所写，我们具体感受到了杜甫确实是既深于情又善于抒情的诗人。杜甫不愧"情圣"的称号。就拿友朋交谊来说，杜甫对友朋之情的珍视程度，是其他诗人难以达到的。一部杜诗清晰地记载了杜甫一生对友朋的诚挚情感，凡是曾经交结的人，他是感念终身的。他不停地用深沉而细致的笔墨，或忆往事，或作悼词，都写得感人肺腑。不妨把他和李白作个比较，杜甫年轻时曾与李白有过一段交往，"醉眠秋共被，携手日同行"（杜甫《与李十二白同寻范十隐居》），交谊可谓深厚了。但是，两人分手之后，李白仅在近期内写了三首怀念杜甫的诗，热乎劲儿一过，就把杜甫完全遗忘了。杜甫则不然，他与李白离别之后，就不断地写诗深情怀念，直到晚年还在为李白的命运担忧，所作诗篇共计十三首之多。就诗篇的情感深度来说，也有着明显的差别。

  人生需要真情，真情诗化人生，"情圣"杜甫昭示着人生的目的。

老杜小杜赋重阳
——杜甫《九日》与杜牧《九日齐山登高》对读

唐朝时的重阳节是个重要节日，上自天子，下及庶民，百司衙府，三教九流，都是要过的。重阳节的节日习俗主要是登高、赏菊、饮酒。诗人们过此节日，每每触景生情，借事写意，留下许多诗篇。其间优秀的诗人，能够借助这个节日的习俗活动抒写个人的生活感受。由于诗人们各自的思想境界不同，性格不同，人生体验不同，因而同样的节日习俗却过得情调各异，导致诗篇呈现出全然不同的风貌。杜甫的《九日》与杜牧的《九日齐山登高》就是两首风貌迥异的诗篇。

九　日	九日齐山登高
杜　甫	杜　牧
重阳独酌杯中酒，	江涵秋影雁初飞，
抱病起登江上台。	与客携壶上翠微。
竹叶于人既无分，	尘世难逢开口笑，
菊花从此不须开！	菊花须插满头归。
殊方日落玄猿哭，	但将酩酊酬佳节，
旧国霜前白雁来。	不用登临叹落晖。
弟妹萧条各何在？	古往今来只如此，
干戈衰谢两相催。	牛山何必泪沾衣？

这两首诗不但题材相同，而且体式上都是七言律诗。从诗中涉及的节日习俗来看，也完全相同，都是登高、赏菊、饮酒。但是，诗的情感蕴涵却迥然不同：老杜沉郁，小杜高爽。

先看老杂这首。老杜写这首诗是在他晚年客居夔州的时候，此时他已是漂泊多年，衣食拮据，诸病缠身，加上满目烽烟的时代环境，心境是悲慨苍凉的。《九日》这首诗借用节日活动引发的感受，典型地揭示出他的这种心境。

首联为点题之笔，"重阳"二字正面点题。酌酒、登台，扣住了节日的两种习俗，写出个人过节时的活动情况。至于过节的心情，则见之于"独""杯中""抱病""起"等字。"独酌"是说没有酒友，独自饮酒，喝的是闷酒，这个细节十分典型地写出客居者的凄凉处境。"杯中酒"，即杯中之酒，"杯中"二字是对饮酒数量的限定，也就是说，只能饮此一杯，不能多饮。为什么会这样？从杜甫写的其他诗篇来看，此时他已是贫病交加，肺病、糖尿病、风痹，这些病都在制约着他的饮酒行为。酒可消愁，试想，杜甫当时那么多的忧愁（忧国、忧民、忧家、忧身），是正需要借助节日的习俗来一番痛饮、一醉解千愁的。然而，他连这个消愁的资格都没有，这就平添了又一种忧愁，他只能在清醒中过此节日，在清醒中品味愁苦，则其苦情自可知晓。重阳节的习俗还要登高望远，杜甫以年迈之身（此时杜甫五十六岁，距逝世仅有三年）攀登高台，已属艰难，何况是"抱病"即有病在身呢？所以"抱病"的这个交代，为他的苦情又加重了一分。"起"字是个细节描写，"起"就是从卧病的床上爬起身来，去勉强登高，强打精神去过节。这个细节就把他的病情具体化了，也把他的苦情深刻化了。总之，首联扣住重阳节的两个习俗——饮酒、登高来写，通过"独""杯中""抱病""起"等字，写出个人从事这些活动的方式和特征，遂使他的抒情形象具有"这一个"的鲜明性质。杜甫的抒情诗每每采用细节蕴情的做法，他善于在看似客观的描写或交代中蕴含深厚的主观情感，这是我们鉴赏时需要静心留意的。

颔联承接首联意思而展开，继续写重阳节的习俗活动——赏菊，却是使用议论的笔墨，说自己既然无缘饮酒，菊花也就从此别开了，因为开了也无心欣赏，反倒招来许多烦恼。这是在发泄牢骚，倾吐愤懑。命令菊花别开，这显然是有悖于事理的；但也正是在这种有悖于事理的愤语中，方才极度地表达了他的苦闷心情。这是一种"悖理达情"的手法。清人贺裳说："子野《一丛花》末句云：'沉恨细思，不如桃杏，犹解嫁春风。'此皆无理而妙。"今人刘永济先生选注的《唐人绝句精华》,选录了戴叔伦的《湘南即事》,诗云:"卢橘花开枫叶衰,出门何处望京师?沅湘日夜东流去,不为愁人住少时。"永济先生赞道:"此怀归不得而怨沅湘,语虽无理,情实有之,读来使人为之黯然。"所谓"无理而妙","语虽无理,情实有之",说的就是这种"悖理达情"的手法。

律诗的中间两联要求对仗,此联的对仗艺术也堪称绝妙。这是一副身兼"流水对""借对""工对"特征的对仗,不但工整、巧妙,而且流动、自然,表现出杜甫营造对仗艺术的高超腕力。先说它的"借对"艺术,"竹叶于人既无分,菊花从此不须开",从内容的角度来看,"竹叶"显然是指酒,今天也还有"竹叶青"这种酒名。与此同时,作者还借用"竹叶"这个词所具有的植物学意义,与下句的"菊花"构成工整的对仗,古人把所有的名词分为十四个小类:天文、地理、时令、草木等等,同一小类名词出现在对应的位置上,就显得十分整饰,称为"工对"。所以,"竹叶"在这里是身兼二职的,它给人一种灵动、巧妙的审美感受。再说它的"流水对"艺术,"流水对"是一种特殊的对仗形式,说它特殊,是因为它摆脱了一般对仗(如"青山横北郭,白水绕东城")上下两句"对举式"的关系,而让两句成为表达一个意思的有机体。从内容上看,是一个意思由两句合起来才表达清楚;从形式上看,这两句又呈现为对仗的关系。也就是说,这两句诗是在表意的流程中构成了对仗。"流水对"分为单句形式和复句形式两种。单句形式的"流水对",上下两句实际上是一个单句,如"忽闻哀痛诏,又下圣明朝"(杜甫《收京》)。复句形式的"流水对",上下两句则表现为多种关系,有顺承关系、因果关系、假设关系、递进关系、转折关系五种。"竹叶于人既无分,菊花从此不须开"属于因果关系的"流水对",这两句在表达"因无酒饮而无心赏菊"这个意思的过程中,呈现为完美的对仗形式。"菊花"对"竹叶",名词相对;"从"对"于",虚词相对;"此"对"人",代词相对(此处"人"义为"我");"不"对"既",虚词相对;"须"对"无",动词相对;最后一个词,"分"是指缘分,是名词,而"开"是动词,是否不能成对呢?否。原来,名词前面如果出现否定词"无",动词前面如果出现否定词"不",则这个名词和这个动词就可以构成对仗。如,"无边落木萧萧下,不尽长江滚滚来"(杜甫

《登高》),"边"是名词,而"尽"是动词,是应该看成对仗的,这是古人的习惯做法。"流水对"能够克服一般"对举式"对仗的凝固、板滞缺陷,给人流动的、畅达的感受,杜甫在此处也正是借助于"流水对"的美学特征,将他的烦恼心情脱口而出。

　　颈联是就眼前的重阳节节令物候下笔,写客居之苦与故乡之思。"殊方"即远方,指作者客居的夔州而言。"玄猿",黑色的猿猴,夔州地处山峡,颇多猿猴。"哭"是作者对猿猴啼鸣的感受,猿猴啼鸣,其声凄切,令人心哀,古代民歌唱道:"巴东三峡巫峡长,猿鸣三声泪沾裳。"值得注意的是,作者为这悲切的猿鸣安排了"日落"的时令,日落之时,天地昏暗,于昏暗之中听猿猴的悲啼,更见氛围的凄凉。而且,作者还用一个"玄"字强调猿猴的毛色,造成了昏天暗谷有黑猿的景象,更增加了环境的可怖。总之,此联前句是写"黑",用环境的"黑"来写心境的暗,从而写出客居夔州的苦情。后句则是写"白",用亮色调的"白"来写故乡的美好,以表达对故乡的思念。"故国"是指故乡,杜甫的故乡在洛阳,与夔州呈南北方位。"白雁",白色羽毛的雁。沈括《梦溪笔谈》记载:"北方有白雁,似雁而小,色白,深秋则来。白雁至则霜降,河北人谓之'霜信'。"重阳节处在霜降之前,故称"霜前白雁来"。这里,作者为了突现故乡的亮色调,取用"白雁"以代"鸿雁",又用"霜"字以增其亮度,把他的故乡之思写得深长、绵邈。由此可见,作者是长于意象组合的,"日落"与"玄猿"相组合,愈见其昏黑;"霜"与"白雁"相组合,愈见其光亮。这是以光感之差异写出对夔州的厌弃和对故乡的思念。

　　尾联承接"故国"的字面写出对弟妹的思念,同时也交代出全诗情调悲慨的原因所在:弟妹离散、战乱不止、年老多病。从诗的章法来看,是对全篇的总合。杜甫有四个弟弟、一个妹妹,只有四弟杜占一直跟随着他,另外四人都在战乱中流离失散,不知所在,故云"弟妹萧条",此处"萧条"意谓音信断绝。"干戈"指战乱,此时安史之乱虽然平息,但吐蕃入侵、地方军阀混战,正值万方多难之时。"衰谢",是指自己年老多病。"催"字惊悚而沉痛,"催"就是催命,作者说:一个战乱,一个衰病,这二者正在催促、逼迫自己早点死去。如此催人命绝,却又不知弟妹的下落,唯恐有生之年,难以见到亲人。这就是作者过重阳节的一番心事,是全诗情感的结穴所在。

　　老杜《九日》全篇感情沉郁、悲慨，笔墨多变而情调如一，无论叙事、写景、议论均能围绕情感基调而布设。使用细节蕴情、意象组合、流水对式等抒情手段，表现出诗人高超的艺术造诣。

　　相比之下，杜牧的《九日齐山登高》则写得高爽、洒脱，完全是另一种风貌。

　　首联即高唱而入，以飒爽的秋色、快乐的人事活动，为全诗定下情感的基调。"江涵秋影"是写下景，"雁初飞"是写上景。下景澄明，上景朗阔，高秋大气，晴空万里，令人呼吸畅快，心旷神怡，作者用生花之笔，对重阳节的物候特征作出典型的概括。在这样的爽丽背景下，作者展示出他那一小群人的活动——登高，则其心情之怡悦自不待言。而且，作者将其登高写成"上翠微"，"翠微"一词乃是形容山的青翠之色，这里代称青翠的高山，有了这样靓丽的形容，则心情之喜悦自在其中流露出来。再者，"携壶"这个细节描写，也在展示着美好的心情，"壶"显然是指酒壶，背着酒壶登山，其状风流，其情超迈。比较一下看，老杜是"独酌"，小杜是"与客"共饮；老杜是仅饮"杯中酒"，小杜则是畅饮"壶中酒"，境况是截然不同的。诗家抒发情感的不同，正是依赖这些细节来实现的。总之，首联点题，扣合重阳节的登高、饮酒两个习俗，在景物的陪衬、细节行为的描写中，把佳节之喜悦作出含蓄的表达。

　　颔联扣合重阳节的另一习俗——赏菊，承接首联之意，把节日之喜悦作出更为浓烈的表达。"尘世难逢开口笑，菊花须插满头归"，这两句的意思一反一正，作者的目的是以反托正。前句借用典故，写出人生的苦难之多。《庄子·杂篇·盗跖》说："人上寿百岁，中寿八十，下寿六十，除病、瘦、死、丧、忧、患，其中开口而笑者，一月之中不过四五日而已矣。"杜牧把这段话的意思凝缩为七个字，作为后句的反托，意思是说，正因为人生苦难多多，所以当此佳节更须纵情欢乐才是。作者在表达节日的欢乐心情时，取用"菊花插满头"的诗意形象，既扣合重阳节的赏菊风俗，又饶多风趣感，富于个性化，成为杜牧诙谐、豪爽性格的艺术表征。这真是诗的形象，诗的意趣，与那些直呼欢乐的泛泛之词，绝无共同之处。另外，这两句也是"流水对"，而且也是因果关系的"流水对"，出现的位置也与老杜诗相同,但情感内容完全不同。杜甫是弃绝赏菊,杜牧是热烈赏菊;杜甫是发泄愤懑,杜牧是倾吐怡情。一个大叫"菊花从此不须开",一个高呼"菊花须插满头归",笔者认为,这是由于小杜读过老杜的诗篇,在有意做反面文章。不过,在借用重阳节习俗来抒发情感这一点上,二人之作实有同工异曲之妙。

颈联写登上山顶之后的活动:一是承接"携壶"细节进而写到醉饮,继续写节日之乐;一是登高眺望,以放达之胸怀面对生命的衰老。"但",这里作"只须"讲,"但将酩酊酬佳节",意思是说只需用酩酊大醉来答谢这美好的节日。这里,作者把重阳节人格化了,把它看成是可以酬谢的对象,用笔轻松、风趣,也颇能见出作者的个性。后一句"不用登临叹落晖",出语旷达,胸臆超卓,已将生命的衰老和终结视为平淡。"落晖"这个词语,在古人的作品中已经成为一个意象,它象征着人的晚年、生命的即将终结。例如,黄巢在起义失败后,作《自题像》诗云:"记得当年草上飞,铁衣著尽著僧衣。天津桥上无人识,独倚栏杆看落晖。""看落晖"就是在感叹英雄末路、生命的即将终结。杜牧这一联里,前者用肯定句,后者用否定句,肯定的是尽情欢乐,否定的是消极悲叹,如此布局,将作者的立场、态度表达得异常鲜明、坚定。

尾联将颈联的意思作进一步的扩展,说自古以来,人皆有一死,这是客观规律,是不可逾越的,任你哭天抹泪,也无济于事,还是明智一点,在有生之年,得乐且乐为佳。结句"牛山何必泪沾衣",是使用《列子》中的典故。《列子·力命》说:"齐景公游于牛山,北临其国城而流涕曰:'美哉国乎!郁郁芊芊。若何滴滴去此国而死乎?'"牛山在齐国都城的北面,齐景公登上牛山眺望,看到都城的壮美景观,产生恋生怕死的念头,虽说有此念头,他还是作古了。杜牧对他的行为不屑一顾,以反诘的口气加以质问,不仅鲜明地表达了自己的观念,而且以这种句式结束全篇,尤其显得摇曳多姿,韵味悠长。

老杜、小杜同赋重阳,却写出各具风姿的诗篇。二者题材相同,诗体相同,而情感内容却完全不同:老杜悲慨,具有儒家心怀天下之思;小杜高爽,颇多道家个体关怀之念。从艺术上看,老杜诗意象密集,针线细密,字字蕴涵,语言容量极大,须字字体味,步步停留,方能解悟诗意;

而杜牧诗篇行文疏朗,取象俊逸,语言平易,近于口语。这给我们一种启示,同题诗要想写得好,就必须融入审美主体的思想观念、情感体验乃至性格特征,杜绝那些套话和浮泛之词,此其一。其二,后人创作诗篇使用前人已经作过的题目,只有翻出新意,才能成为佳作。从生于晚唐的杜牧的这首诗来看,种种迹象表明,是有意跟盛唐人杜甫"过不去"的。首联,就用"与客"针对着杜甫的"独酌",这是以众宾同饮之乐翻倒老杜的独饮之闷;又用"壶"针对着杜甫的"杯",这是用纵情畅饮翻倒老杜的少饮轻酌。颔联,又以"菊花插满头"针对杜甫的"菊花不须开",这是以强烈的爱菊之心翻倒老杜的厌菊之意。颈联和尾联,又以拒绝"叹落晖"针对着杜甫的"衰谢"之叹,这是以达观翻倒老杜的悲观。显然,小杜是有意在作翻案诗篇的,唯其如此,才能与老杜相抗衡,让诗坛出现重阳诗的双璧。

【参考文献】

[1] 唐圭璋《词话丛编》,中华书局,1986年,第695页。
[2] 刘永济《唐人绝句精华》,人民文学出版社,1981年,第109页。
[3] 沈括《梦溪笔谈》,岳麓书社,1998年,第197页。
[4]《诸子集成·庄子集释》,上海书店,1986年,第432页。
[5]《诸子集成·列子》,上海书店。1986年,第74页。

一个性格鲜明的农民形象
——杜甫《遭田父泥饮美严中丞》赏析

步屦随春风,村村自花柳。
田翁逼社日,邀我尝春酒。
酒酣夸新尹,畜眼未见有。
回头指大男,渠是弓弩手。
名在飞骑籍,长番岁时久。
前日放营农,辛苦救衰朽。
差科死则已,誓不举家走。
今年大作社,拾遗能住否?
叫妇开大瓶,盆中为吾取。
感此气扬扬,须知风化首。
语多虽杂乱,说尹终在口。
朝来偶然出,自卯将及酉。
久客惜人情,如何拒邻叟!
高声索果栗,欲起时被肘。
指挥过无礼,未觉村野丑。
月出遮我留,仍嗔问升斗。

杜甫辞掉华州司功官职以后,带领全家走向山野,从此远离了肃宗朝廷,与贫苦百姓为邻。后半生的日子虽说清苦,但精神旺盛,直接的原因是他朴素、疏简的天性与农民的性格相吻合,又在物质生活上与农民互通有无,颇得他们的接济。其间写了许多赞美农民的诗篇,《遭田父泥饮美严中丞》就是其中的一首。

这首诗是杜甫在宝应元年（762）春季寓居成都草堂时写的。草堂地处成都西郊，附近居住着几户农家。这年春天，春分前后的一个早晨，他出门散步，经过草堂附近的一家农舍，适逢户主老农的儿子由部队复员回乡务农，老农十分高兴，就把准备过"社日"的酒菜端出来，缠住杜甫饮酒，从早晨一直饮到天黑，仍然不肯放行。杜甫深为农民淳厚的品德所感动，写下这首五言古诗。此诗用铺叙的手法，细致地描写了酒宴的全过程，对老农的言行举止、性格品德作了传神的刻画，成功地塑造了一个真实动人的农民形象。用长篇诗歌塑造农民形象，这在文学史上尚属首例。

诗的题目"遭田父泥饮美严中丞"，前句是说遇到一户老农，被他缠住饮酒，后句所说的严中丞，即严武。严武当时做成都尹、剑南节度使，还兼着御史中丞的官职，所以称他"严中丞"，"美严中丞"，是说这个老农在饮酒中赞美了严武，因为正是严武下令把他服役多年的儿子放回务农的，这使他深为感激，不禁对严武满口赞词。

这是一首叙事诗，开头四句是"泥饮"的序幕。"步屧随春风，村村自花柳"，时当阳光靓丽的早晨，诗人穿着草鞋，追随着春风的脚步，去赏游春景，但见那村村寨寨，都已是花明柳媚，春意盎然了。起句轻松、欢快，为全诗所表现的喜悦情感定了基调。基调既定，便立即进入中心事件——饮酒，"田翁逼社日，邀我尝春酒"，叙事简洁，尽消枝蔓，干净利落。社日，是古代农村的重要节日，农民在这个节日里要祭祀土地神，一年中有春秋两个社日，这里是指春社。这位老农把准备过节的酒菜拿出来，要跟杜甫一起提前过节，这事很能说明他与杜甫的亲近关系。这也就为下文写他在酒宴上对杜甫无拘无束的言行铺平了道路。杜甫的笔墨前后关照，针线细密，是很值得我们学习的。

序幕拉开，随即展开对"泥饮"场面的描写，杜甫把笔墨始终集中在这位老农身上，诗中虽然还出现了另外两个人物——"大男"（老农的大儿子）和"妇"（老农的老伴），也仅仅是陪衬，作者对他们倒是惜墨如金的。"酒酣夸新尹，畜眼未见有"，这以下，是老农在酒酣耳热之际意气扬扬的肺腑之言。"酒酣"，说明这酒已经喝了相当长的一段时间了。好，我们先打住，回过头看前文。前文说"邀我尝春酒"，还只是说邀请。由"邀请"

一下子就说到了"酒酣",这中间省略了若干琐碎之事,比如,怎么进的门啊,怎么入的座啊,老农怎么说的开场白呀,都被杜甫毫不吝惜地抹掉了,作者剪裁艺术之高超令人叹服。这样处理,为的就是把有限的篇幅留给中心故事——饮酒,以便刻画他的生动形象,揭示他的良好品德。

当饮酒方酣之际,这位老农便夸起了严武,因为严武刚来成都府上任,所以称他为"新尹"。尹是府一级的长官,大体相当于今天直辖市的市长吧。唐代设立四个府尹,有京兆尹(管辖京都长安)、河南尹(管辖东京洛阳)、太原尹(管辖北京太原)、成都尹(管辖南京成都),严武的官职还真不小呢。这样一位高官却能体恤下情,赢得老农的由衷赞许。老农说:像严尹这样的好官,是我这老眼从未看见过的。"畜眼",是积多年之所见的意思。畜,这里作积储讲。先用一句话写出这位老农的总体感受,然后写他列举事实。他回过头指了指身后侍立的大儿子,向杜甫介绍说:"渠是弓弩手。"渠,是代词,指称大儿子,说大儿子曾是一名士兵。唐代制度,官宦人家是不被征兵的,杜甫是官宦家庭出身,就曾说自己"名不隶征伐"(《自京赴奉先县咏怀五百字》)。那么可见,杜甫所写的这位老农就是普通的百姓,他所赞美的人物确实是一位贫苦的农民。接下来,老农更为详细地介绍大儿子的履历:"名在飞骑籍,长番岁时久。前日放营农,辛苦救衰朽。""飞骑",是兵种的名称,主要是骑马射箭;"籍",是士兵的花名册。老农说大儿子被编入飞骑军的名册,当了一名骑兵。唐朝兵制,飞骑兵是要长期服役的,不能轮番替换,所以说是"长番","岁时久"更是说大儿子已经当了很久的骑兵。而自己已经到了衰朽之年,十分需要他复员回家,代替自己耕种田地。正当苦苦待救的时候,严武打破常例把他的儿子放回来务农,这怎么不让他感激万分呢?一个"救"字,道出了他对这件事的百倍珍视,把它当成救命之恩举。当时国事维艰,在北方,安史叛军尚未平息;成都西面,吐蕃又不断骚扰边境。在军情如此紧急之时,严武尚且能够体恤民情,确实是令人感动的。杜甫用以上四句诗,细致地说明了飞骑兵的特殊性,这就强调了严武恤民之情的可贵,也就交代了老农何以如此感动,邀请自己提前过节了。接下来写老农的誓言:"差科死则已,誓不举家走!""差科",指官府派下来的徭役租税。老农发誓,对于严长官派下的差科,我们一定遵从,只要还活着,就决不举家出走,逃避官税!一个"誓"字,道出了多么火热的心肠!杜甫用纪实的笔墨,对农民的淳朴品格予以揭示,予以赞扬,使人感到这是历史的真实。自古以来,中国的老百姓是以勤劳、善良、淳朴和牺牲精神著称于世的。他们对于物质生活是容易满足的,只要还能生存,就会像牛马一样埋头耕耘;在国难来临之际,抗击异族、流血牺牲的也是这些普通百姓,而那些平日里张扬爱国的人物却每每望风而逃。李唐王朝的统治者看清了农民的品性,他们采取了对农民的让步政策,给了百姓以生存的条件,于是出现了中国历史上罕见的"贞观之治""开元盛世"。此时镇守成都的严武,也采取了对饥寒百姓的宽容措施,故而激发了这位老农以死相报的感情。杜甫通过老农的誓言,准确地表现了中国农民的思想性格,这是他的深刻之处,伟大之处,是同时代的其他诗人所不能具有的眼光。

老农感激完了严武,庆幸、喜悦之际,又邀请杜甫在自家住上几天:"今年大作社,拾遗能住否?""大作社",意思是说准备热热闹闹地过社日节,为什么?因为儿子放还,社日临近,眼下是双喜临门啊。"拾遗"是称呼杜甫,杜甫此前在肃宗朝做过一年的左拾遗。邀请杜甫居住,这也是忘情的话,他们两家本是邻居啊,哪有让邻居前来居住的呢?忘情生自激情,可以想见老农当时动情到何等程度。

从"酒酣夸新尹"到"拾遗能住否"这几句,杜甫把笔墨框定在展示人物的语言上,通过叙写老农的讲话,不但说明了他家的喜事,赞美了严武的德政,更重要的是写出了老农的精神、性格,这是值得我们注意的。我们注意到,杜甫在叙写人物语言以展现人物精神、性格上是颇有技巧的。其一,是言简意多,频繁转折。老农的十句话中竟有五个转折:先是赞美严武,转而介绍儿子身份,又转而说到儿子被放还,又转而发誓,又转而邀请杜甫留住。讲话内容的急速转换,表现出人物的狂喜和急切的心情,他是想把心中的一切在瞬间都倒给杜甫,让杜甫分享他的快乐。这样一来,人物的善意、直率性格便被有力地刻画出来了。其二,是用语朴素,切合人物的身份。杜甫叙写老农的讲话,尽量遣用通俗的词语,使用口语句式,如"畜眼未见有""渠是弓弩手""誓不举家走""今年大作社,拾遗能住否",等等,通俗流畅,朴实无华,从而又刻画出老农性格中淳朴的一面。

杜甫在叙写了老农的语言之后，便开始描写他的一系列带有特征性的动作，通过这些动作描写进一步刻画人物形象。先是"叫妇开大瓶，盆中为我取"，前文已经点到了"酒酣"，看来这酒已经喝得够劲了，可是这位老农为己为客，还要求再喝，喊叫老伴打开大号的酒瓶子，非要来个一醉方休不可了。"叫"字下得很生动，很准确，它描绘出老农那粗声大嗓的叫声，表现出一种粗豪的神气，一种慷慨宴客的农家作风。他一边喊老伴快上酒来，一边又从菜盆里为杜甫选菜夹菜，真是忙得畅快。这一切，杜甫看在眼里，也动在心中，于是夹议写道："感此气扬扬，须知风化首。语多虽杂乱，说尹终在口。"说自己深深地被老农这种扬扬的意气所感动，并由此懂得了为官执政必须把爱民放在首位；眼前的这位老农虽言语杂乱，说话没有条理，却始终把感激严武之词挂在嘴边。杜甫写这四句感受之词，应该看作是他写作此诗的意图之一，他是想通过此事告诉给他的朋友严武，百姓表扬了你，你应该继续体恤民众。杜甫由于自身处于生活的困境，从而深知百姓的苦情，"穷年忧黎元"是他诗歌创作的主调，他始终没有忘怀百姓，时时提醒当权者要勤政爱民。

　　"朝来偶然出，自卯将及酉"，这两句诗写饮酒时间之长，杜甫说自己早晨偶然出来散步，没想到会被邀请喝酒，更没料到会喝得这么久，从早晨的卯时（早五点到七点为卯时）一直喝到傍晚的酉时（晚五点到七点为酉时），而且，到了傍晚，还被老农缠着脱不开身啊。杜甫虽然嗜酒，但由于身体多病，不宜多用，他在一些诗中说到自己患有肺病和糖尿病，有时在家里招待客人，也不能陪客到底，只好请邻居老头接替自己；如《客至》所写："盘飧市远无兼味，樽酒家贫只旧醅。肯与邻翁相对饮，隔篱呼取尽余杯。"但是现在他却能喝得这么多、时间这么长，这完全是由于主人的深情厚谊极度地感动了他，他说："久客惜人情，如何拒邻叟！"这是由衷的生活感言，自己长期在他乡作客，深感世味淡薄，今日面对老农这美好的人情就特别珍惜，不能拒绝主人的好意，虽说身体多病，也得顺着老农的心愿坚持喝下去。这也间接地写出老农的劝酒已经达到了何种程度。

　　接下来继续写老农劝酒的情况："高声索果栗，欲起时被肘。"虽说已经喝了整整一天，眼下红日西沉，众鸟归林，但是老农还是缠着不放，他高声呼喊老伴拿出果品来下酒（看来酒菜是吃光了），杜甫几次想起身告辞，都被老农拽住了胳膊。"高声""索""拽肘"，这几个大动作，非常符合人物性格特征，它们表现了这位老农的直率、粗豪，根本没把杜甫当个诗人，就像对待自己的兄弟或田间耕作的伙伴一样。对于这种粗率的举动，杜甫是怎么看的呢？他说："指挥过无礼，未觉村野丑。"杜甫认为，从待客的礼仪上看，老农这些指指画画、挥臂拽肘的举动是有点过分了；但是从待客的感情上看，则是非常美好的，因为这是纯真的感情，所以并不觉得村野丑陋。这两句一抑一扬，是所谓"退一步而进一层"的写法，有力地表达出杜甫对老农感情的珍惜。

诗的结尾"月出遮我留，仍嗔问升斗"是说一直喝到月亮东升，主人还是在遮拦我，不肯让我离开，当我问他知不知道我们喝了几斗几升酒时，他还表示老大的不愿意。诗的结句结在事情的未结之处，语虽戛然而止，意却绵延不尽，到底是喝到什么时候才散的呢？杜甫是怎么脱身的呢？作者把这些留给了读者，让读者根据他所开掘的感情渠道，去驰骋各自的想象。杜甫所提倡的"篇终接混茫"（《寄彭州高三十五使君适虢州岑二十七长史参三十韵》）就是这种余味无穷的诗境。

现在谈一谈这首诗的创作机缘。杜甫通过叙写老农的语言，描写老农的动作，塑造了一个性格鲜明的中国农民形象，这是就作品的社会效果而言的。从作者的主观动因来说，塑造文学形象或许并不是最根本的，是什么东西触动了作者强烈的创作欲望？笔者以为，是那位老农的真诚品格。须知，他对杜甫的招待所表现出来的朴实、直爽、粗豪，都来自他的真诚，而真诚正是杜甫品格中的核心内容。当代杜诗学者萧涤非先生说，杜诗的特征是"一大二真"[1]，这是高度正确的概括。杜甫一生崇尚一个"真"字，正是这种品格导致他不能跻身于官场，他初入仕途当上右卫率府兵曹参军没有几天，就表示干不下去了："野人旷荡无靦颜，岂可久在王侯间？"（《去矣行》）说自己没有那张厚脸皮，无法在虚伪官场上立身。安史之乱中他当上左拾遗，又因为认真执行了分内的职责，反对肃宗罢免宰相

---

[1] 黄建荣《萧涤非学术成就概述》，载《人文述林》第五辑，山东大学出版社，2000年，第288页。

房琯，而终被肃宗贬出京都。走向山野之后，如果不是出于衣食之困，他也很少与当官的来往，却与邻舍老农过从亲密，他说："不爱入州府，畏人嫌我真。及乎归茅宇，旁舍未曾嗔。"（《暇日小园散病将种秋菜督勒耕牛兼书触目》）他的真诚品格被官府大人们嫌弃，却受到邻舍老农的欢迎。《旧唐书》撰写者刘昫给杜甫写传，批评杜甫"与田夫野老相狎荡，无拘检"[1]，这个批评显然是错了，但也从侧面反映了杜甫确实愿与农民交往的事实。杜甫为什么与田夫野老来往？因为在农家茅舍里，他出乎意料地找到了自己寻觅终生的赤心，在不通文墨的老农野老身上，读到了自己的生活信条。人生还有什么能比遂心适性更重要的吗？所以笔者以为，这首诗创作的根本动因，是杜甫的真性与农民的真性出现了和谐共振，是创作主体与创作客体的机缘遇合，是强烈的心灵感应化作了诗的韵律，方才有激动的笔锋勾勒出这个农民形象。

从艺术技巧上看，这首诗也有许多长处，如开篇定调，注重剪裁，叙事紧凑，场面集中，线索（时间）清晰，人物的语言个性化，叙事中夹有议论以抒发情感，结尾匆骤，造成余韵，等等，都显示了杜甫高超的艺术腕力。尤其是对字词的锤炼，更见出超卓的才能，他精心地选用了一批动词和形容词，来描绘老农的言行举止，刻画出人物的鲜明性格，如"回头""指""叫""取""高声""索""被肘""指挥""遮""嗔"等等，这些词汇有的写声，有的绘行，写出老农劝酒时的高腔大嗓、吵吵闹闹、拉拉扯扯的粗豪而真诚的情状，人物性格凸现在纸面，具有鲜明的立体感。"语不惊人死不休"是杜甫自述的为诗之道，他用创作实践体现了这种追求。难得的是，他的"惊人"之语并不是令人眼眩的难解之词，恰恰相反，这些具有传神威力的词语都是些极通俗极平常的文字，他是围绕着表现人物性格去炼字，围绕着深化诗意去炼字，故能达到平字见奇、陈字见新的艺术境界。

---

[1]《二十五史·旧唐书》，上海古籍出版社，1986年，第607页。

杜甫对两个儿子因材施教

"望子成龙"是自古以来为人父母的传统意识,有谁会希望自己的后代当个虫子呢?然而,人的天赋各异,材质不同,有的能文,有的善武,有的精于脑力,有的善于体力,有的适合制造火箭,有的擅长养猪养鸡,是很难按照家长的主观意图去显示其人生价值的。作家长的,应该准确辨识孩子的天赋材质,任其自然发展,不可主观设计,强行干扰。在这个方面,唐代大诗人杜甫的教育思想值得我们学习。

杜甫大半生穷困潦倒,生的孩子不少,却只活下来两儿两女。这两个儿子,大的叫宗文,小的叫宗武。取这样的名字是什么意思?就是希望他们能够继承儒家心目中的两位圣王——周文王、周武王的思想遗绪,为太平盛世贡献力量。设想杜甫在给孩子们取名之时,他的希冀是何等殷切!可是,随着孩子的逐渐长大,他发现两个儿子情况完全不同。老大宗文天性鲁钝,念书不灵,根本就不是块学文的料。杜甫没有强迫他读书,只教他干些农务,诸如怎么盖鸡窝,夹篱笆,砍毛竹,等等,全然没有失意之叹。老二宗武天资颖异,早在牙牙学语的时候,就能断断续续地背诵乃父的诗歌了:"骥子好男儿,前年学语时。问知人客姓,诵得老夫诗。"(《遣兴》)骥子是宗武的乳名。对于这个有文学天赋的孩子,杜甫则下了很大力量去培养。从小就教他读书识字,到十来岁时给他讲析《昭明文选》,还让他背诵文选原文,背不下来的地方,杜甫还给予提示。《宗武生日》这首诗写道:"小子何时见?高秋此日生。自从都邑语,已伴老夫名。诗是吾家事,人传世上情。熟精《文选》理,休觅彩衣轻。"告诫宗武,要继承家学传统,要精心弄懂文学理论。到十五岁左右,杜甫就开始指导他作诗作文了,《又示宗武》诗中说:"觅句新知律,摊书解满床。试吟青玉案，莫羡紫罗囊。"意思是说，宗武作诗能够按照格律去遣词造句了，还能做到广泛查阅书籍，去寻找词语的出处，去检索典故。"青玉案"，本是指古代珍贵食器，后来用以指称古诗。杜甫叮嘱孩子要精心作诗，不要把心思放在玩物上。

对于两个天赋不同的孩子，杜甫在施教上采用了不同的内容。能念书的就培养他念书，不能念书的就指导他干农务，总之是顺应天性。杜甫认为这样做才算是"达道"，为此，他还批评了陶渊明错误的教子心态："陶潜避俗翁，未必能达道。""有子贤与愚，何其挂怀抱！"（《遣兴五首》其三）陶渊明有五个儿子，一个比一个蠢笨（有人对此作出研究，认为这是陶渊明饮酒过度所致），盛怒之下作了一首《责子》诗，对五个儿子挨个儿数落一遍："白发被两鬓，肌肤不复实。虽有五男儿，总不好纸笔。阿舒已二八，懒惰故无匹。阿宣行志学，而不爱文术。雍端年十三，不识六与七。通子垂九龄，但觅梨与栗。天运苟如此，且进杯中物。"对儿子们的"不好纸笔""不爱文术"表示了莫大的遗憾和伤感。杜甫认为这是不对的，这是未能"达道"的表现。教育孩子的正确方法是顺其自然天性，不可强迫孩子只走父亲的路。

道家主张尊重天性，顺应自然。这种思想反映在教育领域，就是因材施教，对于天赋不同的人给予不同内容的教育，后天的教育应该是立足于对被教育者天赋认识的基础上，应该成为其发展天赋的推助器，而不是重塑器。当今，生存竞争已成定局，在"望子成龙"的世俗观念驱使下，不少家长不顾孩子的天赋材质，硬性逼迫孩子一定要成就个什么，致使有些心理脆弱者只好选择自杀一途以回报之，事与愿违，悔之晚矣，可惜可叹，可悲可恨！天下之大，工种之多，何必轰赶孩子去挤那独木桥？须知，即便过了那个独木桥，也未必就有如意的结果。为人父母者，不妨学学杜甫的聪明做法。

杜甫的桃树情结

杜甫一生酷爱桃树,在他的诗歌中,使用"桃"字多达四十一次。他亲手栽种桃树,用桃树美化庭院,他热情赞美桃花的丰姿,专心护理桃树,还高度称颂桃树的功德,留下不少感情深挚、文笔绮丽的诗篇。

唐肃宗乾元二年(759),安史之乱尚未平息,杜甫带着全家到成都避难,在当地友人的帮助下,他在成都西郊建筑了草堂,草堂落成之后,他就写诗向县令萧实索要桃树秧苗,而且要了一百根:"奉乞桃栽一百根,春前为送浣花村。河阳县里虽无数,濯锦江边未满园。"(《萧八明府实处觅桃栽》)浣花村,就是杜甫草堂所在的村庄,邻近锦江(即诗中说的"濯锦江")。晋代人潘岳任河阳县令时,在县内遍种桃树,这里用河阳县比拟萧实所在的县。杜甫胃口很大,开口就要一百根,而且让对方春前送到,以便应时栽种。杜甫打趣地说:贵县境内桃树之多数不胜数,即便是如数送来一百根,也还不能把我的园子种满呢。这位萧县令不负杜甫之望,如期按数送到了。杜甫把这些秧苗统统栽好,又选择了五棵苗壮的栽到院子里。春风送暖,春雨滋润,树苗长势喜人,生出茂密的枝条,把院子里的甬路都挡住了,杜甫爱惜这些枝条,不忍心把它们剪掉,宁可绕着走。有一夜,狂风大作,吹折了几条树枝,杜甫伤心,进而恼怒,大骂这风欺人太甚:"手种桃李非无主,野老墙低还是家。恰似春风相欺得,夜来吹折数枝花。"(《绝句漫兴九首》其二)

杜甫用他那支生花的诗笔,描绘出桃花的各种姿色。他描写院子里的桃花开得鲜明耀眼:"栽桃烂熳红"(《春日江村五首》其三);他描写冬季野外水边初绽的桃花:"短短桃花临水岸"(《十二月一日三首》其三);他描写农户篱边的桃花:"江上人家桃树枝,春寒细雨出疏篱"(《风雨看舟前落花戏为新句》）；他描写春雨滴红桃花的细微景致："点注桃花舒小红"（《江雨有怀郑典设》）。野外出游，每逢看见桃花，他便停下脚步，细心观赏，如痴如醉："桃花一簇开无主，可爱深红爱浅红"（《江畔独步寻花七绝句》其五），深红色的桃花好看，浅红色的桃花也好看，自己到底喜欢什么颜色的呢？拿不定主意，就是都喜欢。又说"桃花气暖眼自醉"（《昼梦》），桃花不但颜色美丽，而且散发出温暖的气息，观赏之间，不禁醉眼朦胧了。

　　那么，杜甫何以如此看重桃树呢？爱与憎不是无缘无故的，杜甫爱桃树自有其原因，他在《题桃树》这首诗中，道出了个中缘由："高秋总馈贫人实，来岁还舒满眼花。"在他看来，桃树的功德很大，从物质层面来说，桃子可以供人食用；从精神层面来说，桃花可以供人欣赏。尤其是物质层面，民以食为天啊，桃树可以说是功高盖天了。另外，我们还须注意"贫人"二字，杜甫说桃树赐予穷人吃食，富人就不吃桃子吗？富人当然也吃桃子，但富人吃桃子是酒肉之后打油腻、助消化的行为；穷人就不同了，穷人在无粮可吃的情况下，要靠桃子充饥，正是这桃子挽救着穷人的生命啊。由此可见，杜甫是站在穷人的立场和视角来赞美桃树的。至于杜甫何以能够有这样的立场，那自然是与他的生活处境有关系。杜甫在漂泊期间，没有经济来源，是经常揭不开锅的，他切身感受到桃子对他的饥肠所产生的作用，所以他才能具有穷人的立场、穷人的视角。杜甫被称为"人民的诗人"当之无愧。

杜甫是个倔老头

世人皆知杜甫是个悲天悯人、心地善良的诗人,其实他的性格是很丰富的,倔强就是其中的一个重要方面。这个性格特点,使他虽然怀有"致君尧舜上,再使风俗淳"的远大政治理想,却难以容身于官场,而终究走向山野,过着饥寒交迫的生活。西方心理学家认为"性格即命运",这个论断在杜甫身上得到了印证。

说起老杜的倔强,有三件关系其命运的大事堪称典型。

第一件事,他在天宝五载(746)来到长安求仕,"自谓颇挺出,立登要路津"(《奉赠韦左丞丈二十二韵》),认为凭着才干,很快就能身居要位,实现济世安民的抱负。可是不久,便由于父亲去世而失去经济来源,生活陷入了困境。在衣食不保的情况下,他没有打退堂鼓。为了糊口,他去终南山采药,在长安市上摆摊;有时去太仓门口排队,购买政府赈济灾民的减价粮食;有时则过上了乞讨的生活。而仕途却遥遥无期,他也曾给一些官员写过投赠诗,希望对方予以援引,却无结果。这时候,假如他肯向正在网罗死党的宰相李林甫求援,事情是不难办成的。理由是,杜甫的堂弟杜位是李林甫的女婿,杜甫与这位堂弟也经常交往,如果他能像某些人那样去跑官,走走堂弟这个"后门",入仕又岂费吹灰之力?可他就是任着性,对那位"阴谋独秉钧"(《奉赠鲜于京兆二十韵》)的宰相亲戚不予理睬。直到李林甫死后,杜甫才勉强得到一任小小的官职,算起来,他在长安已经困居了十年。你说他倔不倔?

第二件事,安史之乱爆发之后,杜甫冒着生命之危,投奔肃宗的临时政府凤翔,被肃宗任命为左拾遗。左、右拾遗是皇帝的近臣,是谏官,品级不高而位置重要,向来是升迁高官的台阶,唐朝有不少大臣都曾做过这种官职。可是杜甫干这个工作不到半个月，就遭到了"三司推问"，差点丢了性命。为什么？也是由于性子倔。肃宗为了清除异己，借故罢免了宰相房琯的职务。杜甫认为房琯"有大臣体"，认为"罪细不宜免大臣"，于是严词抗诤，跟皇上闹翻了，结果被停职审查。所幸三司能秉公办案，宣布杜甫无罪。事后，杜甫在给肃宗上的谢表中，仍然坚持了自己的观点。这使他从此遭到肃宗的疏远，没过多久，就被贬到地方上去了。如果他性子不倔，能灵活处事，凭着卓越的政治才干，他完全可以借此阶梯青云直上。但那就不会是我们所愿意见到的杜甫了。

　　第三件事更是要紧。杜甫被贬到华州做司功参军（负责州的文教工作），忠臣遭到贬谪，心中十分憋火，又遇到官军兵败相州，对肃宗朝政彻底失望。他决心扔掉官帽，永别仕途，走向山野。这实在是个大举动。为什么这样说，因为当时关中一带正在闹旱灾，粮食匮乏，"米斗至七千钱，人相食"（《资治通鉴》卷二百二十一）。"七千钱"是个什么数字？经过比较就能知道。唐玄宗开元年间，一斗米仅二十钱。好家伙，涨了三百五十倍！岂能不"人相食"？灾情如此酷烈，保全身家性命自是大事。倘若杜甫有官在身，不管怎么说，他也能维持一家人的生活。可是，就在这个关口上，他决然辞职不干了，带领家属，走向了大西北，"罢官亦由人，何事拘形役"（《立秋后题》），表示此心不为身体所役使，宁可挨饿，也要求个心情舒畅。从此开始了晚年的漂泊生活，所有的人间疾苦都尝遍了，他却说："齿落未是无心人，舌存耻作穷途哭！"（《暮秋枉裴道州手札率尔遣兴寄递呈苏涣侍御》）虽是穷途末路，也不洒一滴悔恨之泪。如此倔强的性格，支撑着他走完了一条艰辛而又光辉的人生路程。

　　性格即命运，老杜倔强的性格决定了他必然经历一条艰难困苦的人生道路。这条道路对于他的物质生活来说，当然是不幸的；但对于他的创作来说，则是不幸中的大幸。凭着这条道路，他得以接触到社会的底层，贴近人民的情感，并且对黑暗的社会现实产生难以抑制的批评力量。杜甫对上层社会乃至对皇帝的批判深度，在整个封建时代是空前绝后的。

杜甫为何喜在夜间起程

杜甫一生漂泊不定，走走停停，而起程多在夜间。如，天宝十四载（755）年底，他由京都赴奉先县探亲，即云"客子中夜发"（《自京赴奉先县咏怀五百字》）。乾元二年（759）初冬，他由秦州南下同谷县，也说"中宵驱车去"（《发秦州》）。宝应元年（762）十一月，他由射洪县前往通泉县，也是顶着星星上路的："征途乃侵星"（《早发射洪县南途中作》）。永泰元年（765）冬季，他寓居云安县，乘船去会友人，是在凌晨城门"铁锁欲开关"之时（《将晓二首》其一）。大历三年（768）冬季，他离开公安县赴岳阳，是在"东方明星"（即启明星）尚未出现的时候（《晓发公安》）。

这真是怪事。上述几次起程，都在冬季，按常理说，天气寒冷，上路宜在日出稍暖之后，杜甫怎么偏偏选在夜间？说怪也不怪，这是杜甫性格决定的。

清代学者仇兆鳌比较过李、杜二人的性格，认为"太白狂而肆，少陵狂而简"（《杜诗详注》）。杜甫生性疏阔，喜欢清简，不善交际应酬，更是讨厌那些俗套寒暄。早年客居长安，曾写诗言道："平明跨驴出，未知适谁门。权门多噂沓，且复寻诸孙。"（《示从孙济》）"噂沓"，即喧哗多语，套话连篇，杜甫表示难以忍受，不愿去登权门。客居奉先县时，有诗云："出门无所待，徒步觉自由。杖藜复恣意，免值公与侯。"（《晦日寻崔戢李封》）避免遇到达官贵人，也就省掉了许多应酬。晚年客居成都，又说"畏人成小筑，褊性合幽栖"（《畏人》）。他所畏惧的人，就是当地官僚，为了躲开他们，才在西郊建筑草堂；又说自己心性简单、急躁，不适于官场周旋，只能隐居草野。客居云安时，曾慨叹"衰惭应接多"（《将晓二首》

其二）。客居夔州时，又称"不爱入州府，畏人嫌我真"，"老病忌拘束，应接丧精神"（《暇日小园散病将种秋菜督勒耕牛兼书触目》），明确表示厌恶应接之事。可见，杜甫简静之性，终生未变。这种性格使他讨厌临行时的絮叨场面，纷杂人等，所以，最好的办法就是夜深人睡时上路。再举个具体的例子，杜甫在乾元二年初冬离开秦州，为何在"中宵"起程？他在《发秦州》这首诗中已作了说明："此邦俯要冲，实恐人事稠。应接非本性，登临未销忧。"这是他离开秦州的原因，也是他"中宵"起程的原因。此为其一。

其二，杜甫性格中还有腼腆的成分，他脸皮薄，爱面子。早年得官后，没上几天班，就感到在王侯群中办事，一身的不自在，说："野人旷荡无靦颜，岂可久在王侯间？"（《去矣行》）"无靦颜"，就是说自己没有一张厚脸皮，干不了低三下四的差事。他在生活陷入绝境时，仍然坚持留下一个铜钱在钱袋里，就是要让面子过得去："囊空恐羞涩，留得一钱看。"（《空囊》）他体弱多病，头发稀疏，与朋友过重阳节时，把帽子戴得严严的，生怕风吹帽落，露出秃头不好看："羞将短发还吹帽，笑倩旁人为正冠。"（《九日蓝田崔氏庄》）甚至羞于面对节日的菊花："苦遭白发不相放，羞见黄花无数新。"（《九日》）客居秦州时，他得了疟疾，痛苦难当之际，就按当地的土法，穿上女人的衣服，脸上搽了脂粉，藏在偏僻的角落，以躲避"疟鬼"的纠缠。他这样打扮时，羞愧得无地自容："徒然潜隙地，有靦屡鲜妆。"（《寄彭州高三十五使君适虢州岑二十七长史参三十韵》）晚年漂泊湘江，回顾一生艰难的经历，他认为自己的腼腆、斯文，错过了不少求助的机会，说："有求常百虑，斯文亦吾病。以兹朋故多，穷老驱驰并。"（《早发》）可见，腼腆确实是杜甫的性格之一。这种性格使他不得不考虑告别场面的冷热问题。当时的社会人情，已不像开元时代"天下朋友皆胶漆"了，杜甫曾多次感叹人情之浇薄："翻手作云覆手雨，纷纷轻薄何须数！君不见管鲍贫时交，此道今人弃如土。"（《贫交行》）"世人共卤莽，吾道属艰难。"（《空囊》）世风如此，在杜甫离别之际，能有几个人出于真情前来送行呢？这是爱面子的杜甫不能不考虑的。

既然缺少真情送别的人，又讨厌庸俗的应酬，爱面子而又求简静的杜甫，干脆舍此场面，最好的办法就是在夜间一走了事。

杜甫的侠肝义胆

　　杜甫具有侠义心肠，他的这种品格后人已有认识。宋代苏辙曾说："杜甫有好义之心，白所不及也。"（《栾城集》卷八）说李白不具备这种品格，因此赶不上杜甫。明代学者更认为杜甫是"千古大侠，司马迁之后一人"，理由是司马迁"为救李陵而下腐刑，子美为救房琯几陷不测。"（《杜诗胥抄》）所论堪称公允。

　　杜甫搭救房琯这个事，说来令人惊心动魄。天宝十四载（755）十一月，安禄山起兵造反。第二年五月，叛军进攻潼关，唐玄宗带领近臣弃城出逃，奔向成都避难。七月，他的儿子李亨在没得到允许的情况下在灵武（今属宁夏回族自治区）偷偷即位，这就是唐肃宗。就在此时，逃入成都的玄宗召集群臣，商议如何抵抗叛军。会上，房琯提出由各位王子分头抵抗叛军的策略，指挥权仍在玄宗手里，被玄宗采纳。这个策略等于否定了肃宗即位。实际上，身在成都的玄宗君臣并不知道肃宗即位的消息。肃宗即位一个月后，派出的使臣才到达成都。玄宗看到木已成舟，只好承认既定事实，并派遣房琯、严武等人，捧着传国玉玺前往灵武，辅佐肃宗，肃宗任命房琯为宰相。儿子已经即位，老爹还在主持开会，这事本来是个误会，过去也就过去了。可是有个叫贺兰进明的家伙，把成都会议上的情况密报给肃宗，肃宗这个人心胸狭隘，便把房琯看成异己分子，处心积虑要把他罢免。

　　那么杜甫怎么搅到房琯事件中来了呢？这与他担任左拾遗的职务有关。拾遗、补阙这类官职的职责是给朝廷提批评意见的，品级虽说不高，却因是皇帝的近臣而往往得到快速的升迁。杜甫担任这个官职没有几天，就遇到了肃宗罢免房琯的政治事件。那肃宗一门心思地找碴儿罢免房琯，现在终于找到了：房琯的门客，一个叫董庭兰的琴师接受了贿赂。按道理说，门客受贿，与主无干。可是欲加之罪，何患无辞？无限上纲之后，就成了罢免的理由。杜甫认为房琯有大臣器识，坚决反对肃宗的做法，抗争的言辞十分激烈，结果触怒了肃宗。肃宗决心整死他，就给他定了个"疑似奸细"的罪名，让"三司"审查他。一时间阴云惨淡，杀气昏昏，杜甫面临着生命之忧。幸好办案的人员能够秉公行事，否定了杜甫的奸细罪名，结论为：抗争的言辞虽说过于狂妄，但不失谏官的职责。杜甫保全了生命，而且官复原职。按照有关规定，杜甫应该向皇帝谢恩，令人惊讶的是，杜甫在《谢表》中仍然坚持他的观点："罪细不宜免大臣！"这老头子真有个倔劲。从此，肃宗看杜甫有如芒刺在眼，几个月后就把他贬谪到华州去了。

　　作为皇帝的近臣，如果迎合了"圣意"就会快速升迁，杜甫并非不知道这种情况。但是，心怀正义的他不愿违心趋奉，一个"义"字使他甘愿面临不测，虽遭斧钺之祸而不变其节，所谓"千古大侠"并非过誉之论。杜甫之所以具有这种侠义肝肠，一是社会文化的影响，一是家庭传统的熏陶。在唐代，侠文化是仅次于儒、道、释的第四种文化，任侠意识根深蒂固地存在于世人心中。李白说"纵死侠骨香"，王维也说"纵死犹闻侠骨香"，行侠复仇具有广泛而深刻的社会认知面。杜甫的家族也出现了几个复仇的义士，他的叔叔杜并，就是为了给蒙冤的父亲报仇而刺杀仇人，明知身死而义无反顾。

杜甫乐于为他人张扬诗名

魏文帝曹丕曾说:"文人相轻,自古而然。"(《典论·论文》)这话至今仍被人引用以感叹文人习气。唐代有个叫杨敬之的人,喜好宣传别人的长处,见到项斯的诗写得好,就写诗为其张扬声誉,诗云:"几度见诗诗尽好,及观标格过于诗。平生不解藏人善,到处逢人说项斯。"(《唐诗纪事》)自己是诗人,却能不埋没别人的诗艺,这品格是高尚的。但不知道杨敬之除了宣扬项斯,还称许过其他人没有。就笔者所见,真正称得起"平生"有此善行的人,还应首推诗人杜甫。

杜甫的诗歌造诣是精深的。当代著名学者如闻一多、胡适、陈寅恪、钱锺书,都推杜甫为中国古代第一大诗人。若按"文人相轻"的世俗观念说来,杜甫是有资格轻视其他诗人的。可是,通观《杜甫全集》,竟没有找到一首贬低他人的诗。杜甫无论对同时代的诗人还是对古代诗人,无论是对有名气的诗人还是对初学写诗的青年,总是竭力进行表彰,或热诚鼓励,而没有向任何人发过嘲笑,泼过冷水。笔者对杜甫称扬他人的情况,进行了全面的调查,现归类叙述如下。

其一,他称许过同时代的许多著名诗人。如,他赞扬李白:"笔落惊风雨,诗成泣鬼神"(《寄李十二白二十韵》),"白也诗无敌,飘然思不群"(《春日忆李白》)。他赞美高适、岑参:"意惬关飞动,篇终接混茫"(《寄彭州高三十五使君适虢州岑二十七长史参三十韵》)。他赞美王维:"最传秀句寰区满"(《解闷十二首》其八)。他赞美孟浩然:"清诗句句尽堪传"(《解闷十二首》其六)。以上五位都是当时诗坛上开创诗派的第一流诗人,用"同行是冤家"的老话来说,他们可以说是杜甫的"劲敌"了,可是杜甫却大力地为他们扬善,这真可谓大家风范。

其二，对于二、三流的诗人，杜甫也没有表示任何的轻视之意，总是尽一切可能为他们张扬诗名。如，他赞许元结："两章对秋月，一字偕华星"(《和元使君春陵行》)。他赞许郑虔："先生有才过屈宋"(《醉时歌》)。他赞许贾至："诗成珠玉在挥毫"(《奉和贾至舍人早朝大明宫》)。他赞许严武："新诗句句好"(《奉赠严八阁老》)。他赞许薛据、毕曜："新诗更忆听"(《秦州见敕目薛三据授司议郎毕四曜除监察与二子有故远喜迁官兼述索居凡三十韵》)，晚年又称薛据"赋诗宾客间，挥洒动八垠。乃知盖代手，才力老益神"(《寄薛三郎中据》)。他赞美张彪："诗兴不无神"(《寄张十二山人彪三十韵》)。他还赞许裴迪作诗刻苦："知君苦思缘诗瘦"(《暮登四安寺钟楼寄裴十迪》)。他赞许孔巢父："诗卷长留天地间"(《送孔巢父谢病归游江东兼呈李白》)。他赞许孟云卿的诗论和诗作："李陵苏武是吾师，孟子论文更不疑"(《解闷十二首》其五)。他赞许苏涣的诗作，认为其成就已经突破了黄初时期诗人的水平，可与汉代文学家扬雄、司马相如同列："再闻诵新作，突破黄初诗。乾坤几反覆，扬马宜同时。今晨清镜中，白间生黑丝"(《苏大侍御访江浦赋八韵记异》)，说听了苏涣的朗诵，心情激动，白发间竟然滋生了黑发。他赞许李琎："学业醇儒富，辞华哲匠能"(《赠特进汝阳王二十二韵》)。他赞许萧郎中："词华倾后辈"(《赠比部萧郎中十兄》)。他赞许郑谏议："思飘云物外，律中鬼神惊"(《敬赠郑谏议十韵》)。他赞许沈东美："诗律群公问"(《承沈八丈东美除膳部员外郎阻雨未遂驰贺奉寄此诗》)。这些富于深情的赞许，反映出杜甫对诗坛同道的关心和爱护。

其三，他对当时的文学青年也抱着积极奖掖的热诚态度，鼓励他们继续写作。杜勤考试落第，正需要精神支柱，杜甫作诗称他"词源倒流三峡水，笔阵独扫千人军"(《醉歌行》)。薛华也是布衣，喜欢写七言诗，杜甫夸奖说"座中薛华善醉歌，歌词自作风格老。近来海内为长句，汝与山东李白好"(《苏端薛复筵简薛华醉歌》)。他还夸奖阮昉："清诗近道要"(《贻阮隐居》)。他夸奖郑炼诗艺高超："把君诗过日"(《赠别郑炼赴襄阳》)，说郑炼的诗让他爱不释手。他夸奖郑贲兄弟的诗艺，把他们比为晋代文学家陆机、陆云，说"把文惊小陆，好客见当时"(《答郑十七郎一绝》)。就这些青年的实际水平来说，似当不起这样高的评价，杜甫也没有必要对他们进行庸俗的吹捧,他的用心很明确,就是在青年人需要鼓励的时候,他作为诗坛前辈尽责而已。

其四,对于本朝初期的诗人如"四杰"、陈子昂、沈佺期、宋之问、郭震、杜审言等,他也给予高度的评价。"四杰"和陈子昂是唐诗开创时期的重要诗人,杜甫说"四杰"的诗歌"不废江河万古流"(《戏为六绝句》其二),对陈子昂的评价是"公生扬马后,名与日月悬","终古立忠义,感遇有遗篇"(《陈拾遗故宅》)。沈、宋二人在诗歌艺术上多有建树,杜甫赞之曰"沈宋欻联翩"(《秋日夔府咏怀奉寄郑监李宾客一百韵》)。郭震的诗歌颇有风骨,所作的《宝剑篇》曾得到武则天的赏识,杜甫在访其故宅时,吟诵此诗,说自己的心神飞向了冥府:"高咏《宝剑篇》,神交付冥漠。"(《过郭代公故宅》)杜审言是杜甫的祖父,是五言近体诗声律定型的第一功臣,杜甫说"吾祖诗冠古"(《赠蜀僧闾丘师兄》),自然不是虚张之辞。此外,对李邕、王翰、贺知章等诗人,也都有过赞评。

其五,杜甫对屈原以来至南朝的优秀诗人都能给予赞评。正如他所说的"不薄今人爱古人,清词丽句必为邻"(《戏为六绝句》其五),大凡前代诗人有一点可取之处,他都要虚心学习。他说"迟迟恋屈宋"(《送覃二判官》),"窃攀屈宋宜方驾"(《戏为六绝句》其五),表达出对屈原、宋玉的敬慕之情。他还尊宋玉为师:"摇落深知宋玉悲,风流儒雅亦吾师。怅望千秋一洒泪,萧条异代不同时。"(《咏怀古迹五首》其二)对汉代的扬雄、司马相如也多次提到,肯定他们的辞赋。他说"诗看子建亲"(《奉赠韦左丞丈二十二韵》),是将曹植引为同列。对于陶渊明、谢灵运的诗艺,也是颇多倾慕:"焉得思如陶谢手,令渠述作与同游。"(《江上值水如海势聊短述》)他称许南朝诗人庾信、鲍照的诗风,说"清新庾开府,俊逸鲍参军"(《春日忆李白》)。其他如阴铿、江总、何逊、谢朓,杜甫均有诗予以褒扬。

总之,杜甫最善于学习他人的长处,哪怕是一点点,也十分珍惜。这使他能够成为"集大成"的诗人。正如元稹在杜甫墓志铭中所说,杜甫"上薄风雅,下该沈宋,言夺苏李,气吞曹刘,掩颜谢之孤高,杂徐庾之流丽,尽得古今之体势,而兼文人之所独专"(《唐检校工部员外郎杜君墓系铭并序》)。这种虚心讨教的精神,是他留给后人的一笔宝贵的财富。可是，我们这些后人是否珍视了这笔财富呢？今日的文坛，作家之间相互褒扬的有几人？又岂止是"文人相轻"？有的竟然是"相骂"了，骂名家，骂有成就的人，以为这样一骂，就显出自己的"高"来了。这是愚昧无知的表现。事实上，谁拒绝学习他人的长处，谁就绝不可能成为大家。"骂"的本身，就已经把你锁定在低档次的群列之中了。

杜甫的幽默性格

杜甫是个忧国忧民的诗人。在人们的心目中,他是个整天拉长了脸、痛苦地诉说国难民瘼的人。其实,这种认识是很不全面的。应该看到,他还是个很会拿自己的苦难生涯开玩笑、很会"穷开心"的诗人。

他三十几岁的时候,由于父亲的去世而失去了经济来源,又因为性子耿介而长期得不到官职,从此生活变得十分困难。为了糊口,他不得不到终南山去采摘草药,拿到市场上"练摊";有时去排队领取政府发给灾民的救济粮;有时甚至去达官贵人家中乞讨些饭菜:"朝扣富儿门,暮随肥马尘。残杯与冷炙,到处潜悲辛。"(《奉赠韦左丞丈二十二韵》)而在这以前,他已经写出了《望岳》《饮中八仙歌》这些著名的诗篇了,在当时的诗坛上已是有些名气。

诗名与困顿构成巨大的反差,杜甫心理的不平衡是可以想见的。人心不能总是泡在苦水里,否则就难以活命了。怎么办?他除了写诗发牢骚、散怨气,还善于在生活中找乐子,找些笑料给自己解心宽,让自己笑一笑。他时常用"打油诗"的腔调歌唱自己的穷日子。有一首诗写他早上睁开眼,肚子就叫得挺欢,可是又无米下锅,只好冒着风雨、踩着泥泞去别人家里蹭饭了:"鸡鸣风雨交,久旱雨亦好。杖藜入春泥,无食起我早。"(《雨过苏端》)没饭吃的人自然睡不成懒觉,倒也能练出了早起的习惯;虽说肚子干瘪而诗兴却未消减,他数着快板出发讨饭去了。这就是老杜的风趣,他擅长拿"穷"打哈哈。乾元二年(759)七月,他辞掉了华州司功的官职,带领全家流落到秦州(今甘肃天水市)。他说,当钱袋即将告空的时候,千万可要剩下一个铜子别花掉啊,要让它来看家呀,否则"面子"就过不去啦:"囊空恐羞涩,留得一钱看。"清代杨伦指出了杜甫的这个特点，说老杜"写穷况妙在诙谐幽默"(《杜诗镜铨》)。杜甫还擅长用富丽的辞藻去描写家境的清贫："登俎黄柑重，支床锦石圆。"用黄柑祭祀祖先（而不是用猪羊），用石头当作床腿（床腿断了没钱修），这日子穷掉底了。可老杜是怎么说的呢？他说，虽然没有猪羊来祭祖，可你看这柑子不是又大又黄吗？虽然没有木制的床腿，可你看这石头不是又圆又有文彩吗？这可真是十足的"穷开心"了。家里来了盗贼，自然不是好事，可是老杜一想那盗贼白白地忙了一阵而毫无所得，又不禁为自家的贫穷而深感庆幸了："侧闻夜来寇，幸喜囊中净。"(《早发》)谁说"穷"字一无是处呢？它可以免除失盗之苦啊！

这就是杜甫的幽默。他在叹息贫穷的同时，又能觉察贫穷的"好处"。他用后者来支撑精神，来求得心理的平衡。靠着这种幽默风趣，他顽强地走完了风雨人生路，艰难困苦没能打倒他，却留下了光照千古的诗篇，获得了"诗圣"的桂冠。正如德国心理学家冯特所说："喜剧性笑可以调节人的心理状态，在人的心理由不愉快至愉快、由激动至平静、由紧张至轻松的转化过程中，笑起着积极作用，促使人的心理机制由无序到有序，由不平衡态到平衡态。"(见佴本荣《笑与喜剧美学》)

最早评说老杜幽默性格的重要意义的，当是胡适先生。他在所著《白话文学史》书中，说老杜"在贫困之中，始终保持一点'诙谐'的风趣"，"终身在穷困之中而意兴不衰颓，风味不干瘪。他的诗往往有'打油诗'的趣味"，唯其"有这一点说笑话作打油诗的风趣，故虽在穷饿之中不至于发狂，也不至于堕落"。在"左"倾思潮泛滥的年代，胡适的观点曾经遭到批判，议者认为他贬低了杜诗的价值。今天看来，胡适是清晰透视杜甫全人的思想者。

人生世上，总有不得意的时候，不妨学学老杜的诙谐风趣，特别是诗人，有了这点风趣，可以使诗味不干瘪，能像老杜那样以顽强的意志和幽默的情趣走过人生里程。

杜甫拒受贿赂

杜甫一生为官期不长,官职也很低微,但对于吏治防腐,却颇多思考,用诗歌表述过精辟的见解。他认为,民心的归附,国家的强盛,关键在于君臣生活能够节俭,所谓"君臣节俭足,朝野欢呼同"(《往在》),就是这个意思。反之,君臣生活腐化,国家就会动乱,他在总结安史之乱爆发原因时,就曾说过"朝野欢娱后,乾坤震荡中"(《寄贺兰铦》)的话,所说的"欢娱"就是腐化的代名词,可谓一语中的。对于各级官吏,他主张"众寮宜洁白"(《送陵州路使君之任》),强调了官吏廉洁自守的重要性。杜甫还十分重视对官吏的纪检工作。唐朝各州府都设置了纪检官员,当时的官名叫"录事参军",录事参军是州府长官的重要僚佐,却不是署曹之官属,也就是说,他在行政上不受州府长官的管辖。其职能是纠察州府官吏的过失,地位比列曹参军重要。杜甫在四川时,有个叫韦讽的,受命去阆州代理录事参军之职,行前,杜甫作诗送别,殷切叮嘱对方"操持必去嫌"(《东津送韦讽摄阆州录事》),就是希望他到任以后,能够操持纲纪,认真执法,果敢地清理那些违纪官吏的问题。

人一旦当了官,有了权,就会或多或少、或轻或重地遇到情与法的夹击、秉公与谋私的纠缠,杜甫也不例外。肃宗广德二年(764)六月,杜甫经剑南节度使严武的推荐,得到检校工部员外郎、幕府参谋的官职。上任不久,就有张某人找上门来。张某曾经做过太子舍人,是个正六品的官,想必是被解了职,才来找杜甫另谋生路。他给杜甫带来一条珍奇的褥段。这褥段是"进口货",是大秦国(罗马帝国)生产的,用彩丝和金缕交织成花纹图案,上面绣着波涛海景,还有一条甩着尾巴的大鲸鱼,以及各种各样叫不上名字的水生动物。张某对杜甫说,这条褥段还具有能使

"空堂魑魅走",令人"高枕形神清"(《太子张舍人遗织成褥段》)的奇特功能。

面对如此高级的物品,杜甫没有动心。虽说他家境贫寒,这条褥段即便他不自己享用,卖上些钱也能支撑一下生活,但他想到古今贪污受贿者的可耻下场,都是因为酷爱"黄金多",方才"悔吝生"的。于是,他婉言谢绝了赠物,"锦鲸卷还客,始觉心和平",并且,由此而想到当今那些营私自肥的官吏,发出沉重的叹息:"叹息当路子,干戈尚纵横。掌握有权柄,衣马自肥轻。"末了,他招待来客吃了一顿便饭,"振我粗席尘,愧客茹藜羹",便把事情了结了。这就是杜甫的为官之道和人格魅力。

杜甫消愁有新招

古代诗人消愁的方法主要是饮酒,酒能麻醉神经,使人在一定时间里失去思维的能力,故能暂时摆脱愁苦。李白就是长于此道的代表人物。李白生活富裕,他有足够的钱去买酒;即便有时手头紧些,也还有值钱的家什去变卖:"五花马,千金裘,呼儿将出换美酒,与尔同销万古愁!"他有用酒消愁的资本。杜甫就不同了,他没这个资本,后半生饥寒交迫:"饥藉家家米,愁征处处杯。"喝人家的酒来消愁,当然不会那样便利;何况,他还诸病缠身,肺病、糖尿病都不允许他喝个烂醉,"竹叶于人既无分,菊花从此不须开",他为不能畅饮而大发牢骚。他无钱而有病,愁苦又太多,怎么办?他有自己独特的招数,那就是睡大觉,睡着了,就愁不了了,也能求得暂时的解脱。

例如,他在成都草堂寓居期间,思乡忆弟之情颇苦,作《恨别》诗云:"洛城一别四千里,胡骑长驱五六年。草木变衰行剑外,兵戈阻绝老江边。思家步月清宵立,忆弟看云白日眠。闻道河阳近乘胜,司徒急为破幽燕。"第六句写思念诸弟的情状,"看云"这个细节行为,颇富感情蕴涵,因为云踪飘移不定,正与诸弟漂泊生涯相合,故"看云"一节是对"忆弟"之心的形象提示,这一点是很好理解的。倒是"白日眠"这个行为须费些解释,因为从一般意义上说,大白天睡觉,似与思念之情相背,既然如此苦思苦想,怎么还睡觉呢?清代人纪昀就曾对此质疑,他说:"六句是名句。然终觉'看云'不贯'眠'字。"(见《瀛奎律髓汇评》)是说"看云"与"眠",在情思上不相连贯。按纪昀的说法,"看云"在于"忆弟","忆弟"则不能有"眠",一旦"眠"了,则忆念之情便显得不深了。这从一般的逻辑上是说得通的。但是,如果从心理学的角度作设身处地的思考，我们便会感到这个"白日眠"恰恰是极度愁思的必然结果和行之有效的应对措施。杜甫思念诸弟，想见而不可得，愁极无奈，只好以入睡求得解愁。倘若他有见到诸弟的希望，是不会入眠的。所以，这个"白日眠"不但不会淡化思念之情，反而能够深化它，使人看出老杜为愁思所煎熬，心里难以承受的苦况。

杜甫以睡眠来解脱愁苦，这种方式是一贯的。早年，他被叛军拘押在沦陷的长安时，十分思念远在羌村的妻儿们，在《忆幼子》诗中写道："骥子春犹隔，莺歌暖正繁。别离惊节换，聪慧与谁论？涧水空山道，柴门老树村。忆渠愁只睡，炙背俯晴轩。"骥子，是杜甫的小儿子，此时只有三四岁，天赋聪明，在咿呀学语时，就开始学诵父亲写的诗了，杜甫非常喜欢他，在同一时期写的《遣兴》诗中夸道："骥子好男儿，前年学语时。问知人客姓，诵得老夫诗。世乱怜渠小，家贫仰母慈。"在兵荒马乱的岁月，如此幼小的孩子跟随母亲住在异乡山村，杜甫如何不悬心挂念？如何不忧心如焚？但是他被拘留于叛军控制下的长安城，想逃出去是很困难的。正是由于忧心难耐，不堪其苦，也就只好"忆渠愁只睡"了。显然，这里的"只睡"（只好睡觉），是"愁"的结果，是消愁的办法，与"忆弟看云白日眠"是同一种路数。

除了思儿忆弟愁极而睡，有时杜甫因对复杂的世事人情感到无奈，也常以一睡了之。他在严武幕府担任参谋期间，与青年同僚发生意见分歧，受到猜忌和嘲弄，感到十分委屈。因为他来幕府工作，并非本心之愿。"白头趋幕府，深觉负平生。"（《正月三日归溪上有作简院内诸公》）实在是由于严武的盛情邀请，作为好友，他驳不开面子，只好前来赴任："束缚酬知己，蹉跎效小忠。"（《遣闷奉呈严公二十韵》）他只是想帮助严武做些军务，并不想由此飞黄腾达，竟不料遭到一班人的不满。为了表明心迹，曾作《莫相疑行》言道："寄谢悠悠世上儿，不争好恶莫相疑。""不争好恶"，是说自己本来无心与儿郎之辈比试才能的高下。可是，这样的表白心迹究竟能起到多大的作用，对方能否相信呢？在复杂的世情面前，他感到烦躁，无能为力，还是使用老办法——睡大觉。他向严武告了假，回草堂暂住，在《村雨》诗中写道："雨声传两夜，寒事飒高秋。揽带看朱绂，开箱睹黑裘。世情只益睡，盗贼敢忘忧？松菊新沾洗，茅斋慰远游。""世情只益睡",就是说,想到复杂的世事人情只有付之以一睡,睡着了,心也就不烦了。但是,毕竟睡眠的时间是有限的,醒来之后还是心烦。没过多久,他就辞去了幕府官职,回归草堂了。

杜甫在七夕

在古代，七夕是个浪漫的夜晚。天上，盼了一年的牛郎织女要渡河相会了；人间，青年女子在自家的院子里摆上瓜果，等候蜘蛛在上面缠丝，如果被缠了丝，就意味着自己"乞巧"成功，针线活的手艺就会有长进。这风俗，在梁朝人宗懔《荆楚岁时记》中就有了记载。总之，人间的七夕是年轻妇女们的节日，杜甫一个大老爷子，他来掺和什么呢？

老杜并非也来"乞巧"，他的诗歌写作技巧够高的了。他作为一个写实的诗人，凡事喜欢较个真。他是来作调查研究的，调查研究的课题是牛郎和织女两颗星是否真的在银河上面相会了。这个课题，他已经调查了多年，结论都是否定的。但是他不甘心，怀疑自己年老眼神不济，或者是由于长夜困倦，打个瞌睡，把那精彩的一幕错过了。他决心作最后一次观察，然后结项，下个终极结论。

这一年他客居夔州，七月初七这天，楚天晴朗，万里无云。太阳沉落了，群鸡入窝了，睡足了觉、养足了精神的杜甫搬出椅子，放在庭院当中，坐好，开始仰视天空。星儿渐次出现，银河露出身影，牛女二星清晰在望，"牵牛出河西，织女处其东"（杜甫《牵牛织女》），银河的走向是由东北而西南，杜甫背南向北而坐，所以看牛郎星是在银河的西面，织女星是在银河的东面。笔者小时候，常在夏秋之夜，自家的院子里，躺在芦席上观看银河，那是五十年代，中国的上空基本没有灰尘污染，看银河历历在目，两边的星星，个个贼亮贼亮的。妈妈指给我说：银河西岸那颗很亮的星星是牛郎，身边还有两颗小星星，那是牛郎用担子挑着他的两个儿女。银河东岸那颗很亮的星星是织女，她身边有四颗星星呈菱形，那是她织布用的梭子。奇异的星相交织成美丽的传说。可惜今天的人们再也没有这个眼福喽。"

　　且说老杜睁大了眼睛，聚精会神地张望那浩瀚的银河，等候那精彩的一幕出现。半夜了，参与"乞巧"活动的两个女儿，打着哈欠回屋睡觉了。那牛女二星却纹丝没动，依旧在隔河遥望。你们还等什么呢？莫非担心天上和人间在窥视你们，不好意思？想到这里，杜甫倒觉得有些不好意思了，可是，为了搞好科研，还是请求牛郎织女谅解些吧。

　　后半夜，草虫沉寂，秋风渐冷，屋里传出老伴和儿女们的鼾声，杜甫裹紧了衣服，坚持着。他这个时期身体多病，肺病、糖尿病、半身不遂，可谓诸病缠身。但既然是最后一次观察，要下结论了，就不能草率行事，这也是他一生的行为准则。好在白天睡眠充足，杜甫没有丝毫睡意，炯炯目光，从一个寂静的小院里射出，投向浩渺的天宇。

　　晨鸡啼鸣，东方发白，银河渐落，牛女依然寸步未动。终于可以下结论了："万古永相望，七夕谁见同？神光竟难候，此事终蒙胧。"自古以来牛女二星总是隔河相望，谁曾见过他们在七夕相逢呢？在古代，在神话传说弥漫的时代，这个结论来得不容易，是老杜经历许多不眠之夜查证的结果。由此，他还进一步从理性角度对这个故事质疑："飒然精灵合，何必秋遂逢？"牛女二星乃是精灵，他们的会合应该是不择时间的，何必要等到秋天这个夜晚呢？问得有道理。

　　老杜一生反对迷信，求真务实。除了《牵牛织女》这首诗，他还写了《石笋行》《石犀行》，前者破除成都有"海眼"的迷信，后者破除石犀能镇水怪的迷信，号召以人力治水患。这在当时的历史条件下是难能可贵的。

贾岛学杜

杜甫创作诗歌讲究法度,唯其如此,后代诗人便觉有章可循,由此,便有"杜诗沾丐后人无数"之美誉。后代诗人学得杜诗一枝一节,便可成为名家。宋人孙仅在《读杜工部诗集序》中说道:"公之诗,支而为六家:孟郊得其气焰,张籍得其简丽,姚合得其清雅,贾岛得其奇僻,杜牧、薛能得其豪健,陆龟蒙得其赡博。"[1]孙仅这里说的是杜诗风格对中晚唐诗人的影响。至于杜诗的字句、句法、章法、艺术构思、表现手法等,则是光照了中国一千余年的诗坛。即如贾岛而言,他在风格上学得了杜诗的奇僻,也在句法、构思和意象选择等方面学到了杜诗的艺术。

一、两句三年得,一半取杜诗

宋人魏泰《临汉隐居诗话》说:"贾岛云:'独行潭底影,数息树边身。'其自注云:'二句三年得,一吟双泪流。知音如不赏,归卧故山秋。'不知此二句有何难道,至于三年乃成,而一吟泪下也。"[2]古今论诗者多将这一诗一注作为贾岛苦吟的例证,且深寻其美,只有魏泰等少数人表示不解。

笔者持论与魏泰同,以为这两句诗虽非唾手可成,却也不必苦苦经营三年方得。近日读杜诗,读到《九月一日过孟十二仓曹十四主簿兄弟》,

---

[1] 仇兆鳌《杜诗详注》,中华书局,1979年,第2238页。
[2] 何文焕《历代诗话》,中华书局,1981年,第326页。

更发现贾岛的那两句诗竟有一半还是来自老杜的。老杜的这首诗有一联写道:"力稀经树歇,老困拨书眠。"[1]是写自己老年力衰,精神不济。前句所云"经树歇",就是说走路时一遇到树就得靠一靠,喘口气,这与贾岛的"数息树边身"说的情况完全一样。

  杜甫善于选择典型的生活细节入诗,他写走路时倚树休息,就颇能反映老年人的身体状况,所以给人的印象十分鲜明、深刻。杜诗虽在作者的有生之年未被人们广泛重视,但是经过中唐元稹、白居易、韩愈等人的推扬,已经与李白齐名了。晚唐诗坛的贾岛是应该读到杜甫的这首诗的。他的"数息树边身"显然是袭用了杜诗的细节。还应该看到的是,杜甫的这首诗是写给孟氏兄弟的,向他们讲述自己的年老体弱。而贾岛的那两句诗是出自《送无可上人》,[2]也是向友人讲述自己的身体情况。二者在用于交往的这一点上也是相同的。

  如此来说,贾岛的"两句三年得",实际上是"一句三年得",这样的写诗速度就更为惊人了。也许他强调"三年"意在表白"诗由己出",于杜诗无干,但无论如何也抹不掉袭用的痕迹。由此,我们也能进一步认识到杜诗对后人沾丐之广。

二、平生佳句之冠,亦是取法杜诗

  明代学者杨慎在所著《升庵诗话》卷十一"贾岛佳句"条说:"贾岛诗:'长江风送客,孤馆雨留人。'二句为平生之冠,而其全集不载,仅见于坡诗注所引。"[3]今按,贾岛这两句诗,除了见于苏东坡诗注的引文,宋人张戒《岁寒堂诗话》卷下"秦州杂诗"条也提到了:"'长江风送客,孤馆雨留人',此晚唐佳句也。"[4]《全唐诗》卷五七四收录贾岛残句,有此二

---

[1] 仇兆鳌《杜诗详注》,中华书局,1979年,第1757页。
[2] 中华书局编辑部点校《全唐诗》,中华书局,1999年,第6690页。
[3] 丁福保《历代诗话续编》,中华书局,1983年,第861页。
[4] 丁福保《历代诗话续编》,中华书局,1983年,第469页。

句。[1]杨慎把这两句诗称为贾岛平生诗作之冠,是有其道理的。细味诗中"送客""留人"等语,可知是离别之作,然而却不见送行之人。送客者乃是长江之"风",挽留者竟是孤馆之"雨",则讥讽主人的薄情,自在不言中了。这是委婉的讽刺,深合中国古典诗歌美学的旨趣。杨慎论诗,恰恰是以此为诗美的。他在所著《升庵诗话》中力主"含蓄蕴藉",使读者"味之自知"的美学品格。[2]

杨慎素以读书之富为人称道,但是他没有看出,贾岛这两句诗其实是模仿杜诗而成的。杜甫晚年漂泊湖湘,在离开长沙前往衡州时,曾作《发潭州》,以抒发客居的感慨。诗云:

> 夜醉长沙酒,晓行湘水春。
> 岸花飞送客,樯燕语留人。
> 贾傅才未有,褚公书绝伦。
> 名高前后事,回首一伤神。

体味此诗,感慨淋漓。作者自叹空怀贾谊、褚遂良之才干,却得不到长沙诸公的爱惜,自己为了衣食之需,不得不离开长沙而转投衡州。而且,在离别之际,送行者唯有江岸上的飞花,挽留者唯有桅樯上的语燕。言外之意,是长沙诸公身影绝无。杜甫用此二句,将此地人情之浇薄,作了委婉而又深刻的讽刺。正如宋人魏泰在《临汉隐居诗话》所说:"予观老杜《潭州》诗云'岸花飞送客,樯燕语留人'……意丧乱之际,人无乐善喜士之心,至于一将一迎,曾不若岸花樯燕也。"[3]

把贾岛的"长江风送客,孤馆雨留人"与杜甫的"岸花飞送客,樯燕语留人"两相对照,可以看出,无论从句法上、构思上,贾岛都是模仿杜甫的,他只不过是把地点和物象作了变动:地点上,把杜甫诗中的"岸"和"樯"换成了"江"和"馆";物象上,把杜甫诗中的"花"和"燕"换成了"风"和"雨",如此而已。

---

[1] 中华书局编辑部点校《全唐诗》,中华书局,1999年,第6747页。
[2] 丁福保《历代诗话续编》,中华书局,1983年,第868页,第795页。
[3] 何文焕《历代诗话》,中华书局,1981年,第319页。

杨慎没有看出来的，却被清人仇兆鳌看出来了。仇兆鳌罄尽一生精力研究杜诗，对一千多首杜诗已是烂熟于胸中，他在所著《杜诗详注》中说道："杨氏《丹铅录》云：'贾岛诗"长江风送客，孤馆雨留人"二句，为平生之冠，而集中不载，仅见于坡诗注所引。'今按杜诗'岸花飞送客，樯燕语留人'，实贾句所本。"[1]这也给了我们一个启示，要想深入研究作家，研究文学史，须从熟悉作家的文本入手。

除了少数名句，贾岛得益于杜甫者还有很多。例如，写身世感慨，杜诗云"拭泪沾襟血，梳头满面丝"（《遣兴》），贾诗云"叹命无知己，梳头落白毛"（《送路》）；杜诗云"吾衰同泛梗"（《临邑舍弟书至苦雨黄河泛溢堤防之患簿领所忧因寄此诗用宽其意》），贾诗云"生类梗萍泛"（《洛阳道中寄弟》）；杜诗云"日月笼中鸟，乾坤水上萍"（《衡州送李大夫七丈赴广州》），贾诗云"举翮笼中鸟，知心海上鸥"（《岐下送友人归襄阳》）。又如，写战乱时局，杜诗云"春风入鼓鼙"（《春日梓州登楼二首》其一），贾诗云"边声入战鼙"（《寄武功姚主簿》）。再如，写友人交往，杜诗云"海内知名士，云端各异方"（《寄彭州高三十五使君适虢州岑二十七长史参三十韵》），贾诗云"海内知名士，交游淮上人"（《灵淮上人院》）；杜诗云"惟见林花落，莺啼送客闻"（《别房太尉墓》），贾诗云"既见林花落，须防木叶飞"（《留别光州王使君建》）。再如，写夜行人的心理，杜诗云"悄然村墟迥，烟火何由追"（《赤谷》），贾诗云"夜行常认火"（《送人南游》）。再如，写夜露浓重，杜诗云"重露成涓滴"（《倦夜》），贾诗云"坛松涓滴露"（《送田卓入华山》）。再如，写山壁深入水中，杜诗云"穿水忽云根"（《瞿塘两崖》），贾诗云"浩渺浸云根"（《江亭晚望》）。如此等等，说明在意象的选择上和诗意的获得上，杜诗确实给了贾岛许多启发。

三、贾岛诗中意象多来自杜诗

孙仅论杜诗对后世的影响，说"贾岛得其奇僻"。笔者认为，此说成

---

[1]仇兆鳌《杜诗详注》，中华书局，1979年，第1972页。

立,但不全面,应该说,贾岛诗中的意象大多来自杜诗。通读贾岛的诗作,其中五律数量最多,质量也最高。他的五律,精到之处在于对意象的心灵化选择。他笔下的意象可以分为三种类型:一是幽寂空冷的意象,一是荒废毁弃的意象,一是奇僻险绝的意象。幽寂空冷的意象与他的僧人心境相吻合,荒废毁弃的意象与他的潦倒身世相吻合,奇僻险绝的意象与他的乱世心态相吻合。

幽寂空冷的意象如秋江、霜江、寒流、寒水、寒泉、白露、冷露、幽沼、古潭、孤烟、孤云、孤霞、夕阳、斜阳、落日、寒日、冷月、月影、空山、秋山、幽崖、积雪、暮雪、朔雪、寒雨、寒霜、孤鸿、霜雁、寒鸿、幽禽、幽鸟、野鹤、暮蝉、秋萤、秋蔬、独树、秋声、竹阴、寒草、寒韵、寒柳、寒条、寒蔬、寒花、幽丛、净苔、湿苔、青苔、青石、古桐、旷野、孤棹、孤舟、古寺、清磬、禅灯、幽斋、独烛、寒夜、孤灯等等。

荒废毁弃的意象如空城、孤村、破宅、废馆、旧房、破阶、荒榭、空斋、坏庵、陋巷、白屋、空钵、孤冢、白发、残角、粗帛、荒岸、荒林、荒坂、残雨、衰柳、枯树、干苇、断苇、枯草、枯叶、黄叶、落叶、落花、落晖、断云、残磬、残踪、残漏、衰草、病鹤、羸马、疲骖等等。

奇僻险绝的意境如险栈、孤峰、危峰、乱山、危磴、危叶、怪禽、行蛇等等。

《泥阳馆》这首诗可以作为贾岛诗歌意象特征的代表作,诗云:

客愁何并起,暮送故人回。
废馆秋萤出,空城寒雨来。
夕阳飘白露,树影扫青苔。
独坐离容惨,孤灯照不开。

诗中,废馆、空城、秋萤、寒雨、夕阳、白露、青苔、孤灯,意象或幽寂空冷,或荒废毁弃,把作者送客之后的孤独凄苦心情、生途寥落的人生体验,写得淋漓尽致。

大凡熟悉杜诗的人,都会对上述贾岛诗中的意象感到眼熟。仅从杜诗的题目来看,便有诸多幽寂空冷的意象,如《幽人》《伤秋》《日暮》《秋清》

《秋峡》《寒峡》《倦夜》《白露》《孤雁》《暮寒》《悲秋》《苦竹》《蒹葭》《萤火》《促织》等。荒废毁弃的意象如《废畦》《瘦马行》《病马》《病柏》《病橘》《枯棕》《枯楠》《空囊》等。杜甫为什么选择这样的意象入诗？这显然与他的身世之感有密切的关系。杜甫素怀"致君尧舜"的伟大志向，又有经纬之才，但肃宗刚愎自用，他被撵出了京都，做了个小小的地方属官，所以他有被废弃的感觉，有着深深的寂寞，当他怀着这种生活感受观察客观世界，客观世界中那些具有幽寂空冷意味和荒废毁弃意味的物象，就会与他的情感发生共鸣，经过艺术加工而成为诗中的意象。贾岛也是个怀才不遇的人物，早年为僧，后来从俗，但仕途坎坷，只做到长江主簿的小官，潦倒终生，"长江飞鸟外，主簿跨驴归"(《谢令狐绹相公赐衣九事》)，是他对自己贫寒生活的写照。他诗中之所以出现这些意象，除了含有禅学文化因素之外，困顿的生活处境，怀才不遇的人生遭际，所造成的寂寞之感、被弃之感，便是其主要的原因。总之，由于他与杜甫有着大体相同的境遇，他对杜诗中的这类意象就会产生由衷的认同。

至于奇僻险绝的意象，在杜甫所作的自秦州往成都途中的纪行诗和客居夔州期间所写的诗中，有着集中的体现。例如，《铁堂峡》写峡谷石壁黧黑，如精铁肃立，令人屏息；《泥功山》写山路泥泞之深，连猿猴、野鹿都陷入其中而死亡；《石龛》写虎豹熊罴当路，冬季出现虹霓；《青阳峡》写峭壁耸立，把天空挤窄，崩石从峭壁上滚落，还隐约听到魑魅在呼啸；《木皮岭》写山壁间的古栈道摧折断裂，摇摇欲坠；《水会渡》写嘉陵江波涛汹涌，势如大海；《飞仙阁》写峡谷寒日惨淡无光，长风怒号；《乾元中寓居同谷县作歌七首》写蝮蛇出游；《白帝城最高楼》写云雾里的峡谷群山如同卧睡着的龙虎，江水中似有鳄鱼和大鳖在游动；等等。这些奇僻险绝的意象，其实就是杜甫对战乱时局的塑影，就是杜甫那乱世惊魂的表现。这也是杜甫对中国山水诗的一大创造性的发展，是他开辟了山水诗审美的新角度。贾岛生活的时代，也是个时局动荡、战乱纷繁的时代，"百战余荒野"(《别徐明府》)，"怪禽啼旷野，落日恐行人"(《暮过山村》)，可见当时社会情况之一斑。他效法杜诗中这些奇僻险绝的意象，同样是出于乱世心态对现实的反映。

需要补充说明的是，贾岛虽然取用了杜诗的诸多意象，但二者也有明显的区别：杜甫使用这些意象时，骨子里是抗争的、愤怒的；贾岛使用这些意象时，内心则是无奈的、低迷的。这是因为二人所处的时代不同，所奉的思想不同，所持的操守不同，以及天赋禀性的不同。

边连宝的杜甫情结

一、固守先秦儒学与不随流俗的倔傲性格

在清代文坛上,边连宝是个崇杜最深的人物。他诗学杜,学研杜,是个把研杜与学杜结合起来的诗人兼学者。

边连宝,字赵珍,后改为肇畛,别号随园,晚号茗禅居士。直隶任丘(今河北省任丘市)人。生于康熙三十九年(1700),卒于乾隆三十八年(1773),历康熙、雍正、乾隆三朝。任丘边氏家族为世家望族,据《任丘边氏族谱》记载,边氏远祖可追溯到元末之汉兴公,汉兴公一生隐逸,其子孙始入仕途,书香代递,孝友传家。至边连宝,已历十四世。祖父边之铉,曾任山西汾州府通判、福建福州府同知等职。父亲边汝元,好读书,精音律,擅书画,作诗宗尚杜甫,著有《桂岩草堂诗集》,但命运多蹇,屡试不第,终生未入仕途,以授馆为业。自边之铉解任以后,家境日益衰落,"八口曾无三日米,百年剩有一床书",作为父亲的边汝元,把希望寄托在儿辈身上,墓志铭称他"年逾六旬,犹日率诸儿,挑灯夜诵,历寒暑不辍"。[1]父亲的志趣,对边连宝的影响是巨大的。

边连宝自幼读书勤苦,六岁时随父入塾,接受传统文化教育。十六岁时,父亲去世,家境更为艰难。康熙五十八年(1719),边连宝补博士弟子员,从此走上坎坷的科举之路。雍正十三年(1735)乙卯科试,声名震动诸公,朝试署名第一,次年,乾隆元年(1736),学使钱陈群荐应博学鸿词,召试不中。此后,屡试皆失意,究其落第原因,在于他坚持作古

---

[1]《边氏族谱》,卷九。笃叙堂藏版,乾隆三十七年重修。

文，而不作时文（八股文）。据戈涛《随园征士生传》记载："初，从事举子业，以古文为时文，学临川、两大，又好桐城方望溪先生稿，目为国朝独出。有谓不利科举者，辄斥之。"[1] 在以八股文取士的时代，不习八股，而爱好古文，还对劝说者进行斥责，这足以说明边连宝不随流俗的倨傲性格，考场失利也属自然。考察他的科举目的，实在于解决生计问题，而无心于达官显贵，他对仕宦苦海看得很清楚，在所作诗歌《悲悯吟》[2]中，他这样说：

> 一旦仕宦堕苦海，土木二偶随流漂。
> 不独学业坐芜累，兼令节概难持操。
> 朝持手版暮怀刺，随人俯仰如桔槔。
> 的的琛贝随竿牍，累累赇赂盈苴苞。
> 良田新买负郭美，甲第乍起鸱吻高。
> 但欣妻孥快饱暖，那知铜臭遗腥骚。
> 开卷渐不识丁字，俗氛中入肓与膏。

他认为，人一旦做了官，就等于堕入苦海，不仅学业荒疏，连气节也难以保持，一身铜臭，俗不可耐。而且宦海浮沉，朝荣夕萎，"公等身名俱没灭，吾侪文字方高标"，"讵知我辈有大业，不与万物同枯雕"，他的"大业"在于诗文，而不在于仕宦，他认为文字可以跨越时空而永存，其不朽之功效是官职难以比及的。

大约在乾隆九年（1744），他在乡试失意后，遂自行结束科举之路，虽有学使举荐，亦不动心，以授馆为业，致力于诗文创作和杜诗注释，其间，曾撰修县志。乾隆三十六年（1771），随其九兄往游江南（九兄之子边廷抡在扬州为官），时年七十二岁，曾感慨言道："生平足迹未出千里之外……年逾古稀，老病侵寻，不谓翻作壮游也。"一载之后回归故里，又过了一年，乾隆三十八年病逝，年七十四。

边连宝的思想基本在先秦儒学界内，这除了从其著述中可以看出，还

---

[1] 戈涛撰《献县志》，卷十。乾隆二十六年刻本。
[2] 边连宝《随园诗草》，卷一。乾隆乙未年刻本。

有一事也很能说明问题。乾隆十四年（1749），朝廷征召经学之儒，学使钱陈群举荐边连宝应试，他断然拒绝。他的朋友戈涛劝他应试，说："君不尝应博学鸿词乎？"他回答说："然。博学鸿词，唐之科目，犹科举也。今特诏求如汉伏胜、董仲舒其人者，吾乌可以斯未能信之学，矫诬干上，以侥取哉？"（戈涛《随园征士生传》）[1]可知，当时的经学，是汉儒伏胜、董仲舒体系的经学，而非先秦儒学。边连宝认为汉儒之经学是"不能信之学"，因此不忍心"矫诬干上"，以取功名。"矫诬"，是说以曲为直、以假为真。可见边连宝的思想是越过汉儒而直承先秦儒学的。杜甫因为肃宗的昏庸和刚愎而弃官，边氏因为朝廷起用汉儒经学而拒绝入仕，都是奉行先秦儒学对"道"的固守（《论语》："道不同，不相为谋。"）。边氏虽晚号茗禅居士，却心未入禅，蒋士铨《随园征士边君传》说他"随身一茶铛，晚号茗禅居士。空斋晏坐，宛然一老僧，然不好释氏书。"[2]他的诗中虽也有参禅悟空的句子，但也仅仅是用以解脱心灵的重压，并非进入禅境。《四库全书总目》对其诗集《随园诗草》的提要称："附录一卷，曰《禅家公案颂》，则其晚耽禅悦，读《指月录》所作云。"[3]笔者查阅边连宝于《禅家公案颂》题下所写的序文，序文说"冬夜岑寂无聊，因取《指月录》读之。偶有所会，辄书二十四字以当偈子，又时缀数语于后，以畅其旨。其中颇有与吾儒相发者，非敢推儒入墨，亦非附墨于儒，聊志一时心得云尔。"[4]可知边氏是于"无聊"之际阅读《指月录》的，而且他所关注的是禅家"与吾儒相发"的思想。他一生固守的是先秦儒学的思想境界。这与杜甫的思想十分接近。

边连宝性嗜酒，天真直率，性格狷介孤傲，持身不苟，不依阿流俗，不为利禄而屈己信仰，偶遇俗辈，"竟日对，可不交一言"（戈涛《随园征士生传》）。纪晓岚在《岁暮怀人各成一咏》其二一诗对其精神风貌有总体性的描绘："老狂边季子，壮志孤烟高。得名三十载，门户犹蓬蒿。长啸坐

---

[1] 戈涛撰《献县志》，卷十，乾隆二十六年刻本。
[2] 蒋士铨《忠雅堂集》，卷四，萃文堂刻本，咸丰元年刻。
[3] 永瑢等《四库全书总目》，中华书局，1965年，第1681页。
[4] 边连宝《随园诗草》，附一卷，乾隆乙未年刻本。

弹琴,王侯不敢招。想象败絮中,风雪空箪瓢。"[1]这个"老狂"的形象很自然地使人想到杜甫,杜甫自称"狂夫",而且说自己是"老更狂"(《狂夫》)。这两位诗人,都具有狷介、狂放的品格,虽生活清贫而能自守其志,虽仕途坎坷而能漠视官场俗物。在边连宝的身上颇能看到杜甫的影子。

二、宗尚杜甫而兼具韩孟的《随园诗草》

边连宝一生著述颇丰,在清代文学与学术上具有重要的地位,时人把他与纪晓岚、刘炳、戈岱、李中简、边继祖、戈涛并称为"瀛州七子",又把他与江南才子袁枚并称"南北两随园"。有诗集《随园诗草》八卷,《古文》四卷,《古文病余草》八卷,《三字无双谱乐府》一卷,《评注管子腋》二卷,《五言正味集》六卷,《杜律启蒙》十二卷,《考订苏诗施注》十卷,等。

边连宝诗集《随园诗草》共八卷,录诗1041首,是他去世以后,由侄子边廷抡删削、刊行。该书有戈涛、蒋士铨二人写的序文,乾隆乙未年(1775)镌刻(见于河北大学图书馆)。边氏诗名甚为当时诸公如钱陈群、李中简、戈涛、蒋士铨、纪晓岚、戴亨等人所推崇。其诗以唐人为宗,横放纵恣,慷慨多气,个性鲜明。戈涛在序文中论其诗云:"其骨近韩,其神近孟,其气近李,其情思近卢。"这是说边氏的诗具有韩孟诗派的一些特征。笔者阅读边氏诗作,认为戈涛所说的这些特征在边氏诗中确有体现。但是,韩孟诗风本源于老杜的影响,边氏诗歌的横放纵恣、慷慨多气,与其说是接受韩孟,毋宁说是承袭老杜。笔者观其诗作,于杜诗更为亲密。他不但多次在诗中提到杜甫(如"杜甫桃竹漫自矜""老杜于今幸浃句""杜甫来从饭颗山""我当构杜陵广厦千万间""远游杜甫转因人""杜陵熔铸双莫邪""傍槛惟栽杜甫松""多年杜甫看雄剑""牛酒曾闻送杜陵""少陵忠孝真千古""杜甫《吾宗》诗有云""李杜不由科目起"等),而且大量化用杜甫诗句,或直取杜甫诗句,或使用杜诗句法、手法、意境。想来,

---

[1]《纪文达公遗集·诗集》,卷九。小嫏嬛山馆刻本,道光三十年刻。

这当与其父崇杜的影响有关，更与他所坚持的先秦儒学、艰难困苦的生活历程以及专心注杜有重要的关系。

今将其借鉴杜诗的几种情况作一展示，以见其学杜的深刻痕迹。

第一种，取用杜甫诗句（直用或稍作变化），情境与杜诗相同者：

1. 杜诗："晨钟云外湿"（《船下夔州郭宿雨湿不得上岸别王十二判官》）

   边诗："雁声云外湿"（《夜雨》）

2. 杜诗："黑白太分明"（《江头五咏·花鸭》）

   边诗："可怜黑白太分明"（《赠戴通乾广文》）

3. 杜诗："我饥岂无涯"（《喜晴》）

   边诗："差喜长饥渐有涯"（《夜雨有喜》）

4. 杜诗："文章憎命达"（《天末怀李白》）

   边诗："自是文章憎命达"（《题落卷》）

5. 杜诗："盖棺事则已"（《自京赴奉先县咏怀五百字》）

   边诗："盖棺事乃已"（《寄芥舟二首》）

6. 杜诗："庾信平生最萧瑟"（《咏怀古迹五首》其一）

   边诗："庾信生平萧瑟甚"（《秋柳》）

7. 杜诗："众雏烂漫睡"（《彭衙行》）

   边诗："众雏睡烂漫"（《凄恻吟》）

8. 杜诗："相望无所成，乾坤莽回互"（《有怀台州郑十八司户》）

   边诗："出门眺大荒，乾坤莽回互"（《一夕复一晨》）

9. 杜诗："非无江海志，萧洒送日月"（《自京赴奉先县咏怀五百字》）

   边诗："兴趣协沧洲，潇洒送日月"（《衡山图》）

10. 杜诗："儒冠多误身"（《奉赠韦左丞丈二十二韵》）

    边诗："儒冠真自误"（《哭刘司州》）

11. 杜诗："秋风病欲苏"（《江汉》）

    边诗："西风病又苏"（《秋尽》）

12. 杜诗："感动一沉吟"（《病马》）

    边诗："感动一沉吟"（《过李长源郊居赋赠》）

13. 杜诗："自谓颇挺出"（《奉赠韦左丞丈二十二韵》）

    边诗："自谓颇挺竖"（《自警四首》其一）

14. 杜诗:"枣熟从人打"(《秋野五首》其一)

    边诗:"知君枣熟从人打"(《檀梅峰送枣戏呈二绝》)

15. 杜诗:"空余穗帷在"(《过故斛斯校书庄二首》其一)

    边诗:"空余穗帷在"(《哭张晴岚八首》其一)

16. 杜诗:"御厨络绎送八珍"(《丽人行》)

    边诗:"络绎行厨送八珍"(《平山堂汪园主人寇贤邀看芍药》)

17. 杜诗:"吾道属艰难"(《空囊》)

    边诗:"吾道果艰难"(《饮酒》)

18. 杜诗:"身世双蓬鬓"(《暮春题瀼西新赁草屋五首》其三)

    边诗:"百年身世催蓬鬓"(《腐儒》)

19. 杜诗:"青鞋布袜从此始"(《奉先刘少府新画山水障歌》)

    边诗:"青鞋布袜早料理"(《题画》)

20. 杜诗:"明年此会知谁健"(《九日蓝田崔氏庄》)

    边诗:"明岁于今知健否"(《对菊有感》)

21. 杜诗:"试吟青玉案,莫羡紫罗囊"(《又示宗武》)

    边诗:"莫抛青玉案,却佩紫香囊"(《廷抡随九兄赴涿作诗示之》)

22. 杜诗:"斯人独憔悴"(《梦李白二首》其二)

    边诗:"斯人憔悴至于此"(《寄怀通乾先生》)

23. 杜诗:"地僻懒衣裳"(《田舍》)

    边诗:"地僻衣冠省"(《夏日村居》)

24. 杜诗:"朝罢香烟携满袖"(《奉和贾至舍人早朝大明宫》)

    边诗:"香烟满袖气氤氲"(《冬至即事寄侄廷抡》)

25. 杜诗:"尔曹身与名俱灭,不废江河万古流"(《戏为六绝句》其二)

    边诗:"公等身名俱没灭,吾侪文字方高标"(《悲悯吟》)

26. 杜诗:"纵饮久判人共弃,懒朝真与世相违"(《曲江对酒》)

    边诗:"此身久知为世弃,身不弃世胡为哉"(《感秋》)

27. 杜诗:"途穷仗友生"(《客夜》)

    边诗:"艰难仗执友"(《张晴岚》)

28. 杜诗:"毛血洒平芜"(《画鹰》)

    边诗:"毛血应洒平芜赤"(《题高古狂指头五鹰》)

29. 杜诗："雷声忽送千峰雨"(《即事》)

边诗："雷送千畦雨"(《夏晚游兴》)

30. 杜诗："宽心应是酒"(《可惜》)

边诗："遣愁惟仗酒"(《冬夜》)

31. 杜诗："盘飧市远无兼味"(《客至》)

边诗："寒庖供客无兼味"(《戊子腊月十九七十初度》)

32. 杜诗："行歌非隐沦"(《奉赠韦左丞丈二十二韵》)

边诗："本自无心号隐沦"(《闲居咏怀》)

33. 杜诗："蚁浮仍腊味"(《正月三日归溪上有作简院内诸公》)

边诗："腊味尚浮蛆"(《夏晚游兴》)

（按：蚁浮，浮蛆，均指酒面上的浮渣）

第二种，取用杜甫诗句（直用或稍作变化），而情境与杜诗不同者：

1. 杜诗："四十明朝过，飞腾暮景斜"(《杜位宅守岁》)

边诗："三十明朝过，欢娱此夜赊"(《任县守岁》)

（按：杜甫写忧，边氏写喜）

2. 杜诗："巢边野雀群欺燕"(《郑县亭子》)

边诗："山雀从今莫浪欺"(《秋燕》)

3. 杜诗："口脂面药随恩泽"(《腊日》)

边诗："口脂面药我无分"(《冬至用东坡清虚堂韵》)

4. 杜诗："追欢筋力异，望远岁时同"(《九日登梓州城》)

边诗："空余筋力在，何处好追欢"(《村居九日》)

5. 杜诗："途穷那免哭"(《暮秋将归秦留别湖南幕府亲友》)

边诗："年终幸免哭途穷"(《题新筑草堂》)

6. 杜诗："济时敢爱死？寂寞壮心惊"(《岁暮》)

边诗："此生甘落寞，无复壮心惊"(《晚眺》)

第三种，构思（取境或句式）从杜诗来者：

1. 杜诗："高风下木叶，永夜揽貂裘"(《江上》)

边诗："春风良夜静喧嚣，抱膝闲吟拥敝袍"(《病起咏怀八首》)

2. 杜诗："更复春从沙际归"(《阆水歌》)

边诗："霓影遥从天际回"(《雨后看山》)

3. 杜诗："开门野鼠走，散秩壁鱼干"（《归来》）
边诗："门开惊瓦雀，秩散落书鱼"（《落第后赴馆三首》其三）
4. 杜诗："痴儿不知父子礼，叫怒索饭啼门东"（《百忧集行》）
边诗："幼女太娇生，啼索饼饵食"（《麦粥》）
5. 杜诗："春光懒困倚微风"（《江畔独步寻花七绝句》其五）
边诗："醉倚西风送远眸"（《秋晚寄芥舟》）
6. 杜诗："天上浮云似白衣，斯须改变如苍狗"（《可叹》）
边诗："天上白云逐苍狗"（《竹逸老人墨霞堂诗》）
7. 杜诗："草阁临无地"（《草阁》）
边诗："飞槛临无地"（《自云居寺至小西天六首》其五）
8. 杜诗："绦镟光堪摘"（《画鹰》）
边诗："露坠光堪摘"（《月下看菊》）
9. 杜诗："宁为众禽没"（《画鹘行》）
边诗："耻为众峰没"（《衡山图》）
10. 杜诗："月林散清影"（《游龙门奉先寺》）
边诗："桐月散清影"（《秋夜》）
11. 杜诗："我之曾老姑，尔之高祖母"（《送重表侄王砯评事使南海》）
边诗："尔之高祖母，为吾曾从姑"（《赠李鉴塘表侄》）
12. 杜诗："未掣鲸鱼碧海中"（《戏为六绝句》其四）
边诗："自笑碧海掣鲸手"（《读〈尔雅〉》）
13. 杜诗："天寒翠袖薄，日暮倚修竹"（《佳人》）
边诗："翩翩翠袖倚琅玕，恍见佳人在空谷"（《题郑板桥兰竹图》）
14. 杜诗："谁家数去酒杯宽"（《遣闷戏呈路十九曹长》）
边诗："西郊游赏处，偏忆酒杯宽"（《夏西村》）
15. 杜诗："骑驴十三载"（《奉赠韦左丞丈二十二韵》）
边诗："疲驴潦倒又三年"（《怀张晴岚》）
16. 杜诗："河汉声西流"（《同诸公登慈恩寺塔》）
边诗："似闻河汉水，淼淼向东流"（《新秋杂兴》）
17. 杜诗："巢父掉头不肯住"（《送孔巢父谢病归游江东兼呈李白》）
边诗："君乃掉头不肯驻"（《董德全过访临别赠以诗》）

18. 杜诗:"霜露晚凄凄"(《出郭》)

边诗:"秋色晚凄凄"(《秋晚》)

19. 杜诗:"至尊顾之笑"(《奉同郭给事汤东灵湫作》)

边诗:"主人顾之笑"(《杂诗》)

20. 杜诗:"清秋望不极,迢递起层阴"(《野望》)

边诗:"旷望渺无极,霏微起暮烟"(《秋望》)

21. 杜诗:"羞将短发还吹帽"(《九日蓝田崔氏庄》)

边诗:"发短偏来落帽风"(《病中九日》)

22. 杜诗:"鱼吹细浪摇歌扇"(《城西陂泛舟》)

边诗:"鱼噞吹溅细"(《夏晚游兴》)

23. 杜诗:"饭抄云子白"(《与鄠县源大少府宴渼陂》)

边诗:"白如云子匙翻雪"(《酬孟邵两学博饷米炭》)

24. 杜诗:"急觞为缓忧心捣"(《苏端薛复筵简薛华醉歌》)

边诗:"中心忧如捣"(《杂感》)

25. 杜诗:"窃效贡公喜,难甘原宪贫"(《奉赠韦左丈二十二韵》)

边诗:"但慕朱家侠,焉知原宪贫"(《潘晋逸》)

26. 杜诗:"不唾青城地"(《丈人山》)

边诗:"水清不可唾"(《题李芳园兼葭秋水图》)

27. 杜诗:"梅熟许同朱老吃"(《绝句四首》其一)

边诗:"杜老樱同朱老吃"(《檀梅峰送枣戏呈二绝》)

28. 杜诗:"马上谁家白面郎,临阶下马坐人床。不通姓氏粗豪甚,指点银瓶索酒尝"(《少年行》)

边诗:"下马登床索酒壶"(《四游平山堂歌》)(按:边氏以一句檃栝杜诗一首)

以上所举之诗句,仅为明显借用杜诗者。借鉴之多,实属罕见,这说明边氏已将杜诗烂熟于胸中。下面,再从边氏学习杜诗表现手法的角度,看其对杜诗的接受。

杜甫擅长用通感手法,对声与光的感受作出独特的表现。如"晨钟云外湿"(《船下夔州郭宿雨湿不得上岸别王十二判官》),"回眺积水外,始知众星干"(《水会渡》)等诗例。前者,用个"湿"字写出云外传来的钟声之沉滞、不清脆；后者，用个"干"字写出作者越过江面之后，所见星光的明亮刺目。这已成为杜诗修辞的名句。边氏对杜甫的这种表现手法得之于胸，应之于手，他多次在诗中加以运用，如"雁声云外湿"（《夜雨》），"风战叶声干"（《村居九日》），"黄叶声干乱打门"（《冬夜读书》），"钟声入耳圆"（《游香山》），等等。他不但仿效杜甫用"湿"字表现云外雁声的沉滞，还用了"干"字写出秋冬之际风中树叶呼啸声音的尖厉刺耳，又用"圆"字写出空谷钟声的悠扬动听。这些，都明显地说明他对杜甫的学习和继承。

杜诗注重炼字，善于用平常的字眼表现复杂的情态，比如"受"这个字，就颇为后人瞩目。宋人范温说："工部又有所喜用字，如'修竹不受暑'，'野航恰受两三人'，'吹面受和风'，'轻燕受风斜'，'受'字皆入妙。"[1] 范温可谓独具慧眼，杜甫用的这个"受"字确实具有张力，它能调动读者的想象力而完成对物态人情的表现。边氏悟出杜诗使用"受"字的功能，在其诗中也做了成功的运用。如："矮窗不受日"（《村居冬夜五首》其三），写茅屋室内之昏黑；"岩窦受云多"（《自云居寺至小西天六首》其二），写云气囤积山洞，均得杜诗用字之妙。

杜甫抒情，多用矫屈顿挫之语，他用丽景写愁情，用富贵语写贫困生活，能收到加倍达情的效果。吴齐贤《论杜》云："极贫穷事，而以富贵语出之。"并举杜诗"登俎黄柑重，支床锦石圆"（《季秋江村》）为例。[2] 用柑子做祭品，用石头垫床腿，本意是说穷，但却便用"黄柑重""锦石圆"这样的富丽语，强调"黄""锦""重""圆"，美其色泽，佳其形体，于戏谑调侃之中，更见穷苦之极。边连宝学得了杜甫这种手法，例如他的《晚饭口号》："随分盐齑自可夸，食单一任逞豪华。芽从豆苗餐琼蕊，菜喜名高啖雪花。"盐齑就是咸菜，却称之"豪华"，把豆芽菜美称为"琼蕊"。再如《食菜戏成》："荒年不得饱半菽，直以蔬代谷之六。芦儿芥孙剪园英，马齿人苋撷野蕨。蹲鸱煨火啖软琼，倭瓜芼羹切黄玉。"荒年米贵，吃不得半饱，只好"瓜菜代"了。作者罗列了一大堆入食的瓜菜：芦儿、芥

---

[1] 吴文治《宋诗话全编》，江苏古籍出版社，1998年，第1249页。
[2] 仇兆鳌《杜诗详注》，中华书局，1979年，第2345页。

孙,是指芦笋芽、芥菜芽;马齿、人荇,都是野菜;蹲鸱,是大个的红薯;倭瓜,又称南瓜,芼羹,本是用菜和肉杂和做的汤,这里是对炖倭瓜的美称。作者把烤红薯称为"软琼",把炖倭瓜称为"黄玉",这种调侃笔墨全从杜诗得来。

边氏的律诗,尤其是五律,气象之浑厚,语言之劲健,风格之顿挫,与杜诗五律颇为近似。如《夜雨》所写:"风雨逼穷秋,潇潇晚未休。雁声云外湿,烛影夜深愁。有妇供多病,无人补敝裘。严霜明日降,南国梦悠悠。"再如《秋尽》:"秋尽百虫寂,霜严万植枯。天围平野阔,雁入大荒孤。晚节身何补,西风病又苏。十年筇竹杖,到处信君扶。"这样的诗如果放在杜诗中,是较难区别出来的。细看其章法,也是依循着杜诗的,都是首联点题,颔联写景,颈联引入人事,尾联结情。

边氏之诗承袭杜诗,还有其他多种表现,限于篇幅,不能详论。

戈涛说边连宝的诗出入于韩、孟之间,这只是表象之见。不错,边氏在一些诗中常常提到韩、孟,他还曾对苏轼不爱孟郊诗而恼火,而且,从其诗风的横放、某些诗用字的生硬、古体诗诗句的散文化、某些诗句打破自然节奏(如"见天地日月""方十月九月""鸥鹭中谁堪作主,兼葭外岂合无人")等情况来看,的确有韩、孟的痕迹。但韩、孟的这些特色均是对杜诗的一枝光大而已。边氏在《杜韩》诗中说"大哉杜与韩,光气满天地",就是把杜、韩看作一脉的,而且他显然把杜诗看作韩诗的源头。他大量引用杜诗,学习杜诗的用字艺术、表现手法,说明他是以杜诗为宗的。当然,杜诗反映生活的深刻性、广阔性,对政治的强烈干预精神,对君主的批判意识,边氏诗歌是不具备的。这主要是由于二人所处的时代环境不同,杜甫生当政治开明的唐代,而边氏生活在文字狱酷烈的康乾时代。唐诗成为中国诗歌瞬间的辉煌,只可供人回忆而不可能再现,正是由于这个原因。

三、独具特色的《杜律启蒙》

明末清初是杜诗研究的第二个高潮期,在当时产生的诸多杜诗注本之中,边连宝的《杜律启蒙》别具特色。主要是它强调了杜诗的结构、章法、句法、字法,从诗歌艺术层面上对杜诗作出了诠释。

《杜律启蒙》堪称后出转精之作。此前,注杜之书已称浩繁,宋代即有"百家注杜""千家注杜"之说,降及后世,历元明而至清初,杜诗注本层出不穷。而边氏认为,《千家注杜》"杂而舛",《赵注》"浅而略",《顾注》"琐而凿",《浦注》"好为异说",《仇注》可谓"集大成",而"所取太博,时或短于抉择"。有憾于此,边氏遂力避前失,独出机杼,成此一书。可见该书是有所为而著的。

该书专事注解杜诗五律、七律。凡十二卷,前九卷为五律,共计627首;后三卷为七律,共计151首。其所录诗及次第,悉依照顾宸《辟疆园杜诗注解》本。注释疏解,简明扼要。然亦有所区别,正如其《凡例》所云:"兹编注事从略,注意从详,注时事稍详,注古事倍略。"可知其重心在于诗意的阐释,而不在于典故的追寻。《凡例》又云:"易解则不为词费,难解则不厌文繁,总以明白洞达为主。"可知其求真务实的研究态度。在"洞达"诗意方面,边氏提出"舒展折叠处"的注疏理论,他说:"古人文字,字里行间都折叠着许多情事,许多道理。至其折叠之多少,视其所造之浅深为差。""注疏家但能于其所折叠者一一舒展得开,便是好注疏耳。诗家折叠处惟杜为多。""读是编者,当于舒展其折叠处一一着眼。"(见《凡例》)所谓"舒展折叠处",就是要把诗中所蕴含的思想和情感挖掘、阐述出来,这无疑需要精心揣摩诗意,需要对杜甫其人的思想、情感、性格、趣味的整体把握,需要对杜甫的表达方式的正确认知,做到这一步是艰难的,又是非常有意义的。从边氏注疏的实践来看,他是认真地实践了这种理论的。在对诗意提出个人新见上,边氏表现得十分谨慎,"一字一句皆经称停而出",他不贸然树立异帜,认为"苟异之罪,浮于苟同"(见《凡例》),凡有新见提出,必有详细的论述。对于与别人同主一说者,于重要关节,他则尽可能加以详细的阐释。例如,对《收京三首》(其一)"须为下殿走,不可好楼居"的解释,仇兆鳌《杜诗详注》云:"须为下殿,谓宫阙忽离;不可楼居,见奉仙无益。"边氏则作出详细的阐释:"'须为'者,不得不然之辞,言此日之弃国远遁,出于不得已,过在前日之荒淫耳。但明皇之荒淫,有大于此者,公盖不忍斥言之,特举求仙之轻者耳。"这种深入的解释，显然能使诗意更为明达。

在注解的体例上，"总注在前，详注在后，先挈纲领，后疏脉络"。该书正是以疏通诗的脉络，解释诗的章法、句法、字法见长的。这或许是诗人注诗与学者注诗之大区别。盖学者之所长，唯在寻典故之出处；而诗人之所重，在于诗篇的如何完成。边氏是以诗人的眼光注解杜诗的，他能够做到孟子所说的"以意逆志"，即以自己的诗心触摸杜甫的诗心，故所论多中肯綮。例如，他对《九日登梓州城》进行脉络疏解，原诗："伊昔黄花酒，如今白发翁。追欢筋力异，望远岁时同。弟妹悲歌里，朝廷醉眼中。兵戈与关塞，此日意无穷。"边氏解曰："'追欢筋力异'，跟'白发翁'来；'望远岁时同'，跟'黄花酒'来。而'望远'二字，已引动下联。'弟妹悲歌里'，长歌以当哭也；'朝廷醉眼中'，醒时不忍见也。'兵戈与关塞'，两者俱阻，故'意无穷'耳。"如此疏解该诗的章法，确实能够揭示作者的思路，能为学诗者提供作诗的借鉴。边氏对句法、字法的解释，也每每得其真髓。例如，对《对雨书怀走邀许主簿》三、四句"震雷翻幕燕，骤雨落河鱼"的解释："三、四最警策，'翻'字从'震'字出，'落'字跟'骤'字来，字字有力量，有筋眼。"把动词之间的逻辑关系，梳理得很清晰，这些都反映出他是以一颗诗心来看诗、解诗，对于学诗者是大有补益的。

除了上述两个方面，本书还用圈点勾勒的形式，表达边氏对诗篇、诗句的艺术评价。对诗篇的整体评价，用四种符号以示高低：题上空白者，表示该诗水平一般；题上画一个"○"者，表示该诗为较好；题上画两个"○"者，表示该诗为好；题上画三个"○"者，表示该诗为最好。又在某些诗句旁边加以圈点，"以发作者之精神，醒观者之心目"（见《凡例》）。总体来看，这些符号的差异，与注疏文字对诗篇的不同评价是一致的。符号与文字相互配合，相互发明，反映出边氏的良苦用心。

边氏注解杜诗，无论对诗意的疏解还是对章法的揭示，凡是引用他人的观点，必明确指出其出处来，"一字之美，不敢掠取"（见《凡例》），集中地体现出乾嘉学派的治学规范。这种治学规范也值得后人继承和发扬。

杜诗对毛泽东诗词的影响

世传毛泽东不太喜欢杜甫的诗。张贻玖《毛泽东和诗》中记载:毛泽东说杜甫的诗是"政治诗","不甚喜爱"。而对李白的诗则赞为"文采奇异,气势磅礴,有脱俗之气"(毛岸青、邵华《回忆爸爸勤奋读书和练习书法》),对王勃、高启等诗人亦有高度的赞评。毛泽东在他的诗词中化用了不少古代诗人的诗句,从常理上考虑,他所喜欢的诗人,应该成为他化用诗句的重点对象,但是,令人感到不解的是,他对于"不甚喜爱"的杜甫诗句,却大量地化用,其数量远在他所喜爱的诗人之上。谓予不信,请看下列事实。

其一,《蝶恋花·从汀州向长沙》云:"国际悲歌歌一曲,狂飙为我从天落。"这显然是化用杜诗《乾元中寓居同谷县作歌七首》之一的"呜呼一歌兮歌已哀,悲风为我从天来。""狂飙"与"悲风",本为一物;"从天落"与"从天来",意思相同。与原句相比,取象一致,只是情调上有"壮"与"悲"的不同罢了。

其二,《七律二首·送瘟神》之一云:"绿水青山枉自多,华佗无奈小虫何。"这是慨叹旧社会,由于血吸虫作孽,百姓大量死亡,神州大地徒然有如此众多的秀美山水。以惨淡的人生与美丽的山水构成对照,形成强烈的反差,应该说,作者的浩叹惊天动地,情感异常深沉。但是,这依然是有所借鉴的。杜诗《征夫》云:"十室几人在?千山空自多!"这首诗是杜甫感慨战乱连绵,百姓非死即逃,田园荒废,致使青山虽多而无人欣赏,恰恰构成了惨淡人寰的鲜明对比。应该说,毛泽东的艺术构思来源于杜甫。

其三,《沁园春·长沙》云:"恰同学少年,风华正茂;书生意气,挥斥方道。"杜诗《秋兴八首》其三云："同学少年多不贱，五陵衣马自轻肥。"经查，"同学少年"一语，在杜甫之前的文献中未见出现，是为杜甫所创。杜甫此句意在讽刺幼时的同学今已放弃爱国忧民的初衷，只顾个人享乐。毛泽东则借用这个词语，回顾同窗们的峥嵘岁月，是反其意而用之。

其四，《七律·和柳亚子先生》云"落花时节读华章"，杜诗《江南逢李龟年》云"落花时节又逢君"。经查，"落花时节"一语首见于杜诗。杜甫所云"落花时节"，是以暮春残景暗喻国势的衰微和个人的迟暮之感，毛泽东自然没有这个意思，他这首诗写于1949年4月29日，按农历是三月，正是自然界的"落花时节"，但诗中分明包容着"落花时节又逢君"的故友重逢的意思，且看诗的前四句："饮茶粤海未能忘，索句渝州叶正黄。三十一年还旧国，落花时节读华章。"杜诗云："岐王宅里寻常见，崔九堂前几度闻。正是江南好风景，落花时节又逢君。"两者都是先叙当年之交，后写重逢之事，所不同者，一感伤、一欣悦而已。

其五，《渔家傲·反第二次大"围剿"》云"横扫千军如卷席"，杜诗《醉歌行》云"笔阵独扫千人军"。杜甫的族侄杜勤考试落第，杜甫写诗对其进行安慰和鼓励，说他的文章有气势，能使众多的作者败下阵去。毛泽东借用其意以写红军的所向披靡。"横扫千军"与"独扫千人军"，不仅字面基本相同，且精神一致，这是属于正用其意。考察"横扫千军"一语，未见别有出处，则借用杜诗无疑。

其六，《临江仙·给丁玲同志》云"壁上红旗翻落照"，化用杜诗《返照》"返照入江翻石壁"之意境。杜诗写的是瞿塘峡的景象，言返照投在江面上，江面又把返照的光辉投映到幽暗的石壁，且其光影在石壁上涌动不止。毛泽东则变石壁为窑洞的墙壁，写落日的余晖投映在墙壁，挂在墙壁上的红旗闪烁着夕阳的光辉。论境界之大，毛泽东此句自是比不上杜甫的原句，但是"红旗""落照"相与增辉，颜色更为鲜艳夺目，在气氛上显得浓烈，正合于欢迎丁玲来延安的主题。

其七，《七律·和周世钊同志》云"域外鸡虫事可哀"，"鸡虫得失"出典于杜诗《缚鸡行》。诗写家人对鸡啄食虫蚁十分厌恶，就把鸡捆起来，要去集市上卖掉，但杜甫想到，鸡被卖掉就要遭到烹杀的厄运，卖鸡也同样是在杀生，与鸡啄食虫蚁没有什么不同，于是陷入了两难境地：得虫则失鸡，得鸡则失虫。计无所出，只得"注目寒江倚山阁"而已。杜甫写作此诗，是以"鸡虫得失"喻指人世间难得有两全其美的事。毛泽东此诗作于1955年10月，其云"域外鸡虫事可哀"，可能是国际上出现了令人两难之事。

其八，《贺新郎·读史》云："上疆场彼此弯弓月。流遍了，郊原血。"杜诗《垂老别》云："积尸草木腥，流血川原丹。"二诗皆为浩叹战争之酷烈，"流遍了，郊原血"与"流血川原丹"取象相同，字面上"流血"二字同出，"郊原"与"川原"仅异一字，而所表述的内容均为流血的面积之广大。毛泽东化用杜诗之痕迹是明晰的。

以上八条，是笔者所见的毛泽东诗词中化用杜诗语句的情况，也许还有，容以后继续发现。但这八条，已远远超过他声称喜爱的李白等人了。杜诗具有丰富的思想文化含量，人们常常在无意中惠其沾丐，正如《新唐书·杜甫传》所云："唐诗人杜甫，浑涵汪茫，千汇万状，兼古今而有之，他人不足，甫则厌余，残膏剩馥，沾丐后人众矣。"

序文与书评

《清代杜诗学文献考》序

清代是杜诗学史上第二次研究高潮期，著述繁富，成果显赫，具有重要的承前启后意义。从文献学角度整理这个时期的研究成果，无疑是必要的。然而学界至今尚无一部这个时段的专门著述。

此前，学界同人在杜集书目的整理上已经付出过巨大的努力，如马同俨等编撰的《杜诗版本目录》、郑庆笃等编撰的《杜集书目提要》、周采泉编撰的《杜集书录》以及某些文化部门和个人编撰的杜集书目等，筚路蓝缕，功不可没。这些著述是对杜诗学史全过程文献的整体性观照，或因限于时间和人力，对清代杜诗学文献的整理尚未做到尽善尽美，诸如在书目的搜集、作者的考订、文献的存佚调查、版本的研究等方面，尚存在若干失误或缺陷。

孙微博士近年来致力于清代杜诗学史研究，对清代杜诗学文献作出细致的梳理和考证，立志摸清家底，取得了许多新成果。概括起来，主要有以下几个方面：一是通过认真的访求、搜检，整理出一部较为详尽的清代杜诗学文献总目。前人所著的杜诗学文献目录，收集清代书目不过200多种，孙微则收集410种以上。如汪枢《爱吟轩注杜工部集》、陆钺《杜诗注证谬》、郑光时《杜诗心解》、史纪事《摘杜诗衬》等多种著述，均未见录于前人。文献收集是学术研究的前提，孙微的劳动成果较为完整地显示了清代杜诗研究的整体面貌，为人们认识这个时段的研杜成果、学术精神、研究方法与角度，提供了新的材料线索。当然，现在还不可以说对清代杜诗学文献囊括已尽，这是个艰巨的工作，需要假以更多的时日。二是对清代杜诗学文献著者的生平作出补述或新的考证。前人所著的几种杜诗文献目录，于文献著者的生平方面多有失考，留下许多空白。孙微潜心钩稽、细致考索，对若干著者的生平作出补述。例如，对于《杜诗字评》的著者董文涣、《红萼轩杜诗汇二种》的著者孔传铎、《杜诗培风读本》的著者席树馨等等或知名或不知名的学人生平，均通过钩稽史料，作出明确的补述。据笔者统计，补述著者生平空白者120多人。此外，对于前人所著的几种杜诗文献目录中已经作出的著者生平介绍，孙微亦未轻易放过，通过广览群书，对若干著者的生卒年、名号等作出新的考证，收获为丰。据我统计，这类纠失内容多达70余处。三是对清代杜诗学文献的存佚情况作出了全面调查和清理。对于前人所著的杜诗文献目录中的"见存书目"，尽一切可能找到书籍，目睹其貌，据孙微自言，他已经把绝大多数现存书籍看过了；对于前人所著的杜诗文献目录中的"散佚书目"，亦能详加追踪、搜寻，从而能够发现一些并未散佚的书籍，如应时《李杜诗纬》一书，《杜集书目提要》将其归入"已佚或存佚不明"一类，而实际上该书并未散佚，成都杜甫草堂纪念馆和清华大学图书馆均有收藏。此外，孙微还对确已散佚的文献，通过辑佚而基本恢复其原貌，如申涵光《说杜》一书确实早已散佚，而其书内容却为清代诸家广为征引，孙微把仇兆鳌《杜诗详注》、张溍《读书堂杜工部诗集注解》、杨伦《杜诗镜铨》、刘濬《杜诗集评》等书所引申语进行摘录，加以互校，使《说杜》一书基本复原。孙微所下功力，可谓深矣细矣。四是对清代杜诗学版本源流情况作出细致的研究，纠正了前人在这个方面的若干失误。如对张笃行《杜律注例》一书初刻本时间的考订，较之《杜集书目提要》所述提前了100年。其他如对沈寅、朱崑《杜诗直解》一书初刻时间的考订，对朱鹤龄《杜工部诗集辑注》一书初刻时间的考订，等等，均能注重理据，精审推敲，起到正本清源的作用。

　　孙微博士将其上述研究成果理成书稿，该书以时间为序将清代杜诗学文献分为四卷进行排列，每卷按照存、佚两部加以分述，每种文献之下均有著者生平介绍、版本源流述说，资料翔实，文字严谨，行文流畅，是一部具有创新意义的、整体面貌更为清晰的清代杜诗学文献著述。文献学是治学的根基，相信这部著述会为杜诗学界的同人提供很大的便利，在推动杜诗学史的研究上、对杜诗的研究上，将会产生重要的作用。

　　岁月如流。1996年，孙微考取了硕士研究生，作为我的开门弟子，他按照我的布置认真解读了杜诗的全部文本,对杜诗的多数作品能够背诵,进而对杜甫的思想精神和艺术风貌有了整体性的把握。其后,他考取了张忠纲先生的博士研究生,对杜诗文献学有了清晰的认识,其博士学位论文《清代杜诗学史》获得专家的赞评,也为这部书稿的成功撰写打下较为坚实的资料基础。余也老矣,心力不足,看到杜诗研究后继有人,则欣慰有加,在此书即将付梓之际,写出上面的话权以为序,并寄热诚希望于撰者。

2007年2月2日于河北大学紫园
(《清代杜诗学文献考》,凤凰出版社,2007年出版)

《〈杜诗详注〉研究》序

本书是在吴淑玲博士学位论文基础上修改而成。博士论文原称《仇兆鳌及〈杜诗详注〉研究》,淑玲同志之所以要选择这个论题,主要有两个原因:一是仇兆鳌《杜诗详注》被学界视为集千年研杜之大成的著作,在杜诗学史上具有非常重要的学术地位,在为数众多的清代杜诗注本芳林中,它是被《四库全书》唯一全文收录的清人著作,四库馆臣称它"援据繁富,而无千家诸注伪撰故实之陋习。核其大局,可资考证者为多"。原因之二,是学界对《杜诗详注》的研究成果寥寥,已有的论文偏重于对该书的诘难而未能顾及它的成就,偏重于具体注释条目的辩驳而未能顾及其诗法理论,至今尚无一部系统而全面的学术专著,尤其是对仇氏的研究几近空白。所有这些,为吴淑玲同志的论题提供了研究的意义和价值以及学术研究的空间。本书是第一部系统而深入地研究仇兆鳌《杜诗详注》的专著,诚如中国杜甫研究会会长张忠纲所言:该论著是"填补空白之作"。

吴淑玲同志的博士论文原分为两大板块:仇兆鳌研究,《杜诗详注》研究。以前者为辅,以后者为主。这样的结构方式,是遵循了"知人论世"的治学原则,欲知其书,先知其人其世。年谱和相关史料是重要的依据,为此,著者南下宁波,在"天一阁"抄录了仇氏自订年谱。通过梳理年谱和相关史料,对仇氏的思想和学术皈依作出了科学的定位:其思想以正统儒家思想为主,具有较为浓厚的忠君意识,注重人伦关系,宽简爱民,直行处世;同时,亦接受一定的道教养生论的影响。又通过观照清初文化背景和浙东学派的治学路数,确立了仇氏注杜的经世思想、博学理念。这些研究成果为《杜诗详注》的本体研究奠定了坚实的基础。

对《杜诗详注》的本体研究是该论文的重点工程。文章结构宏大，视角端正，且求证缜密，立论严谨。文章从仇氏注杜所采资料、仇氏注杜的指导思想、仇氏的批评方法、仇氏注杜之得与失以及《杜诗详注》的学术史地位等这些重要的角度对《杜诗详注》展开全面而系统的研究，可谓视野宽阔，无遗珠之憾。著者遵从重实证的立论原则，立足文本以取证，广征博引以成说，脚踏实地，言必有据，杜绝空谈，朴实本分。唯其如此，在诸多方面取得了重要的研究成果，主要有以下几点：

其一，全面梳理了仇氏的诗学批评思想及其对注释杜诗的影响，得出公允的结论：仇氏遵奉儒家诗教，坚守"温柔敦厚""风雅传统"，坚守"知人论世""以意逆志"的解诗之教，对大部分杜诗的思想内涵作出正确的解说，而对部分情绪激烈的作品则未予认可。又由于他的忠君思想中既含有直言进谏的意识又含有愚忠的成分，在解说杜诗中导致了两种结果：肯定了杜诗的"致君""匡君"意义，也对部分杜诗作出了曲解。仇氏坚持了两宋以来的杜诗"诗史"说，既在若干方面有深入的开掘，也产生出一些拘执之见。仇氏以博学理念批评杜诗，广博收取经学、史学、诗学、评点学、民俗学、方志学、训诂学、音韵学资料，使其著作获得"集大成"的美誉，同时也染上了芜杂之病。著者采用两分法研究《杜诗详注》，结论客观公正。

其二，精确概括了仇氏的杜诗批评方法，用力于以下三个方面的论述：（一）仇氏使用"集义理、考据、辞章于一炉"的批评方法，对杜诗的思想、艺术进行全面探讨，全方位地揭示出杜诗的成就；（二）仇氏在诗体研究方面，采用"随诗论体"的研究方法，广泛搜集他人言论，时发己见，对各种诗歌体式之特征，对杜诗各种诗歌体式之长处及其对后世的影响，作出深入的揭示；（三）仇氏"点评式"艺术批评，在鉴赏杜诗艺术上取得了重要成果。应该说，著者所论及的三个方面，确乎抓住了仇氏批评方法的要点。

其三，科学总结了《杜诗详注》取得的成就。中华人民共和国成立以来，学界对《杜诗详注》批评有加，论其成就者微乎其微，形成了一个研究空白。本文著者填补了这一空白，对《杜诗详注》的成就作出了科学的总结，认为其最主要的成就是在注杜中体现出来的"经世致用"的价值观念，注杜为现实所用，这是对清初黄宗羲等人治学思想的良好实践，对后世研究者亦应具有启示意义。其次，是其研究成果具有资料学、版本学、辑佚学、辨伪学等方面的重要价值。再次，是其杜诗批评的认识价值，深厚的学术底蕴、现实适用性以及广搜博引的方法是成就《杜诗详注》"集大成"著作的学术基础。

其四，细致清理了《杜诗详注》的失误、缺陷之处。著者在前人研究的基础上，对仇注之失误和缺陷作出全面细致的清理，主要有以下几个方面：浓重的忠君观念导致对作品的误读，囿于"诗史"说而引发拘执之见，未察诗人之心而致解说偏离原意，对某些难解的诗句放弃释义，对诗歌发展史缺乏认识而导致解说错误，误引典故导致错解诗义，探寻语典过分炫博致使庸俗、芜杂，意引原文致使难断原典版本，错引原文及出处，引用语典而未注出处，八股解诗造成对某些作品意脉梳理的武断。著者对以上十一个方面的问题，均能从《杜诗详注》中搜罗大量证据，加以排比，可供研杜者借鉴。

其五，公允评价了《杜诗详注》的学术史地位。要之有三：一是肯定了该书集注杜之大成，在明清杜诗学史上具有霸主地位，对后世具有深远的影响；二是该书没有显示出仇氏的诗学理论主张，没有系统的理论论述，因而在清代诗学中处于边缘地位；三是清代汉学发达，浙东学派以治经治史为主要研究领域，仇氏在这些方面没有独到建树，故该书在清代学术史中只能处于末流地位。

此次出版博士论文，因为我们师徒合作申报了全国高校古籍整理委员会项目《仇兆鳌年谱点校及整理研究》，部分内容将移入项目成果，故此，只留下《杜诗详注》研究的内容，定为现名。

淑玲同志治学严谨、刻苦，面对《杜诗详注》这样一部规模宏大的学术著作，敢于知难而上，又能博览群书，认真阅读相关史料，对明清学术史有较为清晰的认识，这使她获得了较广阔的学术视野和立论高点，取得了俯视《杜诗详注》的姿势。三年攻读，耐得住寂寞，始终以沉静的心态、细致的思考面对课题，对材料既能广泛搜罗又能精心抉择，对章节、字句认真谋构和推敲，朴实无华的语言显示出一颗质朴求实的治学之心。

本书作为一部学术著作可称竣工,如果能够就此伸延下去,例如对仇氏的引文之误作出整体性的校正,还是可以再建新功的。

2010 年 3 月 2 日于河北大学紫园

(《〈杜诗详注〉研究》,齐鲁书社,2010 年出版)

《杜甫夔州诗选读》序

　　学界普遍认为,夔州诗是杜甫诗歌创作的第二个高峰。杜甫在夔州居住仅一年零十个月,创作诗歌多达 435 首,占其诗歌总数的四分之一强。不仅数量惊人,质量上也是杜诗的巅峰,为后人一致称许。这个时期诗歌的题材更为丰富多样,诸如夔州的山川、气候、风土、人情、古迹,都被诗人搓入笔端;诗歌的思想内容更为深厚郁勃,长篇断代国史《夔府书怀四十韵》、大型人物纪传体组诗《八哀诗》、个人纪传体长诗《壮游》等,就是这个时期完成的鸿篇巨制;诗歌的主体风格"沉郁顿挫"承中有变,悲壮而峻厉;诗歌的艺术技巧也更为精湛尖新,富于创造性,长达一百韵的排律《秋日夔府咏怀奉寄郑监李宾客一百韵》堪称排律艺术的辉煌殿宇,被后人誉为"古今七言律第一"的《登高》,被后人奉为律诗典范的《秋兴八首》,代表着杜甫律诗的巅峰成就,此外,在律诗的"俳谐体""吴体"的创作上,在律诗的章法、句法、字法以及对仗艺术等方面,都取得了突破性的成就,"晚节渐于诗律细"是杜甫对其夔州律诗的客观总结。

　　龙占明先生把杜甫夔州诗作为研究对象,是个明智的抉择。他是本土人,具有地域和民风熟悉之便利。他作为中学语文教师,早在 2004 年初,就承担了校本教材的编写工作,编撰出《杜甫夔州诗选注》一书,选录杜甫夔州诗 100 首,加以注释,对学生进行传统文化和杜诗思想艺术的教育,收到良好的效果。其后,他接受友人的提醒,认识到单靠注释尚不能使读者深入了解杜甫的夔州诗,于是下决心利用业余时间对诗歌进行讲解、分析。先生这种执着传播杜诗的精神是令人感动的,此中所表现的社会责任感与杜甫的精神有相同之处。经过五年的艰辛劳动,终于完成了

《杜甫夔州诗选读》这部书稿。本书对杜甫 200 首夔州诗作出精心的赏析，就我个人的浅见，认为有以下几个方面的长处：

其一，选诗精到。本书选诗的角度，诚如作者所说，是"着眼于突出夔州（这里的夔州指狭义的夔州——重庆市奉节县）的风俗人情、地域特色，兼顾杜诗中的长篇名篇，以便读者全面了解杜诗"。作者选择了那些最具夔州自然与人文特色的诗篇加以解读，风俗如"筧槽引水""烧山求雨""男坐女立"，地域如"夔门耸峙""江峡怒涛""白盐赤甲"，古迹如"白帝城楼""诸葛古柏""八阵石堆"，气候如"湿热多雨""十月惊雷"，等等，独具之处，殆无遗漏。读此选本，可对唐时夔州的面貌产生深刻的认识，也可认识杜甫视野之广大、笔触之精微。作者对于杜甫夔州诗歌中具有代表性的长篇如《壮游》等、名篇如《秋兴八首》等亦不惜篇幅，加以解读，则从另一个角度为读者展示杜甫居夔的心态和创作特征。除此以外，选本还照顾到杜甫居夔的始末，力图给杜甫夔州行迹作一个完整的介绍，选本以《移居夔州作》开端，以《将别巫峡赠南卿兄瀼西果园四十亩》作结，其间，杜甫住所的更移，亦有选诗作出交代。如此选诗，具有轮廓清晰、整体感强的长处。

其二，重解结构。作者重视对杜诗章法结构的分析，在这个方面用力甚勤。对于句与句之间、联与联之间的逻辑关系，做细致的针穿线引，使诗思脉络清晰，务求解意明达。作者先以简洁的语言概括全诗的主旨，然后对每联的内容作出分析，阐释它们是如何围绕主旨而进行布局的，它们在表达主旨上的作用是什么。这种解诗路数，不仅能够令人信服对诗旨的解释，而且对于诗歌创作者也有启发意义。作者对诗中情与景的关系解读尤其细致，明人胡应麟说"作诗不过情景二端"，"前起后结，中四句，二言景，二言情，此通例也"，"老杜诸篇，虽中联言景不少，大率以情间之"（《诗薮》）。龙占明先生对于杜诗情与景的解释依循了胡氏的观点，并详加分析，现举一例，请看他对《夜》的赏读：

【原诗】

露下天高秋水清，空山独夜旅魂惊。

疏灯自照孤帆宿，新月犹悬双杵鸣。

南菊再逢人卧病，北书不至雁无情。
步檐倚杖看牛斗，银汉遥应接凤城。

【赏读】

这是一首七言律诗，作于大历元年（766）九月初。时诗人寓居西阁。诗写他在夔州孤寂的生活，以及对家乡对朝廷的思念。

首联，一景一情，字字晶莹。霜露浓重，天空高远，秋水澄澈；月光笼罩着群山，空旷孤寂。诗人独自守着这孤寂的夜，想着几年来漂泊在外的辛酸，不禁神色黯然，魂悸心惊。

次联，景由情出。诗人萧然无侣。远眺，江中盏盏渔灯照着片片孤帆；仰视，新月一轮如玉盘，高悬空中；细听，家家传来妇女们洗衣服时捶打的声音。此情此景，更增加了诗人的孤独。

三联，情就景生。诗人永泰元年（765）秋天到达云安，大历元年（766）暮春来夔州，如今，已两年了。光阴荏苒，疾病缠身，诗人不胜沧桑之感。家乡已好久没有音信了。家人的生活状况如何？缕缕乡思，牵动诗人。那传书的鸿雁也太无情了吧。

结句情景双融。诗人拄着拐杖仰看位于南端的牛斗二星，仰看迢迢银河。秋夜，银河南端正在斗星旁。诗人看着一天星辉，禁不住浮想联翩：那迢迢银河该是连接着日思夜想的京城长安吧？诗人报效国家，思念国君，哪怕漂泊蛮荒，也矢志不改。其拳拳之心，可昭日月！

作者对诗中情与景的关系的解读可谓透彻：首联"一景一情"，次联写景，且"景由情出"，三联言情，且"情就景生"，尾联则"情景双融"。如此解释，把中国古代诗人的"与自然对话"、情景相生的艺术心理揭示无遗。

其三，字句释艺。作者对杜诗的炼字、炼句艺术颇为看重，在赏读中时时不忘加强这个方面的分析。文学是语言的艺术，诗歌是高度精练的语言艺术。欲达到高度精练，唯一的方法是对字句的锤炼。杜甫精于此道，务使语出惊人，诚如宋人叶梦得所说："诗人以一字为工，世固知之。惟老杜变化开阖，出奇无穷，殆不可以形迹捕。"（何文焕《历代诗话》）杜诗既如此，则赏读之际不可遗失，龙先生在这个方面是下了功夫的。例如他对"四更山吐月，残夜水明楼"的解析："四更时分，山头吐出一弯银月；夜将尽，水面上反射出的月光照亮了高楼。这句中的'吐''明'字很富表现力。一'吐'字把山与月都人化了，动中有幽远的想象，山清月明，在不言中。夔州地处群山之中，不说月出，而说山吐，把静态的山写活了，确切地写出了夔州山高的地理特点。本为写月，却把着力点放在'山'字上，妙。'明'，形容词作动词用，照亮。月亮照在水面上，水光反照，月光和水光一同照亮了小楼，故曰'水明楼'。'水明楼'，着力表现月光的明亮。"

如此精到细致的解析，便把老杜的一片艺术匠心揭示出来。本书这样的笔墨俯拾皆是，限于篇幅，不多举例。

其四，语言晓畅。作者撰写此书的目的是"让杜甫夔州诗走进寻常百姓家"，本着这种读者取向，他在行文中力求使用浅近易晓的语言，以如诉家常的口吻，娓娓谈来，务求每句话都能说到寻常百姓的心里去。用通俗的语言讲述为诗之道，是颇为不易的。所谓"深入浅出"，谈何容易？若非真知诗者，难能及此。只有精通事理者才能用浅显的语言把事理说出来，这是常识。我因教学工作繁忙，对书稿只粗读一过，但已经感觉到龙先生对于杜诗思想和艺术的理解，以及对诗道的深知。我也读过一些语言艰深的文论，如堕五里雾中，百思之后，悟出这艰深的文字后面掩盖的原是一张困于诗道的惶惑的面孔。苏轼曾经批评扬雄作《太玄经》，说他是以艰深的文字掩盖思想的苍白。这是应该汲取的教训。

龙占明先生在退休之前，苦心撰写出这个杜诗读本，在诸多的杜诗读本中，它的特色和价值是十分明显的。先生在本书中流露出的对杜甫的深情，对杜诗的挚爱，以及热诚的传道精神，使我感佩。应先生的邀请，权以上面的文字为本书之序，疏漏之处还望方家教正。

2009年4月6日于河北大学紫园
(《杜甫夔州诗选读》，中国戏剧出版社，2010年出版)

《杜甫诗歌选读》（详注本）序

日前，姜海宽先生将其与同人合著的《杜甫诗歌选读》（详注本）书稿送给我，要我提提意见，最好能写个序言。今年四月，海宽先生曾以其主持编著的《杜甫年谱》（中华诗词出版社，2012年出版）相赠。年谱编撰细致，用力甚勤，充分吸纳古今学者研究成果，时有新见，除了梳理杜甫一生行迹，还为全部杜诗系年，版式仿照古籍，颇具特色。阅读之中，深感海宽先生治学严谨。此番阅读《杜甫诗歌选读》（详注本）书稿，更为先生淳朴求实的学风所感动。

两宋以来，注释杜诗的书籍层出不穷，名家名著代不乏见，各有所重，各有长处。若论注解之详细，当首推清人仇兆鳌之《杜诗详注》。然以今日海宽先生所著观之，则仇氏之"详"又在其下矣。该书体例，包括"原诗""题解""注释""大意"四个部分。整体来看，"详尽"为其主要特色，慢工细活，针脚密实，确为他著所不及。

该书"题解"部分即做得很详细，包括作品的系年、作者的行踪、写作的背景以及诗题中出现的人名、地名、名称的说明，对作品的思想感情和艺术特色的论定，等等，涉及的内容全面周到，语言精练恰切。试举一例，以观全貌。《登岳阳楼》"题解"云："这首诗当作于大历三年（768）冬，时杜甫漂泊岳阳不久。岳阳楼，湖南省岳阳市西门古城楼。相传三国吴鲁肃在此建阅兵台。唐开元四年（716）中书令张说谪守巴陵（今岳阳市）时在旧阅兵台基础上兴建此楼。主楼三层，巍峨雄壮。登楼远眺，八百里洞庭，尽收眼底，为古今著名风景名胜。诗人初次登楼，便为壮阔的景色所激动，联想到自己只身漂泊，'万里乡关之思，皆动于此矣'（仇兆鳌语），写下了这首诗。此诗语言质朴凝练，对仗工稳自然，意境宏阔深沉,既见个人身世之悲,又见时局动乱之感,是杜甫五律的名篇。"这个题解写得很好,有关这首诗的方方面面都介绍到了,特别是对诗题中岳阳楼所作的说明,讲述它的悠久历史和巍峨建构,为理解诗兴的生成和诗的情感蕴含提供了帮助。著者并非游离于解诗之外对事物作泛泛介绍,而是将其纳入解读诗歌的整体构想之中,使之成为解读诗歌的一个有机部分。再者,"题解"对诗的情感内容和艺术特色也能作出精要的概括,注意引述名家言论以佐证观点。该书像这样的题解写法每篇皆是,颇见其著述之匠心。

该书的"详尽"特色集中表现在"注释"部分。著者采用每词皆注的方式,对词义和出处作出注释,其耗费时日之久、涉猎文献之众、用功之深、耐力之强,可以想见。这是历代杜诗注本所没有的,仇兆鳌《杜诗详注》也没有详细到如此地步。这显然要花费大量时间和精力,填补若干注释空白,不是件容易的事。笔者读过当今的一些杜诗注本,有些注本对于前人注释过的词语也跟着注释,前人未曾注释过的词语也空着不注,不完全是由于觉得不需要注释,而是有些词语难于注释,不肯投入时间精力,落得个人云亦云。该书对每首诗的每个词语均加以注释,而且尽量做到准确、精要。或许会有学者质疑,有必要这样做吗?笔者以为回答这个疑问,当从著者写作此书目的上着眼,著者写作此书是面向广大社会读者的,使具有中等文化水平的读者能够看懂杜诗。这种做法在学者看来会觉得烦琐,而在广大社会读者看来,未尝不是一种渴求。也正是由于面向这样的读者,该书没有对历代注本的主要分歧意见作出介绍和申辩。

该书不仅对每个词语的意义作出解释,而且对每个词语的出处也作出了探寻。自宋人黄庭坚提出杜诗"无一字无来处"之后,历代注家于此投入大量的考证杜诗词语出处的工作,取得了许多研究成果,但是真正能够做到对每个词语的出处均加考证的著作,迄今尚未见到。该书著者通过此书证实了黄氏之说的可靠性。如果我们对照仇兆鳌《杜诗详注》对词语出处的注释,就会发现该书有许多词语出处的注释是仇本未曾涉及或显得注释粗疏。笔者仅举《偶题》一诗对某些词语出处注释与《杜诗详注》进行比较:

1. 对"文章"一词的出处注释。仇本引魏文帝《典论》:"文章经国之大业，不朽之盛事。"该书则引《史记·儒林列传序》："臣谨案诏书律令下者，明天人分际，通古今之义，文章尔雅，训辞深厚，恩施甚美。"后者所引文献较之前者早许多年。

2. 对"儒家"一词的出处注释。仇本引《汉书·艺文志》："儒家者流。"该书引同一文献而增加文字："儒家者流……游文于六经之中，留意于仁义之际，祖述尧舜，宪章文武，宗师仲尼。"显然，增加这些引述文字对于理解"儒家"这个概念是有益处的。

3. 对"弱岁"一词的出处注释。仇本引"隋孙万寿诗：弱岁逢知己"。该书则引《北史·儒林传下·沈重》："沈重字子厚，吴兴武康人也。性聪悟，弱岁而孤，居丧合礼。"前者引述失之过简，且原诗较难见到。后者引用史书，而且有助于对"弱岁"词义加深理解。

4. 对"一枝"词语的出处注释。仇本引左思诗"巢林借一枝"。该书则引《庄子·逍遥游》："鹪鹩巢于深林，不过一枝；偃鼠饮河，不过满腹。"显然，《庄子》才是这个词语意义的最早出处，左思诗句只是用典而已。

因篇幅所限，不能对"偶题"全诗词语出处注释情况将两书作出比较。可以肯定地说，像这样的词语出处注释，该书触目皆是。著者或参阅其他杜诗注本，或径自重加探寻，使得词语注释较之仇本更显完善。投入如此细致、艰辛的劳动，使得该书具有较高的学术品位。

值得一提的还有串讲每首诗"大意"的这项工作。该书不仅在"注释"部分里对每句诗意作出串讲，且在体例上单列"大意"一项，对全诗进行通译。这项工作颇为耗费心血。笔者曾与张志民教授通译全部杜诗，历时六年方才截稿，出版《杜甫诗全译》（河北人民出版社，1997年出版），故深知此项工作之艰辛。通译工作需要对诗中每个词语、典故意义进行揣摩，需要对全诗思想感情作出整体性把握，需要对儒释道主要学说加以了解，还需要对若干艺术手法作出认识。海宽先生不辞辛劳，这项工作不仅可以让广大社会读者读懂杜诗，对于学界的年轻学子也有启发作用。

此外，该书语言明快畅达、精练、准确，具有较高的可读性。

海宽先生是河南省社科院杜甫研究所副所长，多年来专注于杜诗研究，虽年事已高而精神不减，工作环境简陋而著述弥丰。他作为巩义人，以研究和传播同乡先贤杜甫诗歌为己任，历时四载，成此一事，洋洋百余万字，可谓"老骥伏枥，志在千里"。在该书即将付梓之际，权备数行文字为序，并致贺意。

2013 年 10 月 24 日于郑州成功财经学院杜甫研究所
〔《杜甫诗歌选读》（详注本），中州古籍出版社，2014 年出版〕

《杜甫与地域文化》序

唐代伟大诗人杜甫一生颠沛流离，足迹遍及大半个中国，除了受到中原文化的滋养哺育之外，诗人又历经吴越文化、陇右文化、蜀中文化、夔州文化、荆湘楚文化的熏陶与洗礼。因此，若能透彻地梳理杜甫与诸种地域文化之间的密切关系，不仅有助于了解杜诗风格的阶段性变化之成因，更能深入解析杜诗及盛唐时代的丰富文化内涵。目前学界有关杜甫研究的成果异常丰富，然而对于杜甫与地域文化关系的全面综合性研究却一直付之阙如。葛景春先生《杜甫与地域文化》一书从地域文化的层面切入，填补了杜甫研究中这一领域的空白，极具开拓意义。总的来看，本书在以下几个方面都取得了突出的成绩：

一、系统性。《杜甫与地域文化》一书将杜甫一生经历的诸种地域文化进行了系统划分，指出以洛阳、长安为主的中原文化是杜甫思想形成的基础，并成了他一生思想和诗歌的主调，而吴越、陇右、蜀中、夔州、荆湘楚等异乡的地域文化，乃是杜甫文化精神的兼调。主调和兼调相互配合，相辅相成，这才构成了杜甫既有家乡地域文化色彩的主导思想和主体风格，又有内容丰富、风格多样的他乡地域文化之异彩。对于杜甫与每一种地域文化之间的关系，本书的著者在设置章节时考虑得亦颇为全面周详。例如论及杜甫与黄河中下游地域文化的关系时，本书不仅从齐鲁文化的儒学精神、晋赵地区的尚武之风、中原地区的求仙学道和隐逸之风、中原地区的佛教传统、中原地区的史学传统、中原地区的"文选学"等方面详细论述了杜甫与诸种文化之间的密切关联，而且同时又注意到杜甫与唐代中原作家群体之间的关系，着重论析了杜甫在唐代中原作家群体中承前启后之作用及其杰出代表的地位。除此之外，书中还就杜甫对宋代以后中原地区文化和文学的影响进行了阐述。这样就将杜甫与不同地域文化的关联及其相互作用全面系统地呈现出来，显示出著者思路的缜密与视角的阔大。

二、深刻性。杜甫的诗歌除了具有"沉郁顿挫"的明显特征之外，在其生活的各个时期，又表现出各自不同的独特面貌。其早期诗歌气象雄浑，如"岱宗夫如何，齐鲁青未了"（《望岳》），"浮云连海岱，平野入青徐"（《登兖州城楼》）；陇蜀纪行诗又变为冷峻峭拔，如"云门转绝岸，积阻霾天寒"（《寒峡》），"林迥硖角来，天窄壁面削"（《青阳峡》），"清晖回群鸥，暝色带远客"（《石柜阁》）等；成都诗多明媚轻快，如"黄师塔前江水东，春光懒困倚微风"（《江畔独步寻花七绝句》其五），"两个黄鹂鸣翠柳，一行白鹭上青天"（《绝句四首》其三）等；夔州诗则在高江急峡的映衬下，显示出雄浑悲壮、色重情浓的特点，以《秋兴八首》为代表，诗人创造了一种萧森沉郁的美学境界；荆湘诗或哀婉悲怆，或开阔雄壮，深得《楚辞》之风韵。如此千汇万状的艺术风格及其发展变化的复杂原因，若不从诗人一生独特的漂泊经历及其与地域文化的密切关系入手，便不能得到合理的解释。前人云："少陵诗卷是图经。"宋人刘克庄亦云："山川成果之异，土地风气所宜，开卷一览，尽在是矣。"（《后村诗话》新集卷二）本书的著者密切结合杜甫一生之行迹，通过详细解读杜诗中体现出的诸种地域文化要素及其影响，详细描述了异地文化对杜甫诗歌内容的丰富性、艺术风格的多样性所起到的重要作用，并深入阐释了杜诗风格形成、发展、变化的文化原因，所论极为深刻。著者指出，倘若没有吴越、陇右、蜀中、夔州、荆湘楚等地域文化的丰富性和多样性，就不能成就杜甫之集大成。然而其经世济民的主导思想和诗歌的"沉郁顿挫"的主要风格却是在中原文化影响下形成的，其忧国忧民的思想、爱国主义的情怀、仁民爱物的博大胸怀、直面现实人生的诗风，无论何时何地，一直都贯穿着杜甫的一生。这样结论的得出，极具启发意义。

三、创新性。从地域文化这一全新角度解析杜甫及其诗歌，往往能发前人所未见，所得结论常令人有耳目一新之感。例如书中指出，长安文化从正反两个方面对杜甫产生了重要影响，使他的人生立场和诗风也有大的转变。在长安文化的影响下，杜甫培养了敏锐的政治嗅觉和眼光，这使他从大唐极盛的表象之下，看出了国家和民族正面临的潜在危机，也使他从一个只关心个人前途的官宦子弟，转变成了一个忧国忧民的伟大仁者。这就从地域文化的角度，较为确实合理地解释了杜甫困居长安时期思想变化的主导原因。又如在解释杜甫于长安所作《兵车行》等反对穷兵黩武诗作之原因时，本书认为是由于洛阳文化与长安文化的冲突导致的。长安文化中的尚武之风、官场气息、政治色彩，与杜甫在和平年代的洛阳所接受的温柔休闲的陪都文化及儒家的仁爱之风之间存在着一定冲突，而这正是导致杜甫形成反战思想的重要文化背景。这些新颖观点的得出，无疑正是受益于地域文化的独特视角，所论颇有参考价值。此类新见在书中尚有不少，兹不赘述。

杜甫是中国文化的杰出代表，是"四千年文化中最庄严、最瑰丽、最永久的一道光彩"。葛景春先生《杜甫与地域文化》一书从地域文化的独特视角，深入解析了杜甫诗歌中文化内涵的丰富性，这对于继承和发扬中国优秀文化传统和文化精华具有极为重要的作用。相信《杜甫与地域文化》的出版，必将引起学界的关注与重视，从而推动杜甫研究迈向更高境界。同时我也期望葛景春先生能够继续焕发学术青春，不断为学界奉献更多大著。今闻书稿已杀青，索序于余，乐观其成，特弁数语于上云。

2014年6月6日于河北大学紫园

（《杜甫与地域文化》，社会科学文献出版社，2016年出版）

《杜甫与杜诗学研究》序

杜甫是中国文学史上最著名的诗人，其诗歌沉郁顿挫，风格多样，具有集大成的成就，也对后世产生了深远影响。闻一多先生认为杜诗是我国四千年文化中最庄严、最瑰丽、最永久的一道光彩。钱锺书先生认为杜诗是旧体诗的正宗和正统，杜甫是中唐之后众望所归的最大诗人。陈寅恪先生则说少陵为中国第一诗人。杜甫是中国诗歌史上当之无愧的诗圣，杜诗研究则是中国古代文学研究中的显学。左汉林君长期从事杜诗研究，今将其研究成果编为一集，乞余为序。我以为其杜诗研究有以下特点：

第一，问题意识。即为解决具体问题而作文，不事空谈。汉林研究杜诗，善于发现问题并提出新见。如自明代以来即认为杜甫《赠花卿》是讥讽花敬定僭用天子礼乐。汉林考察了唐代的音乐情况，认为该诗中所提到的音乐未必是宫廷音乐，以花敬定的身份也不可能使用朝廷礼乐。因此，所谓僭用天子礼乐之说实际是错误的。这种错误的产生，与宋代以来形成的以史证诗的学术方法的误用颇有关系。又一般认为杜甫的《遣兴五首》是其乾元二年（759）在秦州所作，汉林仔细考察了该组诗歌的内容、风格、体裁等，认为该组诗歌当是杜甫天宝八载（749）秋作于长安。以上所论，皆能发现问题，提出新见，推翻旧说。

第二，朴学作风。即重视资料和证据的收集，务必使所作的结论铁案如山，千载之后亦不颓倒。如杜诗"家家养乌鬼"中的"乌鬼"，自宋代以来已不详为何物。汉林从考察《乌夜啼》一曲本事及六朝至唐代奉乌祈福的风俗入手，广泛检阅唐代文献，证明"乌鬼"即是乌鸦之意。此文还考察了宋代以后"奉乌"民俗的变化情况。又郑虔事件对杜甫的诗歌创作产生了影响，汉林详细考察了朝廷对陷贼官吏所持态度的变化情况，较为准确地还原了这段历史，指出杜甫赠郑虔诗内容所呈现出的复杂性实际上源于朝廷处分陷贼官吏政策的不断变化。这些研究均是从第一手材料出发，而不是从先入为主的观念出发，故其结论也言之有据。

第三，熟悉文本。立足于杜诗和宋代诗歌文本，对宋人学杜诸问题作出深入细致的研究，故能得其真谛。汉林对杜诗非常熟悉，并曾通读先秦至宋代的重要别集，这成为他从事杜诗研究和宋代杜诗学研究的基础。有此基础，他可以从容地讨论宋代诗人的学杜问题，并得出新的结论。如认为王安石使用了很多杜诗典故，也推崇杜诗，但他的诗歌好发议论，多应酬之作，与杜诗有很大差异，艺术上相差更远。苏洵诗古质朴拙，木讷少文，有复古倾向，受杜诗的诗歌影响很小。苏轼的一些诗歌风格接近杜诗或直接模仿杜诗，苏轼学杜但其诗能自成一格。苏辙诗歌反映现实的深度和广度皆远不及杜诗，他的学杜主要体现在用典方面。陆游也有一些五七言诗直接学习和模仿杜诗，但其诗总体上和杜诗并不相似，杜诗之苍茫深厚尤为其所不及。因为对文本的熟悉，汉林可以全面讨论宋代诗人使用杜诗典故的问题。他认为，王禹偁是北宋初期最早较多使用杜诗典故的诗人，梅尧臣、苏舜钦、欧阳修、王安石、苏轼等北宋中期诗人都大量使用了杜诗典故，苏轼是北宋使用杜诗典故最多的诗人。江西诗派普遍喜用杜诗典故，江西诗派中使用杜诗典故最多的是黄庭坚。南宋前期诗人普遍使用杜诗典故较多，而陆游是两宋使用杜诗典故最多的诗人。这些结论非通读宋代重要别集不能得出。对文本的熟悉，也有助于对诗歌风格进行准确辨别和把握。汉林认为，陈师道、陈与义、陆游等诗人学习了杜甫五言诗沉郁顿挫的风格，苏轼、苏辙的诗歌学习了杜甫七言律诗老健疏放的风格，陈与义学习了杜诗浑涵汪茫、雄浑悲壮的风格。对诗歌风格的把握，最能体现研究者的功力。

第四，论题重大。集中的一些文章，讨论了杜诗学史上的一些重大问题，表现出较为宏阔的研究格局。如《论北宋中期诗歌创作中的学杜风潮》一文，深入讨论了整个北宋中期的学杜问题。文章认为，北宋中期是杜诗产生深刻影响、得到广泛继承的时期，杜甫的崇高地位得到确立，杜诗对此时期诗歌创作产生了很大影响。在杜诗的影响下，北宋中期诗人写出了在风格和意境上近于杜诗的诗歌，表现出与北宋前期诗人迥异的审美取向。又如《论南宋后期诗歌从宗唐到学杜的转变》一文讨论了南宋后期的诗风变化问题。文章认为，永嘉四灵和江湖诗派从晚唐入手的创作方法标志着宋诗向唐诗的复归，而文天祥和汪元量的诗歌则代表了从宗唐到学杜的转变。这些文章所论，均是宋代杜诗学研究中的重大问题，视野开阔，论证细密，观点也坚实可信。

第五，多方借鉴。即能够广泛借鉴其他学科的知识，解决杜诗研究中的问题。除杜诗研究外，汉林亦长于乐府学研究，尤其对唐代音乐史的研究颇有心得。他将音乐学和乐府学的知识应用到杜诗研究中，使杜诗研究中的一些问题得到了很好的解决。如杜甫《观公孙大娘弟子舞剑器行》诗序中所涉及的音乐机构和乐人身份学界向来有不同认识，汉林详细梳理了唐代的乐府制度，认为该诗序中的"高头宜春、梨园二伎坊内人"分别指的是宜春院的女伎和梨园弟子，"外供奉舞女"指的是教坊女伎。此外，公孙大娘的身份是宫廷乐伎，杜甫为什么能在郾城看到她的表演，这是杜诗研究中一个没有解决的问题。汉林找到证据，证明开元初年内廷歌舞曾经到宫廷之外演出，从而很好地解决了这个问题。汉林关于《赠花卿》诗意的讨论，实际上也借鉴了古代音乐史的知识。

汉林当年在河北大学跟随我学习杜诗，毕业之后一直从事杜诗研究，取得了一定成绩。杜诗研究要更上层楼需要研究队伍后继有人，希望汉林能够再接再厉，不断进取，在杜诗研究中再辟新境。

2014 年 12 月 23 日于河北大学紫园
（《杜甫与杜诗学研究》，东方出版社，2015 年出版）

一部杜诗学研究的力作
——评孙微《清代杜诗学史》

清代是研杜学杜的高潮，也是杜诗学史上集大成的时代。清代杜诗学上承宋元明清的杜诗学成就，并进行了全面总结，取得的成就堪称辉煌。对这样一段辉煌的学术史进行系统梳理，对于深入理解清代诗学史乃至学术史的发展脉络极为必要。因为如果我们抓住了杜诗学发展的这根主线，就能更透彻地理解和把握住清代学术史尤其是诗学史发展的必然走向，也就能深入到清代纷繁复杂的各种诗学现象当中，去发掘诗学风气前后递嬗后面隐含的必然因素。这对杜诗学研究是一个基础性的工程，也是当前学界迫切需要的一个基准参照系。然而，这样基础性的工作因为涉及面广，头绪繁多，难以驾驭，使得这个领域多年来涉足者虽众，却一直没有出现一部系统的断代学术史，这不能不说是一种遗憾。不过在遗憾中，学界也一直酝酿着一种期待，那就是彻底、全面地厘清清代杜诗学史的进程，进而清晰地构建整部杜诗学史。笔者注意到，已经有几部相关的著作相继面世，比如台湾学者简恩定的《清初杜诗学研究》(文史哲出版社1986年版)、许总的《杜诗学发微》(南京出版社1989年版)、胡可先的《杜甫诗学引论》(安徽大学出版社2003年版)等，这都表明学界对杜诗学这一领域的关注正在逐步升温。而孙微博士《清代杜诗学史》一书的出版，进一步标志着国内学界在整体构建清代杜诗学史过程中取得的阶段性成果，真是可喜可贺。

孙微博士的专著《清代杜诗学史》由齐鲁书社2004年10月出版，为"文史哲博士文丛"之一。该书前有中国杜甫研究会会长张忠纲先生《序》，次为作者《前言》。全书分为四章，第一章"清代杜诗学总论"，第二章"清初的杜诗学研究(顺治—雍正朝)",第三章"清中期的杜诗学(乾隆—嘉庆朝)",第四章"清后期的杜诗学(道光—宣统朝)"。书后为"主要参考文献"和作者《后记》。该书第一次系统地梳理了清代杜诗学史的整体情况,全面描述了清代杜诗学发展的历史嬗变过程,概括评述了所取得的成就,也深刻地指出其局限与不足。既有鸟瞰式的宏观把握,又有细致的微观分析,颇具学术功力和理论深度。笔者粗阅一过后,觉得该书在以下几个方面的特色与成绩值得特别拈出。

首先,是本书收录材料的丰富性。本书作者充分钩稽了清代杜诗学的丰富材料,对清代大量的存佚杜诗注本及其著者的生平情况进行了详细的考证,澄清了许多疑难问题,并对前人的一些讹误作出了驳正,显示出作者严谨的学风和深厚的朴学功夫。清代到底出现过多少杜诗学文献?其中哪些尚存,哪些已经散佚?这些问题一直也没有一个确切的答案。如郑庆笃等编《杜集书目提要》(齐鲁书社1986年版)、周采泉《杜集书录》(上海古籍出版社1986年版)、马同俨、姜炳炘编《杜诗版本目录》(中华书局《杜甫研究论文集三辑》)等都对杜集的搜罗考证甚详,其中《杜集书目提要》中收录现存清代杜诗注本142种,《杜诗版本目录》收录70余种,而周采泉《杜集书录》中又多达330余种。不过《杜集书录》中存在重收、误收,330这个数字当中还包括近百种名家批校本。孙微《清代杜诗学史》一书则通过广泛的钩稽,共收录存佚杜诗注本240余种,初步勾勒出清代杜诗学文献的一个明晰框架。这就做到了摸清家底,为此后的研究奠定了一个坚实的文献基础。另外,《清代杜诗学史》中对大量已经散佚的杜诗学文献进行钩稽,让许多过去我们并不熟悉的珍稀文献开始浮出水面,也让我们对清代杜诗学发展的真实情况亦渐趋明晰。单以清初这个杜诗学发展的高潮时期而言,著者通过检索当代几部有关杜集的书目,又大量排查了各种方志、藏书记和清人的别集后,初步统计出清初已散佚的杜诗注本约有89种,和现存的40余种杜诗注本比较起来,在数量上要超出一倍以上,让人惊诧于当时杜诗学高潮达到了何等炙热的程度!所以要全面了解清初杜诗学的盛况和全貌,就必须对这些散佚文献的情况进行充分考察。笔者注意到,著者对钩稽这一部分散佚的杜诗学文献投入了大量艰苦的工作,可谓呕心沥血。比如"姑孰画派"始祖萧云从著有《杜律细》一书,因鲜有人述及,对其成书始末及其特点我们知之甚少。本书著者不仅考证出其成书的时间断限,而且通过藏书家们辗转收藏著录的线索,考出该书最终散佚的时间约为清末民初。另外,还通过其他文献对该书的转引,辑出《杜律细》佚文数条,使我们可以约略窥到该书的雪泥鸿爪。这些成绩的取得,于杜诗学研究可谓功莫大焉!如此耗费著者大量辛勤汗水的文献钩稽工作,在本书中还可以看到很多,不一一备举。

其次,本书在尽力充分钩稽杜诗学文献的同时,还注意了对理论性问题的把握。著者首次对此前并未得到学界重视的顾炎武、李因笃、顾宸等人的杜诗学成就进行了评述,对四库馆臣的杜诗学观点作了中肯的剖析,都表现了作者敏锐的眼光和学术的勇气。在此之前,关于杜诗学史上许多杜诗注本的评价,论者一般多引四库馆臣之语作为定评,鲜有人对四库馆臣的杜诗学得失作全面的研究。本书著者对此作了深入细致的分析,指出四库馆臣在《四库全书总目》中对杜诗注本的考证精芜并存,其杜集提要的撰写多是贬多于褒,表现了对杜诗学史总体认识的不足。立论公允,足堪凭信。这一理论问题的澄清,也同时丰富了清代杜诗学史的理论内涵。

第三,本书揭示了许多全新的诗学论题,值得学界同人关注。比如清代杜诗学界存在"以八股论杜"现象,由于其法有机械呆板、穿凿附会之弊,此前颇受论者非议。《清代杜诗学史》详细追溯了这一解诗方法产生的历史渊源,并具体分析了以金圣叹《杜诗解》为代表的"八股论杜"者解析杜诗的特点及其所产生的流弊。最后指出,此法之招致批评有很大一部分原因是受八股文的恶名所累,金氏所采用起承转合之法论杜律,应该说是符合大多数杜律的结构形式的,也是恰切的。况且他对于此种形式的把握还能采取灵活的态度,而不是拘牵形式,死于句下。八股论杜这种方法使学者们开始从反方面认识到杜诗"以文为诗"的特色,也就是杜诗与文章的结构形式有相通之处,而这种发现无疑促进了对杜诗形式与内容的更深入研讨,不仅为清初的杜诗学界辟出了一块独标异帜的新领域,而且为清代的杜诗学研究注入了时代内容。著者这些分析能够结合具体的历史背景,解析诗歌阐释史中的特殊现象,所论就不空泛,得出的结论也就令人信服。

第四,该书中采用了许多全新的视角,这些新视角的切入,为整部书注入了新鲜的活力，让人佩服著者不拘一格的研究方式和灵活多变的思考方法。比如清代后期的杜诗学研究，由于前代研究的辉煌成就难以超越，加之思想保守落后，所以成为清代杜诗学史上一个明显衰落的时期。那么在论述这一段学术史时，除了总结衰落的表现和原因之外，似乎很难再作出什么文章。然而著者却又从太平天国对杜诗学的影响与这一时期杜集印刷的发达及其对杜诗的普及等方面，展示了这一衰落期内辉煌与黯淡交织的转型特点。这样不仅立体地描述了清代后期杜诗学研究的真实状况，又能站在整个杜诗学史发展的角度，以全新的视角打开了我们的思路，并为其他历史阶段杜诗学研究进程提供了参照。又如学术界对《全唐诗》的研究已称详尽，然而著者以杜诗学这一特定的角度切入，作出《全唐诗》编者在杜诗底本校勘中凝结了李因笃、朱彝尊等清初杜诗学者的杜诗异文校勘成果的独特结论。这些结论都是发前人所未发，堪称卓见。这都应归功于著者灵活多变的学术视角，体现了著者的学术灵性。

第五，严谨学术规范的强调。在学术道德面临缺失的当今学术界，对严谨学术规范的强调显得更为必要。笔者注意到，《清代杜诗学史》中凡是涉及引用他人研究成果之处，都明确注明出处，体现出良好的学术规范。同时，著者对所论问题，均通过充分的考索，详细的论证，然后得出结论。遇有疑问或值得商榷的地方，也都是在努力掌握第一手资料之后，通过比较、勘查，然后再下结论。这种严谨踏实的治学作风，是特别值得在青年学者中提倡的。

总之，《清代杜诗学史》一书资料丰富，梳理清晰，论析深入，颇多新见，是一部具有开拓意义的杜诗学著作。它是近年来杜诗学研究中取得的一项重要的学术成果，也是杜诗学史构建过程中的一项可喜创获。相信这部专著的出版，对促进杜诗学研究的进一步发展将作出重要的贡献。